文庫JA

グイン・サーガ・ハンドブックFinal

栗本薫・天狼プロダクション監修
早川書房編集部編

早川書房

GUIN SAGA HANDBOOK Final
edited by
Hayakawa Publishing, Corp.
under the supervision
of
Kaoru Kurimoto & Tenro Production
2010

カバーイラスト／丹野 忍
カバーデザイン／ハヤカワ・デザイン

CONTENTS

グイン・サーガ論
異形たちの青春──『グイン・サーガ』の魅力について　小谷真理 … 5

グイン・サーガ大事典　完全版　内田義明／田中勝義／八巻大樹 … 43

グイン・サーガ全ストーリー紹介　八巻大樹 … 323

グイン・サーガ全巻タイトル … 373

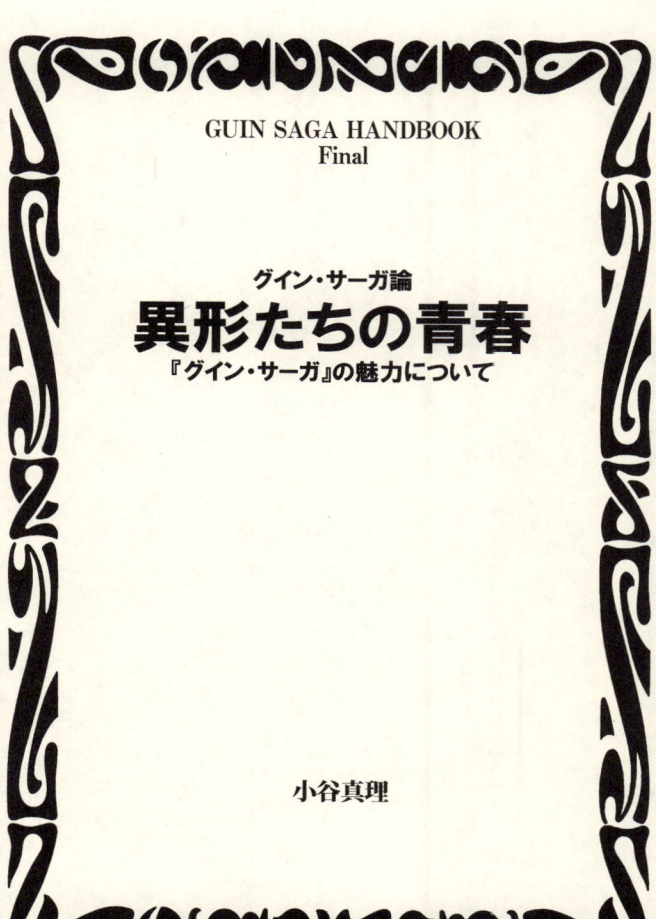

GUIN SAGA HANDBOOK
Final

グイン・サーガ論
異形たちの青春
『グイン・サーガ』の魅力について

小谷真理

■出発点からして

一九七六年にデビューした中島梓／栗本薫が、〈グイン・サーガ〉に着手したのは、七八年のことであった。以後、二〇〇九年まで約三十年間の間に、本篇百三十巻、外伝二十一巻、計百五十一巻が書き進められた。

プロの作家生活のほとんどすべてを覆い尽くすヒロイック・ファンタジイ、〈グイン・サーガ〉の三十年は、栗本薫の作家生活のすべてとほぼ重なっている。その意味では、〈グイン・サーガ〉は、栗本薫にとって、人生そのものを写し取ったものと言えるかも知れない。改めて同作品が栗本薫という作家の構造そのものを反復しているのだ、と思わざるをえない所以である。もちろん、作品とは、意識的にせよ無意識的にせよ作家の心の一部を反映しているものと言える。それでも、ここは、あえて〈グイン・サーガ〉は栗本薫という作家人生そのものだった、と強く主張してみたい気がする。

栗本薫が開始前から、この作品に賭けていた様子は、いくつかのエピソードからうかがい知ることができる。インタビューで明かされているように、まず、彼女には、日本最初のヒロイック・ファンタジイ作家になるとの野望があった。その野望は、本人曰く「先をこされてしまった」。ヒロイック・ファンタジイの開祖と言われ目の覚めるよう

な〈コナン〉シリーズで日本読者を熱狂させたロバート・E・ハワード。彼を意識する作家・高千穂遙が、僅差で〈美獣〉シリーズ（〈ハリィデール〉シリーズのこと）をさっさと出版してしまったからだ。

〈奇想天外〉一九八〇年三月号に掲載された座談会「冒険ＳＦの方向」で、ヒロイック・ファンタジイ創作の先陣を切った高千穂遙は、栗本薫自身が〈美獣〉シリーズの向こうを張って「焦って書き始めた」と言っている。ただし、同座談会で、高千穂遙は「最終的には日本初のヒロイック・ファンタジイというのは、栗本さんに帰結するのではないかと思いますよ。百巻もかいていくうちには」（127頁）とも予言している。これが意味するところを読者であるわたしたちが実感するのは、それから三十年もたったあとのことになる。〈グイン・サーガ〉は今や日本を代表するヒロイック・ファンタジイとして押しも押されもせぬ存在になった。

それにしても、この座談会は、本当にエキサイティングだった。スペース・オペラとヒロイック・ファンタジイという、ＳＦ界の二大ジャンルを包括して「冒険ＳＦ」というお題をたて、栗本薫のほか、氏同様理論家にして「反在士の鏡」の作者である川又千秋、ライダー・ハガードばりの英国ロマンティシズムを継承する『アッシュ』の田中光二、そして〈クラッシャージョウ〉や〈ダーティペア〉でスペース・オペラをきわめ尽くすことになる高千穂遙といった諸氏が集結している。日本産のヒロイック・ファンタ

ジイの端緒がひらかれ、まさに芳紀（ほうき）を迎えた時期に、彼らは、互いの理論的成果を披露し、同時になにを書いていくかについて忌憚（きたん）なく語り合っていたのである。たいそう読み応えがある内容というばかりではない。その後の日本産ファンタジイの未来を予見する内容だったといっても過言ではない。

そのなかで、栗本薫は、毅然として自らのジャンルに関する意見を述べ、これから書くべき作品について、自信をもって語っている。作家が物語を書くときに、なにを考え、どう組み立てて、執筆しているのか。その作業プロセスの一端が示されているだけではなく、そこには、なにより書かれるべき世界への情熱があふれている。〈グイン・サーガ〉にこんなに熱くなっている！ そんな様子が手に取るようにわかる！ そう思った読者も少なくないはずだ。

〈グイン・サーガ〉成立をめぐるもうひとつの伝説は、これも作家本人がインタビューで明かしているように、当時全八十巻になると宣言して開始されたということ。今は大作家としてあふれるほどの作品を多数ものした栗本薫は、そのときデビューしたばかり。ちょっと小生意気な可愛い女子に見えていた時期だった。そんな彼女が、あの偉大なる伝奇ＳＦ作家・半村良の向こうを張って、百巻だなんて！ 不遜だけど、それがなんだかながらも、なんだか好奇の目で事態を見守ったものである。

勇ましくて、かっこいい！
そして、三十年経ってそれもどういうことになっているのかは、読者諸氏のごらんになったとおり。これだけでも充分すぎるほどの気合いが伝わってくるのではなかろうか。

■異形のヒーロー、グイン登場！

一九七九年九月、〈グイン・サーガ〉第一巻が刊行された。当時のなんとも言えない、違和感をよく覚えている。日本産のヒロイック・ファンタジイとのふれこみで登場した〈グイン・サーガ〉は、一見西洋ふうの表層だったからだ。作家が日本人なのに、本当に西洋ふうのファンタジイが書けるんだろうか？　という素朴な当惑もあった。現在のように、無国籍・多国籍のファンタジイがあふれている時代ではなく、読者も作家も前人未踏の世界を前に、動揺を隠しきれないころだった。だが、ことはもっと本質的な問題にかかっていた。

ヒロイック・ファンタジイであるからには、ヒーローが登場する。そのヒーローの姿が、あまりにも衝撃的だったのである。

第一巻『豹頭の仮面』は、「それは──〈異形〉であった」というあの有名な一文から始まっている。その通り。〈異形〉と呼ばれたヒーローは、半人半獣の怪物だった。

巨漢、怪力、類稀なる知性。グインという名以外は、自らに関するいっさいの記憶を剥

奪されている存在——。それは豹頭の男だったのである。彼は、忽然と怪物蠢く森に現れ、他国に攻め込まれ壊滅の危機に瀕していたパロの王家の双子の遺児を助けることになる。

なんだろう、この豹頭とは……？

それまでの西洋直輸入型ヒロイック・ファンタジイを読み慣れた読者にとっては、人間の肉体の完成型を剥奪されたヒーローの姿は、驚愕以外の何物でもなかった。

ヒロイック・ファンタジイというジャンルの成立は、アメリカの作家ロバート・E・ハワードの〈コナン〉シリーズに拠るところが大きいのだが、そもそもその〈コナン〉ですら、文明とはほど遠い野蛮人との設定はあるものの、一応人間の姿はしていたはずだった。だが、このグインというヒーローは、たしかにハワードを愛する栗本薫によって、コナンをベースに創造されたものだったのである。

〈コナン〉の産みの親である作家のハワードは、一九〇六年テキサスに生まれ、学生時代にデビューした早熟の作家だった。大学で学んだ歴史学をベースに、剣と魔法の物語（ファンタジイ）、歴史小説、ボクシング小説、探偵もの、ホラー、西部劇など多方面の分野で活躍した。その特徴は、アクションものと怪奇幻想風味を得意としていたこと。作家生活十年ほどの間に約四百篇もの中短篇小説を書いている。

ハワードは三十歳のとき、目前にせまった母親の死に耐えきれず拳銃自殺を遂げてし

まったのだが、〈コナン〉シリーズは、亡くなる前の、ほんの数年間に書かれた作品である。基本的に怪奇幻想小説を専門的に扱っていた雑誌〈ウィアード・テイルズ〉誌に掲載され、未発表原稿を含めても、わずか二十一篇の中短篇しかない。

けれども、そこに描かれた世界は、ほかのどの作品とも似つかない、エキゾチックで幻想味の強い、独特の世界観をもっていた。舞台は、アトランティス大陸が水没し、現代にいたる文明が姿を現わす前の時代。約一万二千年前のハイボリア時代に、北方から蛮人のコナンが現れ、剣の力にもの言わせて魔道士たちと闘うというのが基本形だ。ただし、コナンはあるときは盗賊として、あるときは一介の傭兵として登場し、まるでコナンという英雄に関するさまざまな伝説があるかのように演出されている。

またコナンの活躍するハイボリアは、どの歴史にも登場しない太古の世界でありながら、そこに描かれた事物はなにか現文明のルーツに関わっているような、秘密めいた既視感を漂わせていた。それは、〈ウィアード・テイルズ〉の他の作家たち、たとえばエイブラム・メリットやクラーク・アシュトン・スミスらにも共通する、現存しない架空の秘境への憧憬や畏怖を横溢させている。

コナンはなぜ熱狂的に愛されたのか？　かくも熱烈に今でも愛され続けているのは、なぜなのか？

マッチョで荒々しい蛮人コナンは、野生児であり、反文明観をまとっている。それは、アメリカン・ヒーローの典型を思わせた。大自然を行き交う野生動物のような、優れた肉体に宿る自然の精霊そのもののような息吹があった。対する魔道士たちは、頽廃した文明の極みとも言うべき忌まわしい存在だった。野生動物と廃墟の幽鬼が激闘するような展開は、現代人がとうに忘れ去った原始の闘いの記憶を呼び覚ますかのようなハイテンションに包まれている。

〈コナン〉シリーズが発表された一九三〇年代は、欧米列強による苛酷な植民地闘争が展開されていた頃で、（西欧にとっての）未知の世界が次第に可視化におかれ、西洋文明に従属させられているとしか言えないような状況が生じていた。ハワードの創造した太古の世界は、暴かれ蹂躙(じゅうりん)され喪(うしな)われつつある秘境の魅力を存分に反映し、同時に大地の精霊そのもののような野性的な男に蛮勇をふるわせた点で、アメリカの男性神話に強く訴えかけた。

このため、コナンに魅了され、憧れ、ニューヒーローを構築しようとする試みがつきなかった。ポップカルチャーの常として、ひとつのヒット作品は多くの亜流を産み、それが一大ジャンルに発展することもままある。コナンのシリーズ自体も、ハワードの死後、他の作家によって続篇化され、また似て非なる新作品を書いた作家もいたものだが、なにかが、どこかが、異なっていた。それはいったいなんだったのか？

中島梓／栗本薫は、そんなコナンと彼の類型を貪欲に研究していた。彼女の愛する作家は、秘境の怪奇冒険小説家メリット、クトゥルフ神話の産みの親ラヴクラフト、スペース・オペラで一世を風靡したエドガー・ライス・バローズ、そして人狼伝説を現代ふうにアレンジして、犬神明というユニークなヒーローを主人公にした〈ウルフガイ〉によって人気を不動のものにした平井和正である。その再読から生み出されたヒーローは、このうえなく斬新なかたちとなった。グインは、人間の姿では登場してこなかった。彼は豹頭の男なのである。

なぜ主人公は人間ではないのか？　七九年当時だったら、『タイガーマスク』の漫画やアニメも、今よりずっと記憶に新しかったころだから、ヒロイック・ファンタジイの異世界に格闘技の要素が持ちこまれたような印象もあったかもしれない。でも実際の処、グインにはウルフガイ風味の方が、より強かった気がする。

そんなグインの設定について、栗本薫の説明は、啓発的である。まず彼女は、ハワードの自殺の原因となった母親との関係についてふれ、コナンについて、「コナンというのは要するに子宮の内部を彷徨っている胎児である」「胎内回帰願望」とストレートに総括している。

たしかに、ハワードの〈コナン〉に代表されるように、ヒロイック・ファンタジイは、ムキムキでマッチョな筋肉派の英雄が古代・中世的世界で血みどろの活躍をする……か

のように捉えられている。もちろん、そういう捉え方もまちがっているとは言えないが、栗本薫の場合は、ヒーローの活躍を暴力的な男性性の表象に限定せず、人間の深層というか、無意識が顕在化したもの、と捉えていたのではないだろうか。そう考えると、コナンからグインへといたるプロセスがよく理解される。

ヒーローの性差は一極にかたよらず、ずっと曖昧なのである。豹頭は、グイン自身が人と動物の境界の間に位置する生き物であり、のちにそれが、星船から降下しつつも、惑星上の社会で暮らすことになる、中間的位置に立つエイリアンだということにも（おそらく）連関する。そして、彼自身の立場の曖昧さを刻印されたスティグマのように、グインの頭部は、豹をまとわされたのだ。しかも、曖昧さの意味するところは、それだけではなかった。

野獣のように強いグインは、コナンがそうであったように、その一方で慈愛に満ちた母性的な面も持ち合わせていた。母性とは、男性的な言語が跋扈する意識世界とは異なった、女性的で無気味なおぞましきものが跳梁する領域――どろどろとした無意識――と関係づけられている。だからこそ、まさに異形の存在として登場してきたのではなかろうか。そして、異形ゆえに、たとえ王となっても人間世界に安住することはゆるされず、逸脱者として、エイリアンとして、永久にさまよい続けなければならないのではないか。

このヒーローの逸脱性について、栗本薫は、「彼は帰属すべき世界を持たぬ」「孤独な存在」だし、物語は近代という楼閣の底にある奇怪な暗黒部分を内包している、という。

わたし自身は、日本にヒロイック・ファンタジイを移入した作家・荒俣宏がたびたび言及する〈コナン〉論のなかでも、コナンとは文明に背をむけた自然／野蛮の象徴であるという説を鵜呑みにしていたわけだが、その後、文化人類学者エドウィン・ガードナーとシェリ・B・オートナーの『男が文化で、女は自然か?──性差の文化人類学』(晶文社、一九八七年)を読み、文明＝男性、自然＝女性という西洋思想の約束事を知ってからは、コナンがコナンたる所以とは、むしろ強い男性性とのみ捉えるより、性差を超克する方向性も無視できないと考えるようになった。究極の強い男性性というのは、実のところ「ほどほどのマッチョ」という以上に逸脱性を要求するもので、結果的には逆説的に異性的な要素が表出してこざるをえない。そのような性質によって、ヒーローの存在は、現実というよりは幻想的で怪物的で禍々しいものに変貌してしまう。そうでなくては、現実の律するさまざまな規範を超越することなどできない。ヒーローは、現実性をどこかで超越しているものなのだ。

〈グイン・サーガ〉というヒロイック・ファンタジイの身体は、明らかに普通ではない出自にある。人間と動物との境界を喪失したグインの身体が、正統派だと思わせる部分がそ

を思わせ、しかもいちばん現実感を形作るはずの歴史性——つまり記憶は空白のなかに封印されているのだから。しかも不思議なことに、彼は強い男性性を体現しているように見えながら一定の稀薄さを保ち続け、それはむしろ物語全体によって構造を描き込まれていく空白のページのような趣をすらただよわせる。

こうして、各登場人物のさまざまな人生の旅路は、ちょうどグインというヒーローの構造を支えているように映る。グイン自身は、時々物語を留守にしてしまうが、それはそれでロジカルであった。グインがいようといまいと、彼はいつも物語のなかで空白の中心性を保証し、彼の空白性／幻想的特質をもって物語全体の世界観が浮かびあがってくる仕掛けになっているのだから。

ヒロイック・ファンタジイは、ハワードの〈コナン〉シリーズがそうであるように、基本的には短篇型である。神話的な話しぶりが基本なのだ。文明世界を活写する近代小説のように、言語で世界を逐一記述する必要性を認めない。神話のヒーローには近代人の心理描写はあまり必要とされない。そんな特徴をもつヒロイック・ファンタジイが、大長篇長大な大河ドラマとうまくコミットしていくには、むしろグインは空虚であってかまわない、という目論見なのかも知れない。グインは、ヒロイック・ファンタジイが大長篇のかたちを取り得る場合の、まさにうってつけのヒーローだったのである。

■堕天使の物語──ゴシック・フィクションとして

ところで、コナンとグインを比較しながら、ヒロイック・ファンタジイとしての〈グイン・サーガ〉を読み直していく際に、ひとつ注目すべきことがある。

ハワードばかりでなく、メリットやバローズといった類型の作家の研究に余念がなかった栗本薫は、「ヒロイック・ファンタジイは、下降の物語である」と喝破していた。ヒロイック・ファンタジイは、作家の内面にひそむ暗黒からやってきて、終わりがなく、どろどろとした無意識的な世界を彷徨する、というのである。

とくに、ヒロイック・ファンタジイを、ハッピーエンドのお話とせず、失敗と挫折の物語と捉えている。だからこそ、お宝を発見して王になるというプロセスで終わってしまうのではなく、それも次なる「王位を剝奪される」ためのプロセスだというふうに考えられるわけだから、面白い。

彼女の洞察から見えてくるのは、ヒロイック・ファンタジイが、多かれ少なかれ、ゴシック的な構造と共鳴している、ということだ。またこの洞察を通して、ハワードの生み出した〈コナン〉を再考してみると、コナンもまた（アメリカン）ゴシックの想像力に通じるものだと気づかされる。この下降のヒーローの構造こそ、物語学としては、ルシファー型、つまり「堕天使」の構造を反復していると言えるだろう。

というのも、ゴシックで描かれるヒーローは、通常一定の歪みの中に位置づけられて

グイン・サーガ論　異形たちの青春

いて、その一番古典的な、そして代表的なかたちは、ジョン・ミルトン『失楽園』に登場するルシファーだからだ。

ミルトンは、英国の清教徒革命時代に実在した歴史的人物である。きわめてラディカルな詩人で、当時の革命にも参加し、王政廃止に賛同していた。ただし、革命自体が独裁政権に陥り、その事態をまのあたりにしたミルトンは、大いに失望し、その体験をもとに『失楽園』を描いたと言われている。

同作品では、十二枚の輝く羽を持ち、造物主にもっとも愛され「宵の明星」とも称えられた第一天使ルシファーが、神を裏切り闘いを挑むも惨敗し、地獄におとされて復讐を誓い、エデンに遊ぶアダムとイブのところへ蛇を送り込むという展開になっている。重要なのは、ルシファーを単なる悪と断定していない点だ。彼は複雑な魅力をもつ性格として造型されている。

大天使長の座から転落し、地獄にあって、ベルゼブブやベリアルら悪魔の将とともに、神と闘っていくルシファー。悪としてのレッテルを貼られ、地獄におとされても、地獄には地獄の論理があり、彼はそこで思考し、語り、天に向かって闘いを挑む。この叙事詩は、当時政治抗争に敗れたミルトンの反体制的な信条が書かせたものだという解釈が通説だが、ここで重要なのは、落下の先にある敗者の思考と反体制的な世界観の問い直しが果敢に試みられていることにつきる。とくに「地獄」という異質な世界に入った堕

天使がその世界でサバイバルしていくときに起こりうる、さまざまな思考的葛藤が示唆されているのである。

知的で美しく、かつては世界最高の地位にあったものが、なにかのきっかけで最悪の地獄に堕とされ、はいずり回る。だが、たとえ地獄に落ちようとも、彼の生来の美しい性質は変わらないのだ。もし地獄の論理に染まってしまったら、ずっと楽に違いない。けれども才能と誇りの高さがそれを許さない。かくして、地獄にあって悪に染まらず堕天使を魅了することすら可能な個性の持ち主の彼は苦しみ続ける。地獄世界の住人たちと堕天使と、それらをわけへだてることは可能なのだろうか？　いったいどこがどれだけちがうというのか。ルシファーは、自らの運命を呪い、彼を突き落とした神にあらがい続けるのである。

このように、ゴシックのヒーローの歪みは、ルシファーに代表されるような「緊縛される貴公子」の姿を示している。

栗本薫がこよなく愛し、よく言及していたエドガー・ライス・バローズの描く主人たちもまた、実のところハッピーエンドに安住し続けることはできない点で、ゴシック的な要素を隠し持つ存在だ。

バローズの人気を不動のモノにした第一長篇『火星のプリンセス』（一九一七年）のなかで、アメリカ南部ヴァージニア州出身のジョン・カーターは、火星でヘリウム帝国

の姫デジャー・ソリスを助け出し、みごと結婚して、のちには大元帥の地位までのぼりつめる。けれども彼は基本的に外部の他者であり、成り上がり者による逆玉の輿(こし)の地位しか約束されていない。彼の愛する姫はしょっちゅう誘拐され、それは彼の地位の不定さを物語っている。獲得した姫君だけが彼の地位を保証してくれるものである。だからこそ、ジョン・カーターが姫を救出しに行くときは家来をともなわない、きわめて個人的で孤独な旅になる。権力者の地位にのぼりつめても、彼の地位は個人的な実力を発揮しつづけなければ、維持できない、とでも言わんばかりだ。

ここで興味深いのは、ジョン・カーターはどういう出自であるのか、どのような経歴なのかいっさいその正体はナゾであるものの、ただひとつ南部の出身であることだけが明らかにされている、という点である。ジョン・カーターは、アメリカの南北戦争で敗北を喫した南部の出身なのだ。つまりそれは、奴隷制を認めていたアメリカ南部の貴族階級が造り出した理想の騎士であることに他ならなかった。冒険好きで貴族の理想的な姿を体現しているかのようなジョン・カーターは、南北戦争後、新たなる成功をもとめて西部へ向かい、その途中でネイティヴ・アメリカンのシャーマンに関係があるとおぼしき墓を見つけ、幽体離脱してそこから火星へと飛翔する。たどりついたのは、古代ローマ帝国のような世界であり、群雄割拠する部族が互いに抗争を続けていた。美しく残酷な土地で展開する火星人たちの部族間闘争は、アメリカ原住民のようにも描かれてい

そんな火星で、南部貴族らしい、騎士のふるまいをし続けるジョン・カーターの姿に、アメリカ人の理想とするナイス・ガイを見つけることは簡単だ。同時に失われたよき南部貴族の紳士（と著者が考えていたもの）の面影も、見いだすことができる。そして、移民の国アメリカの作り上げた社会の理想に取り憑かれた、だれでもがんばれば成功できるというアメリカ独特の成功物語が取り憑いている。はたしてジョン・カーターは、江戸の仇を長崎でとるがごとく、南北戦争で被った屈辱を、火星で晴らすわけだが、しかしながらその獲得したものは、永遠に安定はしていない。獲得の象徴たるプリンセスは、つねに横取りされる可能性を持っているというわけである。

〈火星シリーズ〉によって、バローズは、成金の国アメリカの男性のオブセッションに、巧妙にうったえかける物語の黄金パターンを見いだした。

この物語を読む中島梓／栗本薫もまた、バローズの発見したパターンを踏襲している。バローズ型の物語学を、グインに背負わせているからだ。たとえば、パロを去ったグインは、ケイロニアの王の養子となり、皇女シルヴィアと結ばれるが、彼女はしばしば行方不明になってしまう。グインはバローズのヒーローたちのようにシルヴィアをとりもどすべく東奔西走する。ただし、戦前のアメリカ人男性としては典型的人物であったバローズは、当然のことながら、誘拐された姫たちが実のところなにを考えているかまで

は想像もおよばなかったことだろう。

しかし、中島梓/栗本薫はバローズのフォーミュラのフォーミュラのなかに、書かれざる物語の可能性があることを心から発見する。そしてそれを書いてみせるのである。もし姫君自身に、彼女なりの理屈があったら、どうなんだろう――?

この発想は、バローズのフォーミュラ・フィクションが、きわめて日本的な、少女のメンタリティを細かく類型化する少女マンガ的な感性で読み解かれたらどうなったか、その帰結を示す。

そう。栗本薫にとって、少女マンガ的な要素こそ、〈グイン・サーガ〉というヒロイック・ファンタジイの個性にかかせない重大事項にほかならなかった。

外国産ヒロイック・ファンタジイの構造を解析し、換骨奪胎し日本産のヒロイック・ファンタジイを書き下ろすというこのシリーズ開始当時は、それこそが西洋産ファンタジイの亜流であるかのように捉えられていた。だが、栗本薫は、ヒロイック・ファンタジイに、日本のマンガという記号論的な要素を溶かし込むことによって、独自な可能性を示すことに成功していたのではないだろうか。

現在、小説、アニメ、マンガ、ゲーム、映画と、多国籍とも無国籍とも思える独自の異世界ファンタジイが隆盛を誇っていて、質量共に重ねられた蓄積がもはや西洋でもな

ければ東洋でもない、現実世界からいくらでも飛翔するイメージでわれわれを魅了しており、その幻想的可能性こそ、マンガ大国日本の編み出したオリジナリティである、と捉えられている。

その最初の一歩を踏み出したファンタジイこそ、この〈グイン・サーガ〉と考えたい。そして、だからこそ、アメリカから日本へそのまま横流しに移入されたかのように見えた〈グイン・サーガ〉は、無国籍とも多国籍とも思える表層下に、かえって日本的な構造や本音を浮かびあがらせているように見えるのである。たとえば、そのほんの一例が、世界観であり、とりわけ帝国観だと思う。

■帝国のファンタジイ

スティーブン・ハウも指摘するように、異世界ファンタジイは『指輪物語』をはじめ、ごく頻繁に〈帝国〉を題材としてとりあげていることが多い。帝国といっても、ひとつの国家を具体的に指し示すというより、いわば「帝国」という概念が物語のなかで重要な役割を負っている、という意味である。

たとえば、『指輪物語』だったら人間の王国ゴンドールの、ながらく空位となっていた王座に、正統な王が帰還し、人間の時代が始まる、という物語の流れがある。帝国というコンセプトから見ると、ことはひとつの国家ゴンドールの問題のみではすまされな

い。ミドルアースと名付けられた世界全体は、ゴンドールに正嫡（せいちゃく）が帰還する以前に、モルドールという強大な勢力が現れ、それが全ミドルアースを覆い尽くすかもしれない、という帝国支配の脅威にみまわれていた。さらにそのモルドール勃興以前には、海のかなたからやってきたエルフら勢力による、大きくゆるやかな支配の形態が、ミドルアースのすみずみまでを覆い尽くしていた。『指輪物語』には、さまざまな種族の国の興亡が描かれているのだが、そこには十九世紀「大英帝国」勃興以降の英国式帝国の捉え方が映し出されているように見える。

ハワードの〈コナン〉とならんでヒロイック・ファンタジイとしては著名なマイクル・ムアコック〈永遠の戦士エルリック〉シリーズもまた、強大な帝国の頽廃期の物語である。主人公のエルリックは、魔術支配を長くつづけてきたメルニボネという強大な帝国の正嫡である。だが、帝国は頽廃し最後の跡取りのエルリック自身も虚弱な体質で生まれ、魔剣の力がなければ立って歩くこともかなわないほどだ。物語は、帝国の最後の王子が、魔剣を携えることによって吸血鬼的な生き方に堕ちねばならず、かといって自ら死を選択することもできず、苦しみながら彷徨する、という展開になっている。世界革命闘争時代から書かれ始めたこのシリーズに、第二次世界大戦以降の西欧の帝国主義、とくに大英帝国のコンセプトを重ね合わせることは難しくない。

では、〈グイン・サーガ〉ではどうだったのか。極東の島国という特殊な地政学によ

って、国際的にはさまざまな「帝国」支配下で微妙な位置をとり続けているミカドの国の帝国観が、〈グイン・サーガ〉のなかに見え隠れしているのではなかろうか。

グインは、この長大な物語のなかで圧倒的にインパクトのある中心的なヒーローであるにもかかわらず、謎めいた存在だ。物語の中の役割も、しばしば空虚の中心と言わざるをえないほど、希薄であることも少なくない。

しかし、それよりもさらに注目すべきは、たとえば、惑星外部と惑星内部の世界観の相違を、読者はグインを通して感じ取ることができる、ということ。古代から中世までの中国大陸、近世の西洋列強など、島国の日本にとって、新奇なるものによる急激な世情変化は「外」の世界からもたらされる事物による影響が多かった。外部からもたらされる新しい情報と、それをもって形作られてきたものだが、その境界線上に位置する特権をめぐる思想というコンセプトに結実してきたものだが、その境界線上に位置する特権をめぐる思想を、グインは思い起こさせる。独特の「ウチとソト」

グインは記憶喪失のまま、突然この世界に現れるのだが、現れるやいなや、それまで見も知らぬパロの遺児たちと懇意になる。なぜ、彼はとつぜん出会った双子の遺児を守り、彼らに荷担することになったのか。新興国のモンゴールではなく、なぜ、パロに…

…？

その不思議は、彼自身が星の船と関係があるらしい、という伏線に繋がっていく。あ

るいは、ノスフェラスの汚染地域のナゾと関連があるらしいことなどが示唆されている。栗本薫はそのナゾを解き明かすことなく逝去したので、詳細は不明だが、少なくとも、グインをこの星へと送り込んできた遠因に、遠い星の世界で行われている果てしない闘争が影を落としていることだけは確かだろう。

古い歴史のある王国パロには唯一、星の世界と中原を結びつける古代機械が隠されており、代々の王はその秘密を独占することで、中原に魔法めいた絶大な力を行使していた。グインは記憶喪失とはいえ、その記憶障害もきわめて恣意的な状態になっているかぱ、パロの遺児とグインの協力関係の間には、ある種の意図が隠されていた、と考えるのは不自然ではない。

グインが、何者で、どこからやってきたのか。そのヒントは、彼が中原どころか、それを包含する惑星全体からの逸脱者、外部のエイリアンであることに関係している。それを解き明かすことこそ、古代においてはるか彼方から降り立った日本の神々の構造を問い直し、また〈惑星〉外部の大きな帝国と、惑星内部の帝国の支配構造を再考することにほかならないのではないか、と思うのだ。

■**血族をめぐるファンタジイ**
わたしは、〈グイン・サーガ〉の強みは、次の三つのポイントの共存にあると考えて

第一点は、これまで書いてきたように、ヒロイック・ファンタジイたるべく、グインという世界の要が設けられていること。ただし、先にのべたように、グイン自身に関しては、空虚の中心というべき存在でありつづけることも多かったため、むしろ中原の世界の物語を牽引したのは、各国間の興亡、政治的軍事的かけひきだった。
　そんなわけで、第二点は、留守がちのヒーローに変わって、プロットの多くを、各国王家の人々を中心に複数のプロットが組まれている、ということ。
　このへん〈グイン・サーガ〉は、トールキン型の異世界ファンタジイのかたちをとっていない。周知の通り、トールキン『指輪物語』やC・S・ルイス『ナルニア国物語』では人間以外の種族、ホビットやエルフ、ドワーフら生き物たち（別種族）の国が多数登場する。だが、〈グイン・サーガ〉は、人間以外の種族に関してはさほどバラエティがあるわけではなく、そこはきわめて禁欲的だ。おどろおどろしい魔物や妖怪、ツキモノこそ多数登場するものの、基本的にはトールキンらの示唆するような多種族混淆の世界観とは一線を画し、あくまで人間たちが活躍する話になっている。
　『三国志』を意識していたと著者自身が語っているように、群雄割拠する人間世界は、戦国時代の趣が中心を占め、主要登場人物たちは、栄枯盛衰を繰り返す国の攻防戦に、かかりきりとなっている。

グイン以外の登場人物たち——パロ、モンゴール、ケイロニア、ゴーラなどの王家の人々は、基本的には魔法とは無縁である。魔術は、それを専門に扱う魔道師ギルドがあり、秘密結社めいたネットワークを形作り、宮仕えする魔道師たちもいるが、それも物語を牽引するほどの物議を醸しだしているわけではない。きわめて普通の、人間社会ならではの戦乱と宮廷絵巻、壮絶な国盗り合戦が〈グイン・サーガ〉の見所となっている。このプロットには、歴史小説や時代小説の要素が取り込まれ、彼らの攻防戦が、現代にも通じる、さまざまなドラマを含んでいる。

まず、各国は王制をとり、血族が王家を形作っている。しかも戦闘での国盗り物語は、時として戦略としての、嫁取り物語と深く絡み合う。戦闘や合戦より、嫁取りをめぐる恋愛小説風味も、〈グイン・サーガ〉の面白さの一因と言えるだろう。

この血族偏重趣味は、一見ヨーロッパの絶対王朝時代の各国王家の婚姻戦略を彷彿（ほうふつ）とさせるかもしれない。ただし、ハプスブルグ家などを素材にした歴史小説と異なっているのは、大家族制ではないこと。そして、恋愛と結婚が乖離した歴史的な王族とは異なって、恋愛と結婚とが一体化した現代風の結婚観・家族観がベースになっている。

具体的には、王家が少子化現象に覆われていること。そこでは戦後の核家族観やロマンス観が既存のものとして登場しているのだ。少女マンガ的な恋愛譚が導入されるのは、まさにこの場面で、それこそきめこまやかな設定と描写が登場する。

主要登場人物の中でも光っているのは、アルド・ナリスとアムネリスであろう。ふたりは、まるで、華麗な少女マンガから抜け出てきたような姿で登場する。その得意技といえば、かたや女装癖、片や男装の麗人と、ともに異性装にあり、そのジェンダー越境のふるまいが、いっそう華のあるキャラクターにしている。異世界ファンタジイと少女マンガがこれほど相性がよいものかと目を見張るような成功例であった。

パロの王室にいるアルド・ナリスは、作者の徹底的な寵愛を受けた中心的人物である。ただし、この世界は、先に述べたように、彼もグイン同様、その世界のルール（運命といってもいいが）から離脱できていなかった。

才能も美貌も富も申し分のない人物でありながら、「失敗」をめぐる話であり、「下降の話」とあらかじめ規定されているのだろう？　彼の弱点は、ただひとつ。「愛される」という実感である。不思議だろうか？　だが、ナリスの心理内部に巣食う頽廃的な空虚さ、絶望感、孤独感は、グイン・サーガの登場人物たちにも共通するものである。

たとえば、グイン・サーガのなかで描かれる兄弟・姉弟たちは、西洋のカインとアベル神話のように、ライバル関係にはない。むしろ兄弟間には圧倒的な実力の不均衡があり、主となる登場人物たちは、この力の不均衡によって、孤独に取り残されたような描

き方をされる。ナリスにはアル・ディーンという才能豊かな弟がいたが、宮廷にあわない性格のアル・ディーンは、パロを出奔し、吟遊詩人としてままな人生を生きている。アムネリスの弟は脆弱で、のちに暗殺の憂き目をみる。リンダもまた双子の弟レムスの異変に直面する。

したがって、これらの長子たちはいずれも、「仕方がなかったから」……あるいは「責任をとるかたちで」、不本意ながら宮廷の中心に居続ける。本人の資質が政治の中心や王家の伝統に合う合わないなど一向にかまわず、彼らは与えられた位置を守るために努力する、きわめて真面目な人々なのだ。彼らの性格の複雑さには、いずれも「弟キャラ」が関わっているように見える。そして、責任感の強い似たもの同士が、互いにぶつかりあう——それが、大河プロットの隠し味になっているのではないだろうか。

このように、〈グイン・サーガ〉の世界は、いっけん古びた王家を扱っているように見えて、欧州王室の子だくさんを前提とした前近代ではなく、むしろ少子化の影響の強い戦後の日本の長男・長女たちの立場を映し出しているようだ。少子化現象がすすんでいながら、その一方で戦前の「家」を中心とするイデオロギーもいまだ根強く残っている。そんな子どもをめぐる新しい状況と旧式の価値観とがせめぎあう現代の日本社会が、透けて見える。アル・ディーンのように、ポップシンガーとして自らの才覚に従った人生を歩むという自由か、それともアルド・ナリスのように、昔から継承してきた家を次

ナリスは、長子ならではの責任感で、人もうらやむ地位についているものの、孤独感や欠落感にさいなまれてしまう。なにもかも申し分のない境遇であればあるほど、それらは豪奢な牢獄であるかのような、そんな鬱陶しさが漂っていて、それがゆえに、ナリスはデカダンな雰囲気を漂わせる。

そんなナリスの境遇を際立たせているのが、グインとの出会いである。そう。ナリスはただ一度だけ、グインに会うことになる。パロの奥底に隠蔽された秘密を知るナリスにとって、グインというエイリアン（異邦人）は、まさにもっとも興味深い人物であったろう。グインと出会うことこそ、ナリスをしてせちがらい地表に緊縛する規範から解き放ち、星の世界へいたる惑星的思考へと導くものであったはずだからだ。しかしながら、運命はそれをゆるさず、彼は中原という牢獄に閉じこめられるがごとく、残酷な境遇へと追いやられてしまう。

いっぽうグイン自身も、自らの秘密を解き明かすために、ナリスはなくてはならない人物だったはずである。だが、ふたりはすれちがいにつぐすれちがいのまま、簡単に出会うことはなかった。ついにそのチャンスがあらわれるとき、読者は、この物語のルールとして定められた運命こそ、ヒロイック・ファンタジイの約束事に他ならないと思い知るのである。

男装の麗人アムネリスもナリス同様、苛酷な運命を辿らざるをえない。新興国モンゴールの姫として生まれたアムネリスは、「光の公女」として自ら剣をとり、大軍の将として、戦いの女神のような活躍をする。なぜ彼女は男装していたのか。彼女もまた、ナリス同様、虚弱な弟になり変わって、長子としての責任をはたそうとしていたのである。姫としても申し分のない美貌と才能に恵まれていたにもかかわらず、長男的な義務を無意識に背負ったお姫さまとして描かれるのだ。いわば、男装することによって、彼女は、女性的な役割と男性的な役割という双方の間を揺れ動く、特権的な立場を享受していた。

だが、一度は男装の麗人としてパロを征服、勝利に輝いたアムネリスだったが、鋼鉄の処女性に物言わしてきらびやかな女性武人として輝かしい青春を歩んではいたものの、ナリスの誘惑をきっかけに躓き、さらにモンゴールが敗退し、彼女の父ヴラドが崩御するやいなや、哀しいかな、栄光のすべてを剥奪されてしまう。天国から地獄へ。鋼鉄の処女の強さの秘密は、父と帝国の庇護のもとにおいてのみ成り立つということにほかならなかった。それを身にしみて知るのは、アムネリスが女性だったからである。男装することによって結婚・出産といった女子に敷かれたレール上の女性的な属性の緊縛から逃避できるといわんばかりであったアムネリスに、もっともいやがっていた運命がふりかかってくる。その怒濤の人生に、胸痛まずにはいられない。

リンダやレムス、シルヴィアなど、他の王家の人々も、婚姻をめぐる伝統的な約束事

と、恋愛思考との間でさまざまな葛藤を繰り広げる。だが、〈グイン・サーガ〉では、案外男女の性差によって、その苛酷な境遇に違いが見られる。男性登場人物の多くが、直接であれ、間接であれ、身体や意識の自由を奪われ、拘束されていく運命にあり、女性の登場人物の多くは充足することのない愛の問題に悩まされる。そして、血統主義にまつわるきわめて保守的な言説や、けして充足しない飢餓感がはてしない試練のように降りかかってくる。

これこそ、きわめて現代的な恋愛小説の要素であり、同時に日本の女性にとって洗練の度合いをきわめつくしてきた少女マンガを自家薬籠中のものとして、物語化されている部分であろう。

■上昇志向のゆくえ──イシュトヴァーンという人物

さて、〈グイン・サーガ〉の三番目のポイントは、成り上がりの物語のダイナミズムを物語の中枢に据えている点である。

〈グイン・サーガ〉は、物語の初期において、保守的な大国と、新興国家との争いから始めている。一度はパロを壊滅させたモンゴールだったが、その隆盛は長く続かず、モンゴールを治めるヴラド大公の突然の死というアクシデントもあって、パロは復興し、逆にモンゴールのほうこそ、壊滅する。

グイン・サーガ論　異形たちの青春

保守と革新の対立による物語のダイナミズムを象徴的に示していたのは、ふたりの姫君の対比である。十四歳のリンダと、十七歳のアムネリス。過去三千年続いた旧家の、いわばホンモノのお嬢様と、たかだか数十年の成金であるアムネリスの栄光は長く続かず、やがて失速する。成り上がり国家のお嬢様による上昇気分は、もっと徹底的に設定された人物にとってかわられる。イシュトヴァーンこそ、成り上がりの物語を過不足なく体現する人物だ。

登場当時は、さほど作者の注意をひくこともなかった登場人物イシュトヴァーンは、頽廃的な雰囲気を漂わせている他の登場人物と明らかに異なっていて、太陽のように輝かしい。ハングリー精神に満ちた存在として、見る間に人気者になり、〈グイン・サーガ〉の中心に躍り出た。それもそのはず、限度を知らぬ上昇志向を持ち、成り上がることに関しては動物的なまでにまっすぐなイシュトヴァーンに着目すると、〈グイン・サーガ〉は一種爽快なピカレスク・ロマンのように見えてくるからだ。

イシュトヴァーンは、そのままでいけば、地方の港町の男として生涯を全うしたはずだった。が、彼の場合「光の公女」と結婚して一国の王になる、という予言を受け、野心をいだいて中原にやってきた。嘘つきで陽気でくよくよ考えない。変わり身も早く人好きのする彼は、上昇志向の趣くまま、中原で逆玉の輿をねらうべく、立身出世街道を驀進(ばくしん)する。その欲望の中心は、愛ではない。世界征服そのものであり、女はそのための

獲得目標にすぎない。日本の高度成長期にはよく見かけたわかりやすい男の子の典型例と言えようか。このためイシュトヴァーンのエピソードは、まるで少年マンガを地でいくような物語になっていて、この若々しい上昇気分が、〈グイン・サーガ〉のデカダンな構造とハッキリとした対照を成し、暗さを覆い隠して、健全で元気のよい活劇ロマンに見せているのではなかろうか。

また、イシュトヴァーンをめぐるエピソードのなかで、栗本薫の創造するファンタジイならではの要素がのぞいていることは見逃せない。他の作家の異世界ファンタジイとは一線を画すものである。それが、ボーイズ・ラブ風味のことである。

もともと、栗本薫は、日本におけるジャンルとしてのボーイズ・ラブ小説の開祖として知られている。

そして、イシュトヴァーンの経歴には、その片鱗が窺（うかが）われる、ということなのだ。さらに彼は、女性と愛を語らったりするより、つねに男と戦略を練ってともに過ごすときのほうが、開放的でいきいきとしている。問題は、その男性同士の関係性が、同志愛的な愛憎劇をまねきよせてしまうところで、このあたりに、彼を転落に追い込むための伏線がはってあったのではないかと思われることもあった。

ボーイズ・ラブとは、女性が男性同士のロマンスを好む嗜好から成立したジャンル小説。日本では古くは森茉莉のような例もあるが、この耽美的な物語がポップカルチュア

のジャンルとして成立したのは、少女マンガ家の特に二四年組の竹宮惠子『風と木の詩』(一九七六〜八四年)などが人気を呼んだからである。そうした女子の嗜好性に着目し、自らも『真夜中の天使』(一九七九年)を執筆していた栗本薫は、一九七九年にこの分野の専門誌〈JUNE〉誌創刊に深く関わっていた。

これが興味深いのは、七〇年前後、日本の少女マンガ界で、少年愛のモチーフがでてきたころ、アメリカでも同様の現象が起き、のちにそれが、カルチュラル・スタディーズ(文化研究)によって、女性特有の文化現象として研究されるようになったことである。中島梓自身も、そうした流れをふまえて、独自に評論書『美少年学入門』(一九八四年)、『タナトスの子供たち』(一九九八年)を書いている。

なぜ女性特有の現象として生まれたのか。どういう構造を持つものであるのか。詳細にわたって今も議論がたえない分野だが、ひとつ指摘できるのは、ボーイズ・ラブは、所謂男性社会のなかで描かれてきた男目線の異性愛中心の恋愛小説とは異なり、あくまで女性の欲望に忠実にできている、という点である。つまり、女性にとってつまらないこと、面白くないこと、不愉快なことを排除して、女性にとって快い世界を探究していること、異性愛社会での規範を超越し、さらには女性であることから来る社会的な制約自身からも解放された想像力で、恋愛を再考している分野なのである。

ボーイズ・ラブという商業的ジャンル成立以前より、日本の女性読者の間にも、既存

のアニメやマンガの男性登場人物の葛藤などに、恋愛の要素を読み込んでそれを二次創作として書き換える、「やおい」と呼ばれる現象があった。おもしろいことに、二次創作に先行する（原作となる）アニメやマンガは、それこそ少年マンガに典型的な男らしいキャラクターであればあるほど好まれる傾向があった。少年の世界を、女性による恋愛世界の論理で読み替える「やおい」の方法論は、少年マンガに顕著な男の論理を、女性の感性で再解釈するというものだった。したがって、読み替えによる衝撃力は、落差が大きいほうがよりおもしろいのである。ヴァラキアからやってきたイシュトヴァーンは、あくなきハングリー精神のもと、徹底的な上昇志向で、一介の傭兵から一国の王へ成り上がる。そんなイシュトヴァーンをとりまくボーイズ・ラブの傾向は、逆説的に、イシュトヴァーン自体が持つ男性読者に対するアピールを語ってやまない。

■即興の達人

このように、〈グイン・サーガ〉における栗本薫は、異世界のなかに、ヒロイック・ファンタジイ、ピカレスク・ロマン、時代小説、ミステリ、恋愛小説、少女マンガ、少年マンガ、ボーイズ・ラブといったさまざまなジャンル小説の形式を持ち込み、そのフォーミュラをなぞりつつ、常にそこに新しい視点を打ち出し、批評的に描いてきた作家だった。

今私のデスクの左側には、七六年から八一年にかけて刊行されていたSF月刊誌〈奇想天外〉が積まれている。前掲座談会「冒険SFの方向」のほかに、七九年当時〈奇天〉では、中島梓名義の日本SF作家論が連載されていた。その連載二回目で早くも(！)脱線して（彼女はそういうのが得意技だった！）「ヒロイック・ファンタジイ・ノート」（一九七九年五月号）を書き、〈SFマガジン〉一九七九年十月号にヒロイック・ファンタジイをめぐる評論「終わらざる物語」を書いている。ヒロイック・ファンタジイについて研究に余念がなかった様子が窺われる。すぐれた批評家としての中島梓がそこに見えている。

ものごとを整理整頓することばを、その瞬間その瞬間たえず的確に切り出していく評論家としての中島梓は、時代を読むのに俊敏で、旬をつかむのに長けていた。しかしなんといっても、中島梓の慧眼は、フォーミュラ・フィクションの約束事をたちまち抽出するという、その手腕にあったのではなかろうか。

中島梓がフォーミュラ・フィクションの骨組みを造り出す一方、作家としての栗本薫は、技巧を複雑に駆使するよりも、さまざまなジャンルのルールのうえに、ごくごく自然体のことばをその都度うまくのせていくタイプの作家であった。その場合、栗本薫は、インプロヴィゼーション、つまり即興の表現者だったと思う。

〈グイン・サーガ〉は、中島梓と栗本薫の、一種コラボレーションの凄味をもつ作品と

言えるかも知れない。中島梓がまずヒロイック・ファンタジィ論を公開し、野生のヒーローが蛮勇をふるうアメリカ産の英雄冒険譚をどのように日本に移入すべきかを検討し、物語の骨格を整えてしまうと、あとは、栗本薫が、異世界に降り立ち、そこがどのようなところで、どのような人たちがどのような運命をたどったのかということを、即興的に描写する。

そんな中島梓／栗本薫という、評論家と作家の共作関係が、〈グイン・サーガ〉という巨大大河ものを成功させたのだろうか。彼女たちの方法論の凄味がハッキリしてくるのは、あれは五十巻を超えるころだった。〈グイン・サーガ〉は、描写の蓄積が重なれば重なるほど、重厚な様相を呈していった。当初の予定を大幅に超え、百巻をすぎても、〈グイン・サーガ〉は完結することがなかった。

しかしながら、主人公の豹頭の英雄がどこからやってきたのかがそれとなく示され、登場人物たちのなかで、著者自身が一番好きだったであろう美貌の貴公子の運命は決着し、一番華やかで我が儘だったアマゾネスの姫君も、すでに物語から去っていた。それでも、物語は終わらず、異世界描写は続いていく。

その世界のありようは、わたしたちの住んでいるこの現実世界が終わらないのと同じように、広く深く今も多くの登場人物の冒険が動いている、と確信させるほどのリアリティにあふれている。その意味では、〈グイン・サーガ〉も、独自の現実感によって動

いている、ひとつの大きな世界なのだと実感させる。

長年伴走し続けてきた夫で編集者の今岡清は、「梓にとって書くことは生きることそのものでした」と述べている。栗本薫の人生を吸収し尽くしたファンタジイ〈グイン・サーガ〉は、だからこそ一瞬一瞬を生きること――物語を体験すること、の躍動感に包まれている。

このファンタジイを読み返すとき、わたしはいつも、創作意欲へと人が駆り立てられるときの切迫感と熱意にうたれる。読書家の少女が読んで読んで読みまくって、あげくのはてにいつのまにか書く人になってしまったような、その熱さがいつでも漂ってくるからだ。中島梓／栗本薫という最高の読者を楽しませるために書かれた個人的にして、大衆的な、独特の読み物。ここには、人が物語を必要とする生き物だという事実の、一番原初的な認識が関わっている。

GUIN SAGA HANDBOOK
Final

グイン・サーガ
大事典
完全版

内田義明
田中勝義
八巻大樹

〔凡例〕

種別

- 地 地位
- 医 医学
- 食 飲食物
- 怪 怪物
- 金 基金・資金
- 具 道具
- 軍 軍事
- 芸 芸術・芸能
- 建 建造物
- 語 言語・言葉
- 交 交通
- 自 自然
- 宗 宗教
- 書 書物
- 女 人名女性

- 植 植物
- 神 神話
- 族 種族
- 俗 風俗
- 単 単位
- 団 団体・組織
- 男 人名男性
- 地 地名
- 伝 伝説
- 動 動物
- 魔 魔道
- 律 律・法律
- 歴 歴史

地域別

- 〔アグ〕 アグラーヤ
- 〔アル〕 アルゴス
- 〔ヴァ〕 ヴァラキア
- 〔カナ〕 カナン
- 〔キタ〕 キタイ
- 〔クム〕 クム
- 〔ケイ〕 ケイロニア
- 〔ゴ〕 ゴーラ
- 〔新ゴ〕 新ゴーラ
- 〔タル〕 タルーアン
- 〔ノス〕 ノスフェラス
- 〔ハイ〕 ハイナム
- 〔パロ〕 パロ
- 〔モン〕 モンゴール
- 〔ヤガ〕 ヤガ
- 〔ユラ〕 ユラニア
- 〔ライ〕 ライジア
- 〔外〕 惑星外
- 〔沿〕 沿海州
- 〔黄〕 黄昏の国
- 〔鏡〕 鏡の国
- 〔自〕 自由国境地帯
- 〔草〕 草原
- 〔闇〕 闇王国
- 〔東〕 東方
- 〔南〕 南方
- 〔不〕 不詳
- 〔北〕 北方

※人名末尾の括弧内の数字は初出の巻数を、Gは外伝、HBはハンドブックを指します。

ア

アード鳥 動 純白の水鳥。

アーナーダ 神【キタ】 アクメットの使いの人蛇。フェラーラの守護神。

アーニウス 男【カナ】 ローアンの《眠れる王》。(G16)

アーマ 女【ヴァ】 チチアの娼婦。(127)

アーミス 男【キタ】 アウラ神殿の神官。祭司長。ナディーンの父。(G11)

アーリア大橋 建【パロ】 アムブラ地区とサリア神殿のあいだの橋。

アーリア区 地【パロ】 南クリスタル区の東側の地区。サリア神殿がある。

アーリア通り 地【パロ】 クリスタル市内、南クリスタル区の通り。

アーリア橋 建【パロ】 クリスタル市の橋。

アールス川 地【カナ】 カナン市の西に流れる川。

アール・ダリウ 男【アグ】 副提督。トール・ダリウの息子。(34)

アーロス 神【クム】 ヴァーナ教の時の神。

アー・ロン 男【クム】 タルガス近郊の《赤いめんどり旅館》の主人。(108)

アイ 神 星々をちりばめた天空の精。

アイ 男【沿】 《ガルムの首》号の船員。みにくい顔の小男。(8)

アイ・エン 女【クム】 二刀流の女闘士。キタイ出身。(116)

アイオーン 伝 ルアーの駆る炎の天馬。

愛国私塾学生連盟 団【パロ】 クリスタル市庁舎を占拠した学生たちの団体。(110)

アイ・サン 男【クム】 タイ・ソンの小姓。

アイシア【女】【パロ】 サルディウスの恋人。(G18)

アイシア【女】【新ゴ】 ドリアンの乳母。ユラニア人の女官。(103)

アイダ【女】【ヴァ】《女神亭》の娼婦。(G6)

藍茶【食】【キタ】 キタイの茶。

アイナ茶【植】 非常に高価なクムの特産物。《サリアの飲み物》。

アイノ【神】 大気の乙女。空気の精。雪の精。愛人を救いにむかう彼女の願いに応えて海が二つに割れたといわれる美女。

アイモス【伝】

アイヨー【芸】【クム】 クムで人気のある軽業芸。

アイラス【男】【パロ】 パロ魔道師ギルドの上級魔道師。(90)

アイラニア【女】【新ゴ】 アムネリスの侍女。

アイリス【女】【パロ】 貴婦人。やせっぽち。女官長。(8)

アイリス城【建】【ケイ】 昔のアルビオナ女王の城。

アイルス【男】【パロ】 アムブラの学生。アムブラ騒動で市庁舎に籠城。(6)

アイルズ【男】【アグ】 ヴァーレン、アリサ通りのはたごのおやじ。(12)

アイルフ【男】【北】 黒小人の長。(G4)

アウグスタ【女】【パロ】 王姉付き女官長。リンダの婚礼の支度係。(8)

アウグスチヌス【男】 兵法家として知られる先人。(4)

アウス【男】【ケイ】 ヴォルフ伯爵。ルカヌスの弟。グイン救援軍幹部。(97)

アウス【男】【パロ】 準男爵。カラヴィアの地方官。クリスティアの父。(G19)

アウラ 神 暁の女神。東の朝焼けの中に住む。

アウラ・カー 神 外 ランドックの最高君主である女神。廃帝グインの妻で、グインを追放した。暁の五人姉妹の一人。(8)

アウラ・シャー 神 外 暁の五人姉妹の末の妹。純白の猫頭、緑の瞳、真っ白な羽根。ランドシアに降臨した。光、純潔、暁の女神。アウラ・カーの妹。(G11)

アウラ・リーガ 神 外 ランドックの至高の女神。暁の五人姉妹の一人。

アウルス・アラン 男 ケイ アンテーヌ子爵。アウルス・フェロンの息子。(18)

アウルス・フェロン 男 ケイ アンテーヌ侯爵。十二選帝侯筆頭の長老。灰色の目、短い白髪。ゴーラとの和平条約の特別使節団全権大使としてイシュタールに向かった。(18)

アウレリア 女 パロ アウレリアスの双児の妹。タラントの恋人。(6)

アウレリアス・デルス 男 パロ 聖騎士伯。アウレリアの双児の兄。決闘でナリスに傷をおわせた。(6)

アウレリウス 男 ケイ 護民官。ケイロニアの高位高官。(G1)

アウレネウス 伝 怪物を空中で絞め殺した英雄。

アエリア 女 モン アムネリスの従妹。トーラス戦役後に処刑。享年十七歳。(6)

アエリウス 伝 偉大な船乗り。魔の海トゥーゴルコルスを旅し、まぼろしの姫君イレーニア姫救出などの冒険をした。

アエリス 男 神 自 木々とすべての植物の神。

アエルス 男 自 ゾルーディアに潜入した盗賊。イシュヴァーンの手下。(G2)

青い花 建 モン トーラス、アレナ通り

の旅館。

青騎士団 団【モン】 五色騎士団の一。

青鱗団 団【キタ】 ホータンの団体。首領はリー・リン・レン。青星党へ発展した。

赤い街道 地 キレノア大陸の各国、各地方を赤いリボンのようにむすびつけている最大の交通網。カナンの時代から開かれてきた。赤レンガなどを敷いている。文明と中原そのもののシンボルである。

赤い街道の盗賊 団 赤い街道沿いを荒らし回る山賊の総称。さびれた旧街道沿いを根城としている。

赤いカラス亭 建【キタ】 西フェラーラの宿屋。

《赤い鮫》号 交【ライ】 インチェス・ノバックの真紅の主船。千五百ドルドン級。船首に大きな鮫の牙の模様。

赤い塔 建【キタ】 グラチウスがキタイの本拠としていた塔。現在は放棄されている。

赤い盗賊団 団【自】 自由国境地帯を根城とする盗賊団の総称。赤い街道の盗賊とも呼ばれる。

赤いめんどり旅館 建【クム】 タルガス近郊の宿屋。

赤騎士団 軍【モン】 五色騎士団の一。

赤サソリ魚 動 見かけはわるいが食べるとうまい魚。

アガペー 地【闇】 娼婦の町。

アガリオン 伝 伝説の、町の子供たちをみな連れていってしまった《笛吹き》。(G 17)

アキニウス 男【モン】 パロに潜入したときのアストリアスの偽名。(8)

アキニウス 男 『植物図鑑』の著者。(71)

アキレウス・ケイロニウス 男【ケイ】 第六十四代皇帝。シルヴィアとオクタヴィア

アクメット 神 [キタ]　フェラーラの人獣神。

アクメット 神 [闇]　猫神。快楽と嗜虐をつかさどる、魔神第一の使徒。

アクメット 男 [キタ]　『予言の書』の著者。(3)

アクメット神殿 建 [キタ]　フェラーラの神殿。人蛇アーナーダの洞窟がある。

アクラ 神 [ノス]　ラゴンの神。アクラの使者をラゴンに遣わすといわれる。

アクラ 地 [ノス]　ラゴン族の崇める場所。周囲は白骨で覆われている。

アグラーヤ 地 [マグ]　沿海州連合に属する王国。国はボルゴ・ヴァレン。首都はヴァーレン。ニンフ湾岸にドライドン港をもつ。王女アルミナはパロの元王妃。

アクラの使者 位 [ノス]　アクラがラゴンを導くために遣わす使者。

アクラのしるし 具 [ノス]　グインが《塩の父。鋼鉄色の目、白髪の剛毅なたくましい老人。英明果断で獅子心皇帝とも呼ばれる名君。厳しさの中にも深い情愛を秘めており、臣下や国民から慕われている。グイン王の即位に伴い、光が丘の星稜宮で半隠居生活を送るようになった。(3)

アキレス 男 [パロ]　小アキレス。先代アキレス聖騎士侯の実子。黒竜戦役で戦死。(11)

アキレス 男 [パロ]　アルシス内乱のときの聖騎士侯。その時の傷がもとで若死にした。(G8)

アクテ 女 [ケイ]　ディモスの妻、五人の子の母。金茶色の髪、灰色の目の大柄な美女。家庭的でケイロニアの理想の女性の典型とされる。(17)

悪魔大祭 宗 [闇]　百年に一度の恐るべき祭り。

の谷》で手に入れたアクラの使者のしるし。金属でできている。

アグリッパ 男【ノス】 ハルコン出身の大魔道師。三大魔道師の一人。ノスフェラスに入口を置く異星の結界にこもり、現世に干渉せず、ただ観相の日々を送っている。三千歳。(2)

アサス 男【ケイ】 サイロンに向かった護民官。(G1)

アシュロン 男【クム】 剣闘士。黒毛のアシュロン。116

アスガルン山脈 地【北】 北方諸国とノスフェラスのあいだをさえぎる山脈。暗灰色のけわしい山なみで、永遠の氷雪におおわれている。

アストリアス 男【モン】 子爵。マルクス子爵の息子であり、《ゴーラの赤い獅子》等の異名を持つ。死の婚礼事件でとらえら

れ幽閉されるがパロの内乱時の混乱に乗じて脱出、風の騎士と名乗り光の騎士団を率いてモンゴール復興を目指している。黒髪、黒い瞳。(2)

アスニウス 男【新ゴ】 建築家。イシュタールの建設に中心的な役割を果たした。(100)

アタナシウス 男【ケイ】 司法長官。秘密法廷の進行役。(23)

アダモス 伝 長老。レントの海の水を杖でたたいて二つに割った。(14)

新しきミロク 宗 ヤガのミロク教徒のあいだで信仰を集めつつある教え。全世界のミロク教徒を弾圧から救うための聖戦に備えよと説く。

アダン 男【ケイ】 白虎将軍。貴族出身。しわぶかい顔の老人。(4)

アックス樫 植【ケイ】 ケイロニア特産の

木。

厚みのある国 地 闇と光のはざまの世界でいう現実世界のこと。

アディーナ 女【モン】 フェルドリックとミアの長女。㉟

アトキア 地【ケイ】 十二選帝侯領の一。領主はアトキア侯爵ギラン。クムとの交易のかなめとして発展している。人々はきすいのケイロン人。州都はアトキア。

アトキア侯爵 位【ケイ】 ギランおよびマローン参照。

後催眠の術 魔 相手に強い暗示をかけ、後にあるキーワードなどを与えることによって術者の意志通りに行動するように仕向ける術。

アトス 男【ケイ】⑱ 子爵。黒曜宮の外宮に室を持つ。

アドリアン・カラヴィアス 男【パロ】 聖騎士侯筆頭。カラヴィア子爵。アドロンの一人息子。金髪、青い目。まだ若いがパロでもっとも力のある大将軍としてリンダを補佐している。⑯

アトレウス 男【ケイ】 前皇帝。⑰

アドロン 男【パロ】 カラヴィア公爵。大柄で浅黒い顔立ちの初老の伊達男。④ファルの知り合い。㉓

アナン 地【パロ】 クリスタルに近い、ランズベール川沿いの宿場町。

アニア 女【パロ】 マルガ離宮の女官。

アニミア 女【パロ】 カリナエ小宮殿の女官長。青い目のふくよかな女性。㊷

あの世橋 建【キタ】 ホータンの白骨川と流血川にかかる一番大きな橋のひとつ。

アバ 女【パロ】 サイラムの雇っていた下女。(G⑳)

アピス 【男】（パロ） アムブラの学生。(13)

アブラヒム 【男】（ノス） 黒魔道師。人形を操る魔道を得意とする傀儡使い。(93)

アフリカヌス 【男】（パロ） 闇王国の富裕な商人。(HB1)

雨が池 【地】（モン） ガウシュの村近くの小さな池。

アマリア 【女】（アル） リンダについている女官。年長。(12)

アマリア 【女】（沿） 《かもめ亭》の娘。ナナの妹分。(G9)

アマリウス 【男】（パロ） 聖騎士侯。マリア子爵。現マール公爵の甥。クリスタルの司政官。(65)

アマリウス 【男】（パロ） クリスタル・パレスの侍従長。茶色の髪。アモンにより体を犬に変えられたのち墜落死させられた。(89)

アマルス 【男】（パロ） 有名な髪のデザイナー。(8)

アマンダ 【女】（ライ） 伝説の海賊クルドの最後の女。クルドを裏切って殺害の手引をした。(G2)

アミア 【女】 オフィウスの死んだ恋人。(G17)

アムネリア 植 赤子の頭ほどもある黄金色に薄く朱色をはいた、何百枚も重なった薄い花びらをもつ大きな花。甘く強烈な香。《花の女王》《光花》《炎の花》と呼ばれる。花言葉は〈激しい偽りの愛〉。

アムネリア塔 【建】（新ゴ） イシュトヴァーン・パレスの中央の塔。アムネリスの幽閉のために建設され、周囲から厳重に隔離されていた。

アムネリア宮 【建】（クム） オロイ湖畔、バイアにある離宮。アムネリスが一時幽閉さ

アムネリス・ヴラド・モンゴール 「花蝶宮」を参照。

アムネリス・ヴラド・モンゴール〖女〗【モン】 大公にしてゴーラ王妃。イシュトヴァーンの妻。ドリアンの母。緑の瞳、金髪、色白で大柄な美女。ノスフェラス侵攻の陣頭指揮をとるがグインたちに敗れる。モンゴール陥落後、イシュトヴァーンの手を借りてモンゴールを復活させるも、トーラス政変でイシュトヴァーンに降伏し、身重の身でアムネリア塔に監禁され、獄中で自力でドリアンを出産した直後に自害した。

アムブラ〖地〗【パロ】 東クリスタル区の中心。猥雑な活気あふれる下町。かつては私塾が集まる学生の町でもあったが、弾圧後に教師や塾頭たちの多くが去っていった。内乱終結後、徐々に私塾が再開されつつある。

アムブラ私塾会館〖建〗【パロ】 アムブラ地区にある会館。私塾の学生たちの発表や集会の場。元アムブラ学生会館。

アムブラ私塾連盟〖団〗【パロ】 マギウスを中心とする、聖カシス塾の学生たちが大半を占める、過激な主張をする団体。

アムブラ市民軍(アムブラ義勇軍)〖軍〗【パロ】 パロ内乱時にアムブラの若者で組織された軍。のちのクリスタル義勇軍。

アムブラ青年学生連盟〖団〗【パロ】 学生たちが個人単位で入る組織。

アムラシュ〖地〗【沿】 沿海州連合のひとつ。アムラシュの市長にして、海人族の族長であるハズリック・ケンドルが治める。

アムラン〖男〗【パロ】 アムブラの留学生。リギアの初恋の相手。(112)

アムラン〖男〗【沿】 ダリア出身。グロウとサロウの弟。《ニギディア》号乗組員。

雨降り通り 地【パロ】 北クリスタル区の郊外の通り。

（G17）

アメリア 女【ケイ】 メルキウス准将の娘。

アモス 男【ケイ】 ディモスの末子。(20)

アモン 神【パロ】 この惑星の中心部に巣くう巨大な竜。

アモン 伝【パロ】 前王太子。レムスとアルミナの息子。正体は邪悪な精神生命体で、カル＝モルによってグル・ヌーから取りだされ、レムスを経由してアルミナの胎内に移り、誕生した。誕生時は実体を持たなかったが、クリスタル・パレスの人間を食して成長し、数ヶ月で色を変える瞳や髪を持つ美少年へと変貌した。強力な魔力の持ち主。グインの策略により星船に閉じこめられ、宇宙空間を漂流させられている。(76)

アラート 地【パロ】 マルガとカラヴィアのあいだにある、リリー川沿いの町。

アライア 怪 ヴァーナ教の女夢魔。男に悪夢をもたらす。エライアスの連れ合い。

アライン 男【パロ】 子爵。行政秘書官。アムブラ騒動で人質になり死亡。(25)

アライン 地【パロ】 マルガ街道沿い、イラス平野の北端付近の都市。

アライン街道 地【パロ】 クリスタルから南に下り、アラインを通る街道。

アラクネー 女【ケイ】 まじない小路に住む、糸占いと呪殺を行なう魔道師。蜘蛛使いとして知られる。(G1)

アラクネーの蜘蛛 怪 魔道師アラクネーが飼っていた闇の生命。巨大な蜘蛛の姿。

アラス 男【ケイ】 タラムの町の大工。(42)

アラス 地【モン】 トーラス郊外の淋しい

アリアス [男] (ケイ) 黒曜宮おかかえのダンス教師。(40)

アリアドナ [女] (パロ) 建国王アルカンドロスの第一王女。(G19)

アリーナ [地] (パロ) マルガ近くの小さな集落。リリア湖北端。

アリーナ [地] [新ゴ] 北部の城砦都市。

アリーナー [神] 人を抱擁し、死に誘う死の娘。

アリウス [男] (ケイ) 二十代皇帝。皇帝の地位を高めた。(128)

アリエル [男] (パロ) 魔道師にしてルアー大祭司。(6)

アリオン [男] (パロ) いにしえの若き王子。北方へ冒険しヨツンヘイムより至宝《ルアーの目》を持ち帰る。(G4)

アリオン [男] (モン) カダイン伯爵。黒騎士団司令官。(2)

町。

アラミス [男] (ケイ) 黒曜宮おかかえのダンス教師。(40)

アラモン [神] [南] 南方のフリアンティアの土俗的な神。

アララト [植] [闇] 三千年から生きてきた都の守護神たる丘の上の大木。

アラン [男] (パロ) ナリスの小姓。(G7)

アラン [男] (パロ) ファーンの弟。(G8)

アラン・ドルフュス [男] (沿) サイデンの娘婿。(32)

アラン [男] (ヴァ) カメロンが《海の女王》号に乗り組ませた密偵。(15)

アリ [男] (沿) 《ガルムの首》号の船員。(8)

アリ [男] (モン) 獰猛そうな大男。

アリア [女] (ケイ) 貴婦人。舞踏会の主催者。(40)

アリカ 【植】【ノス】 ノスフェラスの木。その実の果汁は強いアンモニア臭がある。

アリサ・フェルドリック 【女】【新ゴ】 フェルドリック・ソロンの娘。澄んだ青い瞳、黒髪。敬虔なミロク教徒で、父の仇であるイシュトヴァーンを殺害しようとしたが果たせず、そのまま彼の身辺の世話をしている。(35)

アリシア 【女】【パロ】 ダール伯夫人。死刑宣告を受けた。(23)

アリシア 【女】【パロ】 デビ。お喋りで有名。(38)

アリシア星系 【地】【外】 惑星ランドックの属する星系。

アリス 【女】【モン】 《煙とパイプ》亭のダンの小柄な妻。双子の子供を出産した。(38)

アリスト 【男】【ケイ】 黒竜騎士団の傭兵。クム出身。(17)

アリストートス 【男】【モン】 モンゴール軍総司令官付き参謀長官。背骨の曲がった片目の醜い小男。通称アリ。赤い盗賊時代のイシュトヴァーンと出会い彼の参謀となる。ずる賢い頭脳でイシュトヴァーンを王にするためのさまざまな策略を次々と実行しついにはモンゴールの実権を得るまでになるが、その過程での陰謀が発覚して死刑になる。(19)

アリナ 【女】【パロ】 アドロンの末娘。(25)

アリン 【男】【カナ】 子爵。黒い目、生まれつき不自由な体。センデに失恋して殺害した。(G16)

アル 【男】【アグ】 水夫。サリア号の船員。(15)

アルヴァイラ宮 【建】【パロ】 クリスタル・パレスの西側の小宮殿。ベック公爵邸。

アルヴィウス 【男】【モン】 将軍。黄色騎士

アル・ウィラート砂漠 [地]【草】 ウィルレン・オアシスとヤガのあいだに広がる砂漠。

アル・ウィラート ルキウスの父。トーラス戦役後に処刑。(14)

アルウィン [男]【モン】 騎士宮の管理人。(36)

アルヴィン [男]【ケイ】 黒曜宮の外宮に室を持つ貴族。(18)

アルヴォン [地]【モン】 ケス河沿いの砦。赤い塔がある。

アルート高原 [地]【自】 パロ南東の森林地帯。カナンの時代に栄えた宿場がある。

アルーン [地]【自】 ウィルレン・オアシスの北に広がる高原。

アルカ [女]【自】 サルファの《サリア亭》の娘。(23)

アル=カイン [男]【自】 ゾルーディアの当代のミイラ作りの名人。(G2)

アルカス [男]【ケイ】 ユラニア遠征軍中隊長。(23)

アルガス [男]【ケイ】《竜の歯部隊》の副長。(118)

アルガノ琴 [貝] 楽器の一種。

アルカムイ [男]【クム】 剣闘士。カミラルの星。(116)

アルガンガス [怪]【草】 犬頭蛇身の怪物。ガルムとクロウラーの子。

アルカンド [地] 草原地方の南端、アルゴ河の河口にある古い自由貿易都市。大商人の合議制により都市が運営されている。《レントの海の泡》と呼ばれる美しい古都。

アルカンドロス [男]【パロ】 建国王。歴代の聖王の即位に際して、霊位として《承認の儀》を行なうといわれる。(3)

アルカンドロス大橋 [建]【パロ】 北クリスタル区とアムブラ地区を結ぶ橋。

アルカンドロス大広場 地【パロ】 クリスタル・パレスの東の広場。祭典や異変のたびに人々が集まる場所。東大門前にアルカンドロス大王の巨大な石像がある。

アルカンドロス聖王廟 建【パロ】 アルカンドロス大王の遺体が納められている廟。パロ聖王即位時に、この中でひとりで一夜を過ごす儀式が行なわれる。

アルカンドロス門 建【パロ】 アルカンドロス広場とクリスタル・パレスのあいだの門。東大門。

アルク 動 気性が荒く、牙のするどい小動物。ウサギよりやや大きい。

アルクス 男【ケイ】 パロ駐在司令官の副将の筆頭。大佐。(127)

アルクト 神【クム】 ヴァーナ教の技能の神。

アルクト神殿 建【クム】 タイスの神殿。

アルグレ 女【ケイ】 ヴァルーサのお産を担当する乳母。(G21)

アル゠ケートル 男【自】 ミイラ作りでゾルーディア最初の王。美女タニアをミイラにした。今はミイラとしてゾルーディアの地下に住む。(G2)

アルゲリウス 男【パロ】 アムブラの学生。学生たちの中核。(37)

アルゴ 女【パロ】 アルディウスの娘。スラデクと恋に落ちた。アルゴスという国名は彼女の名前をとってつけられた。(11)

アルゴ河 地【草】 レントの海に流れ込む、辺境と中原の南西限。

アルゴス 地【アル】 マハール・オアシスとアルゴ河下流沿岸にひろがる草原の大国。首都はマハール。現国王はスタック。パロ聖王家と長年の婚姻関係を続けてきた。

アルゴス義勇軍 軍【アル】 スカールが率

いる騎馬民族による軍隊。グル族中心。正規軍ではない。パロ内乱において一時ナリス側に参加し、のちにイシュトヴァーン軍を奇襲。

アルゴス正規軍 軍【草】 アルゴスの軍隊。

アルゴン 宗【キタ】 望星教団において全身が石化した人間のこと。

アルゴン 男【モン】 ツーリード城の青騎士隊中隊長。（4）

アルゴン 地【新ゴ】 東部の都市。

アルザイ 植 実は食用でたっぷりと汁気を含んでいる。

アル・サン 男【パロ】 古代パロの王子。反逆者として知られる。（10）

アルシア 女【パロ】 ラカン侯爵の娘。意地悪で有名。（HB2）

アルシア連山 地【自】 オロイ湖の南にある山脈。ガルム峠がある。

アル・ジェニウス 語【パロ】 聖王をあらわす最高の尊称。

アルシス 男【パロ】 ナリス、ディーンの父。ナリスの前の古代機械のマスター。

アルシス 男【パロ】 マルガ離宮参照。

アルシス離宮 建【パロ】 マルガ離宮参照。

アルス 男【パロ】 アムブラの学生。（37）

アルス 男【ケイ】 サイロンの客引きでつもたせ。イフリキア出身。穴ねずみのアルス。正体はヤンダル・ゾッグ。（G1）

アルス 男【ユラ】 アルセイスの市民。

（64）

アルセイス 地【新ゴ】 旧ユラニアの首都。イシュタールから馬で半日。現ゴーラ王国の経済の中心、商業の都。首都としての機能をかなり残している。通称は《紅都》。

アルセイス衛兵隊 軍【ユラ】 ユラニアの首都アルセイスを守る部隊。

アルセイス市民軍 軍【ユラ】 イシュトヴァーンがユラニア正規軍を解散させたあとに作った混成部隊。のちの「ユラニア騎士団」。

アル・ディーン 動 こうもり。

アルタード 吟遊詩人マリウスの本名。ナリスの異母弟。ヨウィスの民の血をひく。茶色の巻毛、茶色の目。十七歳の時パロ王家を出奔、以後吟遊詩人として諸国を放浪していた。ケイロニアでオクタヴィアと恋に落ち愛娘マリニアをもうけるが、王族暮らしに嫌気がさしケイロニアを離れる。記憶をなくしたグインと再び出会い、共に旅をしてタイスを経てクリスタルへ戻る。(9)

アルディウ・ガウ 男【パロ】 モスの詠唱第十七節の訳者。(11)

アルディウス二世 男【パロ】 第二パロ王朝の祖。アルゴ姫の建国王。(80)

アルディウス 男【ケイ】 ハズスの次男。ロベルトの養子としてローデスに縁づくことが決まっている。(121)

アルディス 男【パロ】 アルドロス二世の三男。ファーンの父。先代のベック公。(6)

アルティナ・ドゥ・ラーエ 地【鏡】 ハイラエ、蛟が池のほとりにあるという村。

アルテミス 女【パロ】 アルドロス大王の王妃。ケイロニアとパロの戦争の原因となった。(9)

アルトア・グリン通り 地【ヤガ】 南ヤガラ区の通り。

アルトゥール 神 巨大な翼をひろげた人面

の蛇神。新旧ゴーラの象徴。

アルドス 男【パロ】 ライス男爵の長男。

アルドス (50)

アルド・ナリス 男【パロ】 神聖パロ王国初代聖王。クリスタル大公、カレニア王、マルガ伯爵。リンダの夫、アル・ディーンの異母兄。つややかな長い黒髪、闇の瞳、色白で長身の絶世の美男子。モンゴールからパロを奪還する際の立役者。奪還後レムスを摂政の立場で補佐するが、彼の暴政に対し反乱を決意する。拷問にあい半身不随の身となるが、果敢にレムス軍に立ち向かう。マルガ攻防戦で体調を悪化させ、グインに古代機械の秘密を託して息を引き取る。享年三十一歳。(4)

アルド・ナリス聖廟 建【パロ】 リリア湖の小島に設置された小さな白亜のほこら。マルガ離宮あとに正式な聖王廟が築かれるまでのナリスの仮の墓所。

アルドロス一世 男【パロ】 聖王。ケイロニアの哲人皇帝ルカヌスと和平を結んだ。

アルドロス二世 男【パロ】 第三十六代聖王。アルシス、アル・リースの父。(G7)

アルドロス三世 男【パロ】 先々代聖王。レムスとリンダの父、ターニアの夫。黒竜戦役で惨殺された。(1)

アルドロス四世 位【パロ】 レムス参照。

アルノー 男【パロ】 パロ魔道師ギルドの中級魔道師。ナリスの忠臣。ヤンダル・ゾッグにより墜落死させられた。(7)

アルバ公爵 位【クム】 タン・ター参照。

アルバタナ 地【新ゴ】 中部の都市。

アルバタナ街道 地【新ゴ】 ガイルンからアルバタナへ向かう街道。

アルバトロス 男【パロ】 二千年前のパロの学僧。アルフリートと同じ説を開陳していた。(38)

アルバナ 地【沿】 南レント海の群島。ダリアの南、ゴア列島の北。沿海州と南方諸国の境で南方の人種が多い。南ライジア島がもっとも大きく人口も多い。

アルバヌス二世 男【パロ】 第三王朝中期の名君。文化王。マルガを愛し、「マルガ保護法」を制定した。(57)

アルバ山 地【新ゴ】 ユラ山地の最高峰。

アルバン 女【ケイ】 伯爵夫人。美しい貴婦人。

アルビオナ 女【ケイ】 アンテーヌのドミティウス家の女王。『アイリス城のアルビオナ』の主人公。(18)

アルフ 怪 いたずら好きの水妖。ドライドンの部下。

アルフ 伝 首から上だけの姿で生きていたという王。

アルフェットゥ 神【ノス】 セム族の崇める神。優しい砂漠の戦いの神。砂蛙の姿をしている。

アルフェットゥの庭（アルフェットゥの岩場） 地【ノス】 ラク村の東北の方向に広がる岩場。

アルフリード 男【パロ】 放浪の王。(G9)

アルフリート・コント 男【パロ】 子爵。ヤヌス教団内で異端事件を起こし、投獄された。ランズベール塔で獄死。(37)

アル・ホン 男【クム】 将軍。タルーの副官。(45)

アルマリオン 男【ケイ】 金狼将軍。十二神将中の最長老。隠居を申し出た。(18)

アルマンド 男【パロ】 吟遊詩人。あやしく黒い悩ましい目。(HB1)

アルミス 女【パロ】 コッド男爵。女王付きの秘書官長。(107)

アルミス 男【パロ】 第六十七代聖王。マルガを直轄領とし、リリア湖に女神荘を建てた。(G18)

アルミナ 女【パロ】 前王妃。レムスの妻、アモンの母。アグラーヤ出身。青い瞳、金髪の巻毛、ばら色の頬。アグラーヤで実母の看護のもとに療養している。(9)

アルム 男【パロ】 第三王朝最後の王。退廃王。ケイロニアのランデウス皇帝と一騎討ちした。(11)

アルム 地【パロ】 シュクの南の村。

アルムト 地【クム】 クムの南、パロの東にある、赤い街道沿いの自由都市。

アルメリア 女【パロ】 サラミス公の娘。

アル・ラン 男【クム】 将軍。クム軍一万きの司令官。(35)

アルラン 男【パロ】 ドロンの末弟。(72)

アル・リース 男【パロ】 アルドロス三世参照。

アルリウス 男【パロ】 アムブラの学生。学生のあいだでは名高い論客。(37)

アルリウス 伝 ドライドンに愛された英雄の中の英雄。(36)

アルレイク橋 建【カナ】 カナン市の橋。

アル゠ロート 男【自】 ゾルーディアの支配者。死の王。巨大な肥満体。(G2)

アレイエ 地【ケイ】 サルデス侯領の国境近くの寒村。ユラニアのケイロニア侵攻のとき、ケイロニア軍の本部がおかれた。

アレクサンドロス 男【パロ】 古代の賢者。アルカンドロス大王を助けてパロの礎を築いた。獣頭であった、空からやってきた、

古代機械を完璧に使いこなした、などの様々な伝説がある。(4)

アレクサンドロス備忘録 書【パロ】 アレクサンドロスの著作。自らの恋についても語っている。

アレクサンドロス法 律【パロ】 ジェニュアの法律。

アレクシウス 男【ケイ】 黒竜騎士団員。十竜長。(20)

アレス 植 珍しい果実。

アレス 男【カナ】 ディードロスの弟子。婚約者ハンネのあとを追って自殺。(G12)

アレス・サルディウス 男【ケイ】 サルデス侯爵。落馬で有名。パロの血をひいている。(17)

アレスの丘 地【パロ】 クリスタルの北西、ルーナの森の西南の丘。

アレナ通り 地【モン】 トーラスの下町の通り。トーラスのはずれから二モータッドほど。飲食店や商店が軒をつらねており、その一角に《煙とパイプ亭》がある。

アレン 男【ケイ】 ヴェルナのカルラア劇場の小屋主。(17)

アレン 男【モン】《風の騎士》の部下。光団第三団第十一小隊。106

アレン・ドルフュス 女【沿】 タリア伯爵ギイ・ドルフュスの妹。アムネリスの親友。《レントの白バラ》と呼ばれる。赤毛、青い瞳。(10)

アロ魚 動 ニジマス。

アロス 男【モン】 小マルス伯爵の副官。隊長。(31)

アロス通り 地【パロ】 北クリスタル区の通り。

アロン 男【パロ】 ナリスの護衛の騎士。

アン【女】【パロ】　リンダの侍女。(126)
アン【女】【モン】　トーラスの馬車屋の末娘。(35)
アンギウス【男】【パロ】　準男爵。ケーミの地主。(G19)
アンクセナチウス【男】【パロ】　アムブラの名高い私塾の塾頭。(13)
暗黒王朝【歴】　パロの国名がパロスであった時代の太古の王朝。
暗黒祈禱書【書】　ドール教団の書物。『異次元をのぞく秘法』などについて記されている。
暗黒教団【団】【パロ】　ドール教団参照。
暗黒の十二条【魔】　ドールの暗黒魔道師の掟。
暗黒の書【書】　ドールが炎の獣の皮におのれの血でもって書きしるしたという書物。この本を手に入れたものは黒魔術の奥義をきわめられる。

暗黒魔道師【魔】　ドール神殿の魔道師。厳密には黒魔道とは異なる。
暗黒魔道師連合【団】【キタ】　グラチウスにより黒魔道師、土地神などの勢力を反ヤンダル・ゾッグを目的として同盟させた組織。ダウンの村の宿屋の主人。(84)
暗殺教団【団】【キタ】　望星教団参照。
アン・シア・リン【女】【クム】　タイ・ソン伯爵の上の姫君。(110)
アンス【男】【パロ】　ルイ・モウンの弟。あらくれた不良。(G20)
アンズ水【食】　アムブラで夏に売られている清涼水。
アンセムレン砂漠【地】【キタ】　キタイ西南部にあり、北にまっすぐに向かうとノスフェラスへも達するといわれる世界第二の砂漠。

アンソニイ 男 [北] 森の民の一家の主人。ギーラの父。(17)

アンダヌス 男 [沿] 自由貿易都市ライゴールの議長にして、大商人。大柄な堂々たる体格、醜悪な顔つき。(4)

アン・ダン・ファン 男 [クム] 公爵。高齢のため引退したかつての名宰相。三代の大公にまたがってクムの実質的な栄配をふるっていた。(57)

アンチノウス 男 [ケイ] 第十三代皇帝。コンスタンチヌスの父。(21)

アンテーヌ 地 [ケイ] 十二選帝侯領の一。領主はアンテーヌ侯率アウルス・フェロン。ノルン海に面する。

アンテーヌ艦隊 軍 [沿] ノルン海に面するアンテーヌ侯率いる艦隊。通称《ノルン水軍》。

アンテーヌ侯爵 位 [ケイ] アウルス・フェロン参照。

アンテーヌ子爵 位 [ケイ] アウルス・アラン参照。

アンテーヌ水軍 軍 [ケイ] アンテーヌ侯爵がたばねる水軍。

アンテーヌ族 民 [ケイ] アンテーヌの地の利をしめて発展したケイロニア内の異人種。

アンテーヌ馬 動 [ケイ] アンテーヌ特産の馬。丈夫なことで知られる。

アントニア 女 [ケイ] ダリウス大公妃。マックス・リンの妹。(22)

アントニウス 男 戯曲『月の王』の作者。(77)

アンドリアヌス 男 天才画家。(29)

アンドロス 男 ヤヌス十二条法文中の人物。(G6)

アンドロティアヌス 男 神技と言われた伝

説的な剣客。⟨18⟩

アンナ【女】【モン】 ヴラド大公の妃。アムネリスとミアイルの母。⟨9⟩

アンナ【地】【ケイ】 サルデス侯領のはずれにあり、ユラニアとの自由国境に近い。ユラニア征討軍の本部がおかれた。近くのアンナの森では、ユラニア軍との戦闘があった。

アンヌ【女】 コングラス城の侍女。五百年前に異教徒の恋人ともども追われて逃げ込んできた。⟨108⟩

アンマーム【食】【パロ】 豆腐。クムやキタイの名物。

アンリー【男】【パロ】 マルガ離宮の近習頭。⟨G18⟩

アン・リン【男】【新ゴ】 イシュトヴァーン親衛隊の騎士。⟨85⟩

イアソン【男】 古代の賢者。⟨8⟩

イアラ【女】【ケイ】 ディモスとアクテの長女。金髪のおさげ髪。⟨80⟩

イー・アン【男】【草】 スカールに従う騎馬の民。⟨19⟩

イーヴァ【女】【ヴァ】 チチアの有名な娼婦。

イーヴァ【動】 水ダコ。沿海州では《海の魔物が生んだ子》と呼ばれている。

イー・クン【男】【新ゴ】 イシュトヴァーンの使った偽の名前、イー・チェンの父の名。⟨27⟩

イーゴウ【男】 ヨウィスの民、ナリスを狙う暗殺者。⟨G7⟩

イーゴー【怪】【中】 カリンクトゥムのカザルに魔道師イー・リン・イーがキタイの青年の顔をうえつけた怪物。

イーサイ【女】【クム】 女闘士。グインたちが訪れた前の年のルーアンの女闘王。⟨113⟩

イー・チェン【男】【新ゴ】 イシュトヴァー

ンの偽名。タイスのイー・チェン。(27)

イーフー 怪【闇】 愛らしい半人半獣の愛玩物。

イーラー 動 蛇。

イーラの丘 レスの丘を通りイーラ湖へ向かう街道。

イーラ街道 地【パロ】 クリスタルからア

イーラ川 地【パロ】 イーラ湖の近くを流れる川。

イーラ湖 地【パロ】 国内最大の湖。クリスタルの北。非常に美しい風光明媚な場所。周辺は比較的森が多く、それほど発展していない。

イーラス 地【パロ】 イーラ湖湖畔の小さな村落。

イーラ鳥 動 羽根をかざりにする。

イーラル 動 クジャク。

イー・リン 男【草】 スカールに従う騎馬の民。(101)

イー・リン・イー 男【キタ】 ホータンの黒魔道師。キタイ人。(G7)

イール 動 足のある魚。

イヴァン 男【モン】 イシュトヴァーンのお気に入りの小姓。(46)

イウス 男【ケイ】 黒竜騎士団員。元百竜長。(20)

イェライシャ 男【モン】 ドールの黒魔道師から白魔道師に転身した魔道師。三大魔道師に次ぐ力を持つといわれる《ドールに追われる男》。ルードの森の結界を住処としている。約一千歳。グラチウスと敵対しており、要所要所でグインたちに力を貸している。(17)

イエン・ファン 男【アル】 正規軍の隊長。

イエン・ファン 男【アル】 スラガ族出身。(9)

イオ・ハイオン 男【ヤガ】 《新しきミロク》の中心人物。《ミロクの兄弟姉妹の

イオ・ハイオンの館 建【ヤガ】 南ヤガラ通りの家。「薬・ミロクの書・よろず薬種屋」の看板がある。《ミロクの兄弟姉妹の家》のひとつ。

イオルス 男【ケイ】(127) 酔いどれ小路の店の店主。

イガイ 食【17】 オロイ湖でとれる大きな貝。

イガ=ソッグ 男【ヤガ】 アグリッパによって生み出された合成生物。合成獣人。(G1)

イグレック 神 ヤヌス十二神の一。土、富裕、貪欲の神。黒い尻尾、長い舌。盲目だが耳がよい。大食漢。

イグレック神殿 建【パロ】 ジェニュアのヤヌス大神殿の近くにある神殿。

イグレック歩兵隊 軍【新ゴ】 十二神騎士

家》のあるじで名高い篤志家。《新しきミロクの教え》をひろめるために働いている。

イサ 男【ノス】 団の一。歩兵隊。ラク族。クルアの父。

イザイ 男【キタ】(G16) 昔の工芸家、建築家。

イザイ 男【沿】(G15) 《神手》。

イザイ 男【沿】(7) 《ガルムの首》号の船員大男。

イザベラ 女【パロ】(G5) マルガ離宮の女官。

石切場通り 地【ライ】 ジュラムウの通り。若者の集まる居酒屋や食堂、賭場がある。

イシュタール 地【新ゴ】 バルヴィナを改造して建設された首都。中央に宮殿イシュトヴァーン・パレスがある。《希望の都》と通称される。

イシュタル神殿 地【闇】 巫女が仕える神。

イシュタルテ 地【闇】 呪われた都。

イシュトヴァーン 男【新ゴ】 初代王。ア

ムネリスの夫、スーティとドリアンの父。黒い長髪、黒い目、細身の長身。残虐王、殺人王として恐れられている。ヴァラキア生まれで効き頃から戦場の中で生きてきた。スタフォロス城でグインらと出会い、パロの双子をアルゴス城まで送り届ける。その後幽閉されていたアムネリスを救い出し、モンゴールを復興させ、ついにはゴーラ王となる。モンゴールでの反乱の鎮圧に向かった先で記憶を失ったグインと出会い、一騎討ちで瀕死の重傷を負う。静養後、リンダへの求婚とスーティの身柄確保のためクリスタルに入る。（1）

イシュトヴァーン 男【モン】 スーティ参照。(104)

イシュトヴァーン 男【沿】 歴史上の英雄王。ヘカテ女王を救った。(12)

イシュトヴァーン資金 金 イシュトヴァーンがユラニアに持ち込んだ資金。

イシュトヴァーン・パレス 建【新ゴ】 イシュタールに建設されたイシュトヴァーンの居城。旧バルヴィナ城を改築した。暁星宮、帝王宮、アムネリア塔、後宮などがある。

イスル魚 動 大きな魚。

イタカ 怪【キタ】 花の国シッタータの花の女王。ジャナの花の館のあるじ。黄色の髪の美女。食人植物の精。(G14)

一級魔道師 魔 魔道師ギルドから一級免許をもらった魔道師。ルーン文字のサークレットをつける。

イド 怪【ノス】 食肉性の巨大なアメーバ状の怪物。餌を覆いつくし、強い力で押し潰して消化する。火とアリカの実の汁を嫌う。

イド飼い 族【ノス】 イドを飼うことので

きるセムのツバイ族の呼び名。

稲妻号 動【草】 伝説の名馬。フェリア号の先祖。

いなずま党 団【キタ】 ホータンの小さな集団。

犬の谷 地【ノス】 ラクの村にほど近い谷。

イピゲネイア 女【パロ】 王妃。アルドロス二世の妻。(G7)

イフィゲニア 地【沿】 大きな港町がある島。

イフリキア 地【沿】 沿海州連合のひとつ。公式にはヴァラキア公が総督を任命する自治領。首都はライデン。コルヴィヌスが治めている。

イボー 動 イノシシ。

イミール 神【北】 北方の主神。氷神。

イミル 男【草】 グル族の男。(63)

イムホテップ 神 数千年もの眠りから目覚

めた伝説の王。

イラ 女【ヴァ】 《女神亭》の娼婦。(G6)

イラ 男【カナ】 カナンの歌い手。センデの知り合い。(G16)

イライラ 動 蚊。

イラス 女【新ゴ】 年配の女官。ドリアンの前任の乳母。(95)

イラス 地【パロ】 北部の地方。

イラス大橋 建【パロ】 クリスタル・パレスと南クリスタル区を結ぶ橋。

イラス街道 地【パロ】 北部からマルガに通じる街道。

イラス川 地【パロ】 イーラ湖から南東へ流れ、自由国境地帯の山奥の無名の湖に流れ込んでいる川。

イラス平野 地【パロ】 イーラ湖の南から、サラミス、マルガあたりにまで広がる平野。

緑豊かで美しい《バロの穀倉》。

イラチェリ [男][ノス] グロ族の大隊長。モンゴールのノスフェラス侵攻軍に殺された。(3)

イラナ [神] 狩、戦、幸運、裁き、勝利の女神。長い光の髪と七つの尾を持つ美女。ルアーの妻。インガス、ナナの母。ヤヌス十二神の一。

イラナ大通り [地][モン] トーラス最大の繁華街。

イラナ騎士団 [軍][新ゴ] 十二神騎士団の中核。二千人。

イラナ号 [動][新ゴ] イシュトヴァーンの愛馬の一頭。葦毛の若い馬。

イラン [男][ヴァ] 《女神亭》の男娼。(G6)

イリア [地][草] マーロールが自分の出身地として名乗っていた架空の都市。ダネイ中核。

イリア・マドレス [地][クム] ルーアンの一角にある、浮島のような歓楽街。

イリアン [地][クム] 中部の都市。

イリアン [地][パロ] 国境に近い寒村。《魔の胞子》に冒された貴族の治療のための特別療養所が設けられた。

イリシア [安][ヴァ] ヨナの母、元ヴァラキアの貴族の娘。(G6)

イリス [女][ケイ] オクタヴィア・ケイロニアスがかつて名乗っていた偽名。(17)

イリス [神] ヤヌス十二神の一。月と夜の女神。月光と日の光とで織り上げた髪を持つ、青白くたおやかな美女。ルアーの妹。青白い馬車で天空をかける。月そのものをも指す。《イリスの宝石》とは星々のこと。

イリス騎士団 [軍][新ゴ] 十二神騎士団の中核。

イリス神殿 建【パロ】 ジェニュアのヤヌス大神殿の近くにある神殿。

イリスの石 神 ルアーとイリスが姦淫して誕生した生でも死でもない黄昏の生物。《賢者の石》。

イリスの杖 神 イリスの石が近づくと輝く杖。

イリスの涙 【ケイ】 ケイロニアの熾王冠に埋め込まれた世界有数の至宝とされる珠玉。

イリスの間 建【パロ】 紅晶宮内の一室。バルコニー《恋人たちの庭》がある。

イリスの零時 語 真夜中のこと。

イリス橋 建【パロ】 クリスタル・パレスの西側、ランズベール川にかかる橋。

イリナ 怪【キタ】 リームの花の姉妹。ほっそりとした、真っ白な肌の女。（G14）

イリナ 地【ケイ】 マルーナから二十モーの死海で助けたまぼろしの姫。

イル 男【ヴァ】 タッド南にある村。オリー・トレヴァンの傭兵。(26)

イルス 【ケイ】 ダルシウス将軍の部下。(G3)

イルス 男【パロ】 アムブラの学生。暴動の首謀者として死刑になった。(13)

イルス 男【カナ】 ロベルトの小姓。(122)

イルダ 男【カナ】 南アールス町の顔役。ナンナの父。(G16)

イルティス 男【ケイ】 男爵。ササイドン古城の管理人。(121)

イルム 男【モン】 黒騎士団の隊長。ノスフェラスで戦死。(3)

イルン 男【モン】 イシュトヴァーンの小姓。(62)

イレーニア 伝 アエリウスがトゥーゴラスの

イレーン 女【ケイ】 ワルドベッツ城城主の娘。《時渡り》。(G5)

イレーン 地【自】 サンガラの都市。人口七、八万の閑散な商業都市。精神的指導者としてミロク教の僧侶がいる。

イレン 男【自】 イヴァ村の鍛冶屋。カロンの幼なじみ。(39)

イロン写本 書 『暗黒の書』を、グラチウスが弟子に書き写させたもの。

イロン・バウム 男【沿】 レンティアの摂政。女王ヨオ・イロナの次男。(12)

イワゴケ 植【ノス】 ノスフェラスに生えるコケ。食用になる。

イワヒユ 植【ノス】 ノスフェラスの植物。食用可。

イワモドキ 動【ノス】 セム語でヌル、パクリ。肉食で、岩に擬態し獲物を待つ。

イン 男【クム】 タイ・リー・ローの弟の

三人の息子のひとり。(113)

イン・イン 男【草】 騎馬の民。グル族の若者。(24)

インガス 伝 イラナの息子。狩の名人。

インガルスの竜人族 族 ヤンダル・ゾッグの属する一族。《調整者》に故郷の星を追われた。

インキュバス 怪 古代生物の生き残りの淫魔。

インス 男【ケイ】 《竜の歯部隊》の副長。(118)

インス 男【ケイ】 ケイロニウス皇帝家の遠い親戚。公爵。(123)

インチェス・ノバック 男【ライ】 二百人を率いる海賊。《赤い伯爵》。ラドゥ・グレイの義兄弟。(G17)

インラン 怪【クム】 ヴァーナ教の飲食の

インラン神殿 建【クム】 タイスの神殿。

ヴァーナ教 宗【クム】 クムで信仰される多神教。女神サリュトヴァーナを最高神とする。

ヴァーノン 男【モン】 伯爵。元スタフォロス城主。黒伯爵。(1)

ヴァーラス 地【北】 ナタール大森林の北の湖沼地帯。謎の部族である湖人、沼人がとざされた小さな王国を作っているといわれる。

ヴァーレン宮殿 建【沿】 アグラーヤ、ヴァーレンのアグラーヤ王の居城。美しいモザイク模様のタイルと白大理石で飾られた近代的な建物。

ヴァイア 女【ヴァ】 生糸問屋の娘。(G3)

ヴァイキング 族【キタ】 タルーアンに住む民族。

ヴァイキング犬 動【キタ】 タルーアンの巨大なそり犬。

ヴァイルス 男【ケイ】 将軍。黒曜宮衛兵長官。(21)

ヴァシャ 植 トゲだらけの葉と真っ赤な実の低木。中原では野性で生えている。実は一般的な食物。

ヴァシャ酒 食 ヴァシャから作られる酒。モンゴール名物。

ヴァディス 男【パロ】 平騎士から抜擢された若手の聖騎士伯。107

ヴァニラ 女【キタ】 ユー・メイ参照。

ヴァミア 女【パロ】 オラス団の女。オラス(G12)の老妻。124

ヴァラキア 地【ヴァ】 公国の首都。港町。

ヴァラキア 地【ヴァ】 沿海州連合のひとつ。ラトナ山と海にはさまれた公国。領主

はヴァラキア大公ロータス・トレヴァーン。首都はヴァラキア。

ヴァラキア公爵（ヴァラキア大公） 位 【ヴァ】 領主。ロータス・トレヴァーン参照。

ヴァラディーナ 伝 神話に出てくる気の強い女性。

ヴァリア 女 【ケイ】 伯爵夫人。女官長。(68)

ヴァリア 女 【ケイ】 メルキウス准将の妻。

ヴァリウス 男 【パロ】 聖騎士侯。聖騎士侯の就任の最年少記録。118

ヴァルーサ 女 【ケイ】 クム出身の踊り子。浅黒い肌。《七人の魔道師》事件で知り合ったグインの愛妾となり、グインの子供を出産する。(G1)

ヴァルキューレ 怪 神話の怪物。

ヴァルゴス

ヴァルス 男 【モン】 隊長。(32)

ヴァルハラの村 地 【北】 北の海ノルンの海岸にある村。イミールの娘フリッグの呪いがかかっていて、村には女しか生まれない。グイン一行が通りかかった村。

ヴァレイラ゠ヴァンタルーヴァ 地 【外】 宇宙戦争が起こったとされる星域。

ヴァレリウス 男 【パロ】 宰相にして上級魔道師。灰色の目、小柄。孤独な幼少期を経てパロの魔道師となる。ナリスの腹心として彼を助けてレムス国王に対し反乱を起こした。反乱終結後はリンダ女王を補佐し、パロ復興のために働いている。(6)

ヴァン 男 【モン】 カメロンの小姓。(54)

ヴァン 男 【沿】 《ニギディア》号乗組員。(G17)

ヴァンホー 族 森に住む、いたずら好きの小人族。

ヴィーヴィー 動 白鳥。ローデスの湖沼地帯とマルガとのあいだを渡る。

ヴィーリ 女【北】 ヴァルキューリの村の女。(G4)

ヴィール・アン・バルドゥール 男【ケイ】 子爵。赤毛のバルドゥール。青い目。タルーアンの血を引く。(17)

ヴィエンナ 女【モン】 トーラスの有名な男娼窟《ヴィエンナの店》のおかみ。(69)

ヴィクス 男【モン】 黄色騎士団。ヴァラキアへの密使。

ヴィタス 男【パロ】 リーンの長男。(G20)

ウィムト族 族【草】 騎馬の民の中でももっとも剽悍で、もっとも大きい部族。

ウィルガ・シン 男【草】 騎馬の民の兵士。

ウィルガ族 族【自】 西ウィレンの小部族。

ウィルレン・オアシス 地【草】 アルート高原の南にある大きなオアシス。草原の赤い街道の交差点の一つ。

ウィレンおろし 自【自】 ウィレン山脈から吹きおろす烈風。

ウィレン山脈 地【草】 中原と草原地方のあいだにそびえ、けわしく、万年雪の氷河で人々の往来をはばんでいる山脈。《世界の屋根》といわれる。黒竜戦役の際、スカールやファーン一行が越えた。

ヴーズー 魔【南】 南洋諸島から南方大陸にかけて盛んな魔道。

ヴーズーの魔道師 魔【南】 ヴーズーの魔道を操る者。麻布のトーガと何本ものまじない紐を身に付けている。呪術を得意とする。

ウー・ミン・バイ 女【キタ】《酔いどれ姫》。ホータンのお楽しみ通りの娼婦たち

ウーラ 怪 砂漠の狼王ロボとシラの子。ロボのあとをついでノスフェラスの狼王となった。ドールの黄泉近くのセトーの森を守っている。さまざまな魔力を持つ。(G10)

ウー・リー 男 【新ゴ】 ゴーラ軍の将軍。モンゴール駐在軍の司令官。(83)

ウー・ルン・ウー 男 【新ゴ】 第四大隊の副隊長。大佐。軍医。

ヴェーラ 女 【北】 ヴァルキューリの村の女。(G4)

ウェスタ 神 永遠に清らかな女神。

ウェルギウス 男 【パロ】 国土庁の長官。(23)

ヴォーラン 男 【ヴァ】 オルシウス号の甲板長。オルシウス号の最後を報告した。(G3)

ヴォルス 男 【パロ】 聖騎士。剣の達人。

ウォルドリア星系 地 【外】 星船ランドシアに捕らえられていた竜頭人身の種族の出身星系。(6)

ヴォルフ城 建 【ケイ】 ラサール侯領の城。

ヴォルフ伯爵 位 【ケイ】 アウス参照。

ウォン 男 【ケイ】 サルデス騎士団の大隊長。(67)

ウサギ屋 建 【ケイ】 サイロンのタリッド地区タルーアン通りの宿屋。

牛女房 怪 【キタ】 醜いが、こまやかで女らしい怪物。

うそつきどり 動 カッコウ。ほかの鳥の巣に卵を産み落として育てさせる。

ウタリ 男 【ノス】 グロ族の戦士。大族長イラチェリの息子。(5)

宇宙の種子（宇宙の胎児） 族 【外】 アモンの属する精神生命体の種族。増殖と拡大

のみを欲望とし、独特な文明を築いてきた《宇宙の寄生生物》。肉体や精神などのエネルギーを食料とし、宇宙を種子としてただよい、適当な場所に寄生して育つ。

空蟬の術 【魔】 自分の身代わりにマントなどを立てておいて姿をくらます術。

ウパールンギ 【怪】【キタ】 ヤンダル・ゾッグの操る巨大なクロウラー。灰色がかった胴体、オレンジ色と茶色の斑点、二本の触角、巨大な牙のならぶ口。

海鳴り通り 【ライ】 ジュラムウの通り。

馬返し門（馬返しの木） 【建】【クム】 タイス、ロイチョイの入口。そこから先は馬や馬車の侵入が禁じられている。

ウミネコ島 【地】【沿】 南レントの小さな岩礁。ライジアから南へ向かう航路のナントとゴアとの分岐点。

ウミネコ亭 【建】【沿】 アグラーヤ、ヴァーレンのアリサ通りにある居酒屋。二階はあいまい宿。

ウミネコ亭 【建】【沿】 ヴァラキア、チチアのウミネコ通りのいちばん大きい居酒屋。

《海のイリス》号 【交】【ライ】 ラドゥ・グレイの四番手の船。七百ドルドン。八十五人乗り。船長はバルマー。

海の兄弟 【族】【沿】 沿海州の船乗りの総称。

海の兄弟・山の姉妹 【団】【沿】 海賊、山賊団の名前。

海のさすらい人 【伝】 たった今まで生活していた痕跡を残しながら、無人の船として港に入ってくる呪われた幽霊船。

海の女王号 【交】【沿】 ヴァラキア艦隊一の豪華船。

海の民 【族】【沿】 沿海州の古い町マガダとアムラシュを中心に、どの国にも属さない

海人村を築きあげている一種の自由開拓民たちのこと。「海人族」ともいう。

海の女神亭 建【ケイ】 サイロンのタリッド地区の酔いどれ小路にある酒場。

海ブクロ 動 珊瑚礁に住む不気味な生物。刺されるといつまでも火ぶくれが残る。

海蛇酒 食 精力がつく酒。

海坊主 伝【沿】 レント海に住むといわれる怪物。

海ムカデ 動 海ブクロと同様の生物。

海モグラ 動 ナマコ。

ウラス 男【パロ】 アムブラの私塾の塾頭。(G20)

ヴラディスラフ 男【モン】 大帝。(3)

ヴラドの間 建【モン】 金蠍宮の一室。主宮殿の脇の別棟一階の大広間で、イシュトヴァーン弾劾裁判が開かれた。

ヴラド・モンゴール 男【モン】 元大公。

アムネリス、ミアイルの父。一代でモンゴール大公国を築きあげた。トーラスの戦いの直前に病死。(1)

ウラニア 俗【鏡】 女同士の恋愛や性愛を好む性癖のこと。

ウリュカ 怪【鏡】 蛟人たちの国ハイラエの女王。カリューの母。目に見えぬ闇の兵士を操って国を治めている。定期的に産卵する。(G21)

ウリュカの闇宮殿 建【鏡】 ウリュカの宮殿。もやもやと黒い闇が宮殿のかたちにわだかまっている。

ウル 怪【キタ】 鬼面の塔に住む白骨の化け物。

ウルス 男【自】 赤い街道の盗賊の元首領。イシュトヴァーンに殺害された。(14)

ヴルス 男【パロ】 カル・ファンのうしろだての魔道師。下級導師。魔道師ギルドの

掟第三条を破り失脚。(49)

ヴルス 男【自】 コングラス伯爵の執事。と同じ年くらいの老婆。(127)

ウルダ 地【ユラ】 ルアー街道から少し西にはずれた町。タルー－ネリィ軍、タリクーイシュトヴァーン軍が決戦を行なった場所。簒奪大公ネリィが討ち死にした。

ウル峠 地【草】 ウィレン山脈の峠。ティルレンとミレンのあいだにある。

ウルリタ 男【パロ】 クリスタルの布屋。(51)

ウロボロス 伝【中】 蛇と竜のあいだのような古代の怪生物。

ヴロン 男【パロ】 魔道師。ヴァレリウスの先輩。(49)

ヴロン 男【モン】 伯爵。白騎士親衛隊の隊長。ノスフェラスで戦死。(2)

エイ 女【ヤガ】 ドウシュの妻。ドウシュ

永遠の都 建【キタ】 望星教団の本拠地。ホータンから少し離れた、ある山のなかにある。

エイサ 女【ケイ】 アトレウスの愛妾。(18)

エイサーヌー 神【クム】 ヴァーナ教のオロイ湖の守り神。角の生えた人面竜身で、翼はあるが足はなく、尻尾の先に竜頭が付いている。

エイシャ 女【ノス】 ノスフェラスでグインの前に現われた女。正体は魔道師アブラヒムに操られた木彫りの人形。(93)

エイミア 女【ユラ】 公女。オル・カンの長女。紅玉宮事件にて死亡。(16)

エイミス 男【ケイ】 副宰相。(121)

エイラハ 男【ケイ】 矮人。ブダガヤの呪術師。《七人の魔道師》事件でヤンダル・ゾッグ

エイリア 女【ケイ】 メルキウス准将の娘。に吸収された。(G1)師としてシルヴィアに接近、彼女をたぶらかしキタイに誘拐する。その正体はユリウス。(40)

エイリーア 怪 ヴァーナ教の夢魔。両性具有で、淫夢をもたらす。アライアの姉妹ともいわれる。

エヴァン 男【モン】 ツーリード城の青騎士。(4)

エウネケの巫女 伝 伝説のオフィウスを引き裂いた巫女。

エウリウス 男【パロ】 男爵。近衛騎士団長官。(38)

エウリカの銀のキタラ 具 オルフェオが愛した名器。

エウリディウス 男【ケイ】 鏡作りの名手。神の匠。(G21)

エウリュピデス 男【ノス】 黒髪、黒い瞳、真紅の唇の美男子。ケイロニアでダンス教

エー・ソン 男【キタ】 ホータンの赤衣党の小頭。シャオロンに殺された。(G12)

エーディト 神 火の精。

エーラ 女【クム】 女闘士。ルーアンの牝猿。116

エーリア 女【ケイ】 マライア皇后付きの女官。20

エール 男【ケイ】《西風農園》のモールの息子。128

エール鳥 動 北の渡り鳥。

エク 男【ケイ】 黒竜騎士団隊長。(41)

エク 男【モン】 スタフォロス城の黒騎士。

エク 男【モン】 アルゴン中隊の青騎士。(1)

(4)

謁見の間 【建】【ケイ】 黒曜宮の広間。公式の謁見が行なわれる。

謁見の間 【建】【パロ】 クリスタル・パレスにあり、国王の謁見が行なわれる。モンゴール占領時代にはモンゴールの司令本部が置かれていた。

エッナ 【女】【クム】 娼婦。(G2)

エニス 【男】【パロ】 ナリスの小姓。マルティニアスにより殺害。(37)

エピドス 【男】【パロ】 クリスタル・パレスの名司厨頭。(G19)

エブ 【男】【ノス】 ラク族の小族長。

エプ 【男】【ノス】 ラゴンの戦士。(5)

エマ 【女】【アル】 王妃。スタックの妻、スーティンの母。優れた占い師。(4)

エミヤ 【男】【パロ】 イラナ祭司長。戴冠式でレムスに王錫を与えた。(16)

エミリア 【女】【ケイ】 ハゾスの下の娘。

エミリア 【女】【ケイ】 ロンザニア侯の姫君。(121)

エミリア 【女】【モン】 カロンの妹。クム兵に殺された。(123)

エム 【男】【自】 イシュトヴァーンの部下。(33)

エラ 【女】【ケイ】 元盗賊。(31)

エラ 【女】【パロ】 ベルデ街道沿いの《西風農園》の女房。先代の農園の主人のむすめ。(128)

エラ 【女】【パロ】 白亜の塔付きの女官。(107)

エラ 【女】【ユラ】 女拷問吏。ルーエラ大公妃の部下。(29)

エラート 【地】【パロ】 南イラス川沿いの村。

エライアス 【怪】【パロ】 ヴァーナ教の夢魔。女に悪夢をもたらす。アライアの連れ合い。

エリア 男 [ユラ] 伯爵。サウル皇帝の代理としてケイロニアの大典に出席した。(9)

エリアス 男 [パロ] アル・ディーンの母方の祖父。もとアムブラの学問所の先生。(G5)

エリアル 男 [モン] ドライドン騎士団の騎士。(53)

エリー 女 [ユラ] リーロの妹。アルセイスの大火事で行方不明。(45)

エリウス 伝 神の小姓。

エリサ 女 [パロ] アル・ディーンの母。ヨウィスの民の血をひくといわれる。(11)

エリシア 女 [パロ] クリスタル・パレスの女官長。(6)

エリジア 女 [沿] オルロック伯夫人。トラキアのニンフ。(12)

エリス 女 [アグ] ボルゴ・ヴァレンの娘。

エリス 女 [沿] 《かもめ亭》の女。(G9)

エリス 植 実と葉をすりつぶしてはちみつ酒などを割るのに使う。

エリス 神 不和、不信、疑惑、災厄の女神。

エリス 神 ゾルード、ティアの姉妹。ヤーンの娘。

エリッシマ 植 [カナ] 小さな白い花。花冠を編んで遊ぶ。

エリト 神 知恵の女神。

エリナ 怪 [キタ] リームの花の姉妹。ほっそりとした、真っ白な肌の女。(G14)

エリナ 女 [ケイ] ワルスタット侯邸の侍女。(20)

エリニア 植 黄金色のはちみつが取れる花。

エリノア 女 [パロ] マルガ市長夫人。(88)

エリノア 女 魔道師ガルーニをからだで誘

惑して呪いを破った美姫。(52)

エル 男【モン】 モンゴール軍に潜入したイシュトヴァーンの偽名。(4)

エルザイム 地【ユラ】 ユラニア東部の国境を越えた自由国境地帯にあるユラニアの城砦都市。ダリウス-ユラニア軍と、ケイロニア-モンゴールークム軍が戦闘を行なった。

エルシア 女【パロ】 新しく登用された副女官長。

エルシュ・ハウ 男【草】 スカールがヤガに潜入するときに名乗った偽名。

エルス 男【ケイ】 黒竜騎士団員。百竜長。(127)

エルス (20)

エルスイユの城 建【キタ】 グラチウスの隠れ家。

エルス号 動【ケイ】 グインの愛馬の一頭。額のところに白い星がある。フェリア号の兄弟だが、やや小柄。

エルダゴン 地【パロ】 雪と山の神。ダゴン三兄弟の末弟。ディーガと夫婦であるともされる。

エルハン 動 象。南方に住む珍しい巨獣。

エルフ 神 風の精。妖精エルフレンに仕える。

エルファ街道 地【パロ】 シュクとエルファを結ぶ街道。

エルファ 地【パロ】 イーラ湖の西の森の中に位置する宿場都市。砦に千人の国境警備隊が詰めている。

エルフレン 神 ダゴン三兄弟に付き従う妖精。風の精エルフをつかさどる。

エルミア 動【カナ】 カナンの言葉でクジャクのこと。

エルム 男【ケイ】 サルファの宿にいた早飛脚。(23)

エルム 男【パロ】 ヴァレリウスの部下。上級魔道師。119

エルム・カラハン 男【クム】 闘技士。大柄な赤っぽい茶色の髪の戦士。116

エルラン 女【ヤガ】 男装の少女。《ミロクの兄弟姉妹の家》に八年もとどめられている。127

エルリス 男【自】 コングラス伯爵の従者。髪の毛も眉も、肌の色も真っ白なアルピノ。108

エルロイ・ハン 男【クム】 闘技士。《タイスの恐怖》。116

エレナ 女【パロ】 クリスタル・パレスの下女。20

エレナ 女【パロ】 ルナンの妻、リギアの母、ナリスの乳母。(G5)

エン 女【カナ】 南アールス町の顔役イルダの妻。(G16)

エン 男【クム】 ロイチョイの串焼き屋のおやじ。110

沿海州 地【沿】 中原の南、レント海沿岸の諸国。人々はやや小柄で、肌は浅黒い。小国が多く、沿海州連合を形成している。外交上手。ドライドン信仰が盛ん。

沿海州会議 団【沿】 沿海州諸国の最高意思決定機関。中原で唯一の国家連合会議。アグラーヤの宰相ダゴン・ヴォルフが永久議長を務める。

沿海州海軍 軍【沿】 沿海州六ヵ国が率いる海軍と、海の民が率いる商船を合わせた、海の最強軍団。

沿海州連合 団【沿】 沿海州諸国の連合。

エンゲロンの水魔 怪【モン】 イェライシャがルードの森の自らの結界を守らせていた水魔。青いゼリーのような質感で、手などを入れると食いついて離さない。

エン・シアン 男【クム】 若い宰相。タリク大公の側近。(110)

エンゼル・ヘアー 怪【ノス】 白い糸状の生物で、ふわふわと砂漠を漂う不思議な生物。死んだ人間の魂であるともいわれる。

エン・チャウ 男【クム】 タリクの衛兵長。

エンナ 女【ヴァ】 《女神亭》の娼婦。(G6)

エンの木 植 中原で見られる大木。

オヴィディウス 男【パロ】 聖騎士侯。王室衛兵隊長。ミネアの兄。王党派の武将の筆頭。(6)

王宮騎士団 軍【パロ】 クリスタル・パレスを守護する軍隊。

王家の環 具【パロ】 パロ王家のものを示す、額につける、銀の宝石を編みこんだ環。

王子宮 建【新ゴ】 イシュトヴァーン・パレスの一画にある宮殿。ドリアンの居城。元はアムネリス用の女王宮として建設された。

王室医師団 団【パロ】 聖王家専属の医師団。

王室騎士団（王室衛兵隊） 軍【パロ】 王

最大の宮殿。《星辰の間》や、新年の祝宴が行なわれる《日光の間》などがある。

黄金の王錫 具【ケイ】 ケイロニアの王権を象徴する錫。先端に巨大な宝玉が付けられ、一面にルーンの神聖な護符が彫り込まれている。

黄金の国 地【北】 北極の北、南極の南にある、時の止った国。

黄金の館 建【パロ】 カルストゥスの屋敷。壁も柱も門もすべて黄金が意匠として使われていた。

黄金宮（黄金宮殿） 建【ケイ】 黒曜宮で

室を警護する軍隊。銀色と赤の鎧。前隊長はオヴィディウス。パロ内乱ではレムス側。

王室歩兵隊 軍【パロ】 王室を警護する軍隊。歩兵のみ。

王室魔道士騎士団 軍【パロ】 王室に仕える魔道師隊。魔道師ギルドから派遣されているものと、そうでないものがいる。

王女宮 建【パロ】 クリスタル・パレス内の小宮。結婚前のリンダ、アルミナの居宮。

王太子宮 建【パロ】 クリスタル・パレス内の小宮。王子時代のレムスの居城。

王朝様式 建【ケイ】 建築様式の一。薄紅と紺色を基調とし、そこに銀と金をあしらっている。

王朝様式 建【パロ】 建築様式の一。前庭に優雅な車寄せの屋根を支える円柱が立ち並び、屋根の端にはさまざまな精緻な彫刻がほどこされている。

王の環 具【パロ】 パロ王を示す、頭につける装飾。

黄蓮の粉 医【パロ】 黒蓮の眠りを中和する薬物。

王妃宮 建【ケイ】 黒曜宮の一画にある宮殿。シルヴィアが住んでいた。

王妃宮 建【パロ】 クリスタル・パレスの一画にある宮殿。馬蹄型の建物で、白亜の塔を囲むように建っている。裏にサリア庭園がある。

王立学問所 建【パロ】 クリスタル・パレスの南側にある、聖王家が設立した学問所。各国からの留学生がいる。中原の学問と科学の最高学府。象牙の塔がある。

オオアリジゴク 動【ノス】 セム語でラル。穴をほって獲物が落ちてくるのを待つ。

オー・アン 男【クム】 闘技士。タイスのオー・アン。(112)

オーウィン・ロングホーン 男【北】 ロン

グホーン家の当主。(4)

オー・エン 【男】【新ゴ】 ファイ・イン隊の平隊士。(99)

オーガス 【地】【モン】 オーダイン地方の村。

オーガスト 【男】【モン】 白騎士。イシュト＝ヴァーン旗本隊第四隊長。(55)

狼が丘（狼ヶ丘） 【地】【ケイ】 サイロンの七つの丘の一つ。光が丘と並んで小さな丘。古い砦がある。

オーガン 【男】【パロ】 十二聖騎士侯。山岳地方出身の武人。(G8)

オーク 【男】【草】 スカールの部下。スカールと共にヤガに潜入した。(129)

オーダイン 【地】【モン】 南部の都市。ヴァーシャの産地。モンゴールの中ではゆたかな沃野。

大食らい 【動】【ノス】 ビッグイーター参照。

大口 【動】【ノス】 ビッグマウス参照。

大ヒル 【動】【ノス】 ケス河に住む巨大なヒル。

オーノ 【男】【キタ】 ヤンダル・ゾッグの部下。魔道師。(46)

オーディン 【神】【北】 タルーアンの神。

オー・タン・フェイ塾 【建】【パロ】 アムブラ地区でもっとも権威のある私塾。アムブラ弾圧後に閉鎖された。

オー・タン・フェイ 【男】【パロ】 キタイ出身の老学者で魔道師。パロのアムブラで私塾を経営。(10)

オーダイン騎士団 【軍】【モン】 オーダイン伯爵配下の騎士団。

オーダイン街道 【地】【モン】 タルガスとオーダインを結ぶ街道。

大蛇首亀 【怪】【鏡】 ハイラエ、蛟が池の主。巨大な蛇の首と頭を持つ巨大な亀。カリュ―によって《蛟神》と偽られた。

オーム 動【ノス】 セム語で人間のこと。

オーム 男【ケイ】 ユラニア遠征軍中隊長。

大虫 動【ノス】 ビッグワーム参照。

オー・ラン 男【ユラ】 将軍。《青髭》。

オーランディア 怪【外】 三つの霊玉《ル―エの三姉妹》の一。碧玉の化身。(4)

オーランド 男【ユラ】 ゴーラの昔の公爵。ユラニア大公国の開祖。(64)

オールバイン 男【ユラ】 伯爵。ガザ城総指令官。(26)

オーレンディアの碧玉 具【キタ】 ライ＝オンの体内にあるといわれている伝説のヒスイ。

オーロール 地【外】 宇宙の果てにあるとされる地名。

オーロール 怪【キタ】 化け物。

オーロック 地【ケイ】 アトキア侯爵領の城砦都市。

オキーフ 男【タル】 フレイヤ号のかじとり。(G3)

オクタヴィア・ケイロニアス 女【ケイ】 歴史に名高い女王。(68)

オクタヴィア 女【ケイ】 皇女。アキレウスとユリア・ユーフェミアの長女、マリニアの母、シルヴィアの異母姉。月の光の銀髪、青い瞳、すらりとした長身の美女。アキレウス皇帝とともに星稜宮で暮らしている。(17)

オシルス 男【パロ】 伯爵。ルナの父。文官。(HB2)

オデッタ 伝 ドールに愛されてドールの黄泉へ連れ去られた美女。

オドネス 男【パロ】 エルファ砦駐留守備隊長。(83)

鬼の金床 地【ノス】 ラクの村の南の岩場。

鉄鉱石の混じった岩盤が広がっている。

鬼火の術 魔 熱を持たない青い火をともす初歩の術。

オフィウス 伝 パロ出身の伝説の詩人。詩人の王。メディウスの兄。死んだ恋人のアミアを求めて、ドールに逢うために黄泉へと旅し、歌を歌ってガルムを眠らせた。エウネケの巫女に引き裂かれた。(14)

オラーフ 男【タル】《フレイヤ》号銃手。(G3)

オラス 男【パロ】サラミスの篤農。ヤガへの巡礼団の一員。124

オリー 女【モン】《煙とパイプ》亭の女主人。ゴダロの妻。オロとダンの母。料理名人。(9)

オリー・トレヴァーン 男【ヴァ】ロータス・トレヴァーンの弟。男色家。病気のため公務から退いた。(20)

オリカ 具 笛の一種。

オリン 男【パロ】もとオー・タン・フェイ塾の学生。カラヴィアから来た。(G20)

オル・カン 男【ユラ】元大公。ルーエラの夫。エイミア、ネリィ、ルビニアの父。紅玉宮事件で殺害。(1)

オルクス 男【パロ】魔道師。下級導師。(49)

オルゴン 植 北方の森でのみとれる珍しい黄色い果実。オルゴン酒の原料。

オル・サン 男【ユラ】先々代大公。オル・カンの父。ケイロニアとの絆を固めた。(29)

オルシウス号 交【ヴァ】軍船。南の海で行方不明になった。

オルセー 男【旧ゴ】ゴーラの昔の公爵。オーランドの息子。(64)

オルセーニの川 伝 人が死ぬ時にわたる川。

オル・ダン 男【ユラ】 初代大公。オルセー公爵の息子。⑥

オルド 地【クム】 オロイ湖北岸の都市。

オルドス 伝 神話に登場する氷窟。

オルニウス号 因【ヴァ】 カメロンが船長を務めていた軍船。現在のオルニウス号は四世。

オルフェオ 伝 伝説の詩人。グールに黄泉に引きずり込まれそうになったとき、歌い続けてグールを眠らせ、危機を脱した。⑦

オルム果 植【クム】 クム特産の果実。

オルロス 男【沿】 オルロック伯の若い息子。⑫

オルロック 男【沿】 トラキア自治領の領主。伯爵。⑫

オロ男【モン】⑫ 黒騎士。ゴダロの息子。スタフォロス城でグインを助けて戦死。

オロイ湖 地【クム】 クムの南部にある中原最大の淡水湖で、《中原の中の海》などと呼ばれる。周囲にはルーアン、タイス、ガヤなどの大都市がある。

オロイ公爵 位【クム】 サイアス・リー参照。

オロイ山 地【クム】 オロイ湖のそばにあった火山。噴火した際に流れた溶岩によりオロイ湖ができた。

オロス 男【パロ】 オラス団の男。オラスの長男。⑫⑭

オン・ト 男【クム】 中隊長。リー・ダン隊の副隊長。⑤

怨霊海 男【ノス】 かつての白骨が原。星船ランドシアの離陸により、塵のようになった白骨の海で、すさまじい怨念に満ちて

カ

いる。

カー 位【ノス】 ドードーと並ぶドラゴンの統治者。賢者カー。カーは称号。(4)

ガーイー 動【ノス】 セム語でラクダのこと。

ガーイー 伝 お産の邪魔をする悪霊。

ガーガー 動 カラス。カナンではドールの使いだとされた。伝書鳩のかわりもする。《屍食い鳥》。

ガーヴ 動 サメ。

カーイル 神 酒を醸し、歌を歌う陽気な神。

カース 男【パロ】 子爵。バルヴィナで人質になった。(41)

ガース 男【ケイ】 (68) ツルミット侯爵。堅物。

カースロン 男【モン】 男爵。黒騎士隊隊長。クリスタル奪還の戦いで戦死。(6)

カード 男【ケイ】 アキレウス帝の従者。

カード獣 動 生肝が精力剤になる動物。

ガードスーツ 具 星船の装具。白い霧状の物質で、体に付着して透明な膜となり外気温や大気汚染から保護する。

ガートルード 女【ケイ】 シルヴィア付きの女官。(17)

カービー 動 肉食の猛禽。

カーラ 女【自】 ゴーラの山岳地帯の自由開拓民。頬が赤く丸いあまり若くない娘。(104)

ガーラ 女【ケイ】 タバス通りのラパンの宿で働く小女。(17)

カール 男【パロ】 (G7) ルールドの森の森番

カール河 地【ケイ】 ナタール大森林の中、ナタリ湖近くを流れる青く美しい河。

カーロン 単【外】 星船の文明のエネルギーの単位。

カーン 男【ヴァ】 イシュトヴァーンの顔見知り。(G6)

カイ 男【ヴァ】《オルニウス》号船員。(G3)

カイ 男【ノス】 ラク族の戦士。

カイ 男【パロ】 ナリスの小姓頭。(3) ナリスの死に際して殉死。享年二十一歳。(25)

カイ 男【モン】 カストールの助手。(122)

カイ 男【ケイ】 カースロンの部下。黒騎士小隊長。(13)

ガイアス 男【自】 赤い街道の盗賊。黒牛のガイアス。(23)

ガイーム 動【自】 フタコブラクダ。

ガイウス 男【パロ】 聖騎士伯。南方に住む。ユーラの父。(G18)

カイオス 男【ケイ】 フリルギアのカイオス。(20)

カイオス 男【ケイ】 アキレウスの遠縁。アルマリオン将軍の娘と婚約している。(22)

カイカイムシ 動 シラミ。

カイザー・システム（カイザー転送装置、カイザール転送装置）国 星船の文明、《超越者》の機械。空間を越えて物質を転送する装置。パロの古代機械と同種。短距離であればまず危険はないが、長距離の転移の場合、転移先の条件によっては転送者のデータが破壊される場合がある。

ガイ・シン 男【ヤガ】 ミロク教の僧官。沿海州会議の出席者。(12)

海神亭 建【モン】 トーラス、アレナ通りのガイアス。

ガイアス 男【パロ】 聖騎士伯。南方に住む。ユーラの料理屋。

海人 伝 ニンフに愛された伝説の人物。

カイム 男 【パロ】 聖騎士侯。黒竜戦役で戦死。(11)

カイラ 女 【ヤガ】 イオ・ハイオンの家の女。(128)

快楽の家 建 【カナ】 エイシャにある娼家。

快楽の館 建 【カナ】 カミーリアが経営する巨大な女郎宿。貴族たちが高価な金と引き換えにひそかに変態な欲望を満足させる。

カイラス 男 【パロ】 秘書官。ヴァレリウスの右腕。(66)

カイル 男 【アル】 正規軍の隊長。(8)

ガイルン 地 【モン】 ユラニア国境の城砦都市。

ガイ・ロン 男 【キタ】 ホータンの赤衣党員。(G12)

カイン 男 【モン】 アルヴォン城の赤騎士隊中隊長。(2)

カイン刀 具 刃が両側に向かって広がり、真中に握る場所がある、のこぎりを組み合わせたような刀。タイスの闘技会で使用される。

ガウ 動 ゴリラ。

ガヴィー 動 【クム】 タイスの地下水路に住む白いワニ。

ガウシュ 地 【モン】 モンゴールの国境に近いミロク教徒の村。フロリーが住んでいた。

ガウス 男 【ケイ】 将軍。《竜の歯部隊》隊長。明るく青く鋭い目、小柄。(79)

ガウス 男 【パロ】 カリナエ小宮殿の家令。(52)

ガウス 男 【沿】 《黒カラヴィア》号の船長。(7)

ガウド 男 【ヴァ】 チチアの人買い。(G6)

カウ・ベン 男【クム】 タルガスの船宿《酔いどれなまず》の主人。柄の悪い海賊じみた大男。(108)

カウマン 男【モン】 黄色騎士団の隊長。

ガウロ(7) 男【ノス】 カロイ族の大族長。

カウロス(3) 地【ノス】 ダネイン大湿原から南、アルゴ河上流流域沿岸をしめる草原の大国。首都はランガート。隣国アルゴスと対立。

火焔樹 植【南】 南方特有の植物。毒のあるトゲ、緋の花と葉。

火炎獣 怪 カリンクトゥムに住む怪物。

カオス 男【ケイ】 サイロン副市長。(121)

顔なし女 伝【キタ】 赤ん坊を抱いている女怪。

カオ・ルン 男【ユラ】 大隊長。ネリイの副将。(62)

ガガ 男【草】 馬の民。(124)

鏡が原 地【ノス】 怨霊海の周囲の砂地。光る鉱石のかけらが混じっているため、太陽光の照り返しで鏡面のようにまぶしい。

鏡の回廊 魔 鏡の国ハイラエと現世を結ぶ回廊。

鏡の間 建【ケイ】 黒曜宮の一室。アキレウス即位三十年式典の大舞踏会が行なわれた。

輝けるサイロン 芸【ケイ】 ケイロニアを象徴する曲の一つ。

下級魔道師 魔 魔道師ギルドから免許をもらった魔道師のうち、三級以下のものを指す。

学問の塔 建【パロ】 クリスタル・パレスの塔。学者がこもって研究している。

カゲロウ 植 か弱い花。

ガザ 地【新ゴ】 西南部の都市。

カザルス 男【自】 サラミス傭兵隊隊長。ダリウス元大公に雇われて副官を務めた。(41)

カシアス 男【ケイ】 ランゴバルドの若い勇士。戦車競争の選手。(40)

ガジガジ貝 動 湖の貝。《髪の毛藻》がへばりついている。

カシス 神 医学、医薬、学問、知恵の神。ヤヌス十二神の一。

カシスの塔 建【パロ】 クリスタル・パレス内の塔。医学の中心。

カシスの矢の陣形 軍【ケイ】《竜の歯部隊》の第三陣形。

カシム 男【クム】 タルガスの博打場の支配人。町の権力者。(109)

カシムの賭場 建【クム】 タルドにある賭場。

火酒 食 強い酒。

カシン族 族【草】 騎馬民族の一。凶暴なことで知られる。ヨナと同行したミロク教徒の巡礼団を全滅させた。

ガス 男【モン】 アリストートスの手下の傭兵。《眉なし》。(60)

ガズィーラ 怪【キタ】 スィークに住む巨大なヒトデ。

カストール 男【ケイ】 宮廷医師長でカシス神殿の祭司長。パロ出身。明るい灰色の目と半白の髪を持つ、小柄な老人。(20)

風が丘（風ヶ丘） 地【ケイ】 サイロンを囲む七つの丘のひとつ。光が丘の南側、双が丘の隣。黒曜宮がひろがる。

風の騎士 男【モン】 アストリアス参照。

風の森 地【パロ】 マルガの北西郊外、リム付近の森。

風待宮 建【ケイ】 サイロン市内の小宮殿。外国の重要使節が到着した際、黒曜宮に入る前に体を休めるための場所。

カダイン 地【モン】 中央部の都市。オーダインと並ぶ沃野が広がる農作地帯。

カダイン伯爵 位【モン】 アリオン参照。

ガタルス 男【パロ】 アムブラの学生。(52)

花蝶宮 建【クム】 タリオ大公が愛妾であったアムネリスの居城として建てた、バイアにある水上離宮。アムネリア宮から花蝶宮に改称された。

ガッツ 男【ライ】 ジックの部下。(G17)

ガティ麦 植【ライ】 黄金色の穂を持つ麦。収穫は春と秋の二回。粥にしたり、かるやきパンなどにして食す。

カデウス 男【旧ゴ】 大公。サウル皇帝の甥。(28)

ガド 男【ユラ】 ガブラルの馬方。(55)

ガトゥー 動【キタ】 クジラ。コーセアの海、南の海に住む。

ガドゥー 怪【キタ】 鬼面の塔に住む、一つ目の巨人サイクロプスの生き残り。首から下をライ=オンに飲み込まれている。(G21)

ガドス 男【クム】 タイスの四剣士。赤のガドス。燃えるような赤毛の男。(111)

ガナ 女【ヴァ】 チチアの娼婦。(G6)

ガナール 地【クム】 オロイ湖西端の都市。

かなしみの塔 建【キタ】 ホータンの西の塔。

カナリウム 地【カナ】 背徳の都。堕落した人々が石と化した。

カナリウム 地【ハイ】 イェライシャの出身地。

カナリウムの青年 伝 ボッカを見ているう

ちにカナン帝国の滅亡を迎えてしまったという青年。

カナン 地 太陽王ラーにより開かれた古代帝国。史上はじめて中原を統合した。人口二千万。繁栄の絶頂を極めていたが、星間戦争による侵略と星船の墜落により三千年前に滅亡し、中心部はノスフェラスへと変貌を遂げた。

カナン織 俗 カナン発祥の織物の様式。

カナン山脈 地 【キタ】ノスフェラスとキタイのあいだにそびえる山脈。

カナンの滅びの書 書 カナン滅亡の様子を記した書。『第三の滅びの書』などがある。

カナン様式 建 カナン時代に確立された建物の様式。古代カナン、新カナンの二様式に大別される。詳細はそれぞれの項目参照。

ガネーシャ 神 【キタ】ゼド教の西面神、

万古神将。南方のエルハンの頭をもつ、とても鼻の長い奇妙なすがたをしている。

ガネーシャ 神 【崑】屈強な兵士や歌姫が仕える神。

カノース 男 【モン】黒騎士隊の中隊長。カースロンの側近。(6)

カバルス 動 ホタテ貝。

カピラ 動 毛虫。

カブ 男 【モン】アレナ通りの住人。(67)

ガフ 男 【モン】白騎士。アリストートスの部下の傭兵。《片耳のガフ》(39)

ガブール 地 自 シロエの森林地帯の南、ハイナムの東に広がる大密林。

カフ魚 動 食用の魚。

カブトウオ 動 奇妙な形をした魚。

ガブラル 地 【ユラ】イルナからタスに向かう南ユラニア街道から、タスに向かう側道との分岐点にある小さな宿場町。イシ

ュトヴァーン軍とタリオ大公軍の戦闘時に炎上。

カミーリア 女 【カナ】 シュムラトの愛人。(G16)

上カムイ湖 地 【クム】 カムイ湖の北側に広がる湖。

髪の毛藻 植 貝にへばりつく湖の藻。

神の道具 魔 予知者の別名。神が自らの意志を通じるために体を借りるとされることから呼ばれる。

カミラ 女 【アグ】 《ウミネコ亭》の女。黒髪の小柄なむすめ。(12)

カムイ湖 地 【クム】 モンゴールとの国境に広がっている湖。ユラニアのアルセイスまで流れるカール河が流れ出している。

カムイラル 地 【クム】 カムイ湖西岸の都市。

ガムガム芋 植 【南】 ダリア島の芋。

カムロ 男 【アグ】 隊長。リンダとレムスの護衛。(9)

カムロー 植 辛くて舌にピリッとくる実。

カメロン 男 【新ゴ】 公爵にして初代宰相。黒髪、黒い瞳、口髭、鋼のような長身。ヴアラキアの海軍提督だったが、息子のように愛していたイシュトヴァーンを補佐するためモンゴールの左府将軍となり、後にゴーラ宰相となり、イシュトヴァーンに代わってゴーラ王国の政務の実質的な最高責任者として一切を取り仕切っている。(12)

かもめ亭 建 【沿】 ダリア島の居酒屋。ナナが経営。

ガモン 男 【モン】 カノースの部下。(13)

ガヤ 地 【クム】 国境の城砦都市。

ガユス 男 【モン】 派遣魔道士ギルド所属の一級魔道師。アムネリスのノスフェラス遠征に随行した。イシュトヴァーン弾劾裁

判に証人として出廷。(2)

カラヴィア子爵 位【パロ】 アドリアン参照。

カラヴィア 地【パロ】 最南部の自治領。ダネイン大湿原の北。《パロのなかの南国》と呼ばれている南の要衝。国民皆兵の思想をつよく持ち、五万の騎士団をかかえる。領主はカラヴィア公爵アドロン。その住民は、南方からきた黒人と、南部の森林地帯で暮らしていた《森の民》との混血であるといわれる。

カラヴィア街道 地【パロ】 カラヴィアから北へ向かう街道。

カラヴィア公騎士団 軍【パロ】 カラヴィアの騎士団。地方軍隊では最強。五万人。金色と黒の鎧兜。

カラヴィア公爵 位【パロ】 カラヴィア自治領の領主。大貴族で、王族に匹敵する発言権を持つ。紋章はダネインの水蛇と蓮の花。アドロン参照。

カラヴィア伯爵 位【パロ】 アルロン参照。

カラキタイ 地【キタ】 キタイ近くの都市。

カラスコ 神【クム】 クムで信仰されている女神。鳥の頭を持つ。

カラスコ賭博 俗【クム】 タイスのロイチョイ名物の賭博。

カラム 植 中原の代表的な果実。カラム水、カラム酒、カラムゼリーなどの原料。

カラム 男【ケイ】 グインの近習ラムの弟。

カラム 男【自】 ザイムの旅館《聖騎士亭》のおやじ。(24)

カラム号 交【沿】 行方不明になった沿海州の船。

カラム御殿 建【パロ】 三人の女神通りの一角にあったカルストゥスの館の通称。

カラム水【食】 カラムの実を原料とするかぐわしい香りを持つえんじ色の飲み物。熱くしたり冷たくしたり、甘くしたりして飲まれる。

カラム水御殿【建】【パロ】 白ルノリア通りにあったハンニウスの館の通称。

ガランス【男】【モン】 少佐。マルス・オーリウスの信頼する副官。ノスフェラスにて戦死。〈3〉

カリア【女】【パロ】 オラス団の女。オラスの長女。未亡人。〈124〉

ガリア【女】【ケイ】 黒曜宮の貴婦人。〈40〉

カリース【男】【パロ】 高名なデザイナー。〈8〉

カリウス【男】【ケイ】 ヴァレリウスの部下。魔道師。サイロン在駐。〈127〉

ガリウス【男】【ケイ】《竜の歯部隊》隊長。〈44〉

ガリウス【男】【パロ】 ルナンがクリスタルに潜入するとき使った偽名。〈6〉

ガリガリの実【植】【沿】 ミロク粥に添えられる辛い実。

ガリキア【地】【モン】 カムイ湖東岸の都市。

カリス【女】【パロ】 リギアの乳母。〈52〉

カリス【男】【ケイ】《竜の歯部隊》第一中隊長。ガウスの副官。〈81〉

カリナ【怪】【キタ】 リームの花の姉妹。ほっそりとした、真っ白な肌の女。〈G14〉

カリナエ【地】【パロ】 クリスタル大公アルド・ナリスの邸がある。パレスの中でもっとも美しく洗練されている。

カリナエ小宮殿【建】【パロ】 クリスタル・パレスの一画。クリスタル大公アルド・ナリスの、パレス西側のカナン様式の宮殿。アルド・ナリスの居城。パレスの宮殿の中でももっとも典雅な宮殿。

カリナシウス 男【パロ】 男爵。イラス領カリナスの領主。(G19)

カリナス 地【パロ】 イラス地方の都市。

カリニア 植 青い花。

カリバン 怪 魔道師イェライシャの使い魔。(G1)

カリュー 怪【鏡】 ハイラエの蛇神。漆黒の髪、白い肌の美少年。額の中央に真青な第三の目を持つ。正体は小蛇で、偶然開いた鏡の回廊を利用してグインを鏡の国に連れ去った。(G21)

カリリューダ 神【キタ】 ゼド教の北面大神、森羅神将。

カリラ魚 動 鱗が美しい虹色をした観賞用の魚。食用ともなる。

カリル 動 りす。

ガリレウス 男 オルフェオの物語詩の将軍。嫉妬にかられ妻を殺害して自殺した。(43)

カリンカ 植 草原に咲く白い小さな花。

カリンクトゥム 地 レントの海、コーセアの海、ノルンの海がまじわるところにあるといわれる世界の涯。その深淵は炎となって虚無の海へなだれおちているといわれる。異世界への通路となる扉があり、その扉の向こうは虚無の果ての虚無、空の空であるという。

ガル 男【アグ】《ウミネコ亭》のおやじ。片目のガル。(12)

ガル 男【ノス】 ラク族の小族長。(4)

ガル 男【パロ】 クリスタル義勇軍。ランの副官。(78)

ガル 男【自】 赤い街道の盗賊。ウルスの子分。(14)

カルア 女【パロ】 オラス団の女。カルムの母。(124)

カルー 男【パロ】 クリスタルの情報屋。

ガルーダ【神】 死者の魂を運ぶドールの使わしめ。(6)

ガルーニ【男】 呪いをかけて国王を暗殺しようとしていた魔道師。(52)

カル゠カン【男】 ゼド教の僧侶にして魔道師。さかさまの塔の元案内人。(G12)

カルゴ【芸】 甘やかなゆるい舞曲。

カルゴ【男】【ケイ】 闇の館に一番近い農園の一家。

カルゴ農園【建】【ケイ】 闇が丘、闇の宮近くの農園。

ガルジア【男】【パロ】 魔道士。古代機械の研究者。(G8)

ガルシウス【男】【パロ】 医師。モース博士の弟子。(118)

ガルス【男】【ケイ】 ハゾスの副官。(40)

カルストウス【男】【パロ】 一代で財をなした豪商。『カラム王』。(G20)

カルストウス商会団【パロ】 五十年ほど前にクリスタルで最高品質のカラム水を販売していた会社。

カルス・バール【男】【ヴァ】 内大臣。アグラーヤの三人の重臣のひとり。実務家。

ガルダ【男】 叙情詩『カナン』の登場人物。(12)

カルダー種【動】【草】 大柄な馬の種類。

ガルダン【男】【モン】 騎士。アリストートスの密偵。(45)

カルチウス【男】【パロ】 ヴァレリウスの部下。下級魔道士。ユラ山系の山火事を偵察。

ガル鳥【動】 港などで見られる白い鳥。(101)

カルト【男】【ノス】 ラサ族の族長。(4)

カルト 男【パロ】 子爵。(HB2)

カルトウス 男【ケイ】 ロンザニア侯爵。(18)

カルトウス 男【パロ】 ナリスの主治医。(G7)

カルト樹病 医 森のしめった風が原因の病気。

カルナ 女【ケイ】 サイロンに住む洗濯女。(20)

カルネル 男【自】 ザイムの町長。右手の指が二本しかない白髪の老人。(15)

カル・ハン 男【草】 トルースの王。(9)

カル・ファン 男【クム】 ルロイ男爵。ユラニア使節団の正使。クムの大公の姪を母に持つ。(23)

カル・ファン 男【パロ】 もと王立学問所所長。キタイ出身の学者。レムスの元腹心。

カルホン 伝【沿】 クラーケンの仲間。ハリ・エン・センに異次元から呼びだされ、クルドの財宝を守っていた。塩をかけると消滅。

カルマ 男【ライ】 ラドゥ・グレイの部下。

ガルマ 宗【キタ】 望星教団でアルゴン化できないことを運命（ガルマ）と呼ぶ。(G17)

カルム 男【パロ】 オラス団の子供。カルアの子。

ガルム 伝 地獄の入口を守る三つの頭の魔犬。ドールの飼い犬。オフィウスの歌によって眠らされた。

ガルム 男【ケイ】 バルドゥールの手下。

ガルブロンゾー海域 地【沿】 魔の海域といわれる《藻とクラーケンの海》。ユーレリア号が難破したとされる。(47)

(17)

カルム・アン 男【パロ】 クリスタルに入るためにアストリアスが使った偽名。(8)

ガルム峠 地【自】 アルシア連山を越える難所。

ガルム鳥 動【闇】 不吉な鳥。

ガルムの首 交【沿】 グインたち一行がロスからアルゴスへ向かうために乗り込んだ海賊船。

ガルムの門 建【パロ】 ランズベール城からランズベール塔に入る門。

カル゠モル 男【キタ】 魔道師。グル・ヌーの瘴気により骸骨の姿となった。死霊となってレムスに憑依し、アモンを植え付けた後に消滅。(3)

カルモン 植 ヒイラギ。

カルラ 女【パロ】 マルガ離宮の古参の侍女。(G18)

カルラ 植 果実は食用になる。

カルラア 神【パロ】 詩、芸能、音楽、歌舞の神。鳥の顔と翼、両性具有の体を持つ。カナンでも信仰された。

カルラア劇場 建【ケイ】 サイロン、ヴァルナ地区の有名な劇場。

カルラア神殿 建【カナ】 夏の花祭りで即興詩人のトーナメントが開催された神殿。

カルラア神殿 建【ケイ】 サイロンのタリッド地区にある神殿。

カルラア神殿 建【パロ】 ジェニュアのヤヌス大神殿の近くにある神殿。

カルリウス 男【パロ】 宮廷医。(50)

ガルル 動 セム語で狼のこと。

カルロス 男【パロ】 聖騎士伯。ルナンの部下。(70)

ガルン 男【モン】 スタフォロス城の黒騎士。(2)

カレーヌ [地]【ユラ】 エルザイムーガザ間のサンガラ山地のなかにある小さな村。ケ・ナリス参照。

カレニア [地]【パロ】 マルガからカレイロニア、モンゴール、クムによる、対ユラニア戦の軍議が行なわれた。

カレナリア星系 [地]【外】 第三惑星の文明のエネルギーを有害生命体《ヨーグ》に吸い尽くされた星系。

カレニア [女]【カナ】 貴族の令嬢。(G16)

カレニア [地]【パロ】 中南部の自治領。ラヴィアとサラミスのあいだ。森林地帯が広がる。人々は勇猛で素朴で忠実で質実剛健。レムスーナリス内乱により荒廃した。

カレニア衛兵隊 [軍]【パロ】 ナリスとリンダの結婚を祝福する剣の舞を披露したカレニアの若者たちの志願により構成されたナリスの直属部隊。二千人。隊長はリュード・ハンニウス。

カレニア王 [位]【パロ】 カレニア自治領の領主。アルシス王家の固有の称号。アルド・ナリス参照。

カレニア街道 [地]【パロ】 マルガからカレニアの森林地帯へと入ってゆく街道。

カレニア騎士団 [軍]【パロ】 パロ内乱においてナリス側に参加した有力な地方軍隊。カレニア衛兵隊とカレニア伯爵ローリウス。マルガ攻防戦で六割以上が戦死。指揮官はカレニア伯爵ローリウス。マルガ攻防戦で六割以上が戦死。

カレニア義勇軍 [軍]【パロ】 パロ内乱において、ナリス側に参加した軍隊。約一万人。半分以上は非軍人。

カレニア政府追討軍 [軍]【パロ】 パロ内乱でレムス側が派遣した軍隊。総司令官はファーン。聖騎士団の一部、国王騎士団などで構成。

カレニア伯爵 [位]【パロ】 ラク族のセム。ローリウス参照。(19)

ガロ [男]【ノス】

ガロイ【男】【パロ】 魔道師。ヴァレリウスの先輩。(49)

ガロス【男】【ヴァ】 博打打ち。のっぽのガロス。(G6)

カロイ族【族】【ノス】 セム族の一種族。総勢は約二千人でガウロを族長にしている。《塩谷のカロイ》と呼ばれる。性格は凶暴。

カロイの谷【地】【ノス】 セムのカロイ族が住んでいた谷。マルス・オーリウス伯が罠にはまり戦死した。

ガウ【男】【パロ】 クリスタル・パレスの庭師。(20)

カローンの淫魔族【族】 古代カナンの淫魔族。淫行を通じてひとのエネルギーを吸い取る。古代の魔道師たちによって退治された。

カローンの川【伝】 黄泉と現世とをへだてる川。ナタール河からそのままつづくとされる。

カローンの塀【建】【ヴァ】 チチア遊廓の公娼窟を囲んでいる高い塀。

カロン【男】【中】 オルセーニの川を守る骸骨の舟守。

カロン【男】【パロ】 パロ魔道師ギルドのギルド長にして大導師。(49)

カロン【男】【モン】 アムブラの名高い私塾の塾頭。(13)

カロン【男】【パロ】 ミダの森の虐殺からデンを救出した若者。(32)

カン【植】 クムの特産の柑橘系の植物。つるつるした幹のてっぺんに巨大な葉と実があり、黄色い果汁は酸味と香りが強く、さまざまな料理で使われる。

カン【男】【草】 スカールの部下。スカールと共にヤガに潜入した。(129)

カン【俗】【沿】 ドライドン賭博のルール。一ゲームを十二回と決め、賭け金の倍率を

ガン 男【ヴァ】 倍々につりあげてゆく。

ガン 男【ヴァ】 オルニウス号甲板長。

ガン（G3）

ガン 男【ケイ】 黒竜将軍公邸の門衛。

ガン 男【パロ】 ヴァレリウスがクリスタルに潜入するために使った偽名。（6）

ガン（48）

ガン 男【パロ】 ナリスの部下。マルガのガン。

ガン 男【パロ】 ナリスの騎士。（71）

ガン 男【モン】 トーラスの住人。トーラス戦役の傷痍軍人。（32）

ガン 男【ユラ】 リーロの家の近所の男。

ガン（46）

カン・ウェン 男【草】 スカールに従う騎馬の民。ゴーラ軍との戦いで死亡。101

ガン・オー 男【クム】 剣闘士。長身のがっちりした男。111

ガング島 地【沿】 レントの海の島。地下洞窟に古代遺跡とそれを守る怪獣がいるという伝説がある。《フモール》がいた。

カン・ゴウ 男【草】 スカールに従う騎馬の民。ゴーラ軍との戦いで死亡。101

カンジンドン 男【パロ】 侯爵。地方貴族。（G19）

岩石病 医 やせおとろえ、髪が抜け、血を吐き、ふとももや耳の下がかたくしこってくる病気。

カン・ター 男【草】 スカールに従う騎馬の民。ひげづらの男。101

ガン・ダー 男【キタ】 青鬼の拷問吏。三つ目。（G11）

ガンダル 男【クム】 《クム最強の男》の栄光を二十年にわたって得ている大闘王。水神祭り大闘技会で、グインに重傷を負わせながらも敗れ、死亡。（4）

ガンダルーナの色子 俗 女のような服をつけ、きれいに化粧をして、男に恋をされる男。

ガンダルス 男【パロ】 有名な建築家。マルガに賛辞を贈った。(G18)

ガンダルス 男【沿】 イフリキアの副総督。(12)

カン・ダン・ロー 男【クム】 官房長官。タリクの側近。(117)

カン・チェン・ルアン 男【キタ】 最後の大君。カラキタイのカン・チェン家の王。

環虫 動【ノス】 リングワーム参照。(G11)

ガン鳥 動【自】 まっ黒い鳥。

ガント 男【自】 ガウシュの村人。白髪の老人。(105)

カンドス・アイン 男【ヴァ】 伯爵。前港湾長官。(31)

ガンド峠 地【新ゴ】 アルバ山とクロー山のあいだの峠。

カンドン街道 地【ケイ】 サイロンの下町。安い商品が並ぶことで知られる。

カンノ 男【ノス】 カルトの祖父。大族長。(6)

カンパーブリア大森林 地【南】 太古からずっととざされているという大森林。

ガンビア 地【新ゴ】 中部の都市。

ガンビウス 男【新ゴ】 イシュトヴァーンの秘書長。(68)

カン・フー 男【キタ】 赤衣党の団長。ホータンの肉屋。(G12)

ガンブロゾー 軍【外】 惑星ランドックの防衛組織。

カンポス 男【ヴァ】 海軍を率いる貴族。(G3)

管理者 族【外】 この世界の均衡を崩すも

のを排除するのを目的とする種族。《調整者》に属する。アレクサンドロスとグインをこの惑星に送り込んだともいわれる。

カン・レイゼンモンロン 男【ヤガ】 ミロクの代理たる大導師。ジャミーラにミロクの聖姫の称号を授けた。(129)

カン・ロウ 男【クム】 ユール砦の守護将。大佐。

キアス 男【パロ】 ヴァレリウスの部下。一級魔道師。

ギーエリン 女【クム】 (103) 新人の女戦士。

キース 男【パロ】 (37) アムブラの学生。カラヴィア出身。

キース 男【パロ】 (116) ランズベール侯爵。金髪、青い目。父リュイスの死にともない跡を継いだ。(73)

ギース 男【パロ】 ヤヌス神殿の神殿長。

先代の祭司長。(9)

ギイ・ドルフュス 男【沿】 自治領タリアの領主。(4) タリア伯爵。

キーム族 族【北】 はるか北のさいはてにほそぼそと生きのこる超古代の民族。

ギーラ 女【北】 森の民アンソニィの娘。(17)

ギーラ 地【ケイ】 アンテーヌ選帝侯領の大都市。

ギーラ湖 地【ケイ】 アンテーヌ侯領の湖。冬になると人々はギーラ湖で氷すべりを楽しむ。

ギール 男【パロ】 一級魔道師。ヨナ宰相代理の指揮下に入った。(51)

黄色騎士団 軍【モン】 五色騎士団の一。

ギガン 男【モン】 黒騎士。ボーラン伯爵の副官。(10)

ギガン 男 伝説の聖剣士。(6)

キクイ　動　サル。

騎士大通り　地【パロ】　クリスタル・パレス市西側の大通り。

騎士宮　建【パロ】　クリスタル・パレスのもっとも外側にある宮殿。東西に分かれているクリスタル騎士団など、クリスタル・パレス防衛を目的とする各騎士団の兵士の砦。

騎士宮　建【新ゴ】　イシュトヴァーン・パレスの一画にある宮殿。

騎士の塔　建【パロ】　クリスタル・パレスの塔。

騎士の広場　建【パロ】　クリスタル・パレス、騎士の門の外側に広がる大広場。

騎士の門　建【ケイ】　サイロン、光が丘の馬場の西に設けられた門。

騎士の門　建【パロ】　クリスタル・パレスの門。両側に騎士宮。西大門。

キ・シン　男【クム】　赤星将軍。クム四大将軍のひとり。(60)

キタール　具　楽器の一種。

北アルム　地【パロ】　シュクの南にあるとされる魔道で作られた小村。レムスとグインの会談が開かれた。

キターロ　具　楽器の一種。

キタイ　地【キタ】　中原よりも古い歴史を誇る東方の魔道国家。首都はホータン。人口一千万。黄色人種が中心。商人の国。約二十年前からヤンダル・ゾッグによる圧政が始まり、魔都シーアンの建設と全世界への侵略が始まった。現在、青星党を中心として大規模な反乱が起こっている。

キタイ暗殺教団　団【キタ】　正式には望星教団。その中原における通称。金で仕事を請け負う暗殺教団。暗殺教団ギルドとも呼ばれる。

キタイ語 語 【キタ】 キタイの言語。クム独特の言語の原型ともなった。

キタイ魔道教 宗 【キタ】 北ホータンで昔から伝わる宗教。

キタイ魔道師連合 魔 【キタ】 パロ魔道師ギルドが中原への魔道の侵略の元凶と考えた組織。《闇の力》ともいう。

キタイレーン 地 【自】 イレーンの北にある村。

北クリスタル街道 地 【パロ】 クリスタルからシュクを経由して北へ向かう街道。

北クリスタル区 地 【パロ】 クリスタルの北側の地区。緑豊かな貴族たちの居住区で、ファーンやリーナスの私邸などの大きな邸宅が並んでいる。

北御門 建 【パロ】 クリスタル・パレスの門。ランズベール門の内側。

北サイロン区 地 【ケイ】 サイロンの北側の地区。

北ジェニュア街道 地 【パロ】 ジェニュアからケーミを経由してシュクへ向かう街道。

北の砦 建 【キタ】 ホータンの北、幽霊通り近くの青鱗団のアジト。

北の丸 建 【ケイ】 黒曜宮の主宮殿の北側に建てられている建物。地上階は倉庫として使用され、地下階は審問や拷問などに使用される。

北パロス 地 【パロ】 クリスタル、サラエム近辺を指す言葉。パロ南部に比べ、人々の感情表現は抑え目で、気質も暗い。

北ヤガラ川 地 【ヤガ】 市内を流れる川。

キタラ 具 ギターやマンドリンのような形をした、中原では一般的な絃楽器。和絃を奏でる。

北ライジア島 地 【ライ】 アルバナ群島の島。海賊たちの巣窟。南ライジアに比べる

と乱暴で治安が悪い。

キタラの陣形 軍 アレクサンドロスの兵法書に書かれた陣形。

キタリオン 具 キタラに似た絃楽器。物悲しい音を奏でる。

キタロン 具 キタラを少し細くしたような楽器。

キタン 男【パロ】 オヴィディウスの部下。(71)

キッカン 神【クム】 ヴァーナ教の女神。ルーアンの守り神で、水蛇の姿をしている。

キデオン 男【ケイ】 金犬騎士団第一大隊長。(22)

ギデオンの悲劇 伝【クム】 三百五十年前の闘技大会の決勝で行なわれたいかさま事件。激怒した群衆が、二人の決勝の闘士たちを引き裂いてしまったという。

ギドゥ 男【モン】 情報部隊の精鋭。(57)

キノス 男【パロ】 ヴァレリウスの部下。一級魔道師。(103)

キバ 女【ヴァ】 貸し部屋業の、やり手ばばあ。(G3)

キバ 女【パロ】 アムブラの学生達のたまり場の女あるじ。(37)

キハダ 植 中原の木。皮を煎じたものは薬となる。

騎馬の民 族【草】 草原の人々のなかで遊牧生活をつづけている遊牧民族のうち、つねに馬と行動をともにする民族。勇猛で信義に厚い。草原の神モスを信仰。昔からの風習を色濃く残している。

ギブの呼び声 伝 死の世界に入っていくルシウスを呼び止めた。

キム 男【ケイ】 黒竜騎士団員。フリルギアのキム。(26)

キム 男【新ゴ】 イシュトヴァーン親衛隊

キム・ヨン 男 (81) タイス伯爵の小姓。第二大隊長。

キメレア 伝 鳥でも獣でもなく、しかもどちらでもある怪物。組月組白の班。利発な少年。(110)

鬼面の塔 建 キタ ホータンの北東の塔。四つの壁それぞれに三つ目の鬼の顔を持つ。内部は四層に分かれている。

ギャド 男 ケイ タラムの住民。

球形ピラニア 怪 キタ フェラーラの地底湖に住む、トゲだらけの球形の魚。

吸血コウモリ 動 ルードの森に住む動物。

吸血ゴケ 植 ノス ノスフェラスの吸血性のコケ。

吸血ヅタ 植 ルードの森の植物。不気味な血のような色あいの葉。人に巻き付いて血を吸う。

宮殿管理庁 団 パロ クリスタル・パレスの運営を統べる重要な機関。長官はネリウス子爵。

旧文明 歴 大洪水時代以前にあった文明。

キュクロベ 怪 ふれても、見つめても石になってしまうという魔女。

キュクロベ号 交 南 南方のフリアンティアから来た船。

ギュラス 怪 パロ ミノースの迷宮に住んでいた牛頭の怪物。ラゴールが巨大化したもの。

暁星宮 建 新ゴ イシュトヴァーン・パレスの一画にある宮殿。カメロンの執務室とイシュトヴァーンの居住区域がある。

巨象騎士団 軍 ケイ 白象騎士団参照。

巨象将軍 位 ケイ アトキア侯爵。老齢のため隠退し、息子のマローンにアトキア侯を継がせた。(18)

ギラン 男【パロ】 女王付きの魔道師。(107)

キリ 俗 カードを使った賭博。

キリア 地【クム】 交易が盛んな都市。

キリアン 男【ケイ】 男爵。ハゾスの友人。(40)

ギリアン 男【パロ】 カリナエ小宮殿の小姓。(34)

ギリウス 男【パロ】 聖騎士伯。ナリスの味方の聖騎士。(52)

ギリスの陣形 軍【新ゴ】 軍の陣形のひとつ。

錐の木 植 背の高いまっすぐな木。

麒麟 怪 キタイで信仰される伝説の動物。首が長く、背中に翼が生えている。

キリン魚 動 長い首を水面に浮かべた、魚とも獣ともつかない生物。

ギル 男 グインがグンドを名乗った際、その頭を豹頭に変えた魔道師として挙げた名。

キルクス 男【自】 金の塔傭兵騎士団団長。ダリウスの傭兵、ヴァリアのキルクス。(109)

ギルド裁判 魔【パロ】 ギルドの掟や魔道十二条に背いた魔道師ギルド員に対する裁判。どんな拷問よりも恐ろしいとされる。(43)

ギルドの掟 魔【パロ】 魔道師ギルド員の禁忌を定めたもの。ギルド法や魔道十二条とともに魔道師ギルド員の行動を規制する。

ギルド法 律【パロ】 クリスタル市内の法律。

ギルド法 魔【パロ】 魔道師ギルドのありようを定めた法律。

ギルド連盟 団【パロ】 クリスタルのギルドの集まり。商業から学問まで多様なギルドがある。連盟長はケルバヌス。

ギルマン 男【モン】 イシュトヴァーン親

衛隊の近習。隊長。(39)

キレノア語 〖語〗 中原で使用されている共通の言語。

キレノア大陸 〖地〗 グイン・サーガ世界の惑星の北半球にひろがっている大陸。

金猿騎士団 〖軍〗【ケイ】 十二神将騎士団の一。団長は金猿将軍マイラス。

金猿将軍 〖位〗【ケイ】 マイラス参照。

銀河時 〖単〗 古代機械で使用される時間の単位。ザンの約三倍。

銀河帝国 〖地〗【外】 星船ランドシアやランドックの属する帝国。超科学文明。

禁軍騎士団 〖軍〗【ユラ】 ユラニアの軍隊。本来は禁軍とは皇帝の軍隊のことだが、皇帝の忠実な臣下であるとし、禁軍と称していた。

金蠍旗 〖旗〗【モン】 緑の地にモンゴールのサソリとゴーラの獅子の紋章を縫い取った国の旗。

金蠍宮 〖建〗【モン】 トーラス中央にあるモンゴール大公の居城。かつては金、大理石、宝石づくめのごてごてとした宮殿だったが、アムネリスの代に改装された。大公宮のほか、北の宮、西の宮などの小宮、真紅の間、黄金の間などの部屋がある。

金犬騎士団 〖軍〗【ケイ】 十二神将騎士団の一。一万人。十二神将騎士団の中でも黒竜騎士団と並んでもっとも勇猛、果敢とされる最精鋭。牙をむいた金色の犬の頭のついた兜、皮のマント、白に金色の鎧。団長は金犬将軍ゼノン。

金犬将軍 〖位〗【ケイ】 ゼノン参照。

銀色鬼 〖軍〗【クム】 クムの兵士は銀色の尖塔のような兜と、鱗をつづりあわせたような鎧を着用している。

金のヴァシャの冠 具【ケイ】 闘技会で優勝者に与えられる冠。

銀の魚亭 建【沿】 ヴァラキアの居酒屋。

金の鈴亭 建【自】 ネームにある宿屋。

金の塔傭兵騎士団 軍【ケイ】 ダリウス大公に雇い入れられた傭兵騎士団。

金の鳩塾 建【パロ】 アムブラの私塾。

銀の鳩亭 建【ユラ】 カレーヌ村の唯一の宿屋。

吟遊詩人 位【パロ】 諸国を漫遊し、歌やキタラなどの音楽を奏でて暮らす人々。さまざまな情報の運び手ともなる。

金鷹騎士団 軍【ケイ】 十二神将騎士団の一。団長は金鷹将軍ユーロン。

金鷹将軍 軍【ケイ】 十二神将の一。金鷹騎士団の団長。ユーロン参照。

銀曜宮 建【ケイ】 黒曜宮、七曜宮の豪華で瀟洒な宮殿。

金狼騎士団 軍【ケイ】 十二神将騎士団の一。団長は金狼将軍アルマリオン。

金狼将軍 位【ケイ】 アルマリオン参照。

クイ魚 動【ケイ】 食用になる魚。

クィラン 男【パロ】 大佐。カラヴィア公騎士団第一大隊長。(89)

グイン 男【ケイ】 豹頭の超戦士。トパーズ色の目。驚異的な体軀と運動能力を持つ。わずかな言葉以外の一切の記憶を失った状態でルードの森に突如として現われは偶然出会ったリンダとレムスを守り行動をともにする。その後、己を見いだすためだへと旅し、ケイロニアで傭兵となり、幾多の戦績を重ねてついにはケイロニア王となる。パロを救う戦いで記憶を失い、再びノスフェラスからパロへと旅することになる。ようやく戻ったケイロニアで《七人の魔道師事件》に遭遇する。ランドックでは廃帝

クーダン 女【ノス】 ラク族の老女。全セム族の中でもっとも年長。(94)

空中歩行の術 魔 宙に浮かんで移動する初歩の術。かなり体力を消耗する。

グードル 動 こうもり。

グーバ 交【クム】 オロイ湖で利用される、きわめて細いカヌーのような小舟。長い竿で操る。交通、運送、物売りなどさまざまな目的で使われる。

グーバック 交【クム】 オロイ湖で利用される、グーバより少し大型の舟。

グーラグーラ 動【クム】 かぶと虫。

クーラン 男【草】 スカールに従う騎馬の民。ゴーラ軍との戦いで負傷。(101)

クーリア 植 美しい花を咲かせる植物。

グール族【モン】 ルードの森に住む妖魅。長生の人肉、獣の肉を食べる《屍食い》。

グール 男【沿】《ニギディア》号乗組員。

く痩せ細った四肢、全身を覆う黒茶色の長い毛の半人半妖。ルードの森にさまよいこんだ人間がノスフェラスの瘴気の影響で怪物となったものだといわれ、しばしば《死霊》と混同される。

グール 男(G17)

クーロン 男【草】 スカールに従う騎馬の民。ゴーラ軍との戦いで死亡。(101)

グエンス 男【パロ】 魔道士。レムスの魔道学の師。(34)

グェン・リン 男【クム】 隊長。ユール砦の司令官。(56)

グオルンの白竜城 建【キタ】 ホータンの泥棒たちの根城となっている城。

クク―(クワー、ククルー) 動 鳩。

傀儡つかいの術 魔 他者の精神に憑依して傀儡とし、術者の意のままに操る黒魔道の

術。または人形を操って人間と見せかける術。

ククル人 族 地底の洞窟に住む目のみえぬ民族。

くさび型の陣形 軍 アレクサンドロスの兵法書に書かれた、攻撃を受ける陣形。

くさひばりの唄 芸 古い歌。マリウスのお気に入り。

グジョー 男 スイランの知り合いのなんでも屋。戦場かせぎのよろずや。109

ク・ス゠ルーの神々 神【南】 南方の神で、蛙や魚の顔をした邪神。

ク・スルフ 怪【キタ】 蛸のような姿をした《古き者たち》の頭領。

クース゠ルルフー 神【カナ】 神殿都市スィークで崇められていた宇宙神。

グドウ 男【モン】 トーラスの将軍。(1)

グドゥー 動 アヒル。

クナイ 男【ヴァ】 下ヴァラキアの糸屋。(G6)

クネール 動 淡水蛇。卵を食べると精がつくといわれる。

クバ 動【キタ】 キタイに棲息する、牛と馬とのあいだのような動物。

グバーノ 交【クム】 オロイ湖で利用される、中型の舟。グーバとグーバックの中間の大きさで、五人から八人乗り。

グバオ 交 オロイ湖で利用される伝令専用の快速の舟。グーバよりは大きく、普通の客船よりは小さい。その航路は決められており、他の船舶は立ち入り禁止とされている。

クミス 食 草原で好まれる馬乳酒。

クム 地【クム】 ゴーラ三大公国の一。ユラニアについで長い歴史を誇る。商業大国。現大公はタリク・サン・ドーサン。快楽

主義で、娼婦が多い。人々はキタイの血を引く黄色人種。高級茶、高級絹、銀の幅広の首飾り、薄い硝子、高価な陶器の茶碗が特産。中原で主流のヤヌス教よりも、独自のヴァーナ教が信仰を集めている。またミロク教徒の数も増え始めている。

クム軍 軍【クム】 クムの銀色鬼といわれる勇猛な軍隊。重量級の武装を利用した《クムの突貫攻撃》が得意。

クム琴 具【クム】 クム音楽で使われる二本弦を張った楽器。

クム・ソース 食【クム】 クムで好まれる真っ赤で辛いソース。

クム大公家 位【クム】 クム大公国を治める一族。ゴーラ皇帝家がユラニア大公家に権力を奪われたのち、クム大公国を建国した。

クムの楔戦法 軍【クム】 強力な破壊力を

もつクム軍の戦術。

クムの娼婦 俗【クム】 世界でもっとも美しく妖艶で、手練手管にたけているといわれる。

《クムの女神》号 交【沿】 交易船。

クムの遊廓 俗【クム】 金さえつめば「この世の快楽で手に入らざるなし」といわれ、中原一の量、質を誇る遊廓。

クム犬 動【ノス】 小さな愛玩犬。

クムグラ 男【ノス】 ラク族の若い戦士。（G16）

クラーケン 怪【沿】 異次元や異星から来たといわれる怪物。たくさんの青黒い触手と、巨大な黒い丸い頭、一つ目、くちばしをもつ。全長三〜四タール程度。ノルンの海や南の海に棲む。

クライン 男【パロ】 先代のカラヴィア公爵。アドロンの父。（G7）

クラウアスゴル山脈 地【南】 世界最高の山脈。

クラウス 男【ケイ】 子爵。ギランの次男。(70)

クラウス・カルロス 男【パロ】 クラウス商会の三代目。酒精飲料ギルドの長。(G20)

クラウス商会 団【パロ】 五十年ほど前の飲料会社。はちみつ酒を割ったはちみつ水や、サルビオをきかせた香料水などを売り出した。

クラウス・ダニウス 男【パロ】 飲料ギルドのギルド長。豪快なうえに渋い二枚目。(G20)

鞍掛けの丘 地【パロ】 ジェニュアの南西の丘。

クラクラ砂漠 地【草】 スリカクラムの北にある小さな砂漠。

クラグル族 族【草】 家を持たない草原の部族。

クラゲウオ 動 巨大な魚。

グラチウス 男【ノス】 黒魔道師。ミイラのような白髪の老人。三大魔道師の中で唯一中原の各国に介入し陰謀をたくらんでいる。ヤンダル・ゾッグが中原に手を伸ばすことに警戒感を抱いており、自分の力を増すためにグインやスカールをその手に収めようと画策している。約八百歳。(2)

グラックの黒い馬 伝【中】 千の牙、八本以上の脚を持つ地獄の馬。

《グラッパドゥール》号 図【ライ】 六本指のジックの船。《ニンフの翼》号と戦って拿捕された。

グラディウス 男【ケイ】 伯爵。司政長官。(18)

クラミニア 怪 ドールと醜い雌牛ランドー

クラム 植 トマト。真っ赤な《太陽の果実》と呼ばれる。

クララ 女 ケイ シルヴィアのお気に入りの侍女。ランゴバルドの下級貴族の娘。シルヴィアの不貞の責任を取らされて捕えられた。(17)

クラルモン 怪 沿 クラーケンの仲間。ハリ・エン・センに異次元から呼びだされ、クルドの財宝を守っていた。ゾンビーを操る。

クラロン 伝 紋事詩『コルヴェイエのクラロン』の主人公。清浄なるコルヴェイエと美しき女王を捨てて、悪徳の都カナンで生きるべくあえて戻っていった。

クラン 男 ケイ 闇が丘近くの住人。妻の姉が黒曜宮の洗濯女。(128)

クリームヒルド 女 自 ヨツンヘイムの氷雪の女王。銀髪に、ルビーの瞳。数千年前から、十九歳の姿のまま氷の中に閉じこめられている。(17)

クリームヒルドの宮殿 建 北 ヨツンヘイムの女王クリームヒルドの宮殿。氷に覆われた洞窟で、その一室にクリームヒルドの体が安置されている。

クリス 男 自 イシュトヴァーンの部下。元盗賊。ミダの森で虐殺された。(27)

クリスタル 地 パロ 首都。《七つの塔の都》と称される、世界に冠たる大都市にして芸術や文化の中心。人口二百万。イラス川とランズベール川によって、クリスタル・パレスのある中洲と東西南北の各区に分かれる。ヤンダル・ゾッグの支配によって荒廃し、復興作業が進んでいる。

クリスタル街道 地 パロ ワルドとシク、ケーミ、クリスタルを結ぶ街道。

クリスタル義勇軍 軍【パロ】 アムブラの市民や学生を中心に結成された軍隊。パロ内乱でナリス側に参加し、ナリスの警護を行なった。隊長はラン。千人。マルガ攻防戦でほぼ全滅。

クリスタル劇場 建【パロ】 北クリスタルの有名な劇場。世界一といわれる。

クリスタル公爵（クリスタル大公） 位【パロ】 王族中最高位の大貴族。文武の双方の最高位の統率者。王の最大の補佐役。アルド・ナリス参照。

クリスタル市護民騎士団 軍【パロ】 クリスタルに駐留する軍隊。市民の警護に当たる。長官はロイス。パロ内乱ではナリス側。ショルス参照。

クリスタル市長 位【パロ】

クリスタル市庁舎 建【パロ】 クリスタルの護民庁街にあり、戸籍や法律の原典などが保存されていた。アムブラ騒動で焼失。

クリスタル大公 位【パロ】 アルド・ナリス参照。

クリスタル庭園 建【パロ】 クリスタル・パレス内の庭園。パレスで最大の庭園。水晶殿の西。

クリスタルの丘 地【パロ】 クリスタルの南の丘。

クリスタルの塔 建【パロ】 クリスタル・パレスの西側にそびえる塔。ランズベール塔が焼け落ちたあとは身分の高い囚人の牢獄となった。

クリスタルの炎 具【パロ】 クリスタル大公家に伝えられるダイヤの首飾り。

クリスタルの間 建【パロ】 水晶殿の奥にある広間。

クリスタル・パレス 建【パロ】 クリスタルの中洲にある聖王家の宮殿。七十以上の美しい塔と、主宮殿である水晶殿を始めと

する多数の宮殿を持つ。四方は城壁で囲まれ、東西南北にそれぞれ、アルカンドロス門（東大門）、騎士の門（西大門）、南大門、ランズベール門（北大門）を擁す。かつては常時二～三千人以上が勤務していた。レムスーナリス内乱直前からヤンダル・ゾッグの支配を受け、不気味な魔の宮と化し、壊滅的な打撃を受け、

クリスタル平野 地【パロ】 クリスタル近辺の平野。

クリスタル魔道士団 団【パロ】 聖王に仕える魔道士の団体。

クリスタル南街道 地【パロ】 クリスタルから南へ向かう街道。

クリスティア・アウス・ア・ルーラン 女【パロ】 アウスの娘。栗色の髪。ルーラン出身。生まれつき膝から下が内側に曲がっている。ナリスと一夜をともにした後、自殺。(G19)

クリストス 男【パロ】 平騎士から抜擢された若手の聖騎士伯。(107)

グル 男【クム】 酔漢のふところねらいの悪党。(110)

クルア 男【ノス】 ラク族の男児。イサの息子。(G16)

クルーラ 動 フェラーラ語でトカゲのこと。

グル・オー 男【草】 スカールに従う騎馬の民。流砂に飲み込まれた。(19)

グルカ族 族【草】 スカールを崇拝する草原の二大騎馬民族のひとつ。

グルカ・ハン 男【草】 騎馬の民。少数部族の長。(11)

グル＝カン族 族【草】 騎馬の民の小部族。

グルクス 男【モン】 赤騎士団の隊長。モンゴール奪還軍。(31)

クルジェット 女【自】 コングラス城の侍

グル・シン 男【草】 グル族の前族長。リー・ファ、タジムの父。(7)

グル族【草】 騎馬の民。黒太子スカールにいちばん忠実な部族。かつては草原で最大の勢力を誇ったが、現在は衰退している。

クルド 男【沿】 伝説の海賊。《皆殺し》クルド。ナントの島に財宝を隠した。(G9)

クルドの洞窟【地】【沿】 ナントの島の中央、黒山にある、クルドの財宝が隠された洞窟。ハリ・エン・センの魔道で封じられていた。

グル・ヌー【地】【ノス】 ノスフェラスの中心にある《瘴気の谷》。カナン滅亡時に星船が墜落した場所で、放射能や怨念を含む瘴気を放ち、ノスフェラスの砂漠や数々の怪物誕生の源となった。星船ランドシアの離陸によって消滅し、巨大な湖となった。

クルノの館【建】【モン】 トーラスの遊館。

クルム 男【ケイ】 タルーアン通りの《ウサギ屋》の老主人。(17)

グルラン 男【モン】 ツーリード城の青騎士。(3)

クレアの泉【地】【モン】 ゴーラとの国境近くの山中にある小さな泉。

《グレイト・マザー》【位】【外】 アウラの別称。

グレン 男【沿】 《ニギディア》号乗組員。(G17)

グロ 男【ケイ】 サイロンの肉屋の主人。(17)

黒いイシュタル【交】【沿】 船腹に《イシュタル》と書かれた黒い幽霊船。オルシウス

女。五百二十年前に売られて奴隷として連れられてゆく旅から逃げ出してたどりついた。(108)

グロウ 男【沿】《ニギディア》号乗組員。ダリア出身。サロウとアムランの兄。(G17)

クロウシュ 地【沿】ヤガ郊外の小さな宿場町。ミロク教を信仰。

クロウラー 怪 闇の大妖蛆、地獄の蛇。

クロー（クロノ） 動 サイ。

クローナ 怪【外】アウラに仕えるために作られた存在。

クローネ 怪【外】クローナと同様の存在。

クロー山 地【新ゴ】アルバ山の南隣の山。

クロガエルの毒 医 痕跡をのこさずに人を殺せるランダーギアの毒。毒性が強い。

黒カラヴィア号 交【沿】イシュトヴァーンが昔乗っていたという、カラヴィアの海賊船。

黒騎士団 軍【モン】五色騎士団の一。

黒獅子旗 具【モン】黒地に金で草原のライオンを縫い取り、金のふさをつけたゴーラの旗。

黒獅子章 具【モン】モンゴールの勲章。

グロス 男【ケイ】伯爵。大蔵長官から護民長官になった。(18)

グロス 男【ケイ】ダリウス大公の部下。

グロス 男【20】拷問人。

グロス 男【パロ】クリスタルの大商人。

グロス族【ノス】セム族の一種族。《黒毛のグロ》と呼ばれ、全身の色がラクよりも濃い黒みをおびている。グロ族は好戦的で荒々しい。

グロス 男【ケイ】有力ギルドの長。(6)

グロキュス 怪 夢魔。

黒の聖姫 位【ヤガ】ミロク教の高官。ジ

クロニア 地【クム】カムイ湖の西岸の都市。

黒ひげ橋 建【クム】⟨128⟩ ルーアンの運河にかかる橋。

黒魔術 魔【魔道十二条で使用が禁じられている魔道の術。ドールの黒魔術。

黒魔道 魔 狭義では、魔道十二条に背いたドール教団を中心に発達した、混乱、人心の乱れなどの負のエネルギーを力の源とする魔道を指す。広義では、キタイなどを含む魔道十二条に縛られない魔道全般を指す。

クン 男【新ゴ】 ドライドン騎士団の騎士。

クン⟨53⟩

クン 男【ケイ】 スカールに従う騎馬の民。

グン⟨124⟩

グン 男【ケイ】 黒竜騎士団の傭兵。フリルギア出身。⟨17⟩

グン 男【ケイ】 ダリウス大公邸の門番。

グン⟨20⟩

グン 男【モン】 ユラニア遠征軍の兵士。

グン⟨45⟩

クンカ 動【草】 草原犬ともいう。群生の野犬。草原に住む小型で獰猛な軍船。

軍船十二神 交【アグ】 アグラーヤの誇る軍船。全部で十二隻ある。ドライドン号、ダゴン号、イラナ号、ルアー号、イリス号、サリア号、とそのほか六隻からなる。

軍船シレノス 交【沿】 オルロック伯夫人エリジアが率いるトラキアの軍船。

グンデル 怪【北】 ヨッンヘイムの財宝をとりにきて、クロウラーに殺されたミズガルドの巨人。

グンド 男【ヴァ】《オルニウス四世》号の船長。⟨12⟩

グンド 男【ケイ】 グインの偽名。モンゴールのグンド。

芸神廟 建【クム】⟨108⟩ タイスの有名な廟。

ゲイル 【男】【外】 グインの夢に登場。ランドックの七城将軍。(G14)

ケイロニア 【地】【ケイ】 世界最強を誇る中原北部の軍事大国。世界一富裕で治安の行き届いた連合帝国で、中央の皇帝直轄領と、それを取り巻く十二選帝侯領からなる。首都はサイロン。人々は北方人種が主で、真面目、実直を取り柄とし、不貞、不道徳を忌み嫌う。かつては多数の小国が覇を競いあっていたが、のちに最大の王国ケイロンを中心に統一され、現在のケイロニウス皇帝が治めていたが退隠し、グイン王が実質的な統治者となった。長らくアキレウス・ケイロニウス皇帝が治めていたが退隠し、グイン王が実質的な統治者となった。

ケイロニア王騎士団 【軍】【ケイ】 国王騎士団参照。

ケイロニア街道 【地】【ケイ】 ケイロニアとパロを結ぶ街道。ケーミでゴーラ街道と合流。

ケイロニア月宝冠 【具】【ケイ】 王妃の宝冠。日宝冠と大小の対。三日月をかたどった銀の板がはめこまれている。

ケイロニア皇帝 【位】【ケイ】 アキレウス・ケイロニウス参照。

ケイロニア蜀王冠 【具】【ケイ】 皇帝の王冠。中央に巨大な紅玉《ルアーの心臓》がはめこまれている。

ケイロニア熾王冠 【具】【ケイ】 正式の王冠。

ケイロニア瑞宝冠 【具】【ケイ】 皇帝の冠。

ケイロニア太陽王冠 【具】【ケイ】 無数の宝玉がちりばめられた式典用の巨大な王冠。

ケイロニア日宝冠 【具】【ケイ】 王の宝冠。月宝冠と大小の対。太陽をかたどった豪華な巨大な銀の円がはめこまれている。

ケイロニア略王冠 【具】【ケイ】 まんなかに巨大な紅玉のきらめく巨大な冠。

金剛石が埋め込まれた王冠。熾王冠よりかなり小さい。

ケイロニア・ワルツ 芸【ケイ】 流麗な曲。ケイロニアを象徴する曲の一つ。

ケイロニウス家 位【ケイ】 代々皇帝位を継承する一族。万世一系を是とする。

ケイロニウス・ロウス 男【ケイ】 建国皇帝。ケイロン・ケイロニウス参照。(123)

ケイロニウス の宝剣 具【ケイ】 鞘からその刃にまで宝石をちりばめた、神聖なルーン模様をうきだされた剣。

ケイロン 地【ケイ】 サイロンの南にある古い都市。古城がある。

ケイロン王国 地【ケイ】 ケイロニア建国の中心となった王国。現在の皇帝直轄領。

ケイロン街道 地【ケイ】 サイロンから南へ下る街道。

ケイロン・ケイロニウス 男【ケイ】 建国王。小国分立状態であったケイロニアを統合した。(128)

ケイロン城(古城) 建【ケイ】 サイロンの南、ケイロン街道沿いの古城。

ケイロン四連陣 軍【ケイ】 ケイロニアの、全体が一本の大槍となって敵陣を中央突破する強引な陣形。

ケイロン族 族【ケイ】 ケイロニアの中心民族。剛毅にして、寡黙、武勇、忠実を特徴とする。土俗神への信仰を持つ。

ケイロンの神錫 具【ケイ】 巨大な紅玉が埋め込まれている黄金の王錫。皇帝のもちいる三種類の最高権力者のあかしの一つ。国法により持ち出し禁止。

ケイロンの星 具【ケイ】 ケイロニアの至宝でケイロン王冠の中央に埋めこまれている。

ケイロンのまさかりの第二陣形 軍【ケイ】 手前は縦二列、奥は縦十列の陣形。

ケイロン様式 建 建物の様式。重々しさが特徴。黒曜宮がその代表。

ケイン・ケンドル 男【沿】 沿海州に住むタルーアンのヴァイキングの末裔、海の民の族長。マガダの領主。(12)

ケーミ 地【パロ】 北部国境近くの大都市。重要な砦がある。

ケーン鳥 動 キジ。

ケス河 地【ノス】 中原とノスフェラスを隔てる濃紺色の大きな河。数々の怪物や水妖がいる。

結界 魔 人の精神に働きかける場を生じさせ、人をその場から遠ざけたり、場の中の気配を消したりする一方、その場に入ってきた人間を感知することもできる術。魔道師に対しては物理的な障壁として働き、さまざまな魔道の術を防いだり、物の侵入や脱出を阻む壁ともなる。

結界破り 魔 黒魔道の術。白魔道師の結界を破るために、結界の外側に呪文を貼り付けて使用される。

ケバラスティ 神【南】 フリアンティアの土俗的な神アラモンをかたどった使い部。

ケムリソウ 植 果実を乾燥させて火にくべると破裂して煙を出す。花火や狼煙として使用される。

《煙とパイプ》亭 建【モン】 アレナ通りの小さな居酒屋。ゴダロとオリーの夫婦と息子のダンが経営。肉まんじゅうが有名。

獣使いの戦法 軍 狂乱状態の馬や牛を敵軍に突入させる、パロの魔道士部隊の戦法。

ケルス 男【モン】 《煙とパイプ》亭の客。(53)

ゲルゾー 怪【キタ】 鬼面の塔に住む大蜘

蛛。

ゲルバー 動 黒ひきがえる。

ゲルバヌス 男【パロ】ギルド連盟長。(6)

ケルビン 男【ケイ】ユラニア遠征軍中隊長。(23)

ゲルマニウス 男【ケイ】黒曜宮の外宮に室を持つ貴族。(18)

ケルラン 男【パロ】サリア通りの仕立屋。(6)

ケルロック 男【外】ランドック、アウラの祭司長。グインの夢に登場。(44)

ケルロン 男【ケイ】金犬騎士団の准将。(18)

ケルロン 男【ケイ】伯爵。官房長官。(68)

ケルロン 地【外】牢獄惑星。

ケルン区 地【ケイ】サイロン北西部の区域。

ケン 男【パロ】《ガルムの首》号の料理番。

ケン 男【沿】ナリスの小姓。(15)

(7)

ケンタウロス 怪 馬頭人身の神。

ケント 男【パロ】近衛長官。(HB2)

ケント 男【モン】白騎士。イシュトヴァーン旗本隊第二隊長。(55)

剣闘士 位【カナ】剣士の資格。昇級試験の闘いに勝利すると級があがり、すぐれたものは御用剣闘士となれる。

剣闘士 位【クム】闘技士参照。

ケントウス 怪 人頭馬身の怪物。

ケンドス 男【ユラ】伯爵。ラウール城司令官。(26)

ケントス峰（ケントス峠）地【自】サンガラ山地の山。峠を旧街道が通っている。

剣の誓い 宗 唯一無二の忠誠を騎士が誓う

際の儀式。剣を引き抜いて刃を自分に向け、膝まづいて相手に剣を差しだす。捧げられた者がそれを受け入れる場合には剣を受け取って刃に接吻し、向きを反対にして相手に返す。剣の誓いに準ずる動作として、生身の剣を自分の胸におしあてるものがある。

ゴア 地【南】　南レント海最大の列島。ランダーギアと沿海州の中継地点で、大きなゴアムーの港がある。未開の黒人種が住む。

ゴアムー 地【南】　ゴアの大きな港。

ゴイ鳥 動　純白の大きな足の長い鳥。ダネインにしか見られない。

小犬山 地【モン】　ユラ山地にあるボルボロス砦近郊の小さな山。

恋人たちの庭 建【パロ】　クリスタル・パレス、紅晶殿、イリスの間のまわりに張りだしているバルコニーの通称。

幸運ゲーム 俗　ロイチョイ地区で人気のある賭博。

後宮 建【ケイ】　黒曜宮の奥にある小宮。皇女宮、公妃宮、北曜宮（皇后宮）などからなる。

後宮 建【パロ】　クリスタル・パレスの一画にある宮殿。ヤヌスの塔の背後にある。

紅玉宮 建【ユラ】　アルセイスにあるユニア大公の居城。赤砂岩、紅大理石、赤瑪瑙、紅玉がふんだんに使われているため、この名がある。外宮殿、望星宮などの小宮、主宮殿の銀河の間、外宮殿の赤光の間などの部屋がある。現在は新ゴーラ王国の宮殿となり、黄金色にぬりかえられた。

紅玉の指輪 具　結婚を象徴する血の色の指輪。

高原族 族　アルート高原に暮らす種族。

紅晶宮（紅晶殿） 建【パロ】　クリスタル・パレス、水晶殿内の南東の宮殿。真珠の

塔がある。二級の催物が開かれる。宿舎は紅晶殿別館。

鮫人 伝 ニンフ女神に愛された伝説の人物。

香草酒 食 香草のかぐわしい香りのついた強い酒。南国風の苦みを帯びた甘さがあるグインが愛飲している。

香虫火酒 食 火酒の瓶のなかにイトスギの木に巣くう香虫を漬け込んだ酒。精力剤としても珍重される。

皇帝直轄領 地【ケイ】 ケイロニアの中央を占める、選帝侯領をのぞく部分。

公妃宮 建【パロ】 カリナエ宮内の小宮。現在のリンダの住居。

香料水 食 サルビオをきかせた清涼飲料水。クラウス商会が発売した。

ゴー 男【クム】 オロイ湖の渡し船の船頭。

コーイー 動 (110) ハイエナ。

コーウィン 男【沿】 ライゴール十人衆のひとり。武器商人。(12)

護王将軍 位【ケイ】 新設された国王騎士団の長。トール参照。

コー・エン 男【新ゴ】 イシュトヴァーン親衛隊第五小隊長。黒い目。(100)

コーエン 男【新ゴ】 カメロンの密偵。パロに派遣された。(124)

コーガン 男【パロ】 ジェニュアの若手の副司教。(74)

コーコ 動 ろば。

ゴーゴン 怪 真黒な尻の毛を持つ魔女。

ゴーゴンゾー 怪【モン】 ルードの森のイェライシャの結界を守る一つ目の頭だけの怪物。侵入者を追い払うために結ばれた映像。

コーセアの海 地 キレノア大陸の南方に広がる大洋。レントの海と接している。シム

コー・ダン 男【クム】 剣闘士。海坊主みたいな大男。くさりがまの使い手。(111)

コーディリア 女【ケイ】 女官長。ロやかましい独身の老嬢。(97)

コードーロン 男【俗】 カルタ遊び。

コーネリアス 男【カナ】 カナン滅亡時の若い帝王。詩人王。金色の巻毛、青い瞳。(G16)

コーネリウス 男【パロ】 カリナェ小宮殿の前執事長。ダンカンの兄。(G19)

コーム 男【クム】 剣闘士。禿頭の髭男。

コーム(111) 男【パロ】 パロ魔道師ギルドの下級魔道師。ディランの部下。(84)

ゴーラ 地【旧ゴ】 カナン帝国時代に栄え、カナン滅亡後に独立した帝国。その後、皇帝家が実権を失い、ユラニア、クム、モンゴールの三大公国体制となる。ユラニア滅亡後はユラニアに代わって新たにゴーラ王国が成立し、モンゴールはその属国となった。

ゴーラ 地【新ゴ】 旧ユラニアを中心として建国された王国。首都はイシュタール。イシュトヴァーンのユラニア征服後、前ゴーラ皇帝サウルの亡霊のユラニア征服、前ゴーラ皇帝サウルの亡霊にゴーラ皇帝に指名されたとして王座に就き、国名をゴーラと改めた。その後のトーラス政変を機にモンゴールを支配下に入れた。ユラニア参照。

ゴーラ王国騎士団 軍【新ゴ】 ゴーラ王直属の騎士団。

ゴーラ王国騎士団 軍【旧ゴ】 アルセイス市民軍を再編し作られたゴーラ王国の騎士団。

ゴーラ王親衛隊 軍【新ゴ】 ゴーラ王直属の精鋭部隊。紋章入りの胴丸、ふちに赤い

線の入った黒いマント、赤い線が入った銅色の軽い兜を着けている。

ゴーラ街道 [地] [旧ゴ] ゴーラとパロを結ぶ街道。ケーミでケイロニア街道と合流。

ゴーラ皇帝家 [位] [旧ゴ] ゴーラ帝国の君主の家系。カナン人の血をひいた中原最古の家系のひとつ。

ゴーラ三大公国 [地] [旧ゴ] 旧ゴーラ帝国を構成していたユラニア、クム、モンゴール各大公国のこと。ユラニアは滅亡してゴーラ王国となり、モンゴールはゴーラの属国となり、現在残っているのはクムのみ。

ゴーラン [地] [モン] ゴーラとの国境近くにある町。

ゴーラン [男] [モン] ノスフェラス侵攻軍の兵士。(5)

コーリン [男] [パロ] オラス団の老人。(124)

コール [男] [沿] 港湾長官。(G9)
コール [男] [沿] 《ニギディア》号乗組員。操舵手。(G17)
コール [男] [ヴァ] 賭場の主人。(G6)
ゴール [男] [パロ] 上級魔道師。魔道師ギルドのキタイ視察団長。グラチウスにより殺害。
コールズ [男] [パロ] 平騎士から抜擢された若手の聖騎士伯。107
ゴーン [伝] レントの海の青銅の巨人。英雄ヘリオスと戦った。
ゴグ [男] [ノス] ラク族の戦士。(3)
黒疫病 [医] 顔が崩れ、目も見えず口もきけず、耳も聞こえぬようになってゆく恐ろしい不治の病。ドールの病ともいわれる。伝染力はあまり強くない。
国王騎士団 [軍] [ケイ] グインが新設した国王直属の騎士団。団長は護王将軍トール。

国王宮 【ケイ】 黒曜宮内の一宮殿。王が執務を行なう。

国王騎士団 【軍】【パロ】 聖王直属の軍隊。二万人以上。名門の出の職業軍人で構成。

黒死宮殿 【建】【闇】 ドルス・ドリアヌスが治める宮殿。

黒死病 【医】 手足が先から真っ黒になって腐りだし、それが全身に広がり、最終的には内臓が侵されて死に至る病。空気感染し、極めて伝染力が強い。サイロンで大流行した。

獄舎の塔 【建】【ケイ】 黒曜宮の東にある塔。牢獄として使用されている。

黒晶小殿 【建】【パロ】 クリスタル・パレス、紫晶宮の玄関に続く大広間。

黒太子 【位】【アル】 スカールに一代限り名乗ることを許された称号。

黒茶 【食】 クム名物の茶。ほのかな甘みと苦みがあり、口の中をすっきりとさせる。

黒帽党 【団】【パロ】 モンゴールがパロを占領していたときに、パロで暴動を起こした集団。

黒曜宮 【建】【ケイ】 風が丘に建つ豪奢で重厚な王宮。サイロンの風が丘全域とその周辺を敷地としている。黒曜石の床、黒びろうどの壁からこの名がある。主宮殿のほか、七曜宮、黄金宮、太陽殿、金星殿などの小宮、白の塔、真実の塔などの塔、ルーン大庭園を初めとする数々の庭園がある。

黒曜の間 【建】【ケイ】 黒曜宮の一室。新年最初の謁見など、もっとも巨大な宴席に使用される。

黒竜騎士団 【軍】【ケイ】 十二神将騎士団の一。ケイロニア最強の騎士団で、金犬騎士団と並んで勇猛、果敢で知られる。団長は

黒竜将軍ドラックス。黒地に竜の紋章の鎧、飛竜の頭部のついた兜。

黒竜戦役 歴 [パロ] モンゴール軍がクリスタルを奇襲し、一時パロを支配下に治めた戦い。当時のモンゴール大公ヴラドが、ヤンダル・ゾッグの魔道による助けを得て奇襲を成功させた。

黒竜奔流の陣 軍 [モン] 黒竜騎士団の突撃陣形。

黒蓮 植 ガラテアともいう。調合により睡眠薬にも強壮剤にもなる。習慣性があり、常用すると中毒になる。魔道の術にも使われる。

黒蓮の術 魔 黒蓮を使い人を眠らせる術。

五色騎士団 軍 [モン] モンゴールの軍隊は白、黒、赤、青、黄の色別に編成されている。《五大騎士団》とも呼ぶ。

五晶宮 建 [パロ] 水晶殿の別称。

湖人 族 [自] ヴァーラス湖沼地帯に住む謎の部族。水上の家をつくって住み、漁労を生業とする。独自の風習を保った閉鎖的な小王国を作っているといわれる。

湖水警備隊 軍 [クム] オロイ湖の守備を行なう軍隊。

湖水祭 宗 [パロ] リリア湖の守り神リア女神をたたえるマルガの祭り。

ゴスラン織 俗 高価な織物の一種。

古代カナン様式 建 カナンの時代に始まった建築の様式。この世でもっとも美しいと称される。美しい彫刻をほどこした円柱、優雅な回廊、美しい尖塔、大きなバルコニーが特徴。

古代機械 具 [パロ] クリスタル・パレス、ヤヌスの塔の地下に収められた機械。カイザー・システムと同種の機械で、物や人を一瞬のうちに他の場所へ転送できる。型式

はネオ・グランドカイサール総合人工知能NO.0336-78950α型。聖王家のうちひとりが代々マスターとして機械から指名されて操作を許されてきた。記憶を失ったグインの肉体と記憶の一部を修復した。

五大騎士団 〖軍〗【モン】　五色騎士団の別称。

古代文明 〖歴〗【外】　かつて銀河に覇をとなえた文明。大帝国を銀河一帯に築き上げたのち、異次元などに身を隠したといわれる。

五大力法師（五大師、五大導師） 〖位〗【ヤガ】　ミロクの高位の神官。超越大師に次ぐ地位。ルー・バー、ババヤガ参照。

ゴダロ 〖男〗【モン】　《煙とパイプ》亭の主人。オリーの夫、オロとダンの父。盲目。(1)

コッカ 〖動〗　カモメ。

黒旗 〖具〗　弔いを示す旗。

黒鬼団 〖団〗【キタ】　ホータンの恐ろしく残忍な強盗団。額のまんなかに黒いしるしをつけている。

黒鬼塔 〖建〗【キタ】　竜宮城内の塔。黒鬼団の本拠地。

コッド男爵 〖位〗【パロ】　アルミス参照。

小鳥の泉 〖地〗【草】　ウィルレン・オアシスのはずれにある小さな泉。

近衛騎士団 〖軍〗【ケイ】　皇帝と王を守護する騎士団。

近衛騎士団 〖軍〗【パロ】　聖王の身辺警護にあたる軍隊。真紅の肩章と胸帯。

この世橋 〖建〗【キタ】　ホータンの白骨川と流血川にかかるもっとも大きな橋のひとつ。

コフ 〖男〗【モン】　アルディウスの部下の隊長。(15)

コブス 〖男〗【新ゴ】　兵士。グインの天幕の見張り。(100)

ゴブラン織 〖俗〗　豪華な織物。マルガ離宮の

壁を飾っている。

五芒星別館 建【ケイ】 黒曜宮の宮殿。一階にヤーンの目の間がある。

護民長官 位【ケイ】 グロス参照。

護民庁本部 建【パロ】 クリスタルのサリア大通り近くにある役所。

コム 神【カナ】 カナンの神。

ゴラーナ 地【新ゴ】 北西部の都市。

コラン 男【沿】《ニギディア》号乗組員。気が強い。(G17)

コラン 男【沿】 コーセアの海の海賊。

ゴラン 男【ケイ】 白鯨将軍。かなりの巨漢。(68)

ゴラン(G9)

ゴラン 男【モン】 黒騎士。イルムの副官。(5)

ゴラン・イア 男【新ゴ】 大僧正。サウル皇帝の側近であった。(28)

コリオス 伝 鹿にされたという男。長い年月の後に帰還したら、妻が隣人の妻になっていたという。

コルヴィヌス 男【沿】 聖王家の所有する森。イフリキアの提督。(12)

御陵の森 地【パロ】

ゴルゴル 単【パロ】 闇と光のはざまの世界での時間の単位。

コルス 男【パロ】 アムブラの本屋。情報通。(G20)

コルド 男【ヴァ】 博徒。《片目のコルド》。イシュトヴァーンの育ての親。(12)

ゴルト 動 山羊。

ゴルド 男【パロ】 古代パロの公爵。大貴族。(10)

コルラ・タルス 男 吸血皇帝。(3)

ゴルロン織 俗 クムの織物。高価で手の込んだ刺繍が施されている。

ゴレン [地][自] 沿海州の北にある自由都市。

古レント民族 [族][ライ] 奥地で暮らしているという原始的な種族。

ゴロス [男][モン] 《風の騎士》の部下。(105)

ゴロン [動] 豚。

コンカン [具] 短い棍棒を鎖でつなげた武器。クムでよく使われる。

コンギー [男][ライ] 海賊。《白髪鬼》。ラドゥ・グレイの右腕。(G17)

コングラス [地][クム] カムイ湖畔の幻の都市。コングラス城があり、コングラス伯ドルリアン・カーディシュが治めている。

コングラス城 [建][クム] コングラス伯ドルリアン・カーディシュの居城。通常とは時間の流れが異なるといい、城で暮らす人々がカプセルに収められて並んでいる。グインらが一夜を過ごした後、姿を消した。

コングラス伯爵 [位][自] ドルリアン・カーディシュ参照。

コンスタンチヌス [男][ケイ] 第十四代皇帝。ケイロニア賢帝。(21)

ゴン・ゾー [男][クム] タイスの四剣士。黒のゴン・ゾー。弁髪の大男。(111)

コンチー [俗][クム] 水神祭りでまかれる縁起物。あめ玉やびた銭など。

コント [男][パロ] 男爵。アルフリート、モーリス、バーシアの父。マール公の遠い血縁。(37)

コンラート [男][パロ] 平騎士から抜擢された若手の聖騎士伯。(107)

コンラン・オアシス [地][草] クラクラ砂

サ

サール 男 ケイ ダリウス大公家の家令。(22)

サール 男 モン 情報部隊の精鋭。(57)

ザール 男 ライ ラドゥ・グレイの部下の海賊。(G17)

サール通り 地 クム タイス、ロイチョイの南側にある通り。男色を専門とする歓楽街。

サイアス 男 ケイ 黒竜騎士団員。十竜長。(20)

サイアス 男 外 ランドックの大祭司。グインの夢に登場。(44)

サイアス・リー 男 クム オロイ公爵。右丞相。(60)

サイ・アン 男 新ゴ イシュトヴァーン親衛隊の騎士。トーラス脱出時に戦死。(85)

サイカ 怪 外 大導師アグリッパの結界

漠の北にあるオアシス。小さな村がある。

サーダー 神 風の神。ダゴン三兄弟の父。

サーティア 女 ケイ 女官長。口やかましい独身の老嬢。(97)

サーデニア 男 ユラ 貴族。ユラニアの使節団の副使。(22)

サアラ 女 パロ マルガ離宮の女官。

サーラ 女 ケイ ディモスとアクテの次女。金髪。(80)

サール 女 パロ カースロンの家の老婆。(10)

サール 神 クム ヴァーナ教の男色の快楽の神。山羊の姿をしている。《サールの快楽》とは男色の楽しみのこと。

に住む星兎。アグリッパが作り出した半生物。長い耳を広げて空を飛ぶことができる。

サイ川 【モン】 ユラニアとの国境近くの山中を流れる川。

西渓湖 【キタ】 キタイの東の森にかつてあった巨大な湖。はるかなティン・ボーム の東渓湖と姉妹湖。ヤンダル・ゾッグによって干上がってしまった。

さいごの生命の樹 【伝】 長い長い星々の海を渡ったあとにあるというもの。

宰相騎士団 【軍】【クム】 宰相直属の騎士団。

サイス 【男】【ヴァ】 賭場の主人。はげ頭の老人。(G6)

サイス 【男】【モン】 ドライドン騎士団の騎士。ユェルス隊の生き残り。(107)

サイス 【男】【自】 ガウシュの村人。かじや。

サイス (105)

サイスの賭場 【建】【沿】 ヴァラキア、東チ

チアにある大きな賭場。

サイ・チアン 【男】【クム】 隊長。トー・エンの代理でタリオの副将を務めた。(56)

サイデン 【男】【モン】 宰相。もと赤騎士団長官。トーラス政変で惨殺。(14)

サイナ 【女】【ケイ】 闇の館でシルヴィア付きになった女官。(128)

サイ・ホン 【男】【クム】 闘技士見習い。

サイ (112)

サイム 【男】【モン】 白騎士。アストリアス隊の目付。

ザイム 【男】【パロ】 魔道士の塔の魔道士。

ザイム 【地】【クム】 ユノより約百モータッド、およそタイスとアルムトの中間にある自由国境地帯の宿場町。スカール一行が赤い盗賊に襲われ、リー・ファが死んだ場所。

サイモン 【男】【ケイ】 アキレウス帝付きの

小姓。アウルスの甥。(21)

サイモン 男【モン】 オーダイン長老議会の議長。(61)

サイラ 女【パロ】 カルストゥスの娘。《白銀の館》に住むわがままに育てられた娘。(G20)

サイラス 神【ユラ】 ヤーンの娘。

サイラス 男【自】 ガウシュの村人。

サイラス 男【新ゴ】 オールバイン伯爵の参謀。(26)

サイラス 男【新ゴ】 カメロンの秘書官。(105)

サイラム 男【パロ】 カルストゥスの息子。(125)

サイレム 男 生まれついて背中に大きなこぶのある男。(G20)

サイル 男【パロ】 オラス団の男。(124)

サイレン 怪 海に浮かぶ魔女。美しい声で歌い、男をたぶらかす。

サイロン 地【ケイ】 首都。三百万人という世界最大の人口を誇る都市。なだらかな七つの丘に囲まれ、赤い街道によって四方と通じている。通称《黄金と黒曜石の都》。七つの丘それぞれに十二神将騎士団の宿舎を設けることにより鉄壁の守りを誇っている。

サイロン街道 地【ケイ】 ケイロン街道参照。

サイロン市庁 建【ケイ】 サイロンの市庁舎。市庁前広場では市民向けの新年の祝典などが開かれる。

サイン 植 果汁の甘い果実。

サイン 地【パロ】 カレニアのひなびた町。

サイリウム 地【ケイ】 サイロン周辺の小イロニア皇帝の権威を高めた。(128) 二十一代皇帝。ケ

ザイン 男 【ケイ】 白虎騎士団第六大隊長。

サウリス 女 【パロ】 女王騎士団第三大隊長。白亜の塔を守護する。(107)

サウル 男 魔道師とおぼしき傭兵団をタルーに提供した。レーンに現われた傭兵団をタルーに提供した。(80)

サウル皇帝家 族 【旧ゴ】 代々ゴーラ皇帝位を務めてきた一族。サウル帝を最後に滅亡した。

サウル皇帝領 地 【旧ゴ】 かつてのゴーラ皇帝サウルの直轄領。バルヴィナを含む。

ザウル・トリステス 男 【旧ゴ】 ザウル・トリステス祭祀書『予言の書』。(63)

サウルの間 建 【ユラ】 新ゴーラ王国の謁見の間として紅玉宮に作られた大広間。歴代のゴーラ皇帝の肖像画が並べられている。

サウル・メンデクス・ブロス・モンゴーラ三世 男 【旧ゴ】 ゴーラ帝国最後の皇帝。老衰と老人性の肺炎で死去。享年七十七歳。

サエラ 女 【ケイ】 マライア皇后付きの女官。衣装係長。(23)

栄通り 地 【クム】 ルーエの中心にある通り。

さかさまの塔 建 【キタ】 ホータンの南面神廟の裏側にある十四階建ての塔。内部にさまざまなからくりがあり、うそつきの塔、からくりの塔とも呼ばれる。

ザカリウス 男 【パロ】 マルガ離宮の近習。(G18)

ザザ 怪 【黄】 黄昏の国の女王を名乗る大鴉。ハーピィの血を引く精神生命体。黒人の美女に変身する。

ササイドン 怪

ササイドン 地 【ケイ】 ケイロン古城の南

の城砦都市。 ケイロニアが統一される前、古ケイロニアと呼ばれた時代には首都であった。

ササイド会議 [歴]【ケイ】 ケイロニア地方の大公国の首長が集まって開いた建国会議。この会議によりケイロン帝国が誕生した。

ササイド古街道 [地]【ケイ】 マルーナから深い山中を通って南へ伸びている街道。

ササイド城 [建]【ケイ】 サイロンを守る城のひとつ。かつては地獄への通路であったといわれる。

ササイド伯爵 [位]【ケイ】 アル・ディーン参照。

ザス [男]【モン】 騎士。アリストートスの密偵。(45)

さすまたの陣形 [軍] アレクサンドロスの兵法書の陣形。

サタヌス [伝] 人をすなどる悪魔の漁師。

ザダン [男]【パロ】 アドロンの副官。(89)

サディス [男]【パロ】 ヴァレリウスの部下。

ザド [動] 十分の一モルタルスに満たない小虫。

ザドス [男]【パロ】 遣隊中隊長。護民庁アムブラ第三分

砂漠オオカミ [動]【ノス】 岩山の続くあたりに群れをなして住む生物。

砂漠トカゲ [動]【ノス】 真紅の目の小さな生物。足が極めて速い。

砂漠のバラ [自]【ノス】 花のように美しい銀色の結晶。

サバクモドキ [動]【ノス】 普通の砂漠のように見せて巨大な口を開けて獲物を待つ怪物。

サバス [男]【クム】 剣闘士。昨年の水神祭り闘技会でガンダルに負け、タイス伯爵に

毒殺された。(111)

ザビア 男【旧ゴ】 公爵。死の婚礼にサウル皇帝の代理として出席した。(10)

ザマス 男【怪】【モン】 大悪魔。

サビーヌ 男【モン】 医者。タイランの部下。(6)

サム 男【パロ】 アムブラのイラス通りの住民。(52)

サム 男【クム】 ルーアン運河のグーバの船頭。ひげ面。(27)

サム 男【ヴァ】 サイスの賭場の用心棒。海坊主のサム。(G6)

サム 男【沿】《ニギディア》号乗組員。(G17)

サムエル 男【パロ】 平騎士から抜擢された若手の聖騎士伯。(107)

サムエル 男【新ゴ】 ドライドン騎士団の騎士。(53)

サラ 怪【南】 ランダーギア出身のハーピイ。黒い魔女タミヤに連れてこられた魔物。神殿長ギースの娘。足が不自由。(6)

サラ 女【パロ】 ダリウス邸の侍女。(22)

サラー 女【カナ】 蜃気楼の瞳。大きな茶色の瞳。星船の墜落によりェンの恋人。により死亡。(93)

サライ 男【ノス】 ラク族の戦士。(3)

サラエム 地【パロ】 北部の都市。ヴァレリウスの出身地。

サラエム街道 地【パロ】 クリスタルからサラエムへ向かう街道。

サラエム伯爵 位【パロ】 ヴァレリウス参照。

サラス 地【ケイ】 サイロンの南西にある城砦都市。

サラス伯爵 位【ケイ】 サラスの領主。現

在は空位。

サラミス 地 (パロ) 南西部の自治領。中心はサラミス城。かなり裕福な一帯。領主はサラミス公爵ボース。

サラミス街道 地 (パロ) エルファとサラミスを結ぶ街道。

サラミス公騎士団 軍 (パロ) サラミスの騎士団。約二万人。パロの有力な地方軍隊。パロ内乱ではナリス側。

サラミス公爵 位 (パロ) ボース参照。

サラミス城 建 (パロ) ボースの居城。堅牢。

サラミス傭兵隊 軍 (ケイ) ダリウス大公に雇い入れられた傭兵騎士団。

サラム 男 (ユラ) 公爵。王族。(21)

サラン 男 (パロ) ランズベール騎士団大隊長。リュイスの腹心。

サリア 女 (パロ) 貴婦人。(25)

サリア 神 美、愛、幸運、快楽、友情の女神。光につつまれ、うずまく髪と翼をもつ。ヤヌスの娘にして妻。トートとトートス、バスの母。《サリアの小箱》は女性器の俗称。ヤヌス十二神の一。

サリア大通り 地 (パロ) クリスタルの大通り。最大の繁華街。

サリア騎士団 軍 (新ゴ) 十二神騎士団の一。平均年齢十六歳。千五百人。

サリア号 交 (アグ) グイン一行を救ったアグラーヤの船。

サリア神殿 建 (ケイ) 黒曜宮、太陽宮内の神殿。

サリア神殿 建 (パロ) クリスタル、アーリア区にある神殿。本尊は高さ十メートルのサリア像だが、大嵐の際の落雷で倒れた。

サリア神殿 建 (パロ) ジェニュアの西のはずれ、ヤヌス大神殿の西にある神殿。ヤ

ーン神殿と並んで大きな神殿。

サリア神殿 建【沿】 アグラーヤ、ヴァーレンの背後の《サリアの胸》山頂にある神殿。

サリア亭 建【ケイ】 サルファの小綺麗な宿。

サリア庭園 建【パロ】 クリスタル・パレスの王妃宮の裏にある華やかな庭園。

サリアの家 建【モン】 トーラス、アレナ通りの娼家。

サリアの園 建【ケイ】 黒曜宮の西側にある美しい庭園。ダリア池や牧場などがある。サリアの門から通じる。

サリアの塔 建【パロ】 クリスタル・パレス、ヤヌスの塔の東にそびえる優美な塔。王室の婚礼が行なわれる。

サリアの日 宗 毎月十日と十三日。サリアの教徒は蜂蜜とパンと果実だけで一日を過ごす。結婚に最適の日とされる。

サリアの祭り 宗【パロ】 アムブラの祭り。

サリアの娘 芸 中原の有名な歌曲。物悲しくも明るいメロディー。マリウスがもっとも得意にしている。

サリア橋 建【パロ】 クリスタルにかかる橋。

サリア遊廊 建【クム】 タイスにある名高い遊廊。

サリウ 男【パロ】 下級魔道師。ヤガに潜入しフローリー親子を連れ出す命令を受けた。(127)

サリス 男【パロ】 ナリス付きの小姓。(23)

サリス 男【パロ】 マルガ離宮の用人頭の老人。(G18)

サリナ 怪【キタ】 リームの花の姉妹。ほっそりとした、真っ白な肌の女。(G14)

サリュー 【鏡】 カリューの姉。額の中央に真紅の第三の目を持つ美しい女性。

サリューータ 【芸】 激しく陽気な舞曲。

サリュトヴァーナ 【神】【クム】 ヴァーナ教の主神。至高の女神。快楽と愛のすべてをつかさどる。

サリュトヴァーナ神殿 【建】【クム】 タイスの神殿。水神祭りでは美人コンテストが行なわれる。

サリュトヴァーナ広場 【地】【クム】 紅鶴城の前にある、タイス最大の広場。

サリュトミネート 【女】《バビルニアの大淫婦》。女王。(121)

サルジナ 【地】【自】 アルーンの森林地帯の南の町。カナンの時代に栄えた宿場町。赤い街道の盗賊の根城。

サルジナ街道 【地】【自】 サルジナを通り、パロと沿海州を結ぶ旧街道。

サルス 【男】【パロ】 パロ魔道師ギルドの魔道師。ディランの部下。(72)

サルスランの地獄 【伝】 神の怒りにふれたすべての住人が突如として連れていかれた地獄。

ザルダン 【男】【クム】 将軍。タリオ大公の右腕。(16)

サルディウス 【男】【パロ】 ルナン聖騎士団の騎士。アイシアの婚約者。青い目。(G 18)

サルデス 【地】【ケイ】 十二選帝侯領の一。領主はサルデス侯爵アレス。パロからの移民の子孫が多い。

サルデス旧街道 【地】【ケイ】 サルデス選帝侯領内の旧街道。ワルスタット街道とほぼ並行。

サルデス侯騎士団 【軍】【ケイ】 サルデス侯爵直属の騎士団。

サルデス侯爵 【位】【ケイ】 アレス参照。

サルデス城 【建】【ケイ】 サルデス侯領の城。

サルデスの離宮 【建】【ケイ】 サルデスにある離宮。ユリア・ユーフェミアが誘拐された場所。

サルデニア 【地】【カナ】 田舎都市。

サルドス 【地】【クム】 国境の城砦都市。

サルニコス 【男】【パロ】 アムブラの学生。(37)

サルニヤ貝 【動】 沿海州で捕れる貝。貝殻は闇の中で光を放つ成分を有しており、夜光塗料の原料となる。

サルビア 【女】【ケイ】 ギランの娘。ダナエ侯ライオスの新妻。父親似。(122)

サルビア・ドミナ 【女】【ケイ】 パロ出身の高名なデザイナー。パロ内乱の後、ケイロニアに店を構えた。(8)

サルビオ 【植】 香り高い花。婚礼の花。梨の腐ったような匂いのするエキスは最高級の香水や没薬の原料となる。

サルル 【神】【クム】 ヴァーナ教の快楽の神。

サルム 【男】【パロ】 マルガ離宮の近習。(G18)

サレム 【男】【自】 イシュトヴァーンの部下。

サレム 【地】【パロ】 アライン街道沿いの都市。

サロウ 【男】【沿】 《ニギディア》号乗組員。ダリア出身。グロウの弟、アムランの兄。(G17)

サン 【植】 大きな葉を持つ木。葉はパンを包むのに使われる。

サン 【男】【クム】 酔漢のふところねらいの悪党。(110)

サン 【男】【ノス】 ラゴンの戦士。(5)

サン 【男】【パロ】 ロブの仲間の猟師。(84)

サン男【パロ】　オラス団の男。農夫。

サン男(124)

サン男【モン】　ボラン隊の白騎士。

サン男【新ゴ】　イシュトヴァーン付きの小姓。

サン男(81)

サン男【新ゴ】　ドライドン騎士団の幹部。

サン男(86)

ザン単　時間の単位。およそ一時間に相当。

サンカ族【医】【草】　騎馬の民の一族。凶暴なことで知られる。スカールを仇敵として狙っている。

サンガラ【地】【自】　ケイロニアとユラニアのあいだに広がる山岳地帯。赤い街道の盗賊の根城。

サンガラ山地【地】【自】　ケイロニアーゴーラ間に広がる山地。

サンガリウム古城【建】【自】　サンガラの古城。かつては自由国境警備隊の砦。

サン・カン男【クム】　で人質になった。(41)　伯爵。バルヴィナ

サン・カン男【新ゴ】　ホルス騎士団の准将。

サン・カン男(68)

三見法【軍】　アレクサンドロスの兵法に述べられた兵法。兵を動かす法。

ザンダロス【怪】【G2】　ゾルーディアが生みだした擬似生命。

ザンダロスの塔【建】【ユラ】　紅玉宮の物見の塔。もとは謀反人を幽閉する牢獄として使用されていた。

サンドス男【ユラ】　バルヴィナの市長。

サンドス(64)

サンドワーム【動】【ノス】　砂と同じ色あいで砂の下に身を隠し獲物を待つ、盃型の頭をもつ吸血性生物。

三人の女神通り【地】【パロ】　北クリスタル区のはずれにある小さな通り。カルストゥ

スの館があった。

三拍子亭 【建】【ケイ】 サイロン、タリナの食堂、居酒屋。

サンラ族 【族】【草】 草原の小部族。

シーアン 【地】【キタ】 ホータンの東に建設中の新都。《生命ある要塞都市》として多数の生贄を用いた黒魔道によって建設されている。

シーラ 【女】【パロ】 マルガ離宮の侍女。ラウラの姉。シンシア誘拐事件を起こした。(G18)

ジーラ 【女】【キタ】 望星教団の暗殺者。(G13)

ジーラ 【女】【ケイ】 チザム小伯爵の恋人。

ジーラ 【女】【パロ】 マルガ離宮の女官。黒髪、黒い目。(29)

シーラ鳥 【動】 長いクチバシと長い細い足をもつ純白の鳥。湖の魚を主食とする。(G5)

ジウス 【男】【パロ】 リーナス家の家令。(71)

ジェイ 【男】【パロ】 王立学問所の寄宿舎の室長。(G8)

ジェイド 【男】【パロ】 ローリウスの副官。中隊長。(84)

ジェイナス 【神】【闇】 神聖なる双面神。

ジェークス 【男】【ヴァ】 《オルニウス》号乗組員。イシュトヴァーンの友人。(57)

ジェッダイ 【神】【闇】 闇王国パロの神。

ジェニュア 【地】【パロ】 クリスタルの北東、ジェニュアの丘を中心とした神殿都市。ヤヌス教団の総本山たるヤヌス大神殿がある《神の都》。大神殿の直轄領で人口約二万だが、祭事には数倍にふくれあがる。

ジェニュア街道 【地】【パロ】 クリスタルの北クリスタル区とジェニュアを結ぶ街道。

ジェニュア守護騎士団 軍【パロ】 ジェニュア警護の騎士団。僧籍の者が半分を占める。三百人。

ジェニュア大司教 位【パロ】 ヤヌス教団の高位の神官。

ジェニュア大神殿 建【パロ】 ヤヌス大神殿参照。

ジェニュアの丘 地【パロ】 クリスタルの北東に広がる美しい丘陵。頂上にヤヌス大神殿がある。

シェム 男【パロ】 カラヴィア公騎士団第一大隊の伝令要員。(89)

熾王冠 具【旧ゴ】 ゴーラの象徴なる、白く炎をはなつ金剛石をまんなかにした、美しい黄金の王冠。

しおどき川 地【ライ】 ダンデとシムサのあいだの小さな塩水の川。

塩の谷 地【ノス】 一面を岩塩で覆われている谷。グインがラゴンと出会った場所。

シオン 男【パロ】 聖騎士。ナリスの護衛。(6)

シカ 男【クム】 ドンデン通りの菓子屋の老婆。(110)

屍返しの術 魔 黒魔道の術。死者や死体の一部を念動力を使って操る。

ジグ 男【モン】 招集された新兵。(14)

ジグ 男【自】 イシュトヴァーンの部下。

シグルド 男【タル】 元盗賊。ミダの森で虐殺された。(31)

シグルド 男【タル】 タルーアンを統一した英雄。シグルドとアルビオナ女王の息子。

シグルド 男【タル】 ヴァイキング王。並はずれた体躯と武勇を誇る豪傑。アルビオナを妾にした。(18)

次元のさまよい人 魔 気が狂ったまま、永遠にどこの世界にも属さずにさまよう人。

地獄の金床 [地][ノス] 硬く、太陽で熱せられ、素足で歩くことはできない岩場。

獅子王丸 [軍][沿] 宰相ダゴン・ヴォルフが乗るアグラーヤの軍艦。

獅子原 [地][草] ウィルレン・オアシスとトルー・オアシスのあいだに広がる草原。凶暴な騎馬の民が縄張りにしている危険な地帯。

死者を送る言葉 [宗] ミロクの教典にある葬送の言葉。

私塾学生連盟 [団][パロ] アムブラ地区の私塾学生の集団。

紫晶宮（紫晶殿） [建][パロ] クリスタル・パレス、水晶殿内の宮殿。聖王の日頃の業務が行なわれる。南にヤヌスの塔。北側に十二神門。

七王宮 [建][外] ランドックの宮殿。グインの夢に登場した。

七城将軍 [位][外] ランドックの将軍。グインの夢に登場した。

七星長官 [位][外] ランドックの長官。グインの夢に登場した。

七曜宮 [建][ケイ] 黒曜宮内の皇帝の住まう宮殿。黄金宮殿の隣にあり、いくつかの小宮殿が回廊でつながっている。銀曜宮、緑曜宮などが含まれる。

ジック [男][ライ] 海賊。《六本指》のジック。(G17)

十聖人 [伝] キタイからミロクの遺骸を命がけで運び出した人々。

湿原灰色オオカミ [動] ダネインの北部に棲息する狼。

シド [男][ライ] ラドゥ・グレイの部下。

シドン [男][モン] フェルドリック邸の料理番。(69)

死の塔 建【キタ】 ホータンの北の塔。

《死の船ユーレリア号》 伝【沿】 ガルブロンゾー海域で難破して行方不明になった伝説の船。無人のままコーセアの海を漂流しているところを発見された。

死の娘の神殿 建【自】 ゾルーディアの《死の娘》タニアの神殿。冥府宮の北側にある。不気味な力を持つ《死の侍女》に守られている。

死の藻の海 地【南】 レントの南にある海域の通称。《天下一奇景》の一つに数えられる。

シバ 男【ノス】 ラク族の族長。初老。セムとしては相当に大柄でたくましい。(2)

シバ 男【ノス】 ラクの族長シバの父。

シバ (94)

紫斑病 医 つよい伝染性をもつ病。

シビックの夜鳴き鳥 動 好奇心が強い鳥。

シビトオオカミ 怪【モン】 ルードの森に住む半妖の狼。

死びと返しの術 魔 死者の目の網膜に焼きついた最後の光景などを取り出す術。

死人が原 地【ノス】 白骨が原参照。

シビトスミレ 植 道端に咲く小さな花。

死びと使いの術 魔 屍返しの術参照。

死びとの塔 建【キタ】 竜宮城内の塔。黒鬼塔の隣。

死人風 自 モンゴールの辺境近くなどで、めったに吹くことのない、妙に不吉なものを感じさせる風。

慈悲の願い 俗 剣闘士が自分に勝ち目がないと思った時に、戦いを棄権し、命乞いをすること。

ジフラスの宿 建【闇】 イシュタルテーの宿。

シムサ 地【ライ】 小さな漁港。

シムラー 動 獅子。南方の猛獣。

シメラ 怪 炎の髪と三つの頭の怪物。

下ナタール街道 地【ケイ】 サイロンから下ナタール川に沿って南西に下る街道。

下ナタール川 地【ケイ】 サイロンの西側を流れる川。

シモン 男【パロ】 ナリス付きの小姓。（6）

シャオロン 男【キタ】 リー・リン・レンの側近の少年。《黒い小竜》。（G12）

車軸がかりの陣形 軍 つぎつぎと兵を交代しながら敵を叩く攻撃の陣形。

蛇神教 宗 ハイナムで信仰されているといわれる宗教。

ジャスミン・リー 女【クム】 クムの最高娼婦。（32）

シャチ 男【草】 スカールの若い部の民。ヨナに乗馬の稽古をした。（125）

ジャック 男【ライ】 海賊。《ホタテ貝のジャック》。（G17）

ジャック 男【沿】 《弱虫》ジャック。《ニギディア》号乗組員。（G17）

ジャッパオ 動 ダネイン大湿原に住む足のある魚。もともとは陸生の生物だったものが干潟に適した形に変化したという。干物にしたものを焼いて食す。

ジャナの花の館 建【キタ】 鬼面の塔の第三層にあるイタカの住む宮殿。

ジャミーラ 女【ヤガ】 ミロクの聖姫。ミロクの使い姫。巨大な黒人女。ヨナをミロク神殿にさらっていった。（129）

シャラー 女【キタ】 ナディーンの乳母。（G11）

ジャランボン 具【クム】 クム音楽で使われる騒々しい金属の打楽器。

ジャルナ区 地【ケイ】 風が丘のふもとに

あたるサイロン市の一地区。かつては宮廷がおかれていた。

ジャルニウス・ケイロニウス 男【ケイ】 第三代皇帝。風が丘に黒曜宮の建設を始めた。(128)

ジャロン 男【ケイ】 サイロンのパン屋。(20)

ジャン 男【ヴァ】 ブルカスの用心棒。船玉のジャン。(G6)

ジャン 男【パロ】 オヴィディウスの部下。ヴァレリウスに斬殺された。(71)

ジャン 男【パロ】 マルガ離宮の小姓。(G19)

ジュー 男【ケイ】 グインの近習。(90)

自由開拓民族【自】 自由国境地帯で自給自足の生活を送る人々の通称。

ジューク 男【沿】《ニギディア》号乗組員。不平屋。(G17)

自由国境地帯【地】【自】 国同士のあいだに広がる緩衝地帯。その地帯は兵を動かすも交易をするも自由で、いくつかの自由都市がある。比較的治安は悪い。

集団魔道【魔】 多くの魔道師がそれぞれの力を融合させて行なう魔道。魔道師ギルドが得意とする。

ジュードン 男 グインがグンドを名乗った際、その頭を豹頭に変えた魔道師として挙げた名。(109)

十二神カード【俗】 賭博などに使われるカードゲーム。

十二神騎士団【軍】【新ゴ】 ヤヌス十二神をモチーフとした意匠を紋章とした軍隊。ルアー、イリス、イラナ、ヤーン騎士団などが主力。ゴーラ全軍の半分以上を占める。

十二神将【位】【ケイ】 十二神将騎士団のそれぞれの団長である将軍。

十二神将騎士団 軍【ケイ】 黒竜、金犬、金鷹、金羊、金猿、金狼、白蛇、飛燕、銀狐、白鯨、白象、白虎各騎士団からなり、世界最強とされる軍隊。傭兵も含めて給料による職業軍人でかためられている。兜にはそれぞれの隊の象徴となる聖獣をあしらい、鎧の肩がそりかえり、胸にケイロニアの紋章がついている。

十二神の回廊 建【パロ】 聖王宮にある回廊。貴族や王族が会合などを行なう場所。

十二神門 建【パロ】 聖王宮北側の門。

十二選帝侯 位【ケイ】 皇帝、王に次ぐ権力者。皇帝直轄領を囲む選帝侯領の領主。重大事にはサイロンに即時に集まることになっているほか、年番で三人ずつが黒曜宮に常駐している。

十二選帝侯騎士団 軍【ケイ】 十二選帝侯配下の軍隊の総称。選帝侯領の志願兵によって構成され、普段は国境警備隊と領内治安を担当し、緊急時には十二神将騎士団の補佐を行なう。

十二選帝侯領 地【ケイ】 十二選帝侯の領地の総称。ケイロニアの周囲を固める。

十二年の誓い 宗【ライ】 バンドゥの海賊たちの神聖な誓い。

十人衆 位【沿】 ミロク教団で、「ミロクさまのお世話をし、そのみことばを伝える」とされる十人の高僧。定期的に交替する。

シュク 地【パロ】 クリスタルの北の国境の都市。国境警備隊の砦がある。

シュク街道 地【パロ】 シュクを通る街道。

祝典の間 建【ケイ】 太陽宮の一間。正式な式典で使用される。

出発の杯の歌 囚【パロ】 別れと旅立ちを歌ったパロの有名な歌。

ジュナス 男【パロ】 クリスタルの大商人。有力ギルドの長。(6)

シュムラト 男【カナ】 首席剣闘士。コーネリアスの愛人。胸に蜘蛛の刺青。(G16)

ジュラムウ 地【ライ】 南ライジアの最大の活気にあふれた港。

シュルス 男【パロ】 騎士。騎士の門を偵察した。(13)

巡礼街道 地【草】 草原地帯を抜けてヤガへと向かう街道の通称。

ショイ 食 クムの調味料。辛みが抑えてあり、クム・ソースの代わりに子供用として使われる。

小アグリッパの丸薬（小アグリッパの秘薬） 医 魔道師が日常食する黒い丸薬。魔力を高めるなどの効果がある。少量で空腹が満たされ、体力が回復する。

小馬場 建【パロ】 クリスタル・パレス内の馬場。小規模な試合、少人数の練兵、訓練を行なう。

小王国時代 歴【ケイ】 最大の王国ケイロンを中心として無数の小王国が乱立し、覇を競っていた時代のこと。

小オロイ湖 地【クム】 カムイ湖の南、オロイ湖の北に広がる湖。

上級魔道師 魔 魔道師ギルドから上級免許をもらった魔道師。導師試験を受ける資格を持つ。青い宝石を銅のバンドで額に留めている。

上級ルーン語 語 魔道師同士での会話や公式書類に使用される言語。

商業ギルド 団【パロ】 パロで最大のギルド。商業ギルド会議というかたちの組織で運営される。この下にさまざまなギルドが分かれる。

笑劇 芸【クム】 タイスで人気の滑稽な寸

劇。

小月宮 建【ケイ】 サイロンの東の外れ近くにあるダリウス大公の居城。かつてはケイロニア皇帝の居城であった。東の塔などがある。

沼人族 自【ヴァーラス湖沼地帯に住む謎の部族。アシを刈り、細工物をつくっている。独自の風習を保った閉鎖的な小王国を作っているといわれる。

尚武政策 建【モン】 国民皆兵を標榜し、若者全員に辺境での三年の兵役を課したり、各地で大闘技会を開き、武術を振興するモンゴールの政策。

小ヤヌス神殿 建【パロ】 水晶宮の奥にある神殿。

小ラドゥ 男【ヴァ】 ヴァラキア公。殉教者大ラドゥの子。(3)

勝利の門 建【ケイ】 黒曜宮、黄金宮殿の中央門。

女王騎士団 軍【パロ】 聖女王直属の騎士団。白亜の塔を守護している。

女王宮 建【パロ】 クリスタル・パレスの再奥にある宮殿。聖女王の居城。リンダの即位に際して、聖王宮の一部を改装した。基本的に男性の出入りは禁止されており、衛兵も女騎士が務める。

女王の道 建【パロ】 クリスタル・パレス内、水晶殿の正面入口に通じる道。

女王門 建【パロ】 クリスタル・パレス内、王妃宮の門。

ショーマ 男【ライ】 ラドゥ・グレイの小姓。小柄な若者。(G17)

ショーム 具【クム】 クム音楽で使われる竹笛。

ショー・ヤン 男【クム】 闘技士エルムを抱えるルーアンの大富豪。(115)

初級魔道師 魔 魔道師ギルドから初級免許をもらった魔道師。

ジョリウス 伝 人形のメルヴィーナに命をふきこみ、自分の妻とした人形使い。(34)

ジョルジウス 男【ケイ】 サルデス侯の臣下。(30)

ショルク 動 カバ。

ショルス 男【パロ】 新たに任命されたクリスタル市の市長。(107)

ジョンズ 男【パロ】 ラス塾の学生。下級貴族の息子。(G20)

シラ 怪 ガルムの娘。ウーラの母。

ジラーフ 男【キタ】 ホータンの赤衣党首領。(G13)

ジラール 男【草】 カウロス公国の大公。

シラキュース 神 ヤーンの娘の老女。

シラス男【自】 赤い街道の盗賊。ゾルーディア街道のシラス。(24) 南パロスの平野に広がる森。

シラスの森 地【パロ】

シラン 男【新ゴ】 イシュトヴァーン付きの小姓。(79)

シラン 地【パロ】 マルガの北の小さな町。

シリア 女【沿】 ポム大公の娘。亜麻色の髪、茶色の瞳。(G9)

シリア 女【パロ】 リュイスの娘。大きな青い目。ランズベール塔落城の際に自害。(6)

シリウス 伝 シレノスとバルバスのサーガに登場する魔物。闇の妖魅と光の女神とのあいだに生まれ、片目は闇、片目は光を持っていた。やがてシレノスとバルバスと出会い、光の神として昇天した。

シリウス 男【ケイ】 黒竜騎士団員。十竜

シリウス 男【ケイ】 シルヴィアが産み落とした男の子にロベルトがつけた名前。(122)

シリウス 男【パロ】 先代のネルバ侯爵。リュイスの親友。レムス王にくみしたため引責辞職した。(48)

死霊使いの術 魔 黒魔道の術。死霊と化した人間を操る。

シリル 男【パロ】 アムブラの学生。過激派。(G20)

シルア 植 リンゴ。

シルヴィア 女【ケイ】 王妃にして皇女。グインの妻、アキレウスの次女、オクタヴィアの異母妹。金褐色の髪、くるみ色の瞳、痩身、小柄。グラチウスによりキタイに拉致され、それを救出したグインと結婚しケイロニア王妃となる。グインの長期にわたる行方不明により精神状態が悪化、夢の回廊でグインに斬りかかられたのをきっかけに無軌道な行動が始まる。父親不明の子供を出産し、闇が丘の闇の館に幽閉された。(3)

シルヴィアン 男【ケイ】 伝説の王子。(G9)

シルキニウス 男【パロ】 大導師。魔道十二条の整備者で、魔道師ギルドを現在のかたちにまとめた。(73)

ジルス 男【自】 赤い街道の盗賊。ガイアスの相棒。黒犬のジルス。(24)

シルド 男【モン】 招集された新兵。(14)

シルニウス 男【パロ】 戯曲家。『クリスタルの歌』の作者。(10)

シルの森 地【パロ】 シランの南に広がる森。

シレーヌ 女【クム】 伝説の悪女。自らの美しい肉体を武器に敵を騙し討った。(69)

シレーン　伝　炎の竜にさらわれた伝説の少女。

シレナス　男【パロ】　マドラの伯爵。(G19)

シレノス　神　豹頭の半獣神。ニンフの子。ルアーと雌豹とのあいだに生まれたともいわれる。バルバスとともに冒険をし、最後は氷の中でバルバスとともに永遠の眠りについた。

シレン　植　幹も葉も緑色の木。大きな真っ赤な花が咲く。

白赤旗　具　中原共通の交渉希望を表わす旗。

白いニンフ号【交】【沿】　レンティアの持つ純白の流線形の船。

白い女神通り　地【モン】　トーラス一番の大通り。金蠍宮から南市門を結ぶ。片側馬車三車線。

シロエの森林地帯　地【自】　ハイナムとケ

ジロー　男【ヴァ】　《海の女王》号の水夫長。

ジロール　男【パロ】　魔道士の塔の初級魔道士。アルシアの恋人。殺人幇助などの罪で捕らえられた。(HB2)

白騎士団　軍【モン】　五色騎士団の一。

白き砂　食【ノス】　ノスフェラスの塩の谷間の岩塩のこと。キタイの商人がラゴン族から買っている。

白熊の星（ポーラースター）　自　太古から位置を変えていないといわれる星。船乗りたちを導く。別名《北の星》。

白クラム　植　幹の白く優美な木。

白旗　具　中原共通の無条件降伏の旗。

白魔術　魔　魔道十二条で使用が認められている魔道の術。ヤヌスの白魔術。

白魔道　魔　魔道十二条を忠実に守って行な

われる魔道。中原で発達した。黒魔道より も制限が多く、個人の技を突出させるのを 嫌う。

白魔道師連盟（白魔道師連合） 団 全世界 の白魔道師ギルドの連合。ヤヌス教団によ って認可された唯一の魔道ギルド。大魔道 師の時代から集団魔道の時代へと変化させ たとされる。

白ルノリア通り 地【パロ】 北クリスタル 区の通り。

シン 男【ケイ】 グインの小姓組組頭。（79）

シン 男【モン】 クリスタル北大門の番兵。（8）

ジン 神 《煙とパイプ》亭に現われた、黄 昏の精霊。

ジン 男【キタ】 ホータンの占い師。（G12）

ジン 男【沿】《ニギディア》号乗組員。バ ールの弟。（G17）

新カナン様式 建 建築の様式。赤レンガ の先端の細くそりかえった屋根、美しい尖塔。

心眼の術 魔 いながらにして離れた場所の 様子などをうかがい知る術。

新騎士宮 建【ケイ】 双が丘の故ダルシウ ス将軍の元公邸を改築した宮殿。国王騎士 団が詰めている。

蜃気楼の嵐 怪【ノス】 三千年前の悲劇で 滅んだカナンそのものの幽霊。荒々しい溶 岩流にも似た怨念と未練の念の濁流。

蜃気楼の砂漠 魔【ノス】 蜃気楼の娘たち が蜃気楼で作り出した砂漠。黄昏時のまま 変化しない。

蜃気楼の視力 魔【ノス】 蜃気楼の娘たち のもつ視力。さまざまなものの真実の姿が 見えるという。

蜃気楼の娘 【怪】【ノス】 カナンの悲劇で命を落とした人々の幽霊。グル・ヌーの周辺に出現する。人間には悪夢を見せる程度だが、妖魔には非常に危険な存在。代表的な娘のサラーには銀色の髪とあやしい瞳をもつ。

シン・シャン 【男】【キタ】 キタイの道士。死の婚礼の出席者。(10)

真珠の塔 【建】【パロ】 クリスタル・パレス、紅晶宮の塔。

シン・シン 【地】【男】【新ゴ】 若い隊長。(83)

新月監獄 【建】【ケイ】 闇が丘にある牢獄。死刑執行場が設けられている。

親水広場 【地】【クム】 タリサ水道の終点にある。タリサで一番広い広場。毎日さまざまな出し物が行なわれている。

新月祭 【宗】【キタ】 フェラーラの祭り。アーナダを使った神卜の儀式が行なわれる。

新月の間 【建】【ケイ】 黒曜宮、黄金宮殿の一室。選帝侯や十二神将たちの軍議などに使用される。

新生塾 【建】【パロ】 アムブラ地区にある私塾。

シンシア 【女】【パロ】 マルガ離宮の侍女。金茶色の髪、色白で青い瞳。ユーラとシニラに誘拐されたが救出された。(G18)

神聖パロ王国 【地】【パロ】 アルド・ナリスがパロ内乱に際し、パロ正統の王であることを主張して建国した国。カレニア、サラミスを中心とし、マルガに政府を置いていた。ナリスの死後、リンダによって消滅が宣言された。

真実の印 【宗】 神に真実であることを誓う印。

真実の塔（真理の塔） 【建】【ケイ】 黒曜宮にある塔。罪人の取調べや拷問を行なう。

神聖パロ義勇軍 【軍】【パロ】 マルガ攻防戦後、神聖パロ王国軍の残党が結成した軍隊。

約千五百人。指揮官はワリス。

神聖パロ軍 軍【パロ】 神聖パロ王国の軍隊。マルガ攻防戦時には二万弱。

シン・バー 男【クム】 アムネリス宮殿に薪をおさめる薪屋。(27)

真・魔道十二条 魔 白魔道師だけでなく、すべての魔道師が従わなくてはならない掟。幽霊となった魔道師が魔道を使うことなどを禁じている。

真面果 植 キタイの奥地で取れる桃色の果実。切り口が人の顔を連想させることから名付けられた。

人面ガメ 動【キタ】 背中に人の顔をつけた亀。

真理の塔 建【パロ】 クリスタル・パレスの塔。

心話 魔 離れた場所にいる人物と脳を通じて話をしたり、近くの人物と触れ合うこと

で声を出さずに会話をする初歩の術。

スィーク 地【キタ】 水の惑星。カナン第一の植民地。宇宙神クッス=ルルフーをまつる最大の神殿都市。水の惑星スィークと回廊で結ばれていたため、繁栄したという。

スィーク 地 水の惑星。《古き者たち》の頭領ク・スルフが住んでいる。ホータンの鬼面の塔の第三層から回廊がつながっていたが、グインによりその回廊は閉じられた。

水鏡の術 魔 離れた場所の様子を水鏡に映し出す術。

水晶宮 建【パロ】 クリスタル・パレスの中央に位置する水晶殿内の最大の宮殿。北西にルアーの塔。北東にサリアの塔。北に聖王宮、南西に紅晶宮、南東に緑晶宮。

水晶球 具 魔道の力を高める道具。映像を映し出したりする。

水上宮 建【クム】 ルーアンのクム大公の

居城。周囲にはね橋をめぐらした堅固な宮殿で、廊下がところどころ橋となって水の上を渡っていることからこの名がある。水晶の塔、赤の塔などがある。

水晶殿 建【パロ】 クリスタル・パレスの主宮殿。古代カナン様式。水晶宮、紫晶宮、紅晶宮、緑晶宮などからなる。

水晶の護符 具 魔道の力のうち、主に防御の力を高める道具。

水晶の塔 建【パロ】 クリスタル・パレス、緑晶宮の塔。

水晶の間 建【パロ】 クリスタル・パレスにある、一万人収容可能な大広間。

水神の柱 具【クム】 水神祭りの際にタイスの各所に建てられる柱。てっぺんには粘土などで作った竜頭がとりつけられ、その下に極彩色の吹き流しがつけられている。水神

水神広場 地【クム】 タイスの広場。水神祭りの主な儀式が行なわれ、エイサーヌー神とラングート女神の像が設置される。

水神祭り 宗【クム】 クムの各都市で開催される、オロイ湖の守り神エイサーヌーと各都市の守り神を讃える祭り。闘技会など さまざまな競技や催し物が行なわれる。タイスのものがもっとも有名。

スイスイ 動 アメンボ。

《水賊》 族【クム】 タイスの地下水路に住む一族。タイス伯爵に死刑を宣告されて地下に落とされた罪人の生き残り。

スイラン 男 ブランの偽名。109

スーイン 男【クム】 マーロールに従う《水賊》のひとり。114

スヴェン 男【タル】 三百年以上前にヨッンヘイムに紛れ込んだタルーアン人。(G4)

スヴェン・ラン 男【ユラ】 禁軍第四中隊

スカール 男【アル】 スタックの弟。黒髪、黒髭、漆黒の瞳、浅黒い大柄な体。母は騎馬の民グル族の出身。黒太子と呼ばれていた。第二次黒竜戦役終結後、ノスフェラスを旅してグル・ヌーの秘密を知るが、その時の影響で体を病魔に蝕まれる。アルゴスから追放されたのち、中原を放浪。記憶をなくしたグインと出会う。火の山の冒険の後グインと別れ、草原に帰る。カシン族に襲われたヨナを助け、ともにヤガに潜入した。(4)

スガル 単【闇】 首飾り。

スコーン 単 重さの単位。およそキログラムに相当。

スタイン 男【アル】 前アルゴス王。スタックとスカールの父。(G8)

スタック 男【アル】 王。エマの夫、スーリンの父、スカールの兄。(6)

スーチョウ 男【クム】《水賊》。スーインの弟。地下水路に詳しくグーバもたくみに操る。(117)

スーティ 男【モン】 イシュトヴァーンとフロリーの息子。本名イシュトヴァーン。黒いふさふさした髪、くりくりした黒い瞳。年のわりに発育がよく体も大きい。ブランとスカールによりヤガから救い出された。(104)

スーティン 男【アル】 幼い王太子。(63)

スーリン 男【パロ】 アグラーヤからきた若い研究者。(124)

スー・リン 男【新ゴ】 イリス騎士団団長にして将軍。(62)

スー・リン 男【草】 スカールに従う騎馬の民。ゴーラ軍との戦いで死亡。(101)

長。ユラニア大公オル・カンの使者。(28)

スタフォロス砦 建【モン】 トーラスの北東、ノスフェラスとの境にあった辺境の城。白い塔、黒い塔がある。ヴァーノン伯爵が治めていたが、グイン一行が囚われた際に、セム族の奇襲にあい炎上。

スティックス区 地【ケイ】 サイロンの南西に広がる一地区。

ステム 男【モン】 トーラスの住人。トーラス戦役の傷痍軍人。(32)

砂トカゲ 動【ノス】 肉は焼いてセム族が食用にする。

砂ネズミ 動【ノス】 小さな生物。

砂ヒル 動【ノス】 ノスフェラスの砂の中に住むヒル。人間の胃袋くらいの大きさでセムや人間の死体を食べる。毒はないが不味くて食用にはならない。

スナフキン 怪【北】 ヨツンヘイムにのみ住むといわれる黒小人。かじ屋スナフキン。

スナフキンの魔剣 具【ケイ】 魔のものを切るための一タールほどの青白く光る剣。黒小人スナフキンが鍛えてグインに与えた。呪文を唱えると宇宙のエネルギーをとりいれて発動する。現実の存在を切るとたちまち消滅してしまう。グインにスナフキンの魔剣を与えた。(G10)

砂虫 動【ノス】 サンドワーム参照。

スニ 女【ノス】 ラク族の少女。大族長ロトの娘。リンダにつき従ってパロに行き、彼女の侍女となる。(1)

スミア 女【パロ】 マルガ離宮の侍女。(G18)

スライ 族【クム】 タイスの地下水路に棲息する半魚人。全身に毛がなく、青白くつるりとした体をしている。手足の先はひれのようになっており、体のところどころに

鱗が生えている。

スラガ族 〖草〗 騎馬の民の一部族。

スラデク 〖草〗【男】〖アル〗 草原の英雄。アルゴ王女の夫。騎馬の民を統一しアルゴス王国を建国した。(11)

スリープ装置 〖具〗 星船の中にある円筒形の透明な装置で、中に収められた生物を冷凍睡眠させる装置。

スリカクラム 〖沿〗【地】 草原の南、沿海州の南西にある海岸沿いのミロク教徒の町。

スリカラ砂漠 〖草〗【地】 スリカクラムの北方に広がる小さな砂漠。

スルスル 〖食〗 ガティ麦の粉を小さな穀物状に練ったもの。

スレイ 〖タル〗【男】 タルーアンのヴァイキング。ニギディアの愛人。(G3)

スレイプニル 〖北〗【伝】 天馬。風の白馬。

ゼア 〖神〗 純潔、真実、信頼、友情、貞淑の女神。ヤヌス十二神の一。一夫一妻国。

ゼア鳥 〖動〗 湿地帯に住む白い鳥。亡骸が腐ることのないまま残っているといわれる聖人。

聖アリオン 〖パロ〗【伝】

聖ゼア大橋 〖パロ〗【建】 クリスタルとクリスタル・パレスをつなぐ橋。

聖王旗 〖パロ〗【具】 つややかに濃い紫の地に、金糸銀糸で双面神のシンボルを縫い取ったパロの旗。《双面神旗》ともいう。

聖王騎士団 〖パロ〗【軍】 聖王直属の軍隊。約五百人。緑色のふさのついた銀色の鎧兜。

聖王宮 〖パロ〗【建】 クリスタル・パレス内の小宮。国王の居住場所。紫晶宮の別称。中に水晶宮、緑晶宮があり、水晶宮の中央には大王宮がある。

聖王の居間 〖パロ〗【建】 クリスタル・パレス内の宮殿。聖王宮と水晶殿中心部の間。

聖王の道 〖パロ〗【建】 クリスタル・パレス

内、国王宮からアルカンドロス門に至る道。ブラ地区の私塾。銀色の鎧。パロ内乱では分裂した。

聖カシス塾 建【パロ】 クリスタルのアムブラ地区の私塾。

清花団 団【キタ】 ホータンのレンファーが率いる女だけの盗賊団。

聖騎士 位【パロ】 パロの聖騎士伯、聖騎士侯などに属する騎士。爵位を持つ者は聖騎士伯、聖騎士侯などと呼ばれる。

聖騎士宮 建【パロ】 クリスタル・パレス内の宮殿。ネルヴァ城の東。アルカンドロス門の両側に広がっている。

聖騎士侯 位【パロ】 武人の侯爵。およそ五百人の直属の聖騎士伯騎士団を持ち、それぞれに所属する聖騎士伯騎士団が包括される。

聖騎士公 位【パロ】 武人の公爵。

聖騎士軍 軍【パロ】 国内最強の軍隊。聖騎士侯、聖騎士伯に直属する部隊の集合体。精鋭十万を呼号。大元帥ベック公爵ファー

ンが束ねる。パロ内乱では分裂した。

聖騎士亭 建【クム】 ザイムにある旅館。

聖騎士伯 位【パロ】 武人の伯爵。およそ二百人の直属の聖騎士団を持ち、それぞれの属する聖騎士侯騎士団に包括される。

聖サリア女子学校 建【パロ】 クリスタルのアムブラ地区にある女学生専門の私塾。

精神生命体 族【パロ】 肉体よりも精神が主体となっている生命体。肉体の形態を自由に変化させられたり、肉体そのものをなくすこともできる。《宇宙の種子》や土地神、妖魔が含まれる。多くの魔道師は精神生命体になることを究極の目的としている。

星辰の間 建【パロ】 聖王宮水晶殿にある、謁見用の大広間。戴冠式や国王の結婚式などもっとも大きな儀礼の際に使用される。

星辰の間（星々の間） 建【ケイ】 七曜宮

173 グイン・サーガ大事典 完全版

でもっとも大きな部屋。貴族や重大犯罪人の裁判が行なわれる。

青星党団 【キタ】 リー・リン・レンが結成した反ヤンダル・ゾッグ団体。キタイでの大規模な反乱の中心となっている。

青銅の館（青銅の家） 【パロ】 カルストゥスが息子のサイラムのために建てた屋敷。窓がなく、全体が青銅で覆われている。

西風農園 【ケイ】 闇が丘の近くの小さな農園。

聖ミロク大通り 【地】【沿】 ミロク大通り参照。

生命の塔 【キタ】 ホータンの東の塔。

星稜宮 【建】【ケイ】 サイロン、光が丘の美しく瀟洒な小宮殿。

星稜の間 【建】【ユラ】 紅玉宮の主宮殿にあるもっとも大きな広間。紅玉宮事件の舞台となり、事件後に模様替えして、名前も謁見の間から星稜の間に変更された。現在は封印されている。

ゼイン 【男】【モン】 《風の騎士》の部下。

ゼウス(105) 【神】 ルアーの部下の戦いの精。

ゼウス 【男】【モン】 黒騎士隊長。クム遠征軍。

ゼーダ(56) 【男】【キタ】 フェラーラを魔都とした最初の魔王。

セーラ 【女】【ケイ】(G11) グインの近習ラムの妹。

セオドール 【男】【パロ】 ランズベール侯キーースの後見人。もとのランズベール侯の腹心。

赤衣鬼(107) 【怪】【キタ】 フェラーラの赤衣鬼。外見は長い凶々しい角をはやし、巨大な棍棒をもった東方鬼。

赤衣騎士団(90) 【軍】【キタ】 フェラーラの治安

を維持する騎士団。

赤衣党 団【キタ】 ホータンの強盗団。肉屋のカン・フーが同業者を集めてはじめた。

赤蓮の粉 医 黒蓮の粉よりも弱い睡眠効果のある薬。頭をそって、赤い服をつけている。

ゼス【ヴァ】 カメロンの部下。(15)

セト怪【南】 ランダーギア出身のハーピィ。黒い魔女タミヤに連れてこられた魔物。(G10)

セト神【ハイ】 ハイナムの守護神。人面蛇身。土地に古来住んでいた巨大な蛇が年へて魔力を持つようになったものであるといわれる。

セト男【ライ】 ラドゥ・グレイの配下で一番の弓の名手。(G17)

ゼド神【キタ】 ホータンを拓いたといわれる土地神。

セトー神 人面蛇身の悪魔神。

ゼノ男【パロ】 マルガ離宮の執事。(G18)

ゼノン男【ケイ】 金犬将軍。色白の頬、青い目、赤毛の巨人。タルーアン出身の傭兵であったが、並外れた体格と武勇をもって若くして抜擢された。(18)

セブ男【ノス】 ラク族の小族長。(3)

セム地【新ゴ】 ドールの領土である悪魔帝国。

ゼム男【新ゴ】 カメロンの秘書にして側近。(86)

セム族 医【ノス】 ケス河に沿ったノスフェラスの中原に近い地域で暮らす亜人類。体は小さく猿に似ている。ノスフェラスの瘴気が生みだしたといわれる。独自の言語を使用し、アルフェットゥの神を信仰する。

セラ 植 生け垣によく使われる木。丈は低く、美しいオレンジ色の実が群生する。

セラン　男【パロ】　ナリス付きの小姓。ナリスの死に際し殉死。享年十七歳。(86)

セリア　女【パロ】　マルガ離宮の女官長。(G18)

セル　男【パロ】　マルガ離宮の近習。(G18)

ゼル神【カナ】　カナンで信仰を集める神。

ゼル神殿【建】【カナ】　石造りの大きな神殿。ゼル神の神像を奉っている。夏の花祭りが開かれる。

セルス　男【モン】　小隊長。金蠍宮からの使者。(68)

ゼルス　男【パロ】　古代パロのヤヌス神殿の祭司長。ドールに通じたといわれる。(10)

セルモ　男【ヤガ】　テッサラから来た男。

セレス　男【パロ】　税務庁長官。ユーライリスの死に際し殉死。(107)

セロス　男【モン】　《風の騎士》の部下。(105)

戦槍の陣形　軍【ケイ】　《竜の歯部隊》の陣形。

ゼンダ　男【ケイ】　黒竜騎士団の選手。(40)

センデ　男【カナ】　吟遊詩人。栗色の髪、茶色の目。アリンに刺殺された。(G16)

ゾウ　伝　死期を悟ると自ら死に場所へ向かうという巨人。

象牙の塔　建【パロ】　クリスタルの王立学問所の塔。二千年かけて集められた図書と資料の収集がある。

草原　地【草】　北はダネインの大湿原とウィレン山脈、南はアルゴ河あたりまでの地方。みわたすかぎり草原がひろがっている。《モスの大海》、《母なる海》と呼ばれる。

主に騎馬民族などの遊牧民が暮らしている。

創世記 宗 ミロク教の聖典。

双頭山 地【ユラ】 南アルセイス連山のうち、ひときわ高くそびえ、《アルセイス・ウィレン》と呼ばれる山。頭が二つ並んだような形をしている。

ゾエ 女【キタ】 望星教団の教母。ヤン・グレアールと対立。(G13)

ゾーエ 女【ケイ】 シルヴィア付きの女官。(17)

ゾーデス 男【パロ】 タラントの副官。

ソード(ゾード) 具 草原特有の楽器。抱え琴。

ゾード 怪 ドールの息子。黄泉の国の大蛇。

ゾード 神【キタ】 ゼド教の南面神、雷雲神将。

ソーラ 女【北】 ヴァルキューリの村の女。

ゾーラス 伝 アルカンドロス大王の棺をあけてみようと忍び込み、恐ろしい最期をとげたという大泥棒。

即身昇天の秘法 魔 妄執と生への欲求を断つことにより生きながらにして魂魄のみの存在となる究極の秘法。

ゾド 男【ケイ】 ダリウス大公の傭兵。大男。(20)

ゾフィ 神【闇】 外宇宙から来た、千年の寿命を持つ異形の女。美しき猫の王女。

ゾフィー 神 神話に登場する栗毛の牝馬。

ゾフィー 動 グインとマリウスらが一座を組んだ際に馬車を引いていた栗毛馬。

ソラー星系(ソーラー星系) 地【外】 物語の舞台であり、緑と青の美しい第三惑星の属する星系。第十三太陽系。

ソラ・ウィン 男【ヤガ】 ミロク教団の高

僧。非常に高齢で、数年前に亡くなった。

ゾラス 127 男【パロ】 アムブラの学生。(51)

ソル 単【草】 小さな容積の単位。

ソル 124 男【草】 スカールに従う騎馬の民。

ゾルーガ 神 死の女神に従う死の使い女。

ゾルーガの指環 具【パロ】 ゾルーガ女神が彫刻されている銀の指環。ナリスがはめている。中にゾルーガ蛇の毒が入っている。

ゾルーガ蛇 動 緑色の凶々しい強烈な毒を持つ蛇。

ゾルーディア 地 死の国。死人の都。かつてはミイラ作りのギルドと暗殺者のギルドがある自由都市だったが、グインらにより滅ぼされた後、世界と世界、次元と次元のあいだをさまよう《浮き島》のような奇妙な世界となった。

ゾルード 神 死、復讐の女神。憎しみの氷の指と翼を持つ。ヤーンの娘。エリス、ティアの姉妹。

ソルガン 男【ユラ】 大工。リーロの父。

ゾルダの坂道 伝 黄泉へ下る坂道。

ソルミュル 女【北】 ヴァルキューリの先祖の美しい娘。シグルドと一緒になった。(45)

ソレルス 男【ケイ】 ディモスの小姓頭。(95)

ソン・ドン・イー 男【キタ】 昔の暴君にして魔道師。さかさまの塔の建立を許可。(G4)

ゾンビー 魔 黒魔道によってかりそめの生を与えられた死人。自分の意志を持たず、術者の意のままに行動する。(G12)

ゾンビー使いの術 魔 死人にかりそめの命

を与えてゾンビとし、意のままに操る黒魔術。被術者が生きているうちに術をかけておく。

タ

ター 単 通貨の最小単位。

ター 男【ノス】ラゴンの戦士。(5)

ダーヴァルス 男【パロ】聖騎士侯。聖騎士団の長老格。パロ内乱ではレムス軍の副将を務めた。(6)

ター・ウォン 男【草】スカールの小姓。ノスフェラスで死亡。(6)

ターク 男【ライ】ジックの副官。《蒼白》ターク。(G17)

ダーク 男【モン】白騎士隊隊長。アムネリスの旗本隊隊長。(6)

ターク鳥 動 肉食の鳥。バルト鳥より大き

ダーク・パワー 魔 混沌、憎悪など、負の精神を力の源とする存在の総称。黒魔道師などが含まれる。

ダーク・クン 男【ユラ】オールバイン伯爵の参謀。(26)

ターナー 神 もっとも偉大な神。時をつかさどる。存在であることをさえ超えた存在。

ダーナム 地【パロ】イーラ湖の南の湖畔最大の都市。領主はワリス。パロ内乱の主戦場となって壊滅状態となった。

ターニア 女【パロ】前々王妃。アルドロス三世の妻、レムスとリンダの母。栗色がかった髪の美女。黒竜戦役で斬殺された。(2)

ダーハン 男【ユラ】アルセイス衛兵隊副将軍。中将。(28)

ダーハン 地【新ゴ】南西部の都市。

ダーム 単 外 星船の文明の距離の単位。かなりの長距離。

ターラン 単 通貨の単位。ランとターのあいだ。

ター・リー 男 草 スカールに従う騎馬の民。部の民のいまの最年長者。(102)

タール 単 長さの単位。およそ一メートルに相当。高さに使用。

タール 男 パロ ヴァレリウスの部下。

ダール 男 パロ 伯爵。アリシア夫人の夫。(23)

ダール琴 具 琴の一種の楽器。

ター・レンの馬騎兵 軍 パロ ヤンダル・ゾッグ支配下のクリスタル・パレスで警護に当たっていた騎兵。馬頭人身。

タイ 女 パロ マルガ離宮の女官。(G5)

タイ 男 ケイ タイ士団の歩兵。(128)

タイ 男 モン タイラン伯爵配下の白騎士。(6)

ダイ 男 外 ランドック、グインの小姓。グインの夢に登場。(G14)

ダイアン 女 北 オーウィン・ロングホーンの妻。(10)

大宇宙の黄金律 律 大宇宙に属するもののあり方を定めた法則。生々流転の法則、自動律などがある。

大王広場 地 ケイ 黒曜宮の広場。バルコニーが張りだしている。

大空白 地 ノス カナン山脈からキタイの国境までの地帯を指す俗称。

大公騎士団 軍 クム クム大公直属の騎士。

大洪水時代 歴 大洪水により旧文明が滅ぶ

に至った太古の時代。

大公妃 位【パロ】 聖王家の女性の、王女につぐ最高位の称号。ラーナ・アル・ジェーニア参照。

第五次銀河大戦 歴 カナン滅亡の原因となった宇宙大戦。

タイ・ゴワン 男【クム】 第十代タイス伯爵。《拷問伯》。110

大災厄時代 歴 太古の一時代。火山活動が各地で盛んになり、大洪水が起きた。

第三の目 魔 魔道師の額に留められた宝石のこと。一部の妖魔が実際に額に持つ眼を指す場合もある。

大師 位 ミロク教の高位の神官。導師の上の地位。

タイス 地【クム】 オロイ湖東岸の大都市。中原最大の歓楽街ロイチョイがあり、夜景の美しさでも知られる《美と快楽の都》。キタイの流れを汲むクムの中でも、もっともキタイの文化を色濃く残すといわれる。市の中心には大闘技場があり、年に一度の水神祭りでは大闘技会が開催される。地下には複雑な水路がある。ヴァーナ教の守り神はラングート女神。現領主はタイス伯爵マーロール。

ダイス 男【パロ】 ロイス護民長官の副長。(73)

タイス街道 地【クム】 ルーエとタイスを結ぶ街道。

タイス騎士団 軍【クム】 タイス伯爵直属の騎士団。

タイス市大闘技場 建【クム】 タイスの中心にある最大の闘技場。水神祭りでは大闘技会が開催される。

タイス伯爵 位【クム】 タイ・ソン、マーロール参照。

タイス埠頭 [地] ロイチョイ岬の北にあるタイス最大の埠頭。

タイ・ソン 男 [クム] 先代タイス伯爵。タイ・リー・ローの甥。旅芸人としてタイスに来たグインを剣闘士として闘わせた。数々の残虐な行動をマロールに告発され失脚。(109)

ダイダルス 男 [モン] 辺境警備隊総司令官。(14)

ダイダロス 男 [クム] 非情の武将、伝説の王。(18)

ダイ・タン 男 [ユラ] ユラニア正規軍第四隊長。(62)

ダイデン 男 [クム] ハイファをあずかる将軍。(15)

大闘技会 俗 [クム] 水神祭りの際に開催される最大の闘技会。

大導士 位 [外] この宇宙の構成を五次元的に説明でき、さらにその上の次元にのぼることができたもの。すべてを管理する。その地位を逐われることは死よりもひどい刑罰。

大導師 位 ミロク教の高位の神官。ミロクの代理を務める。カン・レイゼンモンロン参照。

大導師 魔 魔道師ギルドに所属する魔道師の最高位。広義では偉大な魔道師への尊称であり、ただ「大導師」と呼んだ場合にはアグリッパを指す。

第二次黒竜戦役 歴 黒竜戦役でパロがモンゴールに占領された後の、パロの反撃から始まり、トーラス陥落で終結した戦役。

第二次ユラニア戦役 歴 シルヴィア皇女の誘拐により発生したケイロニアとユラニア間の戦い。

ダイバ 女【ケイ】 まじない小路の魔道師。水晶球使いの老婆。(17)

タイ・フォン 男【クム】 タイスの最初の支配者。初代タイス伯爵。タイスの地下水路を発見した。(110)

タイ・メイ・リン 女【クム】 タイ・ソン伯爵の下の娘。姉よりは美人。(114)

ダイモス 男【ケイ】 フリルギア侯爵。学者めいている。(68)

ダイモス 男 詩人のミハイロスが書いた『夕べには君はしゃれこうべを洗う』の主人公。(34)

太陽王冠 具【パロ】 パロ王の、式典用の、数限りない宝玉がちりばめられた王冠。

太陽宮 建【ケイ】 黒曜宮の宮殿。もっとも奥まった場所にあり、特別な祭典にしか使用されない。サリア神殿がある。(3)

大ラドゥ 男 殉教者。(3)

タイラン 男【モン】 伯爵。白騎士団司令官。在パロ占領軍司令長官。第二次黒竜戦役で死亡。享年四十九歳。(6)

タイ・リー・ロー 男【クム】 三代前のタイス伯爵。ユーリの父。(113)

ダイン 男【ケイ】 黒曜宮の外宮に室を持つ貴族。(18)

タヴァン 地【ケイ】 ワルスタット選帝侯領北部の城砦都市。

タヴィア 女【北】 クインズランドの女王。

タヴィア 女【ケイ】 オクタヴィア・ケイロニアスの愛称。(2)

タウエラ湖 伝【ライ】 死の国ドールニアとの境界となる死の湖。

タウザー 男【ライ】 ラドゥ・グレイの部下。(G17)

タウス 男【ケイ】 ダリウス大公の部下の

タガメの間 【建】【クム】 紅鶴城内の一室。

タキウス 【男】【パロ】 アムブラの学生。人類学専攻。(37)

タキラ・カン 【男】【草】 騎馬の民。少数部族の長。(11)

タキラ族 【族】【草】 騎馬の民の一部族。(3)

タグ 【男】【モン】 ツーリード城の青騎士。

タグ 【男】【モン】 赤騎士団の隊長。(4)

ダグ 【男】【沿】 イシュトヴァーンの海賊時代の手下。(9)

ダグラス 【伝】【草】 神話の英雄。

タゴウ 【男】【草】 スカールに従う騎馬の民。ゴーラ軍との戦いで死亡。(101)

ダゴン 【神】 風、雷、雨の神。ダゴン三兄弟の長兄。レイラと夫婦であるともいわれる。この世のすべての風を作りだす《風の谷

**剣士。(20)

ダウルス 【男】【パロ】 魔道士の塔の魔道士。ナリスの手下。(10)

タウロ 【男】【パロ】 パロ魔道師ギルドの一級魔道師。《魔の胞子》によりヤンダル・ゾッグの手先となった。(71)

タウロ 【男】【自】 ザイムの旅館《聖騎士亭》の使用人。(24)

タウロ 【伝】 七つの冒険で知られる賢者。

タウロ 【動】 鳥と獣のあいだのような飛獣。

タウロス 【男】【モン】 《風の騎士》の部下の騎士。(106)

タウロス平野 【地】【ケイ】 皇帝直轄領の南部の平野。牧草地や果樹園、畑地の広がるゆたかで平和な地方。

ダウン 【地】【パロ】 西側国境近くの山中の村。

タオ 【伝】【キタ】 伝説の闘神。

ダゴン・ヴォルフ 男【アグ】 宰相。沿海州会議議長。レンティアの王女をいとこにもつ。トラキアの領主をいとこにもつ。(10)

タジオ 男【ヴァ】《オルニウス》号船員。(G3)

タジム 男【草】 グル・シンの次の族長。グル・シンの息子。(63)

タス 【地】【ユラ】 ゴーラ三大公国がそれぞれ国境を接する場所に位置する町。

タス大橋 【建】【ユラ】 カール河にかかるタスの西はずれの大橋。

タス街道 【地】【新ゴ】 ボルボロスとタスを結ぶ街道。

タス騎士団 軍【ユラ】 タスに駐留する国境警備隊。全部で二千人が常駐。

タスト 男【草】 スカールの小姓。赤い盗賊に殺された。(11)

黄昏の国 【地】 昼の国と夜の国、物質界と魔界のまんなか、この世のすべての場所の西にあるといわれる妖魔と妖魅の国。太陽が沈み、月がまだ出ないわずかな時間だけに成立する。

タダ 女【クム】 老公女。タリオ大公の叔母。(57)

タック 【モン】 一等書記官。サイデンの秘書長。査問委員会の進行役。(69)

タッド 単 長さの単位。およそ一メートルに相当。距離に使用。

タデウス 男【パロ】 アムブラの元学生。アムブラ弾圧で投獄されて体を壊し、故郷に帰った。(37)

ダナエ 女【ヴァ】 公女。ロータス・トレヴァーンの娘。(26)

ダナエ 【地】【ケイ】 十二選帝侯領の一。領主はダナエ侯爵ライオス。

ダナエ侯爵 位 【ケイ】 ライオス参照。

ダナン 男 【ケイ】 黒曜宮の外宮に室を持つ貴族。(18)

タニア 女 【自】 ゾルーディアの《死の娘》。青白い肌、白銀の髪、銀色の目。何千年もの昔、イリスの石によって生きたミイラとなった。(17)

ダニーム 男 【パロ】 クリスティアの近習。ナリスの暗殺に失敗し、逆に斬殺された。(G19)

ダニエル 男 【ユラ】 ユディウス・シンの偽名。(17)

ダネイレア 地 【闇】 その皮に神効があるとされる蛇が棲息する場所。

ダネイン大湿原 地 【草】 中原と草原地方をくぎる大湿原。ウィレン山脈の雪どけ水が原因とされる《神の怒りの大洪水》によりできあがったといわれる。黄泥の町ルートを中心に町が点在。泥船で渡る。黒人が建国したといわれる。

ダネイン王国 地 【パロ】 ダネイン湿原と化す前に栄えていた小国。南方から来た黒人が建国したといわれる。

ダネインの怪物猿 動 ダネインに住む巨大猿。人食い。

ダネインの泥人 怪 ダネイン大湿原に住む黄泥まみれの妖怪。

ダネインの水蛇 動 ダネインに棲息する水蛇。巨大なものは船ごと人を飲み込むという。

ダネル桟橋 建 【パロ】 ダネイン大湿原のカラヴィア側にある最大の桟橋。ルート行きの泥船の定期便が出ている。

タノム伯爵 位 【モン】 跡継ぎのミレニウスをイシュトヴァーンに殺された。(69)

タバサ 女 【自】 《聖騎士亭》のカラム親方の女房。(24)

タバン【男】【自】 ガウシュの村人。(104)

ダブ【男】【モン】 アリストートスの手下の傭兵。(53)

ダブ【男】【自】 イシュトヴァーンの部下。

ダボ【男】【沿】《ガルムの首》号の船員。元盗賊。(27)

魂入れ替えの術【魔】 黒魔道の術。他者同士の魂を入れ替える。

魂おろしの術【魔】 黒魔道の術。死者の魂魄を呼びだし、生者に憑依させる。

魂返しの術【魔】 黒魔道の術。ゾンビ使いの術、魂おろしの術など、死者にかりそめの生命を与える術全般を指す。

魂飛ばしの術【魔】 黒魔道の術。他者の魂だけをどこか違う場所へ飛ばしてしまう。

タマリス【男】【ケイ】 騎士。戦車競争の第一人者。(40)

タミス城【建】【パロ】 マドラ街道にある廃城。死霊や怨霊が巣くっているという。

タミヤ【女】【ケイ】 ランダーギア出身の魔道師。《黒き魔女》。(73)

タミル【男】【草】 スカールに従う騎馬の民。スカールの右腕。ガーガーの大群に襲われて死亡。(125)

タム【男】【ヴァ】 イシュトヴァーンの子分。(G6)

タム【男】【ケイ】 黒竜騎士団員。グインの部下。(28)

タム【男】【ライ】 ラドゥ・グレイの部下。(G17)

タムール【具】 大きな、美しい模様を象嵌した楽器。

ダモス【男】【パロ】 ルナの小姓。南風の塔で幽霊を見た。(HB2)

ダモン【男】【パロ】 ジェニュア大神殿の前

大僧正。親国王派。(51)

タラ 地【パロ】 イーラ湖畔北岸の小漁村。人口千人未満。

タラス 男【パロ】《望星亭》の主人。(96)

タラス 男【パロ】 ハンニウスの次のカラム水ギルドの長。(G20)

ダラス 男【ケイ】 金羊将軍。(121)

ダラス 男【モン】 黒騎士隊小隊長。カースロンの右腕。(8)

タラム 地【ケイ】 サルデスからエルザイムへと向かう主街道より、一本南にそれた細い旧街道沿いにある、貧しい小さなサルデス侯領の町。

タラント 男【パロ】 聖騎士侯。パロ内乱ではレムス側の副将を務めた。(34)

タラムウ 地【ライ】 北ライジアの港。

タリア 地【モン】 モンゴールの南東、レントの海に面した伯爵領。領主はタリア伯爵ギイ・ドルフュス。東西南北の文化交流のクロスポイント。

ダリア 地【沿】 レント海の島。マグノリアの花が名物。マグノリア祭りが開かれる。

タリア号 交【沿】 タリアの船。

ダリア諸島 地【沿】 沿海州の南方数百モータッドの海上にある島々。マグノリアの産地として有名。

タリア伯爵居城 建【モン】 タリアにある美しく典雅な白亜の城。

タリア伯爵 位【沿】 ギイ・ドルフュス参照。

タリース女神通り 地【ケイ】 サイロン一の高級繁華街。

ダリウス・ケイロニウス 男【ケイ】 大公。アキレウスの弟。シルヴィアを人質に皇位を請求した。バルヴィナで焼死。(17)

タリオ・サン・ドーサン 男【クム】 前大

公。タルー、タル・サン、タルクの父。カメロンに討ち取られた。(1)

タリオン 男【パロ】 聖騎士侯。(G8)

タリオン・ドルクス 男【クム】 ドーカス・ドルエンの父。タリア出身。武術をかわれて剣闘士としてタイスに移住してきた。(111)

タリク・サン・ドーサン 男【クム】 現大公。タリオの三男。(16)

タリサ 地【クム】 小オロイ湖の北端、東岸にある水郷の町。マリウスとグイン一座が大当たりを取った。

タリサ水道 地【クム】 タリサとタルガスを結ぶ水道。

タリッド 地【ケイ】 サイロンの中央にある下町。まじない小路や娼館などがある。

ダリド橋 建【パロ】 サラエム郊外にある、ランズベール側に架かる橋。

タリナ 地【ケイ】 サイロンの一地区。

タリム 男【ユラ】 前老宰相。男色家。紅玉宮事件で死亡。(23)

タリム・ヤン 男【クム】 先々代の大公。

ダリル 男【モン】 白騎士。イシュトヴァーン旗本隊第一隊長。(55)

タル 単 時間の単位。およそ一秒に相当。

ダル 男【パロ】 クリスタル・パレスの使用人。(10)

タルー 男【クム】 公子。タリオの長男。ネリィの夫。イシュトヴァーン軍を奇襲するが失敗し、捕らえられて斬殺された。(15)

タルーアン 地【北】 ノルンの海の沿岸に広大な領土を持つ北の大国。海賊王シグルドをいただき、十二の海をかけめぐる海の民の国。人々は赤毛、白い肌、青い目の巨

嫗。

ダルヴァン 男【ケイ】 白蛇将軍。老獪で実戦経験も積んでいる。(18)

ターアン犬 動 巨大で勇猛な犬。

タルカ 具 ひざにのせて叩く楽器。

タルガス 地【クム】 カムイ湖の南端、東岸にある城塞都市。

ダル河 地【パロ】 草原地帯とダルシン高原の境を流れる河。

ダルカン 男【パロ】 聖騎士侯の最長老。パロ内乱ではナリス側にくみし、神聖パロ王国大総帥に任ぜられた。マルガ攻防戦で重傷を負い死亡。(4)

タルキニウス 男【ケイ】 外交官。伯爵。フェリシアの最初の夫。故人。(G7)

タルクス 男【パロ】 サラミス公息。ボースの息子。(70)

タル・サン 男【クム】 公子。タリオの次

男。紅玉宮の惨劇で死亡。(7)

タルザン 単 時間の単位。およそ一分に相当。

ダルシア 女【ケイ】 黒曜宮の貴婦人。(40)

ダルジール 男【クム】 大商人。赤い盗賊に襲われ惨殺された。(24)

ダルシウス・アレース 男【ケイ】 グインの前の黒竜将軍。(4)

ダルシン高原 地【草】 草原の西側に広がる高原。ダル側を東端とする。

タルス 単 長さの単位。およそ一センチメートルに相当。

タルス 男【パロ】 ナリス付きの魔道士。(10)

タルス 男【パロ】 聖騎士伯。(75)

タルス 男【パロ】 平騎士から抜擢された若手の聖騎士伯。(107)

ダルス 男【パロ】 ランズベール騎士団大隊長。リュイスの腹心。(71)

ダルス〈75〉 男【パロ】 マルティニアスの副官。

タルソ 地【自】 パロの南東にある自由都市。オー・タン・フェイが移り住んだ。

ダルダロスの目 伝【カナ】 カナン滅亡の前日、西の空に突然現われた赤い星。

タルト 男【パロ】 平騎士から抜擢された若手の聖騎士伯。

タルト 地【クム】 タルガスのふもとにある港町。

タルフォ 地【モン】 トーラスの北にある砦。ほとんど兵は残っていない。

ダルプミスの夜 伝 悪魔たちが歌い踊り、一晩中飲み明かす饗宴。

ダルブラの毒 医 ダネインの蛇からとれる強力な毒物。西方で使われることが多い。中毒すると速やかに死亡し、肌には紫の斑点がうかび、やがて死体が崩れはてる。解毒剤はない。

ダルマキス 男【ケイ】 ケイロンの高僧。

ダルラン 男【ユラ】 伯爵。エルザイム砦を守る総大将。忠義と武勇の士。(43)

ダレン 植 街道沿いで馬をつなぐのに使われる木。

ダレン 男【モン】 大佐。情報部隊大隊長。

タロ〈55〉 男【モン】 アレナ通りの商店主。

タロス〈15〉 男【沿】 ダリアの港の元締。(G

タロス〈9〉 男【パロ】 傭兵。カラヴィア出身。

タロス〈52〉

タロス 地【モン】 ケス河沿いの砦。現在

は放棄された。

ダロス 男【モン】 青騎士隊隊長。モンゴール奪還軍。(31)

タロン 男【沿】《ニギディア》号乗組員。(G17)

タン 男【クム】 オロイ湖の渡し船の船頭。(110)

タン 単 容積の単位。ミルクなどに使用。

ダン 男【沿】 ダリア港の口入れ屋。(G9)

ダン 男【パロ】 アムブラの学生。(37)

ダン 男【モン】《煙とパイプ》亭の若主人。ゴドロとオリーの次男。トーラス戦役で右足を失った。(9)

タン・イエン 男【草】 騎馬の民。グル族の若者。(24)

タンガード 男【モン】 黒騎士隊隊長。ノスフェラスにて重傷を負い、死亡。(3)

タンガス 男【パロ】 もと宮廷付きの魔道士。アーリア通りに住む。(6)

タン・ガン 男【クム】 親衛隊の武将。(16)

ダンカン 男【パロ】 カリナエ小宮殿の執事長。前執事頭。コーネリウスの弟。ナリスの謀反発覚時に斬殺された。(52)

ダンカン 男【パロ】 上級魔道師。魔道師ギルドのキタイ視察団長。グラチウスにより殺害。(G11)

タンク 動 ラクダ。

タンゲリヌス 男【パロ】 アムブラ弾圧後、布地問屋の婿となった。(13)

タンゲリヌス 男【沿】 ライゴール十人衆のひとり。船商人。(12)

タン・ター 男【クム】 アルバ公爵。タルーの後見役。紅玉宮の惨劇後に失脚。(57)

タン・ター 男【草】 スカールの部下。ロクの巡礼たちに押し潰され死亡。(129)

タン・タル 男【クム】 先々代のタイス伯爵。メイ・メイ・ホンの父。タイ・ソン伯爵の叔父。

タン・ドン 男【クム】(57) 公爵。クム大公国の創立者。(64)

タン・タン 男【草】 スカールに従う騎馬の民。ゴーラ軍との戦いで死亡。(101)

タンデ 地【ライ】 北ライジアの小さな町。人口約二千。とんがり岬の近く。

タン・ハウゼン 男【沿】 レント水軍の将軍。(12)

タン・ファン 男【草】 リャガの長老。(8)

ダン・ロンファ 男【ケイ】 タイス伯爵の小姓組月組の組頭。(110)

チーサ魚 動【キタ】 キタイの特産で、独特の色合いをした大きな淡水魚。

チーチー 動 蟻。

チコ 男【アグ】《ウミネコ亭》の客。黒牛のブルスの仲間。(12)

チザム 男【ユラ】 小伯爵。リ・ハン長官に協力した。(29)

チア 地【ヴァ】 下ヴァラキアの下町。遊廓や酒場、賭場などが軒を連ねているイシュトヴァーンが生まれ育った町。

チチア 動 もぐら。

チチア遊廓 建【ヴァ】 チチア地区にある遊廓。

チノス 男【パロ】 騎士。リギアを崇拝している。(63)

血の誓い 宗【沿】 義兄弟の誓い。お互いの血に口をつけたあと混ぜ合わせる。

地方貴族懇親会 俗【パロ】 クリスタル・パレスの紅晶殿で年に一度開催される、地

方貴族たちと聖王家との親睦晩餐舞踏会に向かった際に持参した。

チャン・エン [男][旧ゴ] サウル皇帝の老臣。(28)

チャン・ファン・ラン [女][キタ] 女伯爵。(20) キタイの女使節の団長。

チュー [動] シマリス。

中央広場 [地][ケイ] サイロンの広場。新年には、皇室と市長からの「御酒下され」が行なわれる。

中級魔道師 [魔] 魔道師ギルドの魔道師のうち、二級前後の魔道師の総称。

中原 [地] キレノア大陸中、ナタール川、ケス河、アルゴ河に囲まれた地域の通称。狭義では草原地方、沿海州より北の地域を指す。古代カナン帝国に由来する言葉を話す。

中原統合戦争 [歴] 百年前にあった大戦。

中原の歴史とアレクサンドロスの業績と謎 [書][パロ] ナリスの著書。ヨナがヤガに向かった

チュグル [地][草] カウロスの東にある町。

チュルファン [地][自] パロの南東、ウィレン山脈のふもとの町。

超越者 [族][外] 《生体宇宙船》やカイザー転移装置を作り上げた謎の精神生命体種族。その強大な力をもって宇宙に君臨した。それに反乱した下位種族と宇宙大戦を戦い、カナン滅亡の一因となった。

超越大師 [位][ヤガ] ミロク教でもっとも高位の神官。ミロクの言葉を直接聞くことができるという。ヤロール参照。(127)

調整者 [族][外] 宇宙の均衡を保ち、大宇宙の黄金律を調整することを使命とする謎の種族。非常に高度な文明社会を築き上た。《超越者》の最高位のものが独立し新たな種族となった。

蝶々魚 [食] オロイ湖でとれるきれいな白い

細い魚。生でおどり食いをするのが一番通とされている。

チガ 動【ノス】 セム語で子供、ガキのこと。

チリー 女【ヴァ】 チチアに住む老婆。(G3)

ツウールグス 地【外】 ユラの出身地。

ツーリード 地【モン】 ケス河沿いの砦。ほとんど兵は残っていない。

ツールス 男【ケイ】 飛燕騎士団の准将。

ツェペシュ 男【ヴァ】 ファイオスの右腕。(79)

ツェペシュ 男【ヴァ】 チチアの顔役。取り立て屋。片目。(G6)

月王冠 具【パロ】 王が宴席と謁見用につける小さい冠。

月の王 芸 アントニウス作の戯曲。

ツタナシ 植【南】 ダリア島の植物。実は食用可。

土くらい 動 ミミズ。

ツバイ 男【ノス】 ツバイ族の族長。モンゴール軍に殺された。(3)

ツバイ族 族【ノス】 セム族の一種族。《イド飼い》のツバイといわれ、イドを自在に操ることができる。ラク族とは縁つづき。

ツルミット侯爵 位【ケイ】 ガース参照。

テイ 男【ノス】 ラゴンの戦士。(5)

デイ 男【パロ】 街道筋の店の子供。(G7)

ティア 神 宿命、嫉妬、憎悪、復讐、厄介事の神。生きた蛇の髪、尻尾をもつ。ヤーンの娘。エリス、ズルードの姉妹。

ディアシウス 男【ケイ】 ディモスの長男。(20)

ディアナ 女【モン】 アムネリスの侍女。(10)

ティアの恋 【俗】 復讐を示す南の国の言葉。《ティアの情熱》ともいう。

ティーガ 【神】 炎をつかさどる火神三姉妹の末娘。燃やし尽くす女神。エルダゴンと夫婦であるともいわれる。

ティード 【神】 三千歳の寿命をもつ老女神。(34)

ディードロス 【男】【キタ】 建築家。アレクサンドロスの弟子。ハンネの父。キタイ、ホータンのさかさまの塔を建設。ソン・ドン・イー暗殺に失敗し、車裂きの刑に処せられた。(G12)

ディウス 【男】【ケイ】 黒竜騎士団中隊長。ユラニア遠征隊。(24)

ディウス 【男】【モン】 黒騎士団の隊長。

帝王宮 【建】【新ゴ】 イシュトヴァーン・パレス内の宮殿。イシュトヴァーンの日常の起居の場。

帝王広場 【地】【ケイ】 黒曜宮前の広場。新年には庶民向けに「御酒下され」が行なわれる。

ディオフロマ 【怪】【鏡】 闇そのものとされる恐ろしい闇の怪物。メイベル女王とのあいだにメイベルス王子をなした。

ティオベの秘薬 【医】 体内にはいると仮死状態になる薬。別の秘薬によって意識を取り戻すことができる。

泥魚 【動】【パロ】 ダネイン大湿原に住むひょろ長い魚。ノタクリ魚。

ディクス 【男】【モン】 マリウス・オーリウスの副官。(31)

ティシウス 【男】【カナ】 詩人であり王子であった昔の詩人。百年眠り続けているあいだにカナンが崩壊した。(84)

貞淑の輪 【宗】【クム】 水神祭りの後夜祭の

狂宴への参加を拒むものが家の扉に掛ける輪。カンの葉をつなぎ合わせて作る。

泥人 【パロ】 ダネインの大湿原に住むという怪物。全身がダネインの泥でできており、泥の海の中を自在に泳ぎ回る。出会った人間を泥の海の底まで引きずり込むという。

泥人族 【自】 ダネイン大湿原の民の通称。

ディタ 【神】 ヴァーナ教の賭け事の神。

ティトウス 【男】 非情の武将、伝説のダイダルスの将軍。(18)

デイトス 【男】【ケイ】 百竜長。ユラニア遠征軍第四隊長。(26)

ティナ 【女】【ケイ】 娼婦。アルスの女。(G1)

テイナス 【男】【ケイ】 ダリウス大公の部下。(20)

ディモス 【男】【ケイ】 ワルスタット侯爵。

アクテの夫。五人の子の父。明るい青い目、金髪、長身の《太陽侯》と呼ばれる美男子。(17)

ディノン 【男】【パロ】 パロ魔道師ギルドの下級魔道師。ギールの配下。(72)

ディラン 【男】【パロ】 パロ魔道師ギルドの上級魔道師。魔道師部隊の隊長。(10)

ティルレン 【地】【草】 ウィレン山脈の最高峰。その頂上はルアーの休息所といわれる。

ディロン 【男】【パロ】 伯爵。サラミス公代理。(34)

デイン 【単】 古代機械で使用される質量の単位。

ティンダロスの蜘蛛 【怪】 ヤンダル・ゾッグが呼びだした異次元の怪物。アメーバ状で、無数の青白く光る目を持つ。

テヴェール 【男】【ヴァ】 《オルシウス》号船長。カメロンの親友。(G3)

デウス 男【ケイ】 伯爵。護民長官。

テーセウス 男 長い旅をした冒険者。(41)

デール 男【ヴァ】 イシュトヴァーンの顔見知り。(G6)

デール 男【ヴァ】 イシュトヴァーンの部下。

元盗賊。(27)

テクルゴス 男 いにしえの名医。(27)

テス 男【自】 ゴーラの山岳地帯の自由開拓民。カーラの兄弟。(104)

デスデモスの鬼 怪 天井にかくれひそむというヤーンの鬼子。

テッサラ 地【沿】 草原の南、沿海州の南西にある海岸沿いのミロク教徒の町。

デビ 位【パロ】 パロの独身の貴婦人につけられる敬称。

デビス 男【ケイ】 黒竜騎士団の傭兵。十竜長。(17)

デムシウス 男【ヴァ】 港湾管理官。(G3)

デムス 男【ケイ】 黒竜騎士団員。十竜長。(18)

デムル 神【クム】 ヴァーナ教の悪魔神。(20)

デモス 男【ケイ】 黒竜騎士団の傭兵。

デモス 男【パロ】 バイアの宿《にじます亭》のあるじ。(27)

デモス 男【モン】 在クリスタルのモンゴール軍兵士。(11)

デュアナ 女【アグ】 王妃。ボルゴ・ヴァレンの妻。アルミナの母。(12)

デュラ 男【沿】 《ニギディア》号乗組員。操舵手の助手。(G17)

テラニア 地【沿】 沿海州の南の群島。

デリア 女【モン】 ミレニウスの妻。若き日のイシュトヴァーンと恋仲になり、ミレニウスの殺害を引き起こした。(36)

デリア 女【ユラ】 タリオ大公の正妃。

テル・エル・アラーム 地【沿】 沿海州の南西にある海岸沿いのミロク教徒の町。

テルシデス 男【パロ】 伯爵。聖騎士。ベック公の右腕。(8)

デルス 男【ケイ】 ダルシウスの執事。(17)

デルス 男【パロ】 アムブラ地区の商業ギルド支部長。アムブラ青年団の団長。(50)

デルノス 男【パロ】 ジェニュアのヤヌス祭司長にして大僧正。(50)

テルミス 男【パロ】 アムブラの学生。(37)

デルリウス 男【カナ】 昔の救国英雄。十年のあいだ洞窟に足かせをつけてつながれていた。(G13)

テレザ 女【ケイ】 マライア皇后付きの女官。(20)

テン 男【キタ】 ホータンの黒鬼団に出入りする情報屋。(G15)

デン 男【モン】 ミダの森の虐殺の唯一の生き残り。(14)

天下一奇景 地 この世の神秘といわれる場所の総称。ダネイン大湿原、ルードの森、ノスフェラスの砂漠、オロイ湖、ナタール大森林、死の藻の海などがある。

天山山脈 地【キタ】 キタイの山脈。

天山山脈 地【草】 ウィレン山脈参照。

天馬祭 宗【草】 一年一回、白馬を月にささげて加護を祈るマオ・グル族の祭り。

トヴァ 男【ライ】 ヴーズーの老呪術師。(G17)

トゥーゴラス 伝 生命ある藻の繁茂する死海。

トゥーゴルコルス 伝 魔の海。アエリウスが探検した。

導師（ミロク） 位 大師に次ぐ地位。ミロク教の高位の神官。

ドウエラ 女 ケイ 魔道師アラクネーの奴隷女。アラクネーの呼びだした蜘蛛に生きたまま食われる。（G1）

ドウシュ 男 沿 クロウシュの町の食堂のおやじ。(127)

トウシンアシ 植 オロイ湖に生える葦。籠などの材料になる。

闘神冠 具 クム 水神祭りの大闘技会の勝者に与えられる冠。

トウシングサ 植 綿毛が風で運ばれる草。

闘神の栄光の道 地 クム タイスの大闘技場から勝者が退場する長さ八百タッドほどの道。

闘王 位 クム 闘技士のうち、最高クラスの実力者に与えられる称号。

闘技士 位 クム 剣をはじめとするさまざまな武器を使い、競技として闘うことを生業とするもの。成績に応じて、見習い、初級、中級、上級などと位付けされる。最高位は闘王。

東渓湖 地 キタ ティン・ボー・ムにある湖。ユーライカの瑠璃が湖底の館に封じられていた。

導師 魔 魔道師ギルドで大導師に次ぐ地位。上級魔道師のひとつ上の地位で、昇進には導師試験に合格することが必要。

ドウス 男 モン 白騎士。イシュトヴァーン旗本隊第三隊長。(55)

刀子帯 具 掌ほどの長さの刀子をずらりとかけつらねた帯。腰にまいて刀子をとって飛ばす。沿海州の船乗りたちがよく武器にする。

塔の主【キタ】怪 塔のてっぺんに住むという妖怪。

ドー・ヴァン【モン】建 トーラス、アレナ通りのクム料理店。

遠映しの術【魔】 遠くにいる人間の映像を映し出す技。

トー・エン【クム】男 武将。トー・ダンの弟。タリオの副将。ガブラルの戦いで戦死。(55)

ドーカス伝 小さな島で遊んで帰ったら、故郷では百年もたっていたという漁師。『百年目のドーカス』の主人公。

ドーカス・ドルエン【クム】男 タイスの四剣士。青のドーカス。黒髪、長身。グインと闘技場で戦いその正体を知ることとなった。グインに剣を捧げ、タイスから脱出する手助けをした。(111)

トーキン伝 目に見えぬ鼓手。ヤーンの戦

いの太鼓を叩く。

トー・クン【クム】男 トーラス占領軍指令官ロブ・サンの副官。(32)

トーケイ【パロ】具 太陽王冠についている世界でもっとも巨大なダイアモンド。

トーシンアシ【クム】植 オロイ湖岸に見られる葦。

トーシン草植 芯をくわえると口の中がすーっとするため、嗜好品とされる草。

ドース【ケイ】男 ワルド男爵。ディモスのまたいとこ。(80)

ドース【モン】男 フェルドリックの家令。

トー・ダン【クム】男 青竜将軍。トー・エンの兄。(69)

トート神 性愛、恋心、愛の神。サリアの息子。少年の姿で生まれてきたという。トートの愛の矢が心臓に触れると恋に落ち、

嫉妬の矢が触れると嫉妬にかられる。《トートの矢》は男性器の俗称。ヤヌス十二神の一。

ドードー [男] [ノス] ラゴン族の長。勇者ドードー。ラナの父。身長二タール以上、体重百三十スコーン以上。(4)

トートス [神] サリアの息子。トートの双子の弟。夫婦に子供を授ける。

トートス [伝] 天に向かって戦いを挑み、空に向かって矢を放った英雄。

トートス [男] 伝説の大画家。アルビオナ女王の肖像画を描いた。(18)

トートの塔 [建] [パロ] クリスタル・パレスの塔。

ドーピー [動] トド。

ドー・ホン [男] [クム] 剣闘士。ルーアンのドー・ホン。(111)

遠視の術 [魔] 遠目の術参照。

遠耳の術 [魔] 聴覚を通常の三倍以上にもする術。

遠目の術 [魔] 離れた場所を見る術。

トーラス [地] [モン] 首都。北部の森林地帯の端に位置する国内最大の都市。高い城壁で囲まれている。人口約四十万。砂嵐の季節にはノスフェラスから黄砂が降る。

トーラス会議 [歴] 第二次黒竜戦役終了時の連合国の会議。

トーラス陥落戦争 (トーラス戦役) [歴] 黒竜戦役に続く、トーラス陥落までの戦争。

ドーラドーラ [動] シチメンチョウ。

トーラン・ツーラン [地] [外] 宇宙戦争で全滅したとされる惑星。

ドーリア [神] 策略、死の女神。地獄の女王。

ドーリアの姉妹 ドールの姉妹にして妻。

ドーリアの指環 [具] [パロ] ドーリア女神が彫刻されている銀の指環。ヴァレリウス

が身につけている。中にゾルーガ蛇の毒が入っている。

トーリス 動 草ウサギ。

トール 男【ケイ】 護王将軍。前黒竜将軍。ケイロニア王騎士団の団長として国王騎士団一万をあずかる。傭兵から手柄をかさねて正規の軍人となりグイン王のひきたてで出世した。(17)

ドール 神 悪魔神。七つの地獄と永劫の闇なる地底の黄泉の王者。炎の舌、長いまがりくねった十六本の角、黒い羽根、八つ叉の黒い尾をもつ。ヤヌスの息子だが、父を憎んで背き、黄泉に下ってその王となった。「ドールの方位」は北東のこと。

ドール教団 団 闇の神ドールを最高神とするドール教の暗黒教団。グラチウスらが創設した。実態の詳細は不明。

トール・ダリウ 男【アグ】 総督。アール・ダリウの父。(9)

ドールナン・システム 具 星船の備える自動航行システム。

ドールニア 女【カナ】 カナンの英雄王リザルヌスを滅ぼし、カナンの第十一王朝を壊滅させた悪魔の美姫。(61)

ドールニア 伝 死の国。

ドールの風 自【ノス】 ノスフェラスのあつい砂地を吹いて、人びとを砂塵まみれにする風。

ドールの黒蜘蛛の踊り 芸 ゾルーディアの《ドールの祭り》で演じられる伝統的な踊り。

ドールの津波 伝【カナ】 カナンの大地を二つに割って走った津波。

ドール暗黒神殿 建【ケイ】 サイロンの闇が丘にある神殿。

ドガ 男【ケイ】 黒竜騎士団の傭兵。(18)

ドガ 男【モン】 ヤム老人の末の息子。(15)

ドピス 男【ヴァ】 博打打ち。《五つ目》のような姿で飛ぶ生物。(G6)

トマス 男【自】 ガウシュの農民。ナサエルの息子。(104)

ドミティウス家 族【ケイ】 ケイロニアの一部族。

トム 男【ケイ】 《竜の歯部隊》の騎士。竜の怪物にさらわれた。(90)

ドムス 男【パロ】 マルティニアスの部下。(71)

トム・リン・リン 男【キタ】 昔の大富豪。ディードロスにさかさまの塔建設を依頼。(G12)

ドライドン 神 海をつかさどる竜神。大兵肥満で、長い白髪、青い髭、竜の尾を持つ。ニンフの夫。リアの父。ドライドン教の主神。ヤヌス十二神の一。

蜥蜴酒 食 クム名物の酒。

ドクロ船団 団【沿】 クルドの後継者を名乗るたちの悪い海賊の一味。

閉じた空間 魔 空間を曲げ、異なる次元空間に出入りすることによって離れた場所へ素早く移動する術。

狗頭山（ドッグ・ヘッド） 地【ノス】 カナンの最高峰、フェラスの霊峰の別名。西側から見ると犬の首に似ている。ノスフェラスの中で数少ない明確な指標。

トド 女【ヴァ】 《女神亭》のおかみ。ブルカスの妻。(G6)

ドニ 男【パロ】 子爵。夫人が浮かれ女で有名。(6)

飛び石（フライヤー） 動【ノス】 石のよ

ドライドン海溝 【地】【沿】 世界で一番深いといわれる海溝。

ドライドン騎士団 【軍】【新ゴ】 カメロンの私設精鋭軍隊。ヴァラキア出身の精鋭を中核とし、傭兵とあわせて二千人に及ぶ。ゴーラ国民に人気が高い。

ドライドン祭 【宗】【沿】 一年に一度、沿海州や島々で行なわれる、海神ドライドンのかわらぬ恵みを祈る華やかなお祭り。

ドライドン水軍 【軍】【新ゴ】 十二神騎士団の一。将来編成予定の海軍。

ドライドン亭 【建】【沿】 ヴァラキアの娼家。男娼もいる。

ドライドン賭博 【俗】【沿】 沿海州、中原の南方でおおいに行なわれている、さいころをつかう賭博。《サイコロ賭博》ともいう。

《ドライドンの首飾り》号 【交】【ライ】 ラドゥ・グレイの父の船。ラドゥ・グレイとル。オルロック伯爵夫妻が治めている。沿

ドライドンのさすまたの陣形 【軍】【ケイ】 一列の縦列に二列の縦列が続く陣形。

ドライドンの誓い 【俗】【沿】 船乗りの、ドライドンの領土なる海の上での神聖な誓い。

ドライドンの杖 【具】【沿】 沿海州会議の議長のしるしとされる杖。

ドライドンの灯明 【具】【沿】 沿海州で夜中に入出港する船のため、夜じゅうかかげられている灯。

《ドライドンの星》号 【交】【ライ】 ラドゥ・グレイの主船。千五百ドルドンの巨船。三百人乗り。まわりを鋼鉄で装甲。

《ドライドンの末裔》亭 【建】【ライ】 料理がうまく安い小汚い飲み屋。

トラキア 【地】【沿】 沿海州連合のひとつで、トラキア半島一帯を領する国。首都はダー

の海戦で敗れ、沈没した。

海州の中では唯一農業も盛んに行なわれている。

トラス 動 シャチ。

トラス 男 モン 金蠍宮の魔道士。(15)

トラス連山 地 自 沿海州の北にそびえる山脈。

ドラックス 男 ケイ トールの後任の黒竜将軍。(123)

ドラン (17)

ドラン 男 ケイ 黒竜騎士団の傭兵。

ドラン 男 ケイ ラ・ギアナの店の顔役。南サルデスの出身。(42)

ドラン 男 パロ 護民庁の副長官。アムブラ騒動で人質になり、死亡。(48)

ドランドラン 動 ランダーギアに住む一本角のサイ。

トリ 女 ライ ジュラムウの人相占い師。太った老婆。ラドゥ・グレイの部下。(G

ドリアン (17)

ドリアン 神 ドールの子。

ドリアン 男 新ゴ 王太子。イシュトヴァーンとアムネリスの長男。黒髪、緑の瞳の大人しく美しい赤ん坊。カメロンが育ての親として見守っており、モンゴール大公への即位が予定されている。(86)

鳥が丘(鳥ヶ丘) 地 ケイ サイロンの七つの丘の南にあるもっとも高い丘。高位の貴族たちの保養所が建てられている。

ドリス 男 ケイ 黒竜騎士団員。(41)

ドリム 男 パロ イリス神殿の祭司長。戴冠式でレムスに聖王のマントを与えた。

トル (16)

トル 単 面積の単位。土地の広さなどに使用。

ドルイド暗黒書 書 アレクサンドロスの極秘予言書。北の豹と南の鷹の出会いについ

て言及している。

ドルウ 動 亀。

ドルー 男【沿】 ロスの老船乗り。パロ出身。(7)

トルー・オアシス 地【草】 トルースの北部にあるオアシス。首都トルフィアの近郊。

トルース 地【草】 トルー・オアシスを中心に勢力をはる草原の王国。首都はトルフィヤ。アルゴスの縁続きで、その民は勇猛で、誠実、一途である。

トルース道 地【草】 ウィルレン・オアシスからトルフィヤに向かう街道。

トルー族 族【草】 草原の民の一。トルースの中心部族。

ドルーリアン 伝 死の国の王子。触れた相手を死なせてしまう《呪われた指》をもつ。(102)

ドルカス 男【ケイ】 金犬騎士団の准将。

グイン探索隊の副官。(97)

トルク 動 穴ネズミ。

ドルクス 男【ケイ】 《竜の牙部隊》の騎士。

ドルクス (43)

ドルクス 男【モン】 —リウスの副官。

ドルクス 男【ケイ】 准将。マリウス・オ

ドルケルスス 神 医者の神。(31)

ドルクス 男【神】 クリスタル・パレスで剣さばきを披露した剣客。(18)

ドルス・ドリアヌス 神 悪魔を呼び覚まし、不可能を可能にせよと命じた闇王国の夜の王。

トルッペン=ホイッペン 怪【北】 邪悪で醜い黒小人。

ドルドン 単 船の大きさの単位。

ドルドン 男【パロ】 準男爵。姉娘がルード伯爵に嫁いでいる。(G19)

ドルニウス 男【パロ】 ヴァレリウスの部

下。魔道師。サイロンの非常事態についてヴァレリウスに報告した。(126)

ドルファン 男【ケイ】金猿将軍。(121)

トルフィア 地【草】トルースの首都。城壁に囲まれた中原風の都市。

ドルミア 女【パロ】アウレリアスの婚約者。(34)

ドルミア式 建 古代カナン様式の円柱にきざまれている線の様式。

ドルミネア 女【カナ】超高級娼婦。ニルス出身。ヤン・ミェンに斬殺された。(G16)

ドルリアン・カーディシュ 男【自】第三十二代コングラス城主。伯爵。端整な顔立ちで貴族的なものごしの年輩の男。(108)

ドルリウス 男【パロ】《黒い名医》。自分が作った毒を飲ませて自分の作った薬で人を救う。(101)

ドレミュー 男【モン】タロス城の兵士。

ドロイ (4)

トロイ 男【ライ】《船玉》のトロイ。ラドゥ・グレイの部下。(G17)

ドロステ 男【自】ゾルーディアに潜入した盗賊。イシュトヴァーンの手下。(G2)

泥船 交【パロ】ダネイン大湿原をわたる船。

泥棒通り 地【ライ】バンドゥの通り。

ドロボウ鳥 動 うそつきどり参照。

泥まんじゅう 族【草】ルートの町の住人の俗称。

トロヤ 俗【沿】ごくふつうに行なわれているドライドン賭博のルール。平賭け。

ドン 男【ヴァ】チチアのならずもの。大男。(G6)

とんがり岬 地【ライ】北ライジアの南端の細い岬。

ドンデン通り 地【クム】 タイスのサール通りの別名。

ナ

ナーガ一世 男【ハイ】 第一王朝の創始者。竜の血をひく帝王であるといわれる。(81)

ナイ 男【モン】 黄色騎士団。カウマン隊長の部下。(7)

ナイ 男【モン】 白騎士団。タイラン伯爵の部下。(10)

ナイアド 怪 水妖精。

ナイアハム 地【パロ】 イーラ湖の北側の小さな町。

ナイス 男【ケイ】 宮廷画家。(40)

ナウカシア 女【沿】 アルカンドの貴族の娘。(G7)

ナウカシア 植 てんにんかずら。すばらしい馥郁たる香を持つ。

ナサエル 男【自】 ガウシュの村人。四十になるならずの頑丈な農夫。(104)

ナタール川 地【ケイ】 ケイロニアと北方の国々とをわかつ大河。タルーアン、ノルムの国を通り、ノルンの海にそそいでいる。また死者たちを冥界につれてゆく川になるともいう。

ナタール大湖沼地帯 地【ケイ】 ナタール地方に広がる湖沼地帯。謎めいた、沼人が棲息しているという。

ナタール大森林 地【ケイ】 ナタール地方に広がる人跡未踏の大森林。世界最大の樹海で《森の大洋》と呼ばれる。謎の樹上生活種族《森の人》がひそかに暮らしているといわれる。

ナタール地方 地【ケイ】 北部の地方。美しくさわやかな景観を誇る。

ナタリア [女]【ケイ】 アウルス・フェロンの末娘。(40)

ナタリア [植] 高貴な珍しい花。

ナタリア湖 [地]【ケイ】 ナタリア湖から続く小さな美しい湖。湖畔に皇帝家の離宮がある。

ナタリア湖 [地]【ケイ】 ケイロニア東部のランゴバルド侯領に面している湖。地理的に外敵が侵入しにくく、舟遊びや魚釣りなどさまざまに楽しめるので皇帝や貴族の別荘が多い。

ナタリ山地 [地]【ケイ】 北部の山々。

ナディア [女]【沿】 ポム大公妃。シリアの母。《サリアの娘》と呼ばれた。(G9)

ナディーン [女]【キタ】 アウラ・シャーの巫女。リアーヌの恋人。(G11)

ナナ [女]【沿】《かもめ亭》の女。イシュトヴァーンから玉石をもらった。(G9)

ナナ [神] 狼に変えられたイラナの娘。

涙の泉 [地]【ヤガ】 市門のすぐ外、ミロクへの坂の頂上にある噴水。巡礼たちはここで手足や顔を浄め、ヤガへと入る。

波乗り亭 [建]【ライ】 海鳴り通りの飲み屋。かなり大きな店。

ナラ [地]【自】 サンガラの小さな村落。ケントス峠のふもと。イシュトヴァーンに焼き払われた。

双が丘（双ヶ丘） [地]【ケイ】 サイロンを囲む七つの丘のひとつ。サイロンの南、風が丘と鳥が丘のあいだ。新騎士宮がある。

ナルダ [男]【ユラ】 アルセイスの市民。(64)

ナルダン [男]【クム】 大闘技場の係の男。(111)

ナルディウス [男]【パロ】 昔の聖王。(76)

ナルド [男]【ケイ】 近衛騎士。アキレウス

ナルド 男【ケイ】 伯爵。ハゾスの右腕の外交官。(20)

ナルミア 女【ケイ】 ハゾスの公邸の女官。口がかたく、きわめて忠実で、ハゾスに仕えて長い。(95)

ナンス 男【新ゴ】 ドライドン騎士団の騎士。(53)

南大門 建【パロ】 クリスタル・パレスの門。

ナント 男【パロ】 ガラス・ギルドの天才職人。(40)

ナント 地【闇】 闇王国時代の一都市。

ナント 地【沿】 レントの海の南、クルドの財宝が隠されていた島。

ナント 地【新ゴ】 北部の大都市。

ナンナ 女【カナ】 イルダの娘。若くして病死。(G16)

ナン・ネイ 女【クム】 ロイチョイ仲通りの女。(110)

南方諸国 地【南】 南方大陸とその周辺の国々。ランダーギア、ゴア、レムリアなどが含まれる。

南方大陸 地【南】 レントの海、コーセアの海を隔ててキレノア大陸の南にある大陸。カンパーブリア大森林、クラウアスゴル山脈などがある。ヴーズーの魔道や太古の神々への信仰が支配的で、実態はほとんど分かっていない。大柄でたくましい黒人種が中心。

南面神廟（南面廟） 建【キタ】 ホータンの朝日広場近くの廟。雷雲神将ゾードの像が飾られていた。

南面道 地【草】 ウィルレン・オアシスからスリカクラムへ向かう街道。

ニー・ニャン 女【クム】 ロイチョイ仲通

ニール 男【モン】 カロンの昔なじみ。りの女。(110)

ニール 男【沿】 《ニギディア》号乗組員。(G17)

ニールス 地【カナ】 地方都市。(33)

ニオ 男【パロ】 レムスの小姓頭。(71)

ニオエ 女【カナ】 ティシウスの恋人。ティシウスの魔道の眠りのあいだに老婆となった。(84)

ニオベーの毒 医 少量づつ使い、長い時間をかけて犠牲者を殺す毒。ゾルーディアの黒毒蜘蛛の毒腺からとる。

ニオルド 男【タル】 《フレイヤ》号船長。

ニガス 男【自】 ガウシュの村人。(105)

ニギディア 女【タル】 赤毛の女戦士。(G3)

《ニギディア》号 交【沿】 若き日のイシュトヴァーンの船。百ドルドン級。海賊ジックとの戦いで焼かれ、沈没した。三本マストの瀟洒な古い船。

二級魔道師 魔 魔道師ギルドから二級免許をもらった魔道師。

西アレスの森 地【パロ】 アレスの丘近くに広がる森。

西街道 地【草】 ルートからランガートを通る街道。

西クリスタル大橋 建【パロ】 クリスタルとクリスタル・パレスを結ぶ、イラス川にかかる橋。

西クリスタル区 地【パロ】 クリスタルの西側の地区。さまざまなギルドに属する町人の家々が密集している工業地帯。中心を通る騎士大通り以外の道は狭く入り組んでいる。

西サイロン小離宮 建【ケイ】 皇帝が市内を巡幸する際の滞在所として作られた離宮。

西桟橋 地【クム】 ロイチョイ岬の南にあるタイスの桟橋。

西ジェニュア街道 地【パロ】 ジェニュアの西からイーラ湖方面へ抜ける街道。

西セガ砦 建【ケイ】 サルデス侯領の砦。

西庭園 建【パロ】 クリスタル・パレスにある華やかな庭園。

西仲通り 地【クム】 タイスのロイチョイ地区の通り。

西の廓 地【クム】 ロイチョイの西地区。オロイ湖の上に張り出し、大きな妓楼が集まった全体が大きなひとつの建物のようになっている。《ヌルルの神殿》とも呼ばれる。ロイチョイでは比較的治安はよい。

にじます亭 建【クム】 バイアにある宿屋。

二重扇の陣形 軍 イシュトヴァーンが名づけた、五つの扇形に兵をひろげ逃亡者を出さぬように敷いた陣形。

西ルーアン道 地【クム】 ルーアンからイリアン、サルドスに向かう街道。

西ルンド門 建【ユラ】 アルセイスの西ルンド地区の門。

日光の間 建【ケイ】 黄金宮の一室。大きな祝典に使用される。

ニナス 男【パロ】 北クリスタル区の郊外、雨降り通りの居酒屋《ニナスの店》のあるじ。アムブラの私塾の出身。(G20)

ニナ 女【パロ】 リンダの侍女。(126)

ニナ 女【ユラ】 ファン・ロンの妻。(28)

ニナ 女【自】 ヒントンの妻。(104)

ニシュ 怪 旅人をだます森の精霊。

ニミア 女【パロ】 カリナエ小宮殿の侍女。

ニムフの間 建【パロ】 聖王宮の一室。ア

(48)

212

ムブラ騒動の時、市庁舎占拠事件対策委員会の本部になった。

ニュール 動 ナメクジ。

ニルギリ 地 闇 奴隷市のある都市。

ニルン 男 沿 《ニギディア》号乗組員。《学者》。(G17)

ニンギ 動 ダネインの泥の海でとれる奇妙な「歩く貝」。煮込んで食べる。

人間破城槌 軍 モン モンゴールの得意とする、騎士たちが鋭い刃を持った盾をかざし五列に腕を組み一気に突っ込んでいく戦法。

ニンフ 神 美しい豊満な海の女神。ドライドンの妻。リアの母。

ニンフの池 建 新ゴ イシュトヴァーン・パレスに設けられた大きな池。噴水があり、カリラ魚が飼われている。

《**ニンフの黄昏**》**亭** 建 ライ 娼家。酒

も出すが、少々値が張る。

《**ニンフの乳**》**山** 地 ライ 島の中央にある山。炭酸水を産出。

《**ニンフの翼**》**号** 交 ライ ラドゥ・グレイの二番手の黒船。約一千ドルドン。五本マスト。約百人乗り。

ニンフの間 建 パロ クリスタル・パレス内の部屋。

ニンフ祭り 宗 沿 チチアで開かれる大きな祭り。

ヌエヴァ 女 クム 女闘技士。鬼瓦系統の顔。(115)

ヌカス 男 パロ 穀物ギルドのギルド長。

ヌヌス 男 パロ アムブラの元学生。アムブラ弾圧後はカラム水の小さな屋台を商って生活している。(13)

ヌラルク 動 ウツボ。

ヌルル [神]【クム】 ヴァーナ教の好色の神。

ネーム [地]【クム】 クムーパロ間にひろがる自由国境地帯の、山間部の自由都市。クムとパロに朝貢している。マルガに向かうイシュトヴァーンとマルコがユリウスと出会った町。

猫足亭 [建]【モン】 ガイルン近くの宿場にある宿屋。

ネリア [女]【ケイ】 ハズソの妻。ギランの長女。性格がよく気品がある。

ネリア [女]【パロ】 新しい女官長。(68)

ネリイ [女]【ユラ】 最後の大公。オル・カンの次女。タルーの妻。イシュトヴァーンに討ち取られた。(16)

ネリウス [男]【パロ】 宮殿管理庁長官。ネルバ侯シリウスの子息。ネルバ侯を継いだ。

ネリック(107) [伝] 女護ヶ島に迷い込んだ男。

ネルヴァ (ネルバ) 侯爵 [位]【パロ】 ネルヴァ城城主。民事の司政官の最高位。シリウス、ネリウス参照。(6)

ネルヴァ (ネルバ) 城 [建]【パロ】 クリスタル・パレスの東の砦。ランズベール城とともにクリスタル・パレスを外敵から守る。

ネルヴァ (ネルバ) 塔 [建]【パロ】 ネルヴァ城の塔。ランズベール塔よりやや低い。身分の低い武人や下級貴族、平民の重罪人の牢獄。

ネルヴァ (ネルバ) 門 [建]【パロ】 クリスタル・パレスの北東の門。

ネルス [男]【パロ】 レオの父。アルシスに仕えた概番。(G19)

ネロ・アルン [男]【アグ】 サリア号の副提督。(15)

ネロン [男]【モン】 白騎士。タイラン伯爵

の副官。(6)

ノウルス 男【パロ】 ラスス塾の学生。穀物商の息子。(G20)

ノース 神 かつて地上で勢力をふるっていたとされる、羽根のある竜神。

ノース 男【モン】 アルヴィウスの部下。(15)

《ノースの翼》号 交【パロ】 イーラ湖の船。五十人乗り。

ノーマド 男 スィランの兄貴分の傭兵。109

ノーマンズランド 地【黄】 ノスフェラスや、ノルン山脈の北の彼方にあるといわれる、黄昏の国と人間界のはざまの世界。黄昏の国をさす場合もある。

ノーラ 女【パロ】 女王付きの女官。107

ノスフェラス 地【ノス】 中原の北東にケス河に隔てられて広がる砂漠。他の場所とは異なる独特の植物相、動物相を持つ。三千年前には古代帝国カナンの中心地であり、肥沃な土地であったが、星船の墜落による放射能により砂漠となった。魔力を高める場所として、多くの魔道師たちが住んでいる。星船ランドシアの離陸後に気候が変わり、雨がよく降るようになった。

ノスフェラス葦 植【ノス】 ラク谷のオアシスの横に生い茂る草。その繊維を編んで頑丈な布を作る。

ノスフェラス戦役 歴【モン】 モンゴール軍がノスフェラスに侵攻した戦い。

ノスフェラスの種子 族【ノス】《超越者》の構成因子とノスフェラスの怨念とが合体して生まれた闇の精神生命体。その一体が成長してアモンとなった。

《のぞき玉》 魔 遠く離れた場所の風景を小さな球に映し出す技。

ノタクリ魚 動 (パロ) ダネイン大湿原に住むひょろ長い魚。泥魚と呼ばれる。

ノビス 男 (ケイ) 風待宮を預かる執事長。(97)

ノル 男 (ノス) ラク族の戦士。(3)

ノルディア号 交 (沿) タリアの船。

ノルンの石 伝 ふれるものを、すべて石に変えてしまう石。

ノルンの海 地 ケイロニニアの西に広がる海。北辺はタルーアンに面している。一年中風雪の吹き荒れる海。

ノルンの姉妹 神 (北) 運命を操る姉妹神。

(ハ)

バーサ 女 (モン) アレナ通りの果物屋のおかみ。(HB3)

バーシア 女 (パロ) マルガ離宮の侍女。

古参で年長。(G18)

バーシア・コント 女 (パロ) アルフリートの妹。聖サリア女子学校の生徒。(37)

ハース 植 非常に葉の大きい水草。太い茎も地下茎も食用になる。水面に浮かぶ白く美しい大きな花を咲かせる。

ハース 男 (パロ) 聖騎士。ナリスの護衛。(6)

バース 女 (ケイ) 気短かの貴婦人の執事。

ハーチ 神 (北) 復讐と憎悪をつかさどる狼神。

バート 男 (ユラ) ガブラルの宿場長。元ユラニア正規軍の一員。(55)

バーニス 男 (ケイ) 黒竜騎士団員。グインの部下。(28)

ハーピィ（ハーピイ） 怪 醜い女の顔をもつ妖魔。蛇の髪の毛、鋭いくちばし、翼を

持つ。

ハーム 伝 塵にかえった石づくりの巨人。

パーリア 女 [ケイ] 黒曜宮後宮の女官長。

バール 男 [沿] 《ニギディア》号乗組員。ジンの兄。（22）

バール橋 建 [ユラ・G17] ミーアンの北の橋。

バール熊 動 危険な野獣。

パーン 貝 笛。

パーン神 ヤーンの部下の山羊。

バイア 地 [クム] ルーアンから約二十モータッド離れた小さな湖畔の町。離宮都市とも呼ばれる。アムネリスがタリオ大公の妾として幽閉されていたアムネリア宮（花蝶宮）がある。

バイア風 自 [クム] オロイ湖に昼ごろから必ず吹く風。

ハイ・コアン 男 [クム] 隊長。トー・エンの代理でタリオの副将を務めた。（56）

バイ・サン 男 [クム] 公子時代のタリクの部下。（27）

ハイナム 地 [ハイ] 一千年近くにわたって鎖国を続ける謎の太古国家。シロエの森、ガブールの大密林地帯の西。人面蛇身のセトーを守護神とする蛇神教を信仰しているといわれる。王の即位式などの使者が中原との唯一の交流。人面蛇身の一族が王として君臨している、という伝説がある。

ハイラエ 地 [鏡] 鏡の裏側にしか存在しない国。蛇神をあがめる蛟人の国。女王はウリュカ。

ハイ・ラン 男 [クム] ルーエの町の長老格の老人。穀物問屋。（109）

ハイランド 地 [自] ウィレン山脈の北に広がる高原。

バイン 男 [パロ] マルガ離宮の近習。

バウ 動 犬。(G18)

バウバウ鳥 動 白い羽の鳥。

パウラ 女 [ヴァ] 港湾ギルド長ライスの上の娘。既婚。(G3)

ハウ・ラン 男 [草] スカールに従う騎馬の民。ゴーラ軍との戦いで重傷。(101)

バウルー 動 [草] ゴリラ。

包（パオ） 建 [草] 草原の民の住居である天幕。

パオラ 女 [ヴァ] イシュトヴァーンの女。(G6)

パオラ 女 [パロ] マルガ離宮の侍女。

白亜宮 建 [草] アルゴス、マハールの宮殿。アルゴス王家の居城。低い白っぽい、お椀をふせたような円屋根が特徴。

白亜通り 地 [パロ] 北クリスタル区の中心となる通り。

白亜の塔 建 [パロ] クリスタル・パレスの塔。パレスの東端近く、王妃宮に囲まれている。白大理石で作られた優美な白鳥のような塔。ランズベール塔焼失後は貴族の囚人用の監獄となった。

白亜離宮 建 [パロ] マルガにあるリンダの離宮。

白銀の館 建 [パロ] カルストゥスがサイラのために建てた家。黄金の館の隣。

白日宮 建 [新ゴ] イシュトヴァーン・パレスの異称。

白象騎士団 軍 [ケイ] 十二神将騎士団の一。歩兵部隊二千以上が含まれる。団長はホルムシウス。エルハンの頭部を飾った兜。

白象将軍 位 [ケイ] 十二神将の一。白象騎士団の団長。ホルムシウス参照。

白鳥号 軍 [ヴァ] ヴァラキアの最新の軍

艦。

《白鳥》号 [交][パロ] マルガ、リリア湖の御座船。

ハズリック・ケンドル [男][沿] アムラシュの市長。海の民の族長。タルーアンのヴァイキングの末裔。(12)

ハズス・アンタイオス [男][ケイ] ランゴバルド侯爵にして宰相。ネリアの夫。青灰色の目を持つ端正な二枚目。グインの無二の親友にして第一の側近。ケイロニア最年少の宰相となって以来、内政の一切に卓越した手腕を発揮している。サイロンの疫病への対応をグイン王とともに行なっている。(18)

ハゲタカ [動] 屍肉をあさる鳥。

ハサン [男][草] グル族の男。スカールのマルガ行きに同行。(63)

バショウオウギ [植] 生命力の強い魔除けの木。

馬上琴 [具][草] 草原の楽器。

バス [神] 飽食、肥満、好色、強欲、商業の神。豚の頭と布袋腹の醜い小男。ヤヌス十二神の一。呪われた子。

バス騎士団 [軍][新ゴ] 十二神騎士団の一。輸送部隊。

ハスタ [男][パロ] 有名な服のデザイナー。(8)

バスの日 [宗] 毎月十一日と十四日。サリアの教徒は断食の行を行なう。

ハック [男][モン] アリストートスの手下の傭兵。(53)

白虹 [自][草] 虹。

白骨が原 [地][ノス] グル・ヌーの周辺に草原地方では凶兆とされる

広がる白骨でできた原。横たわる骨はグル・ヌーを中心に同心円を描いている。すさまじい瘴気と怨念が生者の侵入を阻んでいる。星船の離陸によって消滅し、怨霊海へと変貌した。

白骨大王 伝【キタ】 黄泉の大王。クムの民間でも信仰される。

白骨の森 地【キタ】 幽霊通りの北側にひろがる森。木々はみな葉が枯れて、白骨のように幹だけの姿をさらしている。リーリン・レンの北の砦がある森。

パドウラ 神 暗い夜に運命を告げる大天使。

ハトと希望亭 建【ケイ】 タラムにある宿屋。

ハトの小川 地【パロ】 ルエの森付近を流れる小川。

バナーム 植 幹の途中にはまったく葉がなく、幹のてっぺんに濃い緑の長い葉がまとまって生えている木。

花酒 食 クム名産の酒。

花のしとね屋 建【キタ】 西フェラーラの宿屋。

ハナラ 女【ユラ】 ファン・ロンの子供。

ババヤガ 男 長舌のババヤガと呼ばれる魔道師。身体じゅう苔やキノコだらけでノスフェラスに住む。六百年に一度の七星の会に際して、サイロンに現われる。(28)

バビロニア 地 古代の国。女王サリュトミネートが治めていた。

パフパフ 植 香りの高い草。刻んで菓子に入れたりする。

はやて号 動【新ゴ】 イシュトヴァーンの一番の愛馬。スカールとの一騎討ちの際に負傷。

ハラス 男【モン】 マリウス・オーリウス

の従弟。モンゴール独立軍大尉を名乗ってゴーラに反乱を起こしたが、ルードの森でゴーラ軍の捕虜となった。

パラス【男】〔パロ〕若手の重臣。(65)

バラン【男】〔パロ〕ジェニュアの司教にしてヤヌス副祭司長。

バラン【男】〔パロ〕過激なナリス派。(70)

バラン【男】〔パロ〕ヴァレリウスの部下。一級魔道師。ヤガに潜入した。(127)

ハリ・エン・セン【男】〔沿〕ナント島のヴーズーの魔道師。クルドに命じられて財宝をナント島に隠し、さまざまな魔道でそれを守った。(G17)

パリス【男】〔ケイ〕シルヴィアの下僕。腕っ節は強いが知能は低い。黒髪と青い目の、背の高い陰気な若者。シルヴィアを一途に愛する。(17)

パリス【男】〔パロ〕伯爵。聖騎士。(8)

ハル【男】〔カナ〕アールス川沿いで一番の年寄り。(G16)

ハル【男】〔モン〕アリストートスの部下の若い騎馬の民。ジャミールに殺された。(129)

ハル【男】〔53〕スカールの部下の若い小姓。

ハル【男】〔草〕アヒル。

ハル【動】熊。北国に住む。

ハル【動】鹿。

バルヴィナ【地】〔旧ゴ〕アルセイス郊外の城砦都市。ゴーラ最後の皇帝サウルが一生を送った。改造、改名され、新ゴーラ王国の首都イシュタールとなった。

バルヴィナ警備隊【軍】〔ユラ〕バルヴィナを警護する部隊。ユラニア騎士団に吸収される。

バルヴィナ市城【建】〔ユラ〕バルヴィナにあるカナン様式の城。ゴーラ皇帝の元居城。改装されイシュトヴァーン・パレスとなっ

バルガス 男【ケイ】 千狼長。サルデスに先発している隊長。(23)

バルガス 地【モン】 ユラニアとの国境近くの町。

バルギリウス 伝 超人。不死の肉体をもつが、ただ一カ所肩だけが生身だった。(18)

ハルコーン 怪 永遠の処女を探し求めている聖一角獣。

ハルコン 地【カナ】 アグリッパの出身地。現在では記録に残っていない。

ハルス 男【ケイ】 経済長官。子爵。(121)

バルス 男【ケイ】 アキレウスの近習。(30)

ハルス 男【ケイ】 トールの副将。(97)

ハル・センウェン 男 『ミロクの書』を書き留めた予言者。(120)

バルツアルス 伝 小人国にさまよいこんだ伝説の放浪者。(G5)

バルト 動 熊。

バルト鳥 動 鮮やかな七色の羽の歌うような鳴き声をもつ鳥。

バルドル 男【北】 ヴァンハイムに君臨する英雄。(2)

バルバーローの宮殿 建【外】 ランドックにある宮殿。

バルバス 伝 シレノスに最後まで忠実につき従った大男の蛮人。シレノスとともに放浪と冒険をし、氷の中でシレノスとともに永遠の眠りについた。

バルバル 食 クムの甘辛い名物料理。

バルファン 男【ケイ】 千猿将軍。(21)

バルマー 男【ライ】 ラドゥ・グレイの部下。《海のイリス》の船長。(G17)

ハルラン 男【パロ】 世界屈指の名医。(21)

バレン 男【パロ】 宮廷付きの小姓。カイのいとこ。(25)

パロ 地【パロ】 ヤヌス教団を背景とし、三千年の歴史を誇る宗教国家。科学、魔道、文化いずれも世界一を自負する文明国で、中原一の肥沃な土壌と温暖な気候を背景に繁栄した。首都はクリスタル。人々は美貌で知られている。ヤンダル・ゾッグの間接的支配に伴う内乱の結果、国全体が疲弊してしまった。現王はリンダ聖女王。

パロー 男【パロ】 古代パロの公爵。美男公。反乱を起こした。(10)

パロ騎士団 軍【パロ】 パロ内乱でレムス軍に参加した軍隊の一。パロ国軍全体をさす言葉ではない。

パロ軍大元帥 位【パロ】 パロ軍総司令官。ベック公爵が兼任する。ファーン参照。

パロ国民義勇軍 軍【パロ】 アムブラ市民軍を再編成したもの。のちのクリスタル義勇軍。

パロ淑徳夫人連盟 団【パロ】 パロの貴婦人で作る団体。

パロス 男【パロ】 闇王国パロスの初代の王。大魔道師。(52)

パロ杉 植【パロ】 パロ特産の杉。丈が高くまっすぐ。

パロス語 語【パロ】 中原で話されている言葉。

パロス平野 地【パロ】 中北部の平野。気候が温和で肥沃な土地柄。

パロ聖王 位【パロ】 ヤヌス神によって王権を承認されたとされる支配者。即位時にはアルカンドロス大王の霊位による《承認の儀》など、三つの試練を受ける。

パロ聖王家 族【パロ】 代々王位を継承する一族。近親婚によって純血を守り、そのことで特異な能力を代々受け継いでいる、

高貴で誇り高い美貌の家系としても有名。男子には大魔道師を、女子には予知者を時折輩出している。

パロ西部街道 地【パロ】 サラミスとシュクを結ぶ街道。

パロ第三王朝様式 建【パロ】 古代カナン様式を改良した建築の様式。白大理石を基本とする。クリスタル・パレスの建物はこの様式に従うよう法令によって決められている。

パロのワルツ 芸【パロ】 パロを代表する舞曲。

ハロハロ 食 ガティ麦を粉にひいてからまとめ、細かな粒状にした料理。ヤガ近辺のミロク教徒の主食。豆のペーストやシチューとをかき混ぜて食べる。

パロ魔道師ギルド 団【パロ】 長い伝統を誇る白魔道師のギルド。白魔道師連盟の中心。シルキニウス大導師により現在のかたちとなった。本拠は魔道師の塔。代表者は大導師カロン。魔道十二条を忠実に守り、人間界の秩序のなかで生きることを信条としている。パロ内乱ではナリス側を支持した。

パロ様式 建 建築の様式。白い石を組み合わせた建物。

ハン・イー 動 スカールとともに戦をくぐり抜けた馬。

バンシー 怪 夜泣き鬼。

ハンス 男【パロ】 ヴァレリウスの部下。

ハンス 男【パロ】 下級魔道師。(127)

ハンス 男【パロ】 ラッス塾の学生。カラム水商人ハンニウスの跡取り息子。(G20)

ハンス 男【自】 ゴーラの山岳地帯の自由開拓民。カーラの兄弟。(104)

バンス 男【ケイ】 准将。アトキア騎士団副団長。(67)

バンス 男【パロ】 クリスタルに潜入したアストリアスの偽名。(10)

ハンゼ 男【ヴァ】 石屋。ヨナの父。(G6)

ハン・ソン 男【クム】 剣闘士。大男。(111)

バンダルゴー 地【ライ】 北ライジアの北西にある海賊たちの本拠地。海賊の都。赤茶けた色合いの町で治安は最悪。

バンドウ 怪 夜の闇にまぎれて徘徊する兵士の幽霊。

ハンナ 女【カナ】 マルの孫の少女。花売り。(G16)

ハンナ 女【ケイ】 宮廷の女官。(40)

ハンナ 女【パロ】 モルダニアの貧しい農家の女。

ハンナ 女【パロ】 アリストートスの母。(60)

ハンナ 女【パロ】 オラス団の女。未亡人。(124)

ハンニウス 男【パロ】 カラム水ギルドの元ギルド長。《ふりむかない男》の正体に賞金をかけた。(G20)

ハンニウス商会 団【パロ】 パロ最大のカラム水製造企業。最高級の『ハンニウス商会の黄金の雫』や、廉価な『ハンニウス商会の甘露カラム水』などの商品がある。三代続いた老舗だったが、ハンニウスの不慮の死により店をたたんだ。

ハンニウス商会の黄金の雫 食【パロ】 ハンニウス商会の最高級カラム水。ナリスが好んで飲んでいた。

ハンニウス商会の甘露カラム水 食【パロ】 ハンニウス商会が販売するカラム水。廉価な普及版。

ハンネ 女【キタ】 ディードロスの娘。アレスの婚約者。ソン・ドン・イーに拉致されそうになり自殺。(G12)

パンの実　植　南方の植物の実。パンと焼き肉のような味がする。

パンパニア　植　中原で一般的に見られる美しい花。

バン・バン・ロー　男【キタ】　ホータンの辻占い師。(G12)

バンビウス　男　太古の魔道師。魔道の祖。(73)

ハン・フォン　動【草】　スカールの愛馬。

バン・ホー　男【パロ】　アムブラの元学生。クムからの留学生で、アムブラ弾圧後にタイスで学校を開いた。(37)

パンヨーラ　怪　フェラーラの下水に住んでいるどろどろした怪獣。

ハン・リー号　動【アル】　草原の名馬。スカールの愛馬。額の中央に白い星のある黒馬。

パンリウス　男【パロ】　アムブラの元学生。

ピアソン　男【ケイ】　金犬騎士団の騎士。(52)

ピート　男【自】　ザイムの旅館《聖騎士亭》の番頭。(24)

ヒーラーの回廊　建【外】　アウラの祭殿に繋がっている回廊。

ヒーラ橋　建【クム】　ヒーラにある、カール河にかかる橋。

ヒー・リン　男【クム】　黄布将軍。タルー派。紅玉宮の惨劇後に失脚。(57)

ピール　男【旧ゴ】　サウル皇帝の老小姓。

ビウィス　男【パロ】　王立学問所の元学生。ジェニュアのヤヌス神殿で修業中。(13)

ピウス　男【パロ】　アムブラの学生。タイラン暗殺計画が発覚し処刑。(38)

飛燕騎士団　軍【ケイ】　十二神将騎士団の

一。伝令・情報専門の部隊。団長は飛燕将軍ファイオス。

飛燕将軍 位【ケイ】 ファイオス参照。

東街道 地【草】 ダネインからチュグルを通る街道。

東クリスタル区 地【パロ】 クリスタルの東側の地区。下町アムブラがあり、東端には大きなさまざまな市場がある。

東の廓 地【クム】 タイス、ロイチョイの東地区。安めの私娼窟。

東の森 地【キタ】 ホータンの東の森。多くの土地神がまつられていた。鬼面の塔がある。

東ミロク通り 地【ヤガ】 市内の通り。

東ルーアン道 地【クム】 ルーアンからルーエ、タリサ方面へ向かう街道。

光が丘（光ヶ丘） 地【ケイ】 サイロンを囲む七つの丘のひとつ。風が丘の北側。小さく低くなだらかで風光明媚。星稜宮がある。

ヒカリゴケ 植 洞窟の中などに生える淡い光を放つコケ。

光の船 交【沿】《ガルムの首》号の前に現われた、マストのない、白く光っているかのような船。

光の女神騎士団 軍【モン】《風の騎士》とアストリアスが率いる軍隊。約三百五十騎。

光る胞子の術 魔 体内に植え込まれた《魔の胞子》が発芽している部分が緑白色に光って見える。

ビスクス 動 海老。

飛鳥蹴り 軍 マーロールの必殺技。空中高く飛び上がり、相手の頭を狙って蹴りを入れる。

飛鳥剣 軍 マーロールの必殺技。

ビッグイーター 動【ノス】 鋭い歯を生やした、顎だけのような姿の陸生肉食生物。

ビッグマウス 動【ノス】 ケス河に住む怪物。口だけのように見える。

ビッグワーム 動【ノス】 グル・ヌーに棲息する、盃型の巨大な口と無数の絨毛を持ち、巨大なクラゲのような半透明の生物。

ヒッコリウス・ケイロニウス 男【ケイ】 第五代皇帝。黒曜宮を完成させた。(128)

ピット 男【ヴァ】 賭場の主人。(G3)

ピットの賭場 建【沿】 ヴァラキア、西ヴェントのさみだれ小路にある賭場。

火の車 伝【キタ】 まわりに炎が燃えさかり、まん中に巨大な人の顔がついてる化け物。

ピピン 男【沿】 《ニギディア》号乗組員。

ヒプノス 神 (G17) 悪夢と眠りをつかさどる神。夢魔の頭領。悪夢と淫夢と幸福な夢とを交互に送り込み、その夢に取り憑かれた人間を死に至らしめるという。

ヒプノスの回廊 魔 夢の回廊参照。

ヒプノスの術 魔【ケイ】 キタイを中心に発達した、夢の回廊を通じて人の脳に働きかける呪術。結界でも防ぐことはできないが、精神以外の現実に働きかけることもできない。

ピム 動【ノミ】。

百年戦争 歴【パロ】 パロがふたつに分かれて争った過去の戦争。

白蓮 植 媚薬の原料。

白蓮の粉 医 催淫剤として名高い麻薬。清めの粉としても使用される。

白虎騎士団 軍【ケイ】 十二神将騎士団の一。団長は白虎将軍アダン。

白虎将軍 位【ケイ】 アダン参照。

ピュアー 動 野ウサギ。

ヒューゴー 男【モン】 《煙とパイプ》亭の隣の息子。

ピュタゴラス 男【パロ】 アムブラの名高い私塾の塾頭。(13)

豹頭王グインと吟遊詩人マリウス一座 団 グインやマリウスらが、旅芸人に扮してクムを旅する際に名乗った一座。

ビョルンニルダル 怪【北】 氷の下で眠る巨人。

ピョンニー 動 ウサギ。

ヒルガム 地【モン】 ユラニアとの国境に近い山中の小さな村。

ヒルコ【キタ】 キタイの化け物。

ビルス 男【パロ】 行政官。男爵。(6)

ヒルダ 女【パロ】 フェリシアの隣の部屋のデビ。(G7)

ビン 男【ノス】 ラゴンの戦士。(5)

ヒントン 男【自】 ガウシュの村長。白いひげの老人。(104)

ファーナハイムの神々 神【北】 タルーアンの信仰する神々。ヴァンハイムの彼方、虹の橋をわたった神の国に住んでいる。

ファーフニルの黄金 具【北】 世に名高い、ヨッツンヘイムの財宝。

ファーミア 女【ヴァ】 《女神亭》の娼婦。(G6)

ファールン 男【キタ】 ホータンの青鱗団員。エー・ソンに殺された。(G12)

ファーレン子爵 位【モン】 ランス参照。

ファーン 男【パロ】 ベック公爵。聖騎士公にして王族。大元帥。フィリスの夫、ルチウスの父。ヤンダル・ゾッグに《魔の胞子》を植え付けられ、レムス軍総司令官としてナリス軍と戦った。現在は《魔の胞子》の影響で意識不明のまま療養中。(4)

ファイ 男【パロ】 魔道師ギルドの導師。

(49)

ファイオス【男】【ケイ】 飛燕将軍。(18)
ファイオン【男】【クム】 伯爵。死の婚礼の出席者。(10)
ファイファ・システム【具】 星船に搭載された人工知能システム。
ファイファ・ブレーン【語】 グインの肉体と記憶を修復した古代機械が発した言葉。グインの頭脳を表わす。
ファイラ【地】【クム】 北部の都市。
ファイラスの魔神【神】 時を見はるかす魔神。
ファブリス【神】 弁舌にすぐれた神。《ファブリスの弁舌》とは雄弁、弁舌に秀でること、おせじのこと。
ファリア鳥【動】 美しい鳥。
ファル【男】【パロ】 カリナエ小宮殿の下仕え。(23)
ファロ【男】【沿】 《ニギディア》号乗組員。

ファロ【男】【自】 イシュトヴァーンの部下。元盗賊。ミダの森で虐殺された。(31)
ファン【男】【キタ】 ホータンの青蟻団の少年。(G12)
ファン・イン【男】【新ゴ】 反乱鎮圧軍の隊長。(99)
ファン・イン【男】【草】 スカールに従う騎馬の民。(24)
ファン・ダル【男】【ユラ】 ファン・ロンの四男。(28)
ファン・ホー【男】【クム】 剣闘士。《ルーアンの彗星》。116
ファン・リー【男】【ユラ】 ガブラルの馬方。(55)
ファン・ロン【男】【ユラ】 ミーアン村で種子や農具をあきなう店をいとなんでいる。ファン・ダルの父。(28)

フィステ [神] 炎をつかさどる火神三姉妹の次姉。温め焼く女神。ライダゴンと夫婦であるともされる。

フィック鳥 [動] リリア湖に住む小さな茶色の鳥。

フィラ [女]【ケイ】 サイロンに住む洗濯女。

フィリス [女]【パロ】 ファーンの妻、ルチウスの母、マール公爵の妹。優しい女性。(6)

フィルス [男]【ヴァ】 《オルニウス》号副長。(47)

風琴の陣 [軍] 戦いの陣形。

風穴 [地]【ノス】 狗頭山のなかを通って、山の反対側へ抜ける鍾乳洞。セムを助けるために、グインがラゴンを引き連れて通り抜けた穴。

フー・タン・チュー [男]【クム】 駐ユラニ

ア公使。伯爵。(28)

ブート [単] 容積の単位。粉などに使用。

ブート [男]【モン】《煙とパイプ》亭の隣の肉屋。(67)

フーミン [女]【クム】 マーロールの屋敷の老婆。産婆を副業にしていた。(115)

プーリー [動] イタチ。

ブーン [男]【ヴァ】 チチアのならずもの。《赤猫》。(G6)

フェイ [男]【ヴァ】 イシュトヴァーンをとり上げた産婆。魔女。イシュトヴァーンが王になると予言した。(9)

フェイ [伝] オルフェオの想像力が産み出した幻の王国。彼の死とともに消滅した。

フェイ [俗]【パロ】 パロ宮廷の典雅なカード遊び。美しいカードを使った絵合わせゲーム。

フェイガン [男]【パロ】 王立学問所所長。

フェイス 【男】【パロ】 もとオー・タン・フェイ塾の学生。国王騎士団の下級騎士の息子。(G20)

フェニックス 【怪】 すべて燃えて灰になった中からよみがえる怪物。

フェブロン 【男】【パロ】 国王騎士団の下級騎士。(G20)

フェラーラ 【地】【キタ】 ホータンに奪い去られる前まではキタイの首都だった辺境の都市。人間と妖魔が共存している。リリト女王が治める。アウラ・シャー神殿がある。

フェラーラ 【伝】 ルブリウスの鶏姦の罪によって大海に飲み込まれた幻の悲劇の都市。

フェラ椰子 【植】【ノス】 オアシスに茂る細い木。

フェリア 【植】 常緑樹の広い葉の大木。香りが強い白い花。花言葉は〈心がわり〉。

フェリア号 【動】【ケイ】 グインの愛馬。草原の名馬稲妻号の血をひく巨大な馬で、グインを乗せて戦場にたったことのできる唯一の馬。エリス号の兄弟。

フェリア庭園 【建】【パロ】 クリスタル・パレスの庭園。鉄仮面の男が幽閉されていた。

フェリシア 【女】【パロ】 前サラミス公爵の長女。ボースの姉。長年にわたりパロ宮廷一の美女と呼ばれ、ナリスの愛人でもあった。(6)

フェル 【男】【ケイ】 サイロンの辻馬車屋。(20)

フェルス 【男】【モン】 カースロンの部下。黒騎士隊小隊長。(13)

フェルドリック・ソロン 【男】【モン】 白騎士隊隊長。アリサの父。裁判でイシュトヴァーンを告発し、その後斬殺された。(2)

フォルス 男【パロ】 アルドロス二世時代のサラミス公。フェリシアの父。(G7)

不浄門 建【パロ】 クリスタル・パレスの門。死体の搬出に使われる。

不戦の誓い 宗 決して戦いのための武器を手にとることはしないとする、ミロク教徒が最初に行なう誓い。

船玉・船幽霊 怪【沿】 沿海州の船乗りのあいだで語り継がれている化け物。

フフルー 動 トカゲ。

フモール 族 大きな一つ目、大きな頭、手足のない未発達の体を持つ巨大な胎児。《超越者》の一部から派生した一族の末裔であるともいわれる精神生命体。ノスフェラスの星船や、ガング島の地下洞窟、惑星ユゴスなどに存在していたとされる。

フラー 食 南の島でよく飲まれているヤシ酒。白く甘い独特の風味。

フラー 動 ひつじ。

プラウコス 男 (38) 『歴史』『英雄列伝』の著者。

ブラギ 男 タルーアンの偉大な王であり魔法つかい。クラーケンを追い払い、氷雪の彼方に封じこめた。(G3)

ブラギドゥーラ 怪【黄】 ひどく年を経た大鳥。グインをランタン谷の女のところへ道案内した。(G5)

ブラス 神 富の神。ヤヌスのもうひとつの姿。

ブラバンジュ 男【ケイ】 騎士卿。黒曜宮の外宮に室を持つ。(18)

フラフラ 動 くらげ。

フラム 地【自】 クムの南にある都市。

フラム 動 こひつじ。

ブラム 俗【沿】 沿海州で行なわれている賭博の一種。

ブラン 男【パロ】 リーナス伯爵配下の騎士。

ブラン 地【ケイ】(6) ランゴバルド選帝侯領の国境の都市。

ブラン・クイーグ 男【新ゴ】 ドライドン騎士団副団長。准将。カメロンの密命を受けスーティを確保すべく、グインたちとタイスでの冒険をくぐり抜け、パロへ向かう途中で一行に別れを告げ、ゴーラへ帰国する。帰国後ヤガへの派遣を命じられそこで出会ったスカールと共にスーティを助けヤガから脱出した。(53)

ブラン茶 食 ヤガで飲まれる茶。

ブラント 男【ケイ】 銀狐将軍。(121)

ブリアン 男【沿】《ニギディア》号乗組員。ジックに殺された。(G17)

フリアンティア 地【南】 南方の黒人の国。

フリス 女【北】 ヴァルキューリの村の女。エルハンが棲息する。アラモン神などを信仰する。

フリス 男【モン】 白騎士。イシュトヴァーン旗本隊第一中隊の小隊長。(45)(G4)

フリッグ 神 氷神イミールの十三人の娘のいちばん上。

フリム 男【ケイ】 黒竜騎士団の傭兵。ルカ森のフリム。(18)

フリュム 地【北】 霜の巨人。

フリルギア 地【ケイ】 十二選帝侯領の一。領主はフリルギア侯爵ダイモス。岩塩を産する。

フリルギア侯爵 位【ケイ】 ダイモス。ダイモス参照。

フルイ 男【草】 スカールの部下。四十がらみの大男。ジャミールに殺された。(129)(121)

ブルーテ 伝 神話の英雄。

ブルーノ 男【モン】 白騎士団隊長。イシュトヴァーンの部下。(35)

ブルカス 男【ヴァ】 サイスの賭場のコロふり。黒のブルカス。(G6)

ブルカス 男【パロ】 古代の王。残虐王。(10)

《古き神々》 神【キタ】 もともとこの世界を支配していた神々。遠い昔、《古き者ども》と戦った。

古きものたち 族 宇宙の果てから星船に乗ってきた種族。その種子からアモンが育ったといわれる。

《古き者ども》 神【キタ】 どこからともなく、天からやってきたともいわれる神々。遠い昔、《古き神々》と戦った。

ブルク 男【モン】 白騎士隊隊長。タイランの部下。(6)

ブルク 動 砂漠オオカミ。

ブルグダルの引き綱 具【北】 美しい黄金をめっきした引き綱。なんでも思うままに御せる。

フルゴル 怪【北】 霧怪。人間や動物を溶かして食べる。

フルゴル 男【ケイ】 バルドゥール子爵の部下。(22)

ふるさとの緑の丘 囚【パロ】 パロの有名な歌。

フルス 男【パロ】 ナリスの執事。(48)

ブルス 男【アグ】 《ウミネコ亭》の客。黒牛のブルス。(12)

フルム 男【タル】 《フレイヤ》号船員。(G3)

フレイ 怪 土の巨人。

フレイ 男【アグ】 《サリア》号の士官。(9)

フレイア 神 火の妖精たちをつかさどる妖精。火神三姉妹に仕える。

フレイヤ 女 北 ヴァルキューリの村の女。(G4)

フレイヤ号 交 タル 三本マストの帆船。

フレイヤの血 具 北 ミズガルドにあった小人モルフキンの頭ほども大きい世界一の紅玉。

フレルニル 怪 霧怪。フルゴルなど霧怪の一族の中でもっとも小さい。

フロ 女 アグ 《ウミネコ亭》の女。海の民の村から来た赤毛の女。(12)

プローニイ 動 夜鳴きフクロウ。ときたまあやしい声でひと声だけ鳴く。

フロリー・ラゲイン 女 モン 小柄で華奢。黒髪。敬虔なミロク教徒。アムネリスの従順な侍女だったが、ふとしたことからイシュトヴァーンの子供を身ごもる。トー

ラスを離れ、人里離れた村で生まれた子供スーティを静かに育てていたが、グインらとの出会いでその運命は一変し、安住の地を求めてタイス、パロ、ヤガへと旅をすることになる。(6)

フワリムシ 動 カトンボ。

ブンブン 動 蠅。

ペアール 動 海豹。

ヘイムダル 男 タル アキレウス帝即位三十年の記念式典に派遣された使節。(20)

ヘカテ 女 沿 沿海州の英雄王イシュトヴァーンに救われた女王。(G9)

ヘザニンの化合物 医 毒物。肌に紫の汚点が出る。

ベック公爵 位 パロ 王族、聖騎士公。パロ聖騎士団の最高司令官にして大元帥。すべての聖騎士侯騎士団の召集権、発動権、指揮権を唯一持つ。ファーン参照。

紅水晶の間 建【パロ】　紅晶宮内の一室。

紅鶴城（紅鶴館） 建【クム】　タイス伯爵の居城。タイスで一番高い丘全体を敷地としている。赤を基調とし、紅貴石と鶴の紋様とが意匠に使われている。ガヴィーが住む地下水路の上にあり、闘技場なども設置されている。

蛇酒 食　クム名産の蛇を漬け込んだ酒。

ヘビヘビ島 地【クム】　オロイ湖の中央付近にある島。オロイ湖の守り神エイサーヌーの社がある。(116)

ヘリオス 伝　海の若き英雄。レントの海の青銅の巨人ゴーンに単身で立ち向かったという。

ヘリム 地【クム】　オロイ湖の南端にある町。

ヘル神 神　盲目と頑固の神。

ヘル神 北　北方の神。吐息は冷たい風となる。

ベルデ街道 地【ケイ】　サイロンの闇が丘からベルデランドへ続く街道。

ベルデランド 地【ケイ】　十二選帝侯領の一。領主はベルデランド侯爵ユリアス。北端の氷雪の地。

ベルデランド侯爵 位【ケイ】　ユリアス参照。

ヘルの吐息 自【ケイ】　ケイロニア北辺の灰色の空からさあっとおしよせてくる冷気のこと。

ヘルム 男　伝説の大帝。(2)

ヘレネ 女【ケイ】　ディモスの長女。(20)

ヘレヘレ 動　フェラーラ語でイモリのこと。

ベロ 男【ライ】　元海賊の老人。クルドの部下。ナントの財宝の秘密を知っていたが、何者かに刺殺された。(G17)

ヘン 男【沿】　港の水売り。(G9)

ベン 男【ヴァ】《オルニウス》号台所番。(G3)

ベントス 男【モン】 大隊長。ランスの副官。(55)

ヘンドリー 男【モン】 アルヴォン城の赤騎士。

ヘンナ 女【ケイ】 ミラニウム付近に住む町娘。(17)

ベンナ 女【ヴァ】 ヴァラキア港の食堂の女主人。太った未亡人。(83)

ペンペン 女【クム】 タルガスの宿のばあさん。アー・ロンじいの妻。(108)

ヘンレー 地【パロ】 ダーナムとクリスタルの中間に位置する、街道沿いの村。

ヘンロー 怪 おうむ返しの妖怪。ヴァーラスの霧深い沼地をさまよい歩き、声をかけるものの言葉をすべておうむ返して、その者を発狂させて殺してしまうという。

ボアー 動 虎。

ボア湖 地【クム】 カムイ湖の東にある湖。

ボア山脈 地【クム】 モンゴールとの国境に広がる比較的低い山脈。

ホイ 男【クム】 タイ・ソン伯爵の部下。派手目のなりをした中年の男。(111)

ホイ 俗【沿】 沿海州などで行なわれている賭博の一種。

ポイ 俗 博打の一種。いつはてるともない小さな博打。

ホイ・シン・エー 男【キタ】 ホータンの大昔の領主。ライ゠オンの体内に捕らわれていた。(G14)

ポイポイ 食 クムで使われている調味料。ヤクや乾燥させたカンの実の粉末など、七種類の薬味を混ぜ込んだ辛い粉。

ホイ・ロン 男【キタ】 ホータンの青鱗団の少年。(G15)

ポウ 男【パロ】 ナリスの王立学問所での世話係。(G7)

法師 位　ミロク教徒の高位の神官。導師に次ぐ地位。

望星教団 団【キタ】 ヤン・ゲラールを教主とする教団。暗殺教団としても知られる。信者は、全身が石化しアルゴン化した《達成者》になることを望む。青星党と同盟し、キタイの反乱を支援している。

望星亭 建【パロ】 シュクでもっとも大きな宿屋。主人はタラム。リンダとハズスの会談が行なわれた。

ポウルス 男【モン】 カースロンの部下。黒騎士隊小隊長。(13)

ホー 女【キタ】 ホータンの団子売り。(G12)

ホーイー 動 ヒトコブラクダ。通称《砂漠の船》。

ボーエン 地【草】 ヤガの北、トルー・オアシスとのあいだにある小さな村。

ボーガン 女【パロ】 リンダとレムスの乳母。黒竜戦役で死亡。(1)

ボース 男【パロ】 サラミス公爵。フェリシアの弟、ラウル、ルハスの兄。パロ内乱ではナリス側に参加。(10)

ボース 男【パロ】 子爵。サラミス公の臣下。(8)

ボース 男【パロ】 若手の聖騎士伯。(72)

ボース 男【モン】 もと隊長。ロスを守っている。(32)

ボーダサート 位　ミロクの高僧のこと。ミロクに仕えることに人生を捧げている。

ホータン 地【キタ】 泥棒都市とも呼ばれるキタイの旧帝都。中央からやや西寄りの位置にある。黒魔道も暗殺者も密告者も、悪徳のすべてが集まる都。おびただしい人

口を誇り、商取引が活発に行なわれている。千塔の都といわれ、鬼面の塔や南面廟が建っていた。

ボーディナー 位【キタ】 望星教団でアルゴン化をおえた者。《達成者》ともいう。

ホー・トイ 男【クム】 外相。切れ者。タリク大公の腹心。110

ボーハム 男【パロ】 アルシス内乱のときの聖騎士侯。(G7)

ポーポー 動 鳩。

ポーラン 男【モン】 伯爵。黒騎士団総司令官。トーラス戦役で死亡。(5)

ポーラン 男【ケイ】 伯爵。黒曜宮近習頭。

ホーリー・チャイルド 怪【外】 ランドックの失われた聖なる子供。巨大な一つ目を持つ。

ポール 男【モン】 白騎士。ドライドン騎

士団の騎士。(54)

ホキ 男【モン】 《風の騎士》の部下の騎士。

星が歌った歌 芸【ケイ】 サイロンのはやり歌。

星の森 地【パロ】 マルガの北の郊外の森。

星船 兵【パロ】 地上に現われた宇宙船の総称。銀色の一つ目の巨人兵器でカナンを攻撃してともに墜落した円盤状のものや、それを攻撃したーから飛び立ったランドシアなどが代表的。他にもガング島に墜落したものや、東方に墜落した竜頭人身族のものなど、多数のものが存在するといわれる。クラーケンやフモールとの関係も指摘される。

ボス 男【自】(14) 赤い街道の盗賊。ウルスの子分。

ホスト・ブレイン 具 コングラス城の奥に

収められている機械。

ボッカ 【俗】 中原でポピュラーな、チェスのようなゲーム。碁盤のような盤上で山形の駒を動かして勝負する。

ボック 【男】【ケイ】 黒竜騎士団大隊長。シルヴィア捜査本部でのグインの副官。(41)

北方諸国 【地】【北】 中原の北にある諸国。氷雪の国。

骨笛 【具】【草】 草原地方の楽器でものういような音色を奏でる。

ボノー 【男】【モン】 魔道士。ノスフェラス遠征軍の参謀。(9)

炎の塔 【建】【ユラ】 紅玉宮の西の塔。地下牢がある。

炎の水 【医】【キタ】 望星教団におけるアルゴン化の薬。

炎の竜 【伝】 少女シレーンをさらった竜。大公。シリアの父。ナディラ王国の勢力圏内にある。

ポム 【男】【沿】 アの夫。(G9)

ポラック 【男】【モン】 赤騎士。アストリアスの副官。(2)

ボラ・ボラ魚 【動】 唇のような卵がとれる魚。

ボラン 【男】【モン】 タイラン将軍配下の白騎士。(6)

ホリス 【男】【沿】 ロスの船員ギルド長。大船主。(7)

ボルゴ・ヴァレン 【男】【アグ】 国王。アルミナの父、ディアナの夫。(9)

ホルス 【神】 ヤヌス教の神。

ホルス 【男】【パロ】 平騎士から抜擢された若手の聖騎士伯。107

ホルス騎士団 【軍】【新ゴ】 十二神騎士団の一。伝令専門部隊。

ボルボロス 【地】【モン】 クム平野の北端にある城塞都市。モンゴール国内だが、ゴー

ボルボロス街道【地】【モン】 カダインからボルボロスを通り、南へ向かう街道。

ボルボロス伯爵【位】【モン】 マーティン参照。(61)

ホルムシウス【男】【ケイ】 白象将軍。高齢。大兵肥満。(41)

ポン【植】 実を酢漬けにして食べる植物。

ボンズ【男】【自】 ガウシュの村人。(105)

ホンファ【女】【クム】 女闘王。鬼瓦系の顔。(112)

〈マ〉

マー・オン【男】【草】 スカールに従う騎馬の民。ゴーラ軍との戦いで目をやられた。(101)

マーセラ【男】【モン】 トーラスの下町の服屋の主人。(53)

マーティン【男】【モン】 ボルボロス伯爵。オーダイン人。大柄なあから顔の武将。

マーナ【女】【パロ】 リーナス伯爵家の侍女。(8)

マーリア【怪】 レントの海に住む人魚姫。(G17)

マー・リン【男】【新ゴ】 護民兵部隊長官。元ユラニア正規軍少尉にしてタス騎士団副官。(61)

マール公爵【位】【パロ】 マリアを中心とするマール公爵領の領主。文人。現公爵は男性としては最長老の王族。(6)

マーロール【男】【クム】 タイス伯爵代理。タイスの四剣士。白のマーロール。タイ・ソンの息子。白髪、青緑の瞳。地下帝国の《水賊》たちの王であり、スライ、ガヴィーの支配者。水神祭りの闘技会の決勝戦後

マイ 【男】【キタ】 ホータンの青鱶団の少年。にタイ・ソンを告発した。(111)

マイ 【男】【パロ】 アムブラの学生。タイラン暗殺計画が発覚し処刑。(G15)

マイア 【女】【パロ】 ナリスの偽名。(13)

マイア 【女】【外】 ランドックの処女。グインとアウラの儀式に血を捧げた。グインの夢に登場。(6)

マイシャ 【女】【パロ】 太ったデビ。(44)

マイス 【男】【パロ】 宮廷楽士。和弦。(37)

マイダス 【男】【パロ】 オヴィディウス聖騎士伯の郎党。(25)

マイヨーナ 【神】【クム】 ヴァーナ教の芸能の女神。(14)

マイヨーナ神殿 【建】【クム】 タイスの神殿。タイスのマイヨーナ広場に向かう通り。

マイヨーナ通り 【地】【クム】 タイスのマイヨーナ広場に向かう通り。

マイヨーナの花冠 【具】【クム】 タイスの水神祭りでもっとも民衆の支持を集めた芸人に送られる冠。

マイヨーナ広場 【地】【クム】 タイスのマイヨーナ神殿前の広場。

マイラス 【地】【自】 ケイロニア―ユラニア国境の都市。

マイラス 【男】【ケイ】 金猿将軍。(110)

マイラス城 【建】【自】 ユラニア国境の西、自由国境地帯のマイラスにある城。

マイ・ラン・エン 【男】【クム】 タイス伯爵の小姓組星組青の班。小柄で可愛らしい。

マイルス 【男】【ヴァ】 《オルニウス》号船員。(G3)

マイルス 【男】【パロ】 リギアの副官。(76)

マイ・ルン 【男】【新ゴ】 イシュトヴァーン親衛隊所属の隊長。(83)

マイロン [男]【ケイ】 ディモスとアクテの長男。金髪。(80)

マイロン [男]【パロ】 ランズベール騎士団大隊長。リュイスの腹心。(71)

マイン [地]【ケイ】 サイロンとランゴバルドのほぼ真中に位置する宿場町。

マウラ [女]【パロ】 宮廷の貴婦人。(25)

マウラス [男]【パロ】 ヴァレリウスの部下。

マウリア 一級魔道師。103

マウリア [植] さわやかな甘い香りの花。花の色には赤や白がある。幹にはトゲがあり、大きな茂みを作る。紫の実は砂糖漬にする。花言葉は《孤独》。

マウリアの園 [建]【ケイ】 黒曜宮の庭園。

マウロ [男][外] 《調整者》の一員。カナンに墜落した星船の提督。グインの幻視に登場。(G16)

マウ・ロン [男]【ユラ】 オー・ラン将軍の副官。(28)

マオ [女]【ヴァ】 チチアの食堂の女主人。(G6)

マオ [男]【ケイ】 カラム水売り。(22)

マオ [男]【モン】 ゼウス隊の黒騎士。ドライドン騎士団の騎士。(54)

マオ・グル族 [医][草] トルースのちかくで生活しているごく少数の草原の部族。

マオ・ター [男][草] スカールに従う騎馬の民。102

マガダ [地][沿] 沿海州の西の自由都市。ケンドル一族が治める。最近では、ミロク教徒が支配的になった。

マカラオ [俗] パズルのような組み合わせ遊び。年配の女性に人気。

マギウス・ドラウクス [男]【パロ】 アムブラの学生。ナリスの狂信的支持者。(48)

マク 男 [ノス] ラク族の戦士。(19)

マグノリア 植 四季を通じて白い大輪の花を咲かせる。ダリア島特産。果実は媚薬や没薬の原料。花は乾して高価な香料になる。

マグノリア祭 宗 [沿] ダリア島最大の祭り。

マザー・ブレイン 具 宇宙の高度な文明を統べる機械。生殖などをコントロールし、人々の脳に介入する。

まじない小路 地 [ケイ] サイロンのタリッド地区にある路地。魔道師が多く住んでおり、さまざまな怪異が起こることで知られる。

まじない玉 魔 魔力のもととなる魔道師の道具。水晶で作られていることが多い。

まじない杖 魔 魔力のもととなる魔道師の道具。複雑な模様が刻み込まれた杖。魔道の《気》を高めるために唱える言葉。魔道の基礎。

まじない紐 魔 魔力のもととなる魔道師の道具。魔道師ギルド員は帯にして腰に巻く。

まじないの文言 魔

魔女宮 建 [キタ] フェラーラのサイスの宮殿。リリト・デアの居城。

マス 男 [新ゴ] グインにより殺害された兵卒。

鱒と鯉亭 建 [パロ] 西クリスタルのファイロンにあるレストラン。イーラ湖の新鮮な魚と、イーラ川の水面の上にはりだしたテラスが売り物。

マチウス 男 [ケイ] 第五十二代ケイロニア皇帝。(21)

マチス 男 [パロ] カースロンの部下。黒騎士隊小隊長。(13)

マチス 男 [パロ] アムブラのオー・タン・フェイ私塾の学生。(51)

マチス 男 [モン] トーラスのアレナ通り

マック 【男】【モン】 の香草店の主人。(53) トーラスの八百屋。

マックス 【男】【ケイ】 黒竜騎士団隊長。バルヴィナに火をかけた。(39)

マックス 【男】【ケイ】 ハゾスの秘書官。鋭い目をした小柄なランゴバルド人。(43)

マックス 【男】【パロ】 アムブラの学生。(37)

マックス 【男】【白】 イシュトヴァーンの部下。元盗賊。(36)

マックス・リン 【男】【ユラ】 公爵。オル・カンの従弟。紅玉宮事件で殺害。(41)

マップ 【男】【ライ】 ジックの部下。(G17)

マデイラ 【女】【ケイ】 王妃付き女官長。闇が丘でシルヴィアに付き添っている。(128)

マデウス 【男】【ケイ】 宮廷書記長。(68)

魔道 【魔】 時間、次元、精神の三つを対象とした、物理学とは軸を異にする超科学の体系。物質界に対応するエネルギー界をつかさどる。バンビウスを祖とし、アレクサンドロスの制定した魔道十二条によって白黒両魔道に分裂した。

魔道十二条 【魔】 魔道師の行動に関する制約のひとつ。魔道師ギルドをはじめとする白魔道師の規範。魔道師の力が強大になるのを防止するためにアレクサンドロスが制定し、のちにシルキニウスにより整備された。

魔道液 【医】 魔道師の作る一口で渇きの癒える水。

魔道騎士団 【団】【パロ】 パロ政府に魔道士として正式に所属している魔道士の団体。

魔道士 【魔】 魔道をもって国に仕える魔道師。

魔道師 【魔】 特殊な訓練によって半ば精神生命体と化すことにより、魔道の体系に従ってさまざまな力を発揮することを可能とし

魔道師ギルド 【団】 魔道師たちの集まり。最大のパロのギルドは、世界生成の秘密と万物の黄金律を明らかにし、森羅万象の調和と正しい運行のための調整者たることを目的とする。

魔道師ギルド連合 【団】 中原の魔道師の連合組織。

魔道師心得 【魔】 白魔道師が従うべき規律。

魔道師の掟 【魔】 魔道師の行動に対するさまざまな制約の総称。魔道十二条などが含まれる。

魔道師の首 【魔】【南】 ヴーズーの魔道の術。魔道師の干し首を使って呪いをかけたり、人を操ったりする。

魔道師の城 【建】【パロ】 魔道師ギルドに所属する魔道師が修業を行なう場所。人里離れた山中にある。

魔道師の誓約 【魔】 魔道師には決して破ることのできない唯一の誓い。魔道師の言葉には言霊が宿るため、いったん口にした言葉を反古にすることはできなくなる。

魔道士の塔 【建】【パロ】 クリスタル・パレス内の塔。王室が魔道師ギルドと契約して提供させた魔道士たちが所属している。

魔道師の塔 【建】 クリスタル・パレス南側の塔。パロ魔道師ギルドの本拠であり、ギルドそのものを指す言葉でもある。

魔道師の間 【建】【パロ】 クリスタル・パレスに用意されている魔道師用の部屋。

魔道師の輪 【具】 魔道師であることを示す、額にはめる輪。

魔道士派遣ギルド 【団】【自】 各国の要請に応じて魔道士を派遣するギルド。

魔道酒 医　魔道師の体力を回復するための酒。

魔道食 食　魔道師の特殊な食物。身体を魔道により適した体に作り替える効果があり、数日に一度は食する必要がある。

魔道陣 魔　魔道に対する防御の力を高める陣。

魔道の活性薬 医　魔道師が使う強壮薬。一般人には副作用が強く、頻繁に用いることはできない。

魔道の書 書　魔道の歴史や偉大な魔道師などについて記した書。『ヴァーサム記』などからなる。

マドラ 地【パロ】　東部の大都市。領主はベック公爵ファーン。

マナ 女【ユラ】　リーロの妹。アルセイスの大火事で行方不明。(45)

マナ 自　ゴーラの山岳地帯の自由開拓民。頬が赤く丸い、少女と言っていい年頃の娘。(104)

マヌ 神【クム】　ヴァーナ教の闘神。

マヌ神殿 建【クム】　タイスの神殿。

マヌの丘 建【クム】　タイスの大闘技場の中央にある小高い白砂の丘の通称。

マヌの宝冠 具【クム】　タイスの大闘技会の勝者に与えられる冠。

マノ 男【ノス】　ラク族の戦士。(3)

魔の泥の森 地【パロ】　ダネイン大湿原の一画。木々が泥の海のなかから生い茂って密林のようになっている。

魔の胞子 魔　キタイの黒魔道の術。針のようなものを他者の体内に寄生させ、《気》を吸わせて成長させ、最終的には脳全体を乗っ取らせて操る。症状が進むと寄生されたものは廃人になる。

マハール 地【草】　アルゴスの首都。白い

お椀型の家が建ちならんでいる。白亜宮がある。

魔除けの弓うち 〖クム〗 クムの大きな商家で日の出と日の入りのときに行なう儀式。弓のつるを指ではじいて、魔除けの祈りをする。

マライア・タル・クラディン 〖女〗【ケイ】前皇后。アキレウスの妻、シルヴィアの母。皇帝暗殺に失敗し自害した。(17)

マリア 〖男〗【パロ】伯爵。王族。マール公の子息。(106)

マリア 〖地〗【パロ】マール公爵領の中心都市。マール公騎士団が常駐。美しい尖塔で有名な寺院がある。

マリア侯爵 〖位〗【パロ】リスボス参照。

マリア子爵 〖位〗【パロ】アマリウス参照。

マリア伯爵 〖位〗【パロ】マール公爵の息子。

マリーサ・カラス 〖女〗【ライ】海賊。ユーラの母。女だてらに大親分とうたわれた。

マリーナ 〖女〗 昔の聖女王。マリニアの名前のもとになった。(G8)

マリウス 伝 伝説の詩人。さまざまな冒険を経たのち、イリスに見とれて朝の光で霧になってしまったという。

マリウス 〖男〗【パロ】吟遊詩人。アル・ディーン参照。

マリウス・オーリウス 〖男〗【モン】青騎士団司令官。マルス・オーリウスの息子。後にマルスに改名。トーラス政変後に捕らえられ幽閉されていたが、ドリアンのモンゴール大公内定の後、監視付きで釈放された。(4)

マリエ 〖女〗【ヤガ】パロからヤガに来た巡礼。クリスタルのミロク教徒の模範のような女性として人気があったが《新しきミロ

マリエ 伝 幻の白帆をずっと待ちつづけている伝説の女。(G9)

マリオン 伝 伝説の英雄。妹はマリオニア。絶世の美青年で、カンディスの泉のほとりで女神イラナの入浴をぬすみ見て鹿に変えられた。

マリオン 伝 名工の手によって生命をふきこまれて動きだした美しい人形。

マリオン 男【パロ】 十九歳で惨殺された、パロの歴史上の反逆王子。(G8)

マリオン星 自 南の星。人々が願いをかける。

マリオン亭 建【ヴァ】 居酒屋。

マリス 女【モン】 アムネリスの従妹。トーラス戦役後に処刑。享年十五歳。(6)

マリディウス 伝 海に「私を通すために割

マリナ 女【パロ】 マルガ離宮の侍女。(G19)

マリニア 女【ケイ】 皇女。アル・ディーンとオクタヴィアの長女。金褐色の巻毛、大きなあどけない目。生まれつき耳が不自由だが、いつも機嫌がいい。(53)

マリニアム 自 白い小さな野の花。聖女王マリーナにちなんで名付けられた。花言葉は〈不安な愛〉〈ひそやかな真実の愛〉。

マリニアム 自 東の空に、白くひそやかな高い光を放って大きく明滅する星。別名《暁の星》。

マリンカ 植 草原の白い花。

マリンカ号 動【パロ】 リギアの愛馬。茶色の大きな瞳のおとなしい牝馬。

マリン・ルアン 女【クム】 タイ・リー・

ローの妻。美の都タイスでの一番の美女。

マル 男 【カナ】 ⑬
花売り。ハンナの祖父。

マル 男 【ケイ】 （G16）
エルザイムに出陣した兵士。

マル 男 【ケイ】 ㊶
赤毛のマル。マリアでけっこう知られた悪党。（G20）

マル 男 【モン】
イシュトヴァーンの小姓。（62）

マルヴァン 地 【沿】
ヤガ近郊の町。

マルヴィヌス 男 【パロ】
アウレリアスの友人。

マルーク 語 【ケイ】 ㉞
国や王族などを讃える言葉。

マルーナ 地 【ケイ】
サイロンの南東の都市。

マルガ 地 【パロ】
森と湖に囲まれた中部の美しい都市。王族、貴族、富豪たちの別荘が並ぶパロ一の保養地。人口六千人。風光明媚、おだやかな気候。リリア湖の漁が主産業。パロ内乱で神聖パロ王国の首都となり、マルガ攻防戦で壊滅状態となった。

マルガ街道 地 【パロ】
マルガとクリスタルを結ぶ街道。

マルガ基金 金 【パロ】
マルガ復興のためにヴァレリウスが設けた基金。

マルガ事件 歴 【パロ】
マルガにおいてクリスタル公が誘拐されそうになったとされる事件。

マルガ守護隊（マルガ騎士団） 軍 【パロ】
マルガに常駐する軍隊。団長はミルキウス。

マルガ伯爵 位 【パロ】
アルド・ナリス参照。

マルガ保護法 律 【パロ】
マルガの景観を保護するために建築物の様式を制限した法

律。アルバヌス二世が制定。

マルガ離宮【建】【パロ】　聖王家がマルガに所有する別荘。美しいカナン様式で知られ、《マルガの白鳥》と呼ばれる。パロ内乱の際に神聖パロ王国の王宮となった。

マルガル【自】　赤い巨大な星。

マルクス・アストリアス【男】【モン】　警察長官兼官房長官。トーラス戦役後に処刑。(3)

マルコ【男】【新ゴ】　イシュトヴァーン親衛隊の准将。ヴァラキア出身。ドライドン騎士団の一員からイシュトヴァーン直属の部下となった。(54)

マルゴー【男】【モン】　アルヴォン城の赤騎士。(3)

マルコム・グレイ【男】【ライ】　ラドゥ・グレイの母方の祖父。《黒い海賊》。若き日のクルドの首領。(G17)

マルシア【女】【ユラ】　マックス・リン、アントニアの妹。(43)

マルシア【地】【パロ】　カレニアの北部、サラミスとの境付近の都市。

マルシウス【男】【パロ】　平騎士から抜擢された若手の聖騎士伯。

マルス【男】【パロ】　子爵。ひげをたくわえている。(26)

マルス【男】【モン】　アルヴォン城の赤騎士。いとこが辺境開拓民。(2)

マルス【男】【モン】　マリウス・オーリウスが父の跡を継いで名乗った名前。

マルス・オーリウス【男】【モン】　伯爵。青色騎士団司令官。ツーリード城主。マリウス・オーリウスの父。ノスフェラスで戦死。

マルスナ【女】【ケイ】　女医。聡明そうな目と広い額。四十がらみ。(G21)

マルティニアス 男【パロ】 聖騎士侯。パロ内乱ではレムス軍の副将にして実質的な最高指揮官として戦った。(34)

マルト 植【ノス】 外の果皮が固い実は水気が多く、割ると水や食物のかわりになる。

マルナ 女【ヴァ】 チチアの娼婦。

マルナ 女【ケイ】 黒曜宮の女官。103 102

マルモン 男【モン】 オーダイン市長。

マルラスの義務 魔 魔道師の誓約と、魔道師が恩義に対してかえさなくてはいけない義務についての掟。

マルリアの廊下 建【ケイ】 黒曜宮、王妃宮の回廊。

マルリウス 男【パロ】 カルストゥスの直接の末裔だと自称している男。青銅の家に住み着いている。(G20)

マルロ 男【パロ】 マルガ離宮の小姓。

マレル 男【モン】 タロス城の兵士。ルーエ村出身。(3)

マロ 沿【（3）】 ロスの宿屋の主人。(7)

マロ 地【パロ】 サラミスとエルファを結ぶ街道筋の山中の町。人口二、三千人。

マロー 男【パロ】 備長官。

マローン 男【ケイ】 伯爵。ギランの子息。

マロン 男【パロ】 新アトキア侯となる。(18)

マロン 男【自】 ナリスの小姓。(86)

マロン 男【新ゴ】 サルファの《サリア亭》の下足番。(23)

マロン 男【新ゴ】 イシュトヴァーンの小姓。(81)

マンダリア 植 クム特有の蔓状の植物。濃いピンクの花を咲かせる。

マンドラゴラ 怪 人の顔と声を持つ草。

マントン 男【ケイ】 タラムの雑貨屋。正体はグラチウス。(43)

ミア 女【沿】 《かもめ亭》の女。(G9)

ミア 女【パロ】 貴婦人の侍女。(10)

ミア 女【モン】 フェルドリックの後妻。

ミア 女【モン】 フロリーの母の乳姉妹。

ミア 女【モン】 アムネリスの侍女。新参者で気がきかない。(33)

ミア 女【沿】 アルカンドの娼婦。

ミアイル 男【モン】 公子。ヴラドの長男、アムネリスの弟。(2)

ミアス 男【沿】 トラキア公使団団長。パロを訪問した。(52)

ミーア 植【ノス】 ノスフェラスの植物。赤い果汁はセム族の化粧に用いられる。

ミーア 地【パロ】 クリスタル東側郊外の町。

ミー・ア・リーンの融合 宗【キタ】 望星教団におけるアルゴン化の儀式。

ミーアン 地【ユラ】 アルセイス郊外の村。第一次ユラニア戦役の際ケイロニア軍が通りすぎた村。幼いファン・ダルとグインが出会った場所。

ミース 男【パロ】 若手の聖騎士伯。(71)

ミー・スー 男【クム】 白陽将軍。クム四大将軍のひとり。(60)

ミート 男【モン】 アレナ通りの仕立て屋。(67)

ミード 男【パロ】 パロ魔道師ギルドの上級魔道師。(90)

ミード 男【パロ】 伯爵。ユーリアの父。(G20)

ミード 男【パロ】 アムブラの学生。過激派。(G20)

ミーナ 女【ヴァ】 《女神亭》の娼婦。(G6)

ミーナ 女【パロ】アムブラの娼婦。若き日のオー・タン・フェイの恋の相手。(G19)

ミーナ 女【モン】オリーのいとこ。(35)

ミーノス 男【パロ】新進気鋭のデザイナー。(34)

ミーブ 男【パロ】アムブラの学生。(13)

ミーラ 地【パロ】イーラ湖北側の小さな町。

ミール 男【パロ】ヴァレリウスの部下。魔道師。(50)

ミール 男【沿】白騎士。イシュトヴァーン旗本隊第三小隊長。赤い髭。(45)

ミーレ 神【クム】ヴァーナ教の異性愛の女神。女色の快楽の神。

ミカ 女【パロ】リンダの王女時代からの女官。(52)

ミカエル 男【モン】ドライドン騎士団の騎士。(53)

ミゲル 神 闇と火の神。ドールの長子。ミゲル教の主神。

ミゲル 男【ケイ】黒竜騎士団員。ユラニア遠征隊。ディウス隊所属。(24)

ミゲル 男【パロ】聖カシス塾の学生。小柄で労咳持ち。(52)

みことばの壁 具 ヤガのミロク大神殿にある、ミロクの真筆が書かれた壁。百年に一度しか公開されない。

みことばの書 書 ミロクの教えが書かれた書物。

ミシア 女【ケイ】シルヴィア付きの女官。(40)

ミシア 女【パロ】アムブラの女学生。アムブラ弾圧後、サイロンへ移住。(37)

ミシア 地【新ゴ】 アルセイスの南の都市。

水が丘（水ヶ丘） 地【ケイ】 サイロンの七つの丘の北端の丘。ケイロニア騎士団の宿舎である騎士宮がある。

蛟が池 地【鏡】 ハイラエの湖。藻が繁茂し、青味泥色に染まっている。亀の化け物が住む。

みずちの刻 語 闇の国でいう真夜中。イリスの零時。

ミズバシリ 動 水スマシ。

ミゼット 女【ケイ】 宮廷の女官。(40)

ミダス 地【沿】 レント海の島。

ミダス橋 建【クム】 ルーアンの運河にかかる橋。

ミダの森 地【モン】 トーラスの郊外エイボンの南にある森。第二次黒竜戦役で戦場になった。また、イシュトヴァーンの部下であった赤い盗賊たちが斬殺された森。

ミッサム 植 実は食用で、真紅に輝き、香り高い。

三つの金の輪 魔 万国共通の魔道師のしるし。

みつばち亭 建【クム】 ネームにある居酒屋。

ミディウス 男【パロ】 アムブラの学生。(37)

ミデット橋 建【ケイ】 サイロンの下町にかかる橋。

ミト 男【モン】 アレナ通りの牛乳屋。(67)

ミト 地【自】 オロイ湖の南にある小さな宿場町。

ミトス 男【ユラ】 准将。タス騎士団団長。(61)

緑阿片 医【クム】 タイスの有名な麻薬。意識を失わせる。

緑のケイロン 芸　ケイロニアの国歌ともいうべき歌。

ミナ 女 [モン]　金蠍宮仕えの女。(39)

ミナ 女 [自]　ゾルーディアの踊り子。クム出身。(G2)

ミナス 男 [パロ]　マルガ離宮の小姓。(G18)

南アールス 地 [カナ]　カナン市の町。

南イラス川 地 [パロ]　イラス川の南に流れる川。

南ウィレン高原 地 [パロ]　草原地方の東側に広がる高原。

南風の塔 建 [パロ]　クリスタル・パレスの南端の塔。幽霊が出るという評判がある廃墟。

南クリスタル大橋 建 [パロ]　クリスタルの南部にある橋。

南クリスタル区 地 [パロ]　クリスタルの南側の地区。クリスタルの事実上の文化、経済の中心たる商業地区。

南ケイロン街道 地 [ケイ]　サイロンからヤーランまでを結ぶ街道。

南の廊 地 [クム]　タイス、ロイチョイの南側の遊廓街。賭博が中心。

南の宮 建 [パロ]　クリスタル・パレスの南端にある建物。南風の塔が建つ。

南パロス平野 地 [パロ]　中南部の平野。カレニア、サラミスなど。

南マルガ 地 [パロ]　マルガ郊外の小さな宿場町。

南ヤガラ区 地 [ヤガ]　南部の地区。

南ヤガラ通り 地 [ヤガ]　南ヤガラ区の繁華街。イオの館がある。

南ユラス山地 地 [ユラ]　ユラ山系の南、ガイルンから南に広がる緩やかな山地。

南ユラニア平野 地 [ユラ]　ユラニアの南

部に広がる平野。

南ライジア島 地【ライ】 アルバナ群島のなかでもっとも大きく人口も多い島。ダリア島から約一千モータッド。白を基調とした、北ライジアに比べると平和な島。

南ランズベール 地【パロ】 クリスタルの南にある小さな村。

南ランズベール門 建【パロ】 クリスタル・パレスの門。

南ランダーギア 地【南】 南方の国。上等なカラムの産地として知られる。

南レントの海 地 レントの海の南の海。アルバナ群島などが含まれる。

見習魔道師 魔 魔道師ギルドで修業しているが、魔道師免許をまだ得ていないもの。

ミニア 女【ケイ】 ハズスとネリアの上の娘。(68)

ミニア 女【パロ】 アムブラの女学者。聖サリア女子学校の経営者。(52)

ミネア 女【パロ】 リーナスの妻。(6)

ミノースの迷宮 建 牛頭の怪物ギュラスが住んでいたといわれる宮殿。

ミハイロス 男 詩人。『夕べには君はしゃれこうべを洗う』の作者。(34)

ミヤ 女【カナ】 アリンの下女。ムランの恋人。

ミャオ 動 猫。(G16)

ミュゼウ 地【ライ】 北ライジアの近くの小さな島。ライジアの尻尾。

見よ七つの丘 芸【ケイ】 ケイロニアを象徴する曲の一つ。

ミラ大橋 建【パロ】 ダーナムの南、ミラ川にかかる橋。

ミラ川 地【パロ】 ダーナムの南を流れる川。ミラ大橋がかかる。

ミラニア 伝 ランディーンをだました嫉妬

259　グイン・サーガ大事典　完全版

ミラルカ【怪】【外】　三つの霊玉《ルーエの三姉妹》の一。琥珀の化身。深い水の女王。

ミリア【女】【アグ】　《ウミネコ亭》の娼婦。看板娘。(12)

ミリアム【女】【ケイ】　シルヴィア付きの女官。(22)

ミリアム【女】【ヤガ】　イオ・ハイオンの叔母。(127)

ミル【女】【モン】　アレナ通りの産婆。(53)

ミル【植】【沿】　赤い木の皮は食用になる。

ミル【男】【ユラ】　ルネの弟。(G9)

ミル【男】【パロ】　ナリスの小姓。マルティニアスに殺害された。(71)

ミル【男】【モン】　アレナ通りの大工。(38)

ミル【男】【ユラ】　リーロの弟。アルセイスの大火事で行方不明。(45)

ミルヴァ【地】【クム】　モンゴールのハイフォアと、ザイムを結ぶモンゴール街道からは一本東に外れた、ミルヴァ旧街道沿いのさびれた宿場町。イシュトヴァーンが赤い盗賊の首領として砦を構えていたあたり。

ミルキウス【男】【パロ】　マルガ騎士団団長。(78)

ミルス【男】【ケイ】　黒竜騎士団の傭兵。(18)

ミルス【男】【ケイ】　第五十三代ケイロニア皇帝。タルーアンとのあいだに通商条約を結ぶ。(21)

ミルス【男】【パロ】　仮面舞踏会に参加した男爵。(6)

ミルス【男】【パロ】　ナリスの近習。(14)

ミルス【男】【モン】　白騎士。イシュトヴァーンの副官。(55)

ミルズ【男】【ケイ】　黒竜騎士団員。(41)

ミルチャ【植】【カナ】　葉の冠は、カルラア

神殿での即興詩人のトーナメントの勝者に与えられた。

ミレニウス 男【モン】 タノム伯爵の息子。デリアの夫。イシュトヴァーンに殺された。

ミルティウス 男【パロ】 アムブラの学生。

ミルナ 女【パロ】 マルガ離宮の古参の侍女。(G18)

ミルバス 男【パロ】 抜け目のない商人。(G20)

ミルバヌス 男【旧ゴ】 ゴーラ第九十八代皇帝。クム大公国の独立を許可。(64)

ミルン 男【ケイ】 黒竜騎士団隊長。ユラニア遠征隊。

ミレイウス 女【パロ】 絹問屋の跡取り息子。カルストゥスの娘婿。(G20)

ミレナ 女【ケイ】 サイロンに住む洗濯女。(22)

ミレニウス 男【パロ】 ロードランド伯。宮内庁長官。地方貴族の子息。(107)

ミロ 男【パロ】 オラスの長女カリアの亭主。仕事中に屋根から落ちて死んだ大工。(69)

ミロ 男【モン】 アレナ通りの住人。(33)

ミロ 男【ライ】 ジックの部下。(G17)

ミロ・ヴァルド 男【アグ】 侯爵。内大臣。(124)

ミロール 男【モン】 ノスフェラス侵攻軍に加わった白騎士。(4)

ミロク 宗 ミロク教の始祖である予言者。ミロク教信者にとっての唯一絶対の主。千年前に生誕し、何度も転生を重ねたという。三百年前に罪なくして迫害にあい、拷問によって死去したが、その無残な運命を受け入れ、祝福であるとして昇華し、神人とし

て復活したとされる。五十六億年後に降臨し、世界を平和と繁栄と幸福とが支配する約束の地に導くといわれている。光の輪を額にかけた中性的な姿で知られている。

(120)

ミロク街道 地【沿】 レント街道の一部。

ミロク粥 食 ガティ麦と米をまぜて炊いた粥。副菜や前菜、ガリガリの実を刻んで漬け込んだものなどをふんだんに入れて、具だくさんにして食べる。ヤガの名物。

ミロク神殿通り 地【ヤガ】 ミロク大神殿に向かう大通り。

ミロク教の歴史 書 ミロク教の歴史について記したロウス司祭の著書。

ミロク教 宗 世界各地に広がりつつある新興宗教。草原の南の沿岸地方やモンゴール などを中心に広がりを見せている。聖地はヤガ。一切の殺生、快楽、虚言などを否定し、転生を信じる宗教であるが、近年、その様相が急速に変化しつつある。シンボルはミロク十字架。

ミロク十字 具 ミロク教徒の象徴的なアイテム。上に円のついたT字型をしている。

ミロク神殿 建【パロ】 クリスタルのアムブラ地区にある神殿。

ミロク大祭 宗【ヤガ】 十年に一度、ヤガで行なわれる祭り。聖者が信徒の前に姿を現わし、ミロク大神殿の大扉が開かれる。

ミロク大神殿 建【ヤガ】 市内の中心部からやや北東の位置にある神殿。白大理石を素材とし、外壁に青を基調にしたタイルをモザイク状に貼り、赤い銅製のドーム状の六角形の屋根をもつ建物。巨大なミロクの座像が収められている。ミロクの僧院などがある。

ミロクの家 建【バロ】 クリスタルのミロク教徒が集まる建物。

ミロクの騎士 位【ヤガ】 《新しきミロク》が全世界のミロク教徒を迫害から救うための聖戦への参加を呼びかけて募っている兵士。五大師によって選抜され、高位の神官の護衛なども務める。

ミロクの兄弟姉妹の家 建【ヤガ】 《新しきミロク》が布教の拠点としている場所。ヤガが市内に何ヶ所か設けられている。

ミロクの煙 具 ミロク大神殿の前でたかれる香炉から立ち上る煙。吸い込むと病気や不運を追い払うといわれる。

ミロクの七戒 宗 ミロク教の戒め。飲酒と阿片、食肉、殺人と傷害、姦淫、人身売買、ミロク信者以外への信頼、他の神や王への信仰を禁ずる。

ミロクの質問 宗 巡礼がヤガへ入市する際に行なわれる審問のこと。ミロク教に関するかなり込み入った質問がなされる。

ミロクの使徒団 位【ヤガ】 市内や周辺を監視している組織。反体制分子を取り締まっているとされる。

ミロクの書 書 ミロク教の教典。ミロクの右腕と呼ばれた予言者ハル・センウェンがミロクの言葉を書き留めたもの。

ミロクの神官 位【ヤガ】 ミロクと高僧の世話をする、ミロク教の中核をなす者。この二十年ほどで生まれた身分で、みな黒い道衣に青い帯を締めている。

ミロクの心眼 具 ミロクの額を飾る環の中央に刻まれている目の形の彫刻。

ミロクの聖姫 女【ヤガ】 ジャミーラ参照。
(129)

ミロクの僧院 建【ヤガ】 ミロク大神殿の一画にある建物。尖塔のある赤い建物で、

ミロクの僧侶たちが禁欲的な勉学と修行の日々を送る。

ミロクの夜の鐘 【語】 ヤガに夜の到来を知らせる鐘。この鐘が鳴ったら、夜間営業の許可をとっていない店は営業を終わらせなければならない。

ミロクの輪 【具】 ミロク教徒が額にはめる輪。

ミロクへの坂 【地】【ヤガ】 ヤガの入口に向かう上り坂の通称。頂上に《涙の泉》がある。

ミロン 【男】【沿】 ナナの恋人。レント海を航海中に嵐にあって遭難。(G9)

ミン 【女】【モン】 アレナ通りの娘達のまとめ役。(15)

ミンガス 【男】【パロ】 《ミンガス商事》のあるじ。『ミンガスの新カラム水』を発売。(G20)

ミンガス商事 【団】【パロ】 カラム水販売会社。

ミンガスの新カラム水 【食】【パロ】 ミンガス商会が販売しているカラム水。やや甘さを抑えている。

ミンナ 【女】【ユラ】 タリム宰相の後添い。嫉妬深い。(29)

ミンナ 【女】 毒使いのロクスタの偽名。(21)

ムイ 【地】【自】 ケイロニアーパロ間の小さな集落。

ムイリン (ムイ) 【男】【草】 スカールの小姓。(78)

ムー・イン 【男】【新ゴ】 ドライドン騎士団の幹部。もとユラニアの傭兵。(86)

ムーサ 【神】 楽音、踊りの神。

ムース 【男】【ヴァ】 ピットの賭場のコロふり。(G6)

ムース 【男】【ケイ】 建設庁長官。(68)

ムース 【男】【自】 イレーンの助役末席。

(80)

ムータ貝 動 ヴァラキアで捕れる貝。新鮮なものは生で食べられる。実は食用で汁気たっぷり。

ムートス 男 【ケイ】 百竜長。ユラニア遠征軍第三隊長。グィンの副官。(26)

ムーナム 地 【パロ】 北部の町。

無名祭祀書 書 【闇】 古き物たちの呪わしい知恵のすべてを書いた魔本。

ムヤッタ 男 【沿】 フリアンティアの《キュクロペ》号の船長。(G3)

ムラート族 族 【草】 カウロスの北方を縄張りとし、カウロスに比較的心をよせている草原の小部族。

紫貴石 貝 【キタ】 高価な宝石。

紫の星団 団 【キタ】 ホータンの小さな集団。

ムラス 男 【パロ】 ナリスの召使い。(26)

ムラス 男 【パロ】 クリスタルの西通りの住民。(51)

ムラト 男 【ケイ】 千蛇将軍。(17)

ムール 地 【パロ】 イーラ湖北側の小さな町。

ムー・ルー 男 【草】 スカールに従う騎馬の民。ゴーラ軍との戦いで死亡。101

霧怪 怪 【キタ】 ホータンの夜の霧に住み、人を迷わせる妖怪。

ムカシトカゲ 動 ルードの森に住む、真っ赤な目を持つ小さなトカゲ。

ムガル 地 【パロ】 マルガ街道沿いの小さな町。マルガのやや北。

ムシュク 地 【パロ】 クリスタル南側近郊の小さな町。

娘たちが花を摘む 芸 パロの舞曲。ちょっと速くて心の浮き立つ曲。

ムック 植 ライジアの植物。巨大な黄色い

ムラト 男 [クム] 地下水路の《水賊》のひとり。(115)

ムラト 男 [ユラ] 男爵。イルナ騎士団司令官。(55)

ムラト 地 [クム] オロイ湖南岸の小さな村。

ムラン 男 [カナ] アリンの下男。ミヤの婚約者。(G16)

ムラン峠 地 [自] シュクの北の峠。

ムルカ 植 赤くて丸く汁気の多い食用の果実。

ムルサ 女 [ヤガ] 《ミロクの兄弟姉妹の家》の女。

ムルス 男 [モン] 《風の騎士》の部下。(127)

ムルム 植 街路樹に使われる美しい広葉樹。(105)

ムルラン 男 [パロ] 近衛騎士団第二十小隊長。(48)

メア 女 [新ゴ] アムネリス付きの侍女。(86)

メイ・ファン 男 [キタ] ホータンの白魔道師。黒魔道師イー・リン・イーに捕らえられていたが、ヴァレリウスに助けられ、イー・リン・イーを倒す。(G7)

冥府宮 建 ゾルーディアの宮殿。灰色の主宮殿と、左死宮、右死宮、数々の塔からなる。ここから地下道が全ゾルーディアに通じていた。

メイベリーナ 女 [鏡] メイベル女王の王女。天空を管理する。(G21)

メイベル 女 [鏡] 闇の女王。闇と光のはざまの世界の支配者。メイベル女王の一族が天空と空間と、空と夜と闇をつかさどっている。(G21)

メイベルス 男 メイベル女王の王子。ヨミの国を管理する闇でもあり、人でもあるよ

うな奇妙な生命体。(G21)

メイ・ホウ 囡【ケイ】 《海の女神亭》の女。

メイ・メイ・ホン 囡【クム】 クム出身の美人。(17)

メイ・メイ・ホン 囡【クム】 タイ・ソンの妻。先代タイス伯爵の娘。タイス伯爵の寵姫を地下水路に突き落とした。(117)

メイラン 男【パロ】 アムブラの学生。過激派。(G20)

メース 伝 黄泉で人の罪を記録している大王。

メース 男【パロ】 宮廷医師団の医師。若いが名医として名があがりつつある。(25)

メース劇場 建【クム】 タイスでもっとも有名な劇場。

女神島 地【パロ】 リリア湖の真中に浮かぶ小さな無人島。パロ聖王家の所有する女神荘やリア女神の小さなほこらがある。

女神荘 建【パロ】 リリア湖の女神島にあるパロ聖王家の別荘。第六十七代聖王アルミスが建築。

女神亭通り 建【ヴァ】 ニンフ通りの横町にある娼家。

女神の家 建【ケイ】 サイロンのタリッド地区にある娼家。《海の女神》亭の隣。

女神の間 建【ケイ】 黒曜宮の一室。非公式の謁見の間。

女神の館 建【パロ】 クリスタルの通り。

メシューゼラ 伝【クム】 五千年を生きる老人。

メッサリナ 囡【クム】 娼婦。毒使いの名人。(21)

メディア 囡【パロ】 ワリスの義理の姪。ささいなことでレムスにとがめられ、二十一歳で斬首された。(72)

メディウス 男 オフィウスの弟。忘れると言うことができなくなる呪いをかけられた。(G17)

目なしトルク【動】 もぐら。

メナス【男】[ユラ] 将軍。近衛隊長。(29)(HB1)

メル【男】[パロ] ナリスの小姓。(72)

メル【男】[パロ] ルールドの森の木こり。(G7)

メルヴィーナ【女】 ジョリウスに作られ、いめをくるんで食べる。のちをふきこまれた人形。(34)

メルキウス【男】[ケイ] 金犬騎士団准将。

メルクリウス【男】[ケイ] 宮廷医師団の医師。(G21)

メルス【男】[ケイ] メルキウス准将の長男。五歳。サイロンの黒死病で死んだ。(127)

メルス【男】[パロ] 侍医モースの助手。(51)

メルム【男】[モン] アルヴォン城の赤騎士隊中隊長。(2)

メルリィネ【女】[パロ] 闇王国パロの都イシュタルテーの淫蕩な貴婦人。伯爵夫人。

メンティウス【男】[モン] 青騎士団司令官。ヤヌスの戦いで暗殺される。(6)

モア【植】 野菜。タイスでは葉に焼いた腸詰めをくるんで食べる。

モアラ【女】[ヴァ]《女神亭》の娼婦。(G6)

モイラ【女】[ヴァ] チチアの娼婦。胸の大きい赤毛の女。(G3)

モウィ【植】 カラヴィアの植物。冬に取れる果実は食用となる。

モウン【男】[パロ] アムブラの学生。大弾圧により帰国した。(52)

盲牛の陣形【軍】 敵陣を中央突破する陣形。

モー【単】 長さの単位。およそ一ミリメートルに相当。

モー【男】[ケイ] 伯爵。ハゾスの従弟にし

モー 男【ノス】 ラク族。父がグル・ヌーで死んだ。(62) て右腕。(62)

モーグ 神 盗人と商業の神。

モース 男【パロ】 侍医。博士。ナリスの主治医だったが、引退してマルガで暮らしている。(34)

モータッド 単 長さの単位。およそ一キロメートルに相当。

モータル 男【クム】 剣闘士。ケイロニアの傭兵としてグインのもとで戦ったことがある。(111)

モーヌ 男【モン】 招集された新兵。(14)

モーヘッド 怪【キタ】 水の惑星スィークに住む巨人。

モーリス・コント 男【パロ】 王立学問所の学生。アルフリートの弟。ネルバ塔を脱獄しようとして斬殺された。(13)

モール 男【ケイ】 ベルデ街道沿いの農園のあるじ。近在の《情報屋》。(128)

モール 男【ノス】 ラゴンの若い男。ラナの婚約者。ドードーの後継者候補筆頭。

モールト (G16)

モール 単 容積の単位。酒などに使用。

モス 神 草原の大神。天空と大地の神。アルラーの子にしてヘディヴの末裔。白いやぎひげをもつ。沿海州では、海の守護神ドライドンに対して陸の守護神とされる。信者はモスに捧げる詠唱を行なう。

モスの詠唱 宗【草】 草原の人々が、日出時、日没時などに天空の神モスにささげる詠唱。

モスの大海 自 草原地方の別称。

モック 男【ケイ】 グインの近習。(90)

没薬 医 東方の寺院の香のような甘いかおりのする薬物。心を沈静させ、黒蓮の粉ほ

モナ [女][自]　ルビオの香りのものは葬儀などでも薫かれる。どではないが魔道にかかりやすくする。サといわれる謎めいた樹上生活者の一族。

モモス [男][カナ]　ロッカの赤ん坊。(G16)

モモ [男][パロ]　カラム商人の代表。(G20)

モリソン [男][沿]　《ニギディア》号乗組員。(G17)

森トカゲ [動]　パロ中部の森に住むうす紅色のトカゲ。

森の民 [族][パロ]　パロ南部の森林地帯で暮らしていた民族。カラヴィア人の祖先。

森の人 [怪][モン]　モンゴールの北方の自由開拓民たちに伝わる「人でもあり、人でなくもあるような人」。伝説の存在。

森の人 [族][ケイ]　ナタール大森林に住む

モルガン [男][パロ]　ヴァレリウスの部下。一級魔道師。

モルギウス [男][モン]　金蠍宮牢舎の牢番。(103)

モルス [男][パロ]　クリスタル護民庁第十四中隊長。カレニアのモルス。(35)

モルダニア [地][パロ]　寒村。アリストースの出身地。(48)

モルディウス [伝]　笛の音に死者たちの列を従わせて導く者。

モルフキン [怪][北]　悪い小人。グインに倒された。

モロ [男][カナ]　センデの吟遊詩人仲間。(G16)

モンゴール [地][モン]　ゴーラ三大公国の一。首都はトーラス。気候は比較的厳しく、土地は貧しい。ヴラドが一代で築き上げた

のち滅亡し、一度は復活したもののトーラス政変により再び滅亡した。

モンゴール国境警備隊（モンゴール辺境警備隊） 軍【モン】 スタフォロス、アルヴォン、ツーリード、タロス砦に駐留する軍隊。傭兵と徴兵によって構成される。

モンゴール総監 【新ゴ】 モンゴールの実質的な統治を行なう。ウー・リー参照。

モンゴール大公 位【モン】 モンゴール大公国の領主。ヴラド・モンゴール、アムネリス・ヴラド・モンゴール、ドリアン参照。

モンゴール独立軍（モンゴール反乱軍） 軍【モン】 ゴーラに対して叛旗を翻した反乱軍。指揮官はハラス大尉。大半は非職業軍人。モンゴール独立の承認などを要求。

モンゴール独立戦争 歴 第二次黒竜戦役で占領されたモンゴールを再興する戦い。

モンナ 女【パロ】 オラス団の老婆。(124)

ヤ

ヤーナ 地【ケイ】 サイロン周辺の小さな町。

ヤーナ 地【パロ】 マルガ近くの小さな村落。二十軒ほどの農家のみ。

ヤーナ・デビ 女【パロ】 サリア神殿の尼僧長、祭司長。(10)

ヤーラン 地【ケイ】 中央山地の南の都市。南ケイロン街道沿い。現在は空位

ヤーラン山脈 地【沿】 ヤガの北側に横たわる山脈。それほど高くはない。

ヤーラン伯爵 位【ケイ】 ヤーランの領主。

ヤーン 神 運命と知恵の長老神。禿頭、百の耳、長い白髭、山羊の下半身、まがりくねった角、蛇の尻尾、緑色の一つ目を持つ。

選ばれた人間を糸の先端にして、《運命》という糸車を操り、《偶然》というおさを手にして、入り組んだ運命模様を織り上げる。その翼が羽ばたくとき、運命の激動がはじまるといわれる。ヤヌス十二神の一。

ヤーン騎士団 軍【新ゴ】 十二神騎士団の中では強力な軍隊。二千人。

ヤーン讃歌 芸 運命神ヤーンを讃える歌。

ヤーン神殿 建【パロ】 ジェニュアの神殿。ヤヌス大神殿に次ぐ大きさ。アレクサンドロスが最初に現われた場所。

ヤーン庭園 建【パロ】 クリスタル・パレス内の大きな庭園。ヤーンの塔の裏手にある。アレクサンドロスが設計した。世界の森羅万象の象徴として、世界中の珍しい動物の像や神々の像が置かれている。

ヤーンについて 書【パロ】 王立学問所のヤーン研究の書。アルディウスの著作。

ヤーンの数語 ヤーンの一の通称。

ヤーンの摂理 宗 ヤーンがつかさどる運命の法則。

ヤーンの塔 建【パロ】 クリスタル・パレスの西端の塔。ヤヌスの塔と並んで重要な塔とされる。地上七階、地下三階。

ヤーンの道 建【パロ】 クリスタル・パレス、ヤーン庭園とロザリア庭園のあいだの道。

ヤーンの目 自 東の空で動かずに輝く星。《ヤーンの一つ目》ともいう。

ヤーンの目の間 建【ケイ】 黒曜宮、五芒星別館一階の一室。

ヤーン廟 建【パロ】 クリスタルのイラス通りの突き当たりにある廟。

ヤヴァン 男【パロ】 宮廷楽士。(25)

ヤガ 地【ヤガ】 草原の南、沿海州の南西にある海岸沿いのミロク教徒の聖地。ミロ

ク教徒によって治められている自由都市。全世界からミロク教徒が巡礼に訪れる。近年のミロク教の変貌に伴い、様相を変えつつある。

ヤガ街道 地[ヤガ] とヤガを結ぶ街道。

ヤガラ川 地[ヤガ] 市中を流れる川。

ヤク 食 赤や緑の非常に辛い細長い香辛料。緑のヤクヤクの方がより辛い。

ヤクート族 族[自] ウィレン山脈の西南にひろがるアルート高原に住む部族。気が荒い。

ヤク・ソース 食 クムのピリ辛な調味料。

ヤク族 族[草] 騎馬の民の一部族。

約束の地 宗 ミロク教で信じられている、五十六億年後にミロク教徒が導かれるとされる場所。

矢車の陣 軍 敵陣に突入する陣形。

ヤスミナ 女[アグ] ボルゴ・ヴァレンの娘。(9)

ヤヌス 神 正義、豊穣、生命、加護、光、真実の神。天国をつかさどる宇宙創造の大神。青年と老人の双頭を持つ。この世の万物は、相反し相補う二つのものより成り立っている、という究極の理を具現する。神々の大戦争を通して、息子ドールと決定的に対立した。ヤヌス教の主神。

ヤヌス大路 地[パロ] アルカンドロス広場とヤヌス大橋を結ぶ大通り。

ヤヌス大橋 建[パロ] 東クリスタル区とアルカンドロス広場を結ぶ橋。

ヤヌス街道 地[ケイ] サイロンの双が丘と風が丘のあいだを抜けて行く街道。

ヤヌス騎士団 軍[新ゴ] ゴーラ十二神騎士団の一。

ヤヌス教団 団 ヤヌス教を信じる団体。中

原全土に巨大な勢力をもつ。パロ聖王家はヤヌス教団の最高の祭司長の家系である。

ヤヌス祭司長 位【パロ】 ヤヌス教団の最高位。デルノス参照。

ヤヌス私塾 建【パロ】 クリスタルのアムブラ地区の私塾。

ヤヌス十二条法文 律【パロ】 パロス語で書かれたいちばん難しい文章。

ヤヌス十二神 神 ヤヌス、ヤーン、ルアー、イラナ、イリス、サリア、トート、カシス、ドライドン、ゼア、ダゴン、バスの十二神。ヤヌスによって生み出され、それぞれが地上の役割を分担してこの世を作り上げ、この宇宙にヤヌスの黄金律を与えたといわれる。

ヤヌス十二神教 宗 中原でもっとも信者を集めている宗教。ジェニュアのヤヌス大神殿を総本山とする。各地に十二神と小神々

の神殿がヤヌス神殿を中心に建っている。

ヤヌス十二神殿 建【パロ】 クリスタルにある、ヤヌス十二神をそれぞれまつった神殿の総称。ジェニュア大ヤヌス神殿を筆頭に、アーリア地区のサリア神殿、イラス通りのルアー神殿、アムブラ地区のバス神殿などが含まれる。

ヤヌス戦役 歴 全中原を巻きこんだかつての戦役。

ヤヌス大祭 宗【パロ】 アムブラで十二年に一度開催される祭り。ヤヌス十二神をまつる十二の神殿すべてから山車が出てアムブラ中を練り歩き、アルカンドロス広場へ向かう。

ヤヌス大神殿 建【パロ】 ジェニュアの丘に広がる世界最大のヤヌス神殿。ヤヌス教の総本山。

ヤヌス大神殿 建【ユラ】 アルセイスにあ

ヤヌス通り [地]【パロ】 北クリスタル区の目抜き通り。

ヤヌス熱 [医] つよい伝染性をもつ病。やせおとろえ、髪が抜け、血を吐き、痰がひどい。

ヤヌスの印 [俗] 指と指を交叉させる悪魔よけの印。気味わるさにおそわれたときに切る。

ヤヌスの刻 [語] 真夜中のこと。

ヤヌスの陣形 [軍] 戦いの陣形。

ヤヌスの戦い [歴] アムネリスとイシュトヴァーンの連合軍が、モンゴールを再興させる際、クム軍とのあいだでくりひろげた一連の戦。

ヤヌスの手 [俗] ドライドン賭博の大当たり。ルアーの総並びのこと。

ヤヌスの定理 [理] 古代機械に関係する定理。

ヤヌスの塔 [建]【パロ】 クリスタル・パレスの中心部にある最大の塔。地下深くに古代機械が収められている。

ヤヌスの法度 [俗] 賭博の決まりごと。いかさまの禁止、ルールの遵守、勝敗に遺恨を残さないことを誓う。

ヤヌス広場 [地]【パロ】 聖王宮とヤヌスの塔のあいだの広場。

ヤヌス副祭司長 [位]【パロ】 ヤヌス教団で祭司長に次ぐ地位。バラン参照。

ヤヌス廻し [俗][沿] ドライドン賭博におけるコルドの必殺技。

山の民団 山を根城とする盗賊団。

闇王国 [魔] 魔道の支配する王国。パロ聖王国の前身パロスなどを指す。

闇王朝 [歴]【闇】 三国時代よりずっと後に栄えた黒魔術といかがわしい悪魔崇拝に満

闇が丘（闇ヶ丘） [地]【ケイ】 サイロンの北西にある丘。七つの丘の一つ。身分の高いものの牢獄を兼ねるものとして、シルヴィアが監禁されている離宮がある。

闇と光のはざまの世界（永遠の瞬間の世界） [地]【鏡】 グインが迷い込んだ世界。さまざまな時間を封じ込めた空間が並んでいる。メイベル女王が支配している。正体は年ふりて魔力を持つに至った本。

闇の穴（影の国、影の宮） [地]【鏡】 メイベル女王が住んでいる影の宮。

闇の一族 [族]【鏡】 闇と光のはざまの世界を支配する一族。メイベル女王を長とする。

闇の回廊 [魔] ヤンダル・ゾッグ支配下のクリスタル・パレスに出現した異次元の回廊。現実の回廊と重なっている。

闇の力 [魔]【パロ】 パロ魔道師ギルドがかりそめに呼んでいる、暗黒勢力の通称。

闇の本 [書] 年月が経つうちに魔力を持つようになった本のこと。

闇の館 [建]【ケイ】 闇が丘の離宮の通称。

闇の本 [食] 塩味やかすかな甘味のある固い焼き菓子。

ヤム [男] [沿] ヤガ周辺の名物。

ヤム [男] [沿] ポム大公の近衛兵。(G9)

ヤム [男] [モン] アレナ通りの住人。(15)

ヤム [男] [ライ] ラドゥ・グレイの部下。

ヤム [男] [ライ] ナント島でカルホンに食われた。(G17)

ヤム [男] [自] イシュトヴァーンの部下。元盗賊。

ヤムもち [食] 芋の粉でつくった餅。挽肉の餡をはさみ、焼いて食べる。

ヤムラ [地] [沿] ヤガ近郊の町。

ヤムル・シャー [男] [草] 騎馬の民。ヤムル族の長。(11)

ヤムル族 [族] [草] 騎馬の民の一部族。

ヤモイ・シン 【男】【ヤガ】 ミロク教団の高僧。非常に高齢で、数年前に亡くなった。

槍の陣形 【軍】 突撃の陣形。

ヤルー 【男】【パロ】（7） 草原でレムスについていた魔道士。

ヤル・サーナグ 【男】【沿】 自由都市アルカンドの伯爵にして大商人。ナウシアの父。（G7）

ヤルナ 【地】【パロ】 ダーナムの南、マルガ街道沿いの小さな宿場。

ヤロール 【男】【ヤガ】 指導者。《超越大師》。127

ヤン 【男】【ヴァ】 公弟オリー・トレヴァンの手下のコロ師。いかさまの名手。（G3）

ヤン 【男】【モン】 在クリスタルのモンゴール軍兵士。（11）

ヤン 【男】【モン】 アリストートスの手下の傭兵。（53）

ヤン 【男】【モン】 カメロンの部下。（54）

ヤン・イン 【男】【新ゴ】 イシュトヴァーン親衛隊の准将。（80）

ヤン・ガイ 【男】【キタ】 ホータンの黒鬼団の首領。シャオロンにより殺害。（G13）

ヤン・ゲーム 【俗】 ボールを蹴る球技。

ヤン・ゲラール 【男】【キタ】 望星教団の教主。リー・リン・レンと同盟し、ヤンダル・ゾッグに反乱を起こした。（G12）

ヤン・スー・ファン 【男】【キタ】 マライアのところに出入りしている魔道師。（22）

ヤンダル・ゾッグ 【男】【キタ】 竜頭人身の魔道王。インガルスの竜人族の末裔。高名な魔道師や伝説の怪物を吸収して巨大になってきた。パロからの撤退の後に《七人の魔道師》事件を起こしサイロンに奇襲をかける一方で、ヤガのミロク教の乗っ取りを

ヤン・ミェン 男【カナ】 見習剣闘士。サーラの恋人。昇級試合で敗れた後に自殺。(29)

ユウ・チィー 男【クム】 今年の水神祭り一の美男。くねくねした色子。クリスタル義勇軍の副官。(116)

ユウ・チーイー 男【G16】

ユアン 男【キタ】 ホータンの青蟻団の少年。(G12)

ユアン 男【パロ】 ナリスの小姓。(G19)

ユイス 男【パロ】 ヴァレリウスの部下。魔道師。黒曜宮に間諜としておいてある。(127)

ユヴァン 男【モン】 ノスフェラス侵攻軍の兵士。(5)

ユーカ 男【キタ】 ホータンの青蟻団の少年。(G15)

ユーカ水 食【カナ】 庶民の好む清涼水。

ユー・シン 男【クム】 タリサのはたごのあるじ。

ユータス 男【ケイ】 グインの小姓。(109)(121)

ユーニス 男【パロ】(76)

ユーパス 植 猛毒を放つ木。

ユーフェミア 植 おそろしく美しい花が咲くかわりに、花が咲くまでは、おそろしいほどの手をかけた世話が必要な、白とうす紅色の花。

ユーミス 男【ケイ】 ディモスとアクテの三男。金髪。(80)

ユー・メイ 女【キタ】 ホータンの孤児。シャオロンの妹で行方不明になっていた。男の子の格好をしてヴァニラと名乗っていた。(G12)

ユーラ 女【パロ】 マルガ離宮の侍女。ガイウスの娘。シーラとともにシンシアを誘拐し、その後シーラに刺殺された。(G18)

ユーラ【女】 海賊。マリーサ・カラスの娘。(G17)

ユーラ【地】【パロ】 サラミス城近くの五十戸ほどの小さな集落。

ユーライ【伝】 呪われた木霊の精。ねじまげられた言葉しか返すことができない。

ユーライカの瑠璃【具】【ケイ】 グインを守護する秘宝。青い輝きを持つ。三つの霊玉《ルーエの三姉妹》の一。

ユーリア【女】【パロ】 カルストゥスの妻。ミード伯爵令嬢。有名な美女。(G20)

ユーリ・タイ・リー【男】【クム】 グインの前に現われた幽霊。黒髪、夜の色の瞳。タイス伯爵の公子を自称した。(113)

ユー・リン【男】【クム】 ベテランの闘技士。《剣鬼》。(116)

ユー・リン・シン【男】【クム】 黄衣将軍。クム四大将軍のひとり。(60)

ユール【男】【パロ】 ナリスの小姓。(70)

ユール【地】【クム】 ユラニア街道沿いの、クム—ユラニア国境の町。対ユラニアへの守りのかなめの砦がある。イシュトヴァーンの計略にはまり、砦は炎上した。

ユールの森【地】【クム】 イシュトヴァーン軍とタリオ大公軍が戦った森。タリオ大公は援軍を率いてきたカメロンに討たれ戦死した。

ユーレック【男】【モン】 アルヴォン城の赤騎士。(2)

ユーレリア【怪】 ドールの愛でた半人半妖の妖花。

ユーロン【男】【ケイ】 十二神将。金鷹将軍。(121)

ユー・ロン【男】【新ゴ】 イシュトヴァーン親衛隊所属の隊長。トーラス脱出時に戦死。(85)

ユエ 【男】【パロ】 カリアの赤ん坊。(124)

ユエルス 【男】【新ゴ】 ドライドン騎士団の騎士。《風の騎士》の団に潜入した。(104)

ユエン 【男】【沿】 《ニギディア》号乗組員。ジックに焼殺された。(G17)

ユカイ 【男】【ライ】 海賊。《残虐男》。(G17)

雪見草 【植】 淋しく見える白い花。

ユゴス 【地】【外】 生命の源なる星。竜頭人身族の先祖が発見。《フモール》が存在。

ユディウス 【男】【ユラ】 大ユディウス。ユディウス・シンの父。エリア伯と懇意。(23)

ユディウス・シン 【男】【ユラ】 ユディトー伯。オル・カン大公の側近で、軍師。(21)

ユディトー 【地】【新ゴ】 最北端、ケス河沿いの城砦都市。

ユナ 【女】【ケイ】 グインの近習ラムの妹。

ユナス 【男】【モン】 伯爵。アムネリス、ミアイルの叔父。もと靴屋。(9)

ユノ 【地】【パロ】 北部国境近くの城砦都市。

ユノ街道 【地】【パロ】 ガヤとユノを結ぶ街道。

夢使いの術 【魔】 ひとの夢のなかに忍びこんで、思ったとおりの暗示をあたえる魔道師の術。

夢の回廊 【魔】 眠っている人間の夢を伝わることにより、その脳に入り込むことのできる精神的な通路。

ユラ 【女】【外】 アウラに仕える女小姓。猫頭、青緑の髪、緑の目。ツールグスのユラ。

ユラ 【地】【パロ】 ダウンの隣村。

ユラ山地 【地】【新ゴ】 ユラニア北部とルードの大森林をへだてる山地。ユラニア北部

をノスフェラスからの瘴気から守っている。

ユラス [地] [新ゴ] 東部の城砦都市。

ユラニア [地] [ユラ] ゴーラ三大公国の一。首都はアルセイス。豊かで肥沃な平野が広がる。北部は旧開拓地方と呼ばれる森林地帯で、いくつかの大きな都市もある。モンゴールと異なり、ユラ山脈によってノスフェラスの瘴気から守られて発展した。パロと並ぶ古い国だったが滅亡し、ゴーラ王国となった。

ユラニア騎士団 [軍] [ユラ] イシュトヴァーンがアルセイス市民軍を編成しなおして作った軍隊。

ユラニア正規軍 [軍] [ユラ] ユラニア大公国の軍隊。弱卒が多い。イシュトヴァーンに投降したのち、ユラニア騎士団に参加。

ユラニア大公家 [位] [ユラ] ユラニア大公国を治める家系。先祖はゴーラ皇帝家の血筋をひく。

ユラニア平野 [地] [ユラ] 中央部に広がる平野。

ユラニア北部街道 [地] [ユラ] 北部を結ぶ街道。

ユラン [男] [旧ゴ] サウル皇帝の小姓。サウル皇帝に殉じた。(43)

ユランバウム星 [地] [外] カナンを攻撃し、墜落させられた星船の母星。

ユリ [男] [パロ] クリスタル・パレスの下女エレナの男友だち。カラヴィア出身。

ユリアス [男] [ケイ] ベルデランド侯爵。(20)

ユリアス [男] [ケイ] タルーアンの血をひく。潔癖症。(22)

ユリアス [男] [パロ] アルシス内乱のときの聖騎士侯。(G8)

ユリア・ユーフェミア [女] [ケイ] オクタヴィアの母。アキレウスの愛妾。ユラニア

ユリアン 男 パロ (18) ナリスの小姓。屈強。の伯爵令嬢。

ユリウス 男 ノス (72) グラチウスの部下。カローンの淫魔族の生き残りの化け物でその体は自在に伸び縮みする。みだらな行為で相手の精気を吸い取り、糧とする。減らずロをたたき、かつ下品。(40)

ユリディス 怪 ケイ 黒曜宮に住む妖魔。名工エウリディウスによって製作された銀の手鏡が九百年の年月を経るうちに魔力を得たもの。

ユロ 男 王位請求者。(3)

ユン・リー 男 草 騎馬の民。グル族の若者。赤い盗賊との戦いで死亡。(23)

夜明けの女神号 交 カルストゥスが利用していたカラム運搬船。大嵐にあってレント海で沈没した。

酔いどれなまず 建 クム タリサの船宿。

ヨウィスの民 族 各地を放浪して、祭りなどの場で音楽や占いや曲芸を披露して生活する人々。黒い髪、黒い目に浅黒い肌をもち、ぼろきれをはぎあわせた極彩色のマントとすそのふくらんだズボンをつけるという独特の風俗をもつ。

伴死の術 魔 ある特殊な薬を服用することにより、本当の死と区別のつかない仮死状態にする秘術中の秘術。身体、精神を損なう危険を伴う。

ヨウス 男 パロ 高利貸し。氷のヨウス。ハンニウスの債権者。(G20)

ヨー 男 モン 白騎士団伝令部隊員。ドライドン騎士団の騎士。(54)

ヨオ・イロナ 女 沿 レンティアの女王。(12)

ヨーグ 怪 外 カレナリア星系のエネ巨大な肥満体。

ヨー・サン 男【パロ】 クリスタル魔道士団所属の一級魔道師。(91)

ヨーハン 男【ケイ】 アキレウスの小姓。(123)

ヨーハン 男【クム】 ドーカスをひいきにしている豪商。ミロク教徒。(111)

ヨーハン 男【モン】 ブルク隊の白騎士。

ヨーム 男【ヴァ】 イシュトヴァーンの不良仲間。(G3)

ヨーム カースロンを討ち取った。(13)

ヨーム 動 メダカ。

横一文字の陣 軍 戦いの陣形。

ヨッサ・ボッサ・モッサ 俗【クム】 タイスで行なわれている、剣闘士の試合を対象とした賭け事。

ヨツンヘイム 地【北】 北方の地底王国。治めているのは氷の女王クリームヒルド。世界創世の秘密が隠されているという。

ヨデル 男【モン】 イシュトヴァーンの小姓。(36)

夜泣き鳥 動 女の泣き声のような不吉な声で鳴く鳥。

夜泣きフクロウ 動 ルードの森に住む鳥。女の啜り泣きのような不気味な声で鳴く。

ヨナ・ハンゼ 男【パロ】 元神聖パロ王国軍参謀長。長い黒髪、灰色の目、青白い顔、痩身。王立学問所史上最年少の助教授。ミロク教徒。ヴァラキア生まれだがある事件をきっかけにパロへと渡り、学問に勤しむ。パロ内乱時には参謀としてナリスを補佐する。内乱終結後、ミロク教を調査するためヤガに潜入する。(31)

ヨピス 男【ヴァ】 ピットの賭場のコロふ

ヨブ　男【沿】　《ガルムの首》号の船員。(7)

ヨブ・サン　男【クム】　右丞相。アキレウス帝即位三十年の記念式典に派遣されたクムの使節。(21)

ヨフニル　男【タル】　《フレイヤ》号船員。(G3)

ヨミが池　地【鏡】　触れただけで生き物を溶かしてしまう池。

ヨミの国　地【鏡】　鏡の国と《ヨミの門》で隔てられた闇の国。

ヨミの兵士　軍【鏡】　ヨミの国の兵士。ヨミの国の魔道の産物で、ウリュカに操られていた。

ヨミの門　地【鏡】　ヨミの国と鏡の国を隔てる門。

ヨランデルス　男【パロ】　魔道士。古代機械の研究者。(10)

ヨルス　男【自】　赤い街道からイシュトヴァーンに従っていた親衛隊。(36)

ヨルム　伝　美しい天の光の鳥。

よろこびの塔　建【キタ】　ホータンの南の塔。

ヨンダ　神　カレニアなどで恐れられる森の精霊の主。森の精ルシェルたちを率いている。

〈ラ〉

ラー　怪　人頭獣身の怪物。

ラー神　ルアーとイリスの禁じられた赤子。五感のすべてを封じられて、永遠の闇の中にとじこめられた。

ラー・ウー　男【草】　スカールに従う騎馬の民。(19)

ラーグ 単【外】 星船の文明の時間の単位。タルより長く、タルザンより短い。

ラーナ・アル・ジェーニア 女【パロ】 最年長の王族。大公妃。アルシスの妻、ナリスの母。敬虔なサリアの教徒で、端麗だが権高な険しい顔立ち。パロ内乱ではナリスを激しく非難した。(6)

ラーバ 男【カナ】 剣闘士。昇級試合後にヤン・ミェンに刺殺された。(G16)

ラーム 男【アル】 アルゴスにおける、リンダの護衛隊長。(12)

ラーラ 神 霜の精の乙女。

ライアー 男【パロ】 伯爵。官房長官。近衛長官、大蔵長官を歴任した大貴族。アモンの魔道により頭をエルハンに変えられる。(6)

ライアス 男【パロ】 ナリスの護衛の騎士。(G7)

ライアス 男【モン】 黄色騎士団司令官。(2)

ライオス 男【ケイ】 ダナエ侯。十二選帝侯で独身。頭が薄くなりかけた、風采のあがらない病弱そうな小男。(18)

ライ゠オン 神【キタ】 ゼド教の鬼神。鬼面の塔の物神。(G12)

ライク 男【ヴァ】 カメロン提督の部下。(15)

ライク 動 うなぎ。

ライグ 単【外】 星船の文明の時間の単位。ザンと同程度。

ライクス 男【パロ】 カルストゥス商会の大番頭。カルストゥスの右腕。(G20)

ライゴール 地【沿】 沿海州連合のひとつで自由貿易都市。レンティア領内にあるが、政治的には独立している。かつては大国ランドヴィアの首都であった。代表はアンダ

ライ・サン 男【草】 スカールに従う騎馬の民。⑩2

ライジア 地【ライ】 南ライジアの島。細いライジア水道で分けられた北ライジア島と南ライジア島からなる双生児の島。北ライジアを中心に海賊の本拠となっている。人々は移民の黒人種が中心だが、奥地には原始的な《古レント民族》が暮らしているといわれる。

ライジア 地【沿】 草原の南に位置するレント海沿岸の都市。

ライジア水道 地【ライ】 北ライジアと南ライジアのあいだの細い水道。

ライス 男【ヴァ】 港湾組合のギルド長。パウラの父。(G3)

ライス 男【パロ】 男爵。護民長官。アムブラ騒動で人質になり死亡。三男一女の父。

ライ・サン 男【草】 スカールに従う騎馬の民。⑬

ライダ 男【パロ】 伝説的なレース職人。㊲

ライダゴン 神 雷神。ダゴン三兄弟の次兄。フィステと夫婦関係にあるとされる。

ライタン 伝 悪魔の漁師サタヌスにすなどられた巨大な魚。㊼

ライヌス 男【パロ】 カリナエ小宮殿の侍従。㊼

ライモス 男【モン】 《風の騎士》の部下。

ライヤ 女【ケイ】 シルヴィア付きの女官。⑩5

ライラ 女【ヴァ】 ディモスの遠縁。�97

ライラ 女【ヴァ】 イシュトヴァーンにくいものにされたヴァラキアの夫人。(G3)

ライラ 女【パロ】 宮廷の貴婦人。⑥

ライラ 女【ライ】 《波乗り亭》の女主人。黒人。(G17)

《ライラ》号 交【ライ】 ラドゥ・グレイニア遠征隊。(24) の三番手の船。八百七十ドルドン。九十人乗り。船長はコンギー。

ライン 男【モン】 ユノ砦をあずかる白騎士隊長。(13)

ラヴィニア 植 白い美しい花。

ラウール 地【新ゴ】 イシュタールの東にある都市。

ラウグ 単【外】 星船の文明の時間の単位。ライグよりやや長い。

ラウス 男【パロ】 聖騎士子爵。ボス、ルハスの弟。青い目。(85)

ラウディ 男【沿】《ガルムの首》号の船員。背の高い黒人。(8)

ラウラ 女【パロ】 マルガ離宮の侍女。シーラの妹。栗色の髪。シーラに刺殺された。

ラウル 男【ケイ】 (G18) 黒竜騎士団隊長。ユラ

ラウル 男【ケイ】 (80) グィンの小姓組組頭。

ラオ 男【ケイ】 (79) 侯爵。アルシアの父。

ラカン 男【パロ】 (HB2)

ラ・ギアナ 女【ケイ】《海の女神亭》の女主人。(17)

ラキス 男【パロ】 聖騎士。太め。(HB2)

ラグ 単【外】 星船の文明の時間の単位。およそ数ヶ月に相当。

ラク・オアシス 地【ノス】 ラク谷の中央のオアシス。

ラク族 医【ノス】 セム族の一種族。平和主義の部族。現在の族長はシバ。前族長はロトー。

ラク谷 地 【ノス】 南西部の谷。セムの村がある。

ラクの村 地 【ノス】 ラク谷にあるセム族の村。《鬼の金床》の北。ケス河から二昼夜ほどの距離。

ラゴール 怪 【パロ】 クリスタル・パレスでレムスが使っていた水牛のような顔の半人半獣の怪物。地下世界にしか住めない生物で、非常に巨大化したものがギュラス。(76)

ラゴン族 【ノス】 ノスフェラスの瘴気が生みだしたといわれる毛むくじゃらの巨人族。族長は勇者ドードーと賢者カー。《幻の民族》と呼ばれ、ノスフェラスの奥深くに入ったさらにその奥地に居を定める。人間よりも寿命は長い。アクラの神を信仰している。ラゴンには「待つ民」という意味がある。

ラサール侯爵 位 【ケイ】 ルカヌス参照。

ラサ族 族 【ノス】 セム族の一種族。セム族の中では大きいからだで、《まだら毛のラサ》と仇名される。ラク族とは縁つづき。ラドゥ・グレイの部下の船医。(G17)

ラシュム 男 【ライ】 黒竜騎士団員。額に三つ目のいれずみをしている。(40)

ラス 男 【ケイ】 ヴァレリウスの部下。一級魔道師。103

ラス 男 【パロ】 ネルバ塔の門衛頭。ネルバ侯の馬丁頭。(52)

ラス 男 【モン】 騎士団の中隊長。(39)

ラス塾 建 【パロ】 ラス・ナイルスが経営する、アムブラの私塾。

ラス・ナイルス 男 【パロ】 アムブラの私塾の塾頭。男爵。(G20)

ラスロ 男 【モン】 アレナ通りの酒屋。

ラズロ 男【ユラ】 (32)

ラダス 男【モン】 オーダイン騎士団長。(55)

ラッドル 俗【キタ】 キタイの相撲のこと。

ラドウ 男【ハイ】 太古の帝王。(G17)

ラドウ・グレイ 男【ライ】 ライジアの海賊を統一した海賊王。クルドの血を引くともいわれる。漆黒の肌、青い目、黒髪、口髭、大柄な長身。ナントの財宝を見つけ出した。(G17)

ラトナシア号 交【沿】 イフリキアの船。鋼鉄張りで、スマートな快速船。(61)

ラナ 女【ノス】 ラゴン族、ドードーの娘。モールと婚約中。(5)

ラノス 男【自】《ガルムの首》号の船長。

ラパン 男【ケイ】 カラヴィアのラノス。(7)

ラピス 男【クム】 剣客。(18)

ラブア 植 葉は食用で、甘辛く煮付けて食べる。

ラブ・サン 男【パロ】 クリスタルからヤガにやってきた巡礼。マリエの父。《新しきミロク》に洗脳された。(120)

ラミア 地【クム】 南東部の都市。

ラミント 男【モン】《風の騎士》の部下。(105)

ラム 植 すっぱい果実。汁は魚などにかける。

ラム 男【ケイ】 サイロンの少年。(17)

ラム 男【ケイ】 黒竜騎士団隊長。(43)

ラム 男【ケイ】 グインの近習。四人の弟妹がいる。(90)

ラム 男【沿】 ルネの弟。(G9)

ラム 男【パロ】 マルガ離宮の近習。(G

宿の老主人。(17)

ラム 【ユラ】 ミーアン村の子供。ファン・ダルの長兄。(18)

ラム・ファン 【クム】 アムネリア宮の衛兵隊の小隊長。(28)

ラモ 【沿】 ロスの船乗り。(7)

ラモス 【ケイ】 知の神。

ラモス 【神】 アキレウスの書記官。

ラン 【新ゴ】 イシュトヴァーンの使った偽の名前、イー・チェンの母の名前。(40)

ラン 【女】 通貨の単位。十分の一ラン銅貨、五分の一ラン銀貨などがある。(27)

ラン 【ヴァ】 《オルニウス》号船員。

ラン 【ケイ】 グインの小姓。(G1)

ラン 【クム】 タイ・リー・ローの弟の

ラン 三人の息子のひとり。(113)

ラン 【ノス】 ラゴンの戦士。(5)

ラン 【パロ】 アムブラの学究にしてクリスタル義勇軍司令官。レティシアの夫。ヨナの親友。黒髪、灰色の目、浅黒い肌。カラヴィア出身。古代機械の研究にあたった。マルガ攻防戦で戦死。(13)

ラン 【沿】 イシュトヴァーンの海賊時代の相棒。ライゴール出身。浅黒い肌、黒い大きな瞳。イシュトヴァーンを助けてジックに斬殺された。(G9)

ラン・ウェン 【キタ】 ホータンのそばやの主人。(G12)

ラン・ウェン 【クム】 タリオ大公の副将。モンゴール軍との戦いで戦死。(55)

ランガート 【地】【草】 カウロスの首都。

ランキン 【地】【クム】 南東部の都市。

ラングート 【神】【クム】 ヴァーナ教の女神。

タイスの守り神。首から上は蛙、首から下は巨大な乳房を持った太った女の姿で、蛙のようにうずくまっている。地下水路にはその末裔の怪物ラングート・テールが住んでいるといわれる。

ラングート・テール 地【クム】　地下水路に住むという、蛙と人のあいだのような伝説の怪物。ラングート女神の末裔といわれる。

ラングート女神広場 地【クム】　ロイチョイ地区の広場。主な通りの交差点。ラングート女神像が飾られている。

ランクール 単【闇】　貨幣単位。

ラングト神 闇　蛙神。

ラングド動　食用になる動物。

ラング牛 動　白い乳を出す牛。

ランゴ族 族【ケイ】　ランゴバルドの民族。

ランゴバルド 地【ケイ】　十二選帝侯領の

一。サイロンの東、やや北部に位置する。ケイロニアきっての保養地として知られる。

ランゴバルド街道 地【ケイ】　ランゴバルドからナタリ湖南岸へ抜ける街道。

ランゴバルド侯騎士団 軍【ケイ】　ランゴバルド侯直属の騎士団。

ランゴバルド侯爵位【ケイ】　ハゾス・アンタイオス参照。

ランゴバルド城 建【ケイ】　ランゴバルド侯領のまんなかに位置する、美しい石づくりの巨大な城。ハゾス・アンタイオスの居城。

ランス 男【沿】　ロスの自警団の男。(7)

ランス 男【新ゴ】　ヤヌス騎士団司令官。モンゴールの貴族だが、イシュトヴァーン軍に身を投じた。(31)

ランズ 男【ケイ】　ディモスの執事。(20)

ランズ 男【パロ】　魔道士。ベック公の軍

師。(8)

ランズ 【男】【モン】 《風の騎士》の部下の騎士。106

ランズ 地 【パロ】 イーラ湖からランズベール川へ流れ込む河口の町。

ランズベール 男 【パロ】 建国王アルカンドロスに仕えた大魔道師。ランズベールの塔を建てる。(10)

ランズベール大橋 建 【パロ】 クリスタル・パレスと北クリスタル区を結ぶ橋。

ランズベール川 地 【パロ】 クリスタルから東へ流れ、自由国境地帯の山奥の無名の湖に流れ込んでいる川。

ランズベール城 建 【パロ】 ランズベール城主。司政官の最高位。貴族の人事をとりしきる。リュイス、キース参照。(6)

ランズベール侯爵 位 【パロ】 ランズベール・パレスの北側にある城。ランズベール侯の居城。ネルヴァ城とともにクリスタル・パレスを守る。ランズベール塔がある。レムスーナリスの内乱で落城し、炎上した。

ランズベール塔 建 【パロ】 ランズベール城の塔。貴族、王侯や政治囚たちの重罪監獄。ネルヴァ塔よりやや高い。レムスーナリス内乱のランズベール城攻防戦で焼失した。

ランズベール通り 地 【パロ】 クリスタルの通り。北市街とランズベール大橋の通り。

ランズベール橋 建 【パロ】 クリスタル・パレスの北大門からランズベール川にかかる橋。非常時にはあげられる。

ランズベール広場 地 【パロ】 ランズベール大橋のたもとにある広場。アルカンドロス広場よりはかなり小さい。

ランズベール門 建 【パロ】 クリスタル・パレスの北側の門。北大門。

ランセルバルド 地【ケイ】 ランゴバルドの南にある村。王侯貴族も訪れる有名な湯治場がある。

ランダーギア 地【南】 古代王国。中原とは異なる言語と風習を持ち、文化的には未開の部分が多い。黒人種が中心で、密林には猿と人のあいだのような人種が王国を作っているともいわれる。

ランダド 動 カエル。

ラン・ダル 男【クム】 魔道伯。クムにおける魔道師の元締。(57)

ランタン 女【黄】 黄昏の国の老婆。グインに樹怪退治を依頼する。(G5)

ランタン 男【パロ】 クリスタルの大商人。有力ギルドの長。(6)

ランタン谷 地【黄】 ダークランドの《空白の森》の入口にある、ランタン婆の土地。シルヴィア皇女を探していたグインが訪れ

た場所。

ラン・チョウ 地【キタ】 西側国境の町。

ランディーン 伝 水の城に出かけた英雄自分の国に戻ったときには、長い年月が過ぎ去っており、国はほとんど水没していた。(G5)

ランディウス 男【ケイ】 准将。千狼騎士団副団長。アルマリオン将軍の後任に推薦された。(123)

ランディウス 男【パロ】 アルシス内乱のときの聖騎士侯。(G8)

ランデウス 男【ケイ】 獅子心皇帝。六百年前にパロの頽廃王アルムと一騎討ちした。(11)

ラン゠テゴス 神【南】 ク・スゥルーの神神の一人にしてそのもっとも力あるもの。

ラン・テゴス 神【闇】 闇王国の神。蛙の顔を持つ。

ランド　【男】〔パロ〕　リーズに刺殺された。オヴィディウスの部下。

ランドー　【伝】　みにくい雌牛。(71)

ランドシア　【交】〔外〕　グル・ヌーの地下に眠っていた星船。グインがかつて船長を務めていた。母星はランドック。グインの命令により三千年ぶりにグル・ヌーから離陸し、自爆のためアモンを閉じこめたまま宇宙を航行。

ランドシア　【地】〔キタ〕　フェラーラにほど近い土地。土地神としてアウラ・シャーが信仰されていた。

ランドシアvii　【軍】〔外〕　ヴァレイラ＝ヴァンタルーヴァ星域の宇宙戦争にランドックが派遣した艦隊の旗艦。

ランドス　【地】　カウロス南部の都市。

ランドック　【地】〔外〕　アリシア星系第三惑星。女神アウラ・カーが治める《天上の都》。グインがかつて皇帝として君臨していたらしい。

ラン・バー　【女】〔キタ〕　ラン・ウェンの妻。(G12)

ランバール自由騎士団　【軍】〔ケイ〕　ダリウス大公に雇い入れられた傭兵騎士団。

ラン・ファン　【男】〔クム〕　隊長。(56)

ラン・ファン　【男】〔草〕　スカールに従う騎馬の民。(15)

ランブリング茶　【食】　ヤガなどで飲まれる茶。

リア　【女】〔沿〕　ルネの妹。(G9)

リア　【女】〔パロ〕　ラーナ付きの女官。(75)

リア　【神】　ドライドンの娘。リリア湖の守り神。水蛇族の王リーガとの悲恋で知られ、その涙がリリア湖になったという。

リアード　【動】　セム語で「豹」。ラゴンの伝説に登場するアクラの使者。グインのノスフェラスでの呼び名。

リアーヌ 男【キタ】 妖魔。リリト・デアの小姓。ナディーンの恋人。(G11)

リアス 男【パロ】 ローリウスの副官。(77)

リアス 男【パロ】 マルガの長老。前市長。(88)

リー女【ヴァ】《ウミネコ》亭の老婆。(G6)

リー女【パロ】 リンダの王女時代からの女官。(52)

リー・アン 男【草】 スカールに従う騎馬の民。(25)

リー・ウェン 男【クム】 准将。サルドス別動隊長。(56)

リー・オウ 女【草】 グル族の女。スカールの母。(19)

リー・オム 男【クム】 中将。クム公子騎士団長。(45)

リーガ 伝 水蛇族の王。リア女神と恋に落ち、彼女を奪って逃亡するが、彼女の父ドライドンにより殺された。

リー・ガン 男【キタ】 赤衣鬼の隊長。(G11)

リーガン 男【モン】 伯爵。リカードの長男。ノスフェラスで戦死。(3)

リース 男【ケイ】 サルデス騎士団団長。(67)

リーズ 男【新ゴ】 ドライドン騎士団の騎士。ブランの右腕。(53)

リーズ 男【パロ】 聖騎士伯。ルナンの遠縁。パロ内乱ではナリス側に参加し、マルガ攻防戦で戦死。(70)

リース 男【モン】 アレナ通りの青年。トーラス戦役の傷痍軍人。両足が動かない。(32)

リー・タン 女【パロ】 オー・タン・フェ

リー・ダン [男]【クム】 イの妻。(51)

リード [男]【モン】 ルにて戦死。(55)

リー・トウ [男]【クム】 士。オロの同郷。(1)

リーナス [男]【パロ】 将軍。ルーアン騎士団長。

リー・ファ [女]【アル】 長官。リヤの長男、ミネアの夫、二人の娘の父。金髪、青い目。何者かに暗殺され、その後ゾンビーとなったが、グインに斬られて崩壊した。(6)

リーム [男]【モン】 ルの妻。イシュトヴァーンからスカールを守り死亡。(7)

リー・ムー [男]【新ゴ】 員会の出席者。(69)

リーユー [動]【クム】 突撃隊長。ガブラ親衛隊大隊長。のちに将軍。(80)

リーラ川 [地]【自】 鯉魚。

リーラ鳥 [動] か弱い鳥。

リーラン [地]【自】 リーラ川沿いの町。

リー・リン・レン [男]【キタ】 ホータンの《青星党》の首領。望星教団のヤン・ゲラールとともに中心となってキタイ全土で反乱を起こした。(G12)

リー・ルン [男]【キタ】 ホータンの赤衣党員。(G12)

リー・ルン [男]【新ゴ】 イラナ騎士団司令官。トーラス政変後、トーラス総督に任ぜられた。(55)

リー・ルン [男]【草】 スカールに従う騎馬の民。(25)

リーロ・ソルガン [男]【ユラ】 ユラニアの湖に流れ込む川。ケイロニアからオロイ

少年。ミロク教徒。イシュヴァーンと出会い彼に愛されるが、それを嫉妬したアリストートスに惨殺された。(45)

リーン 男【パロ】 聖騎士男爵。身分は高くないが昔からの家柄。(G20)

リウス・アンテニウス 男【ケイ】 アリウス皇帝時代のアンテーヌ侯。

リカード 男【モン】 伯爵。リーガンの父。アルヴォンの元城主。(4)

リガヌス二世 男【パロ】 昔の聖王。(76)

リギア 女【パロ】 聖騎士伯。黒髪、黒い瞳の美女。ルナンの娘、ナリスの乳姉弟。ルナンとともにナリスに忠誠を誓っていたが、彼の死後はパロを離れ、スカールを求めて中原を旅していた。ふとしたことからグインらと出会い、タイスを経てパロへと行動をともにする。(6)

リゴス 男【自】 赤い街道の盗賊。(24)

リゴロ 具【モン】 モンゴールでもっとも一般的な楽器で、竹でつくったかんたんな笛。素朴な音色がする。

リサ 女【ヴァ】 チチアの娼婦。(102)

リザーリヌス 伝【カナ】《石窟の皇帝》三十年を石窟の地下牢で過ごしたのち、カナンの玉座を取り戻した。(60)

リザルヌス 伝【カナ】 カナン第十一王朝の英雄王。ドールニアの求めに応じてカナンの都に火をかけ、第十一王朝もろとも滅ぼした。

リスト 男【ユラ】 伯爵。ユリア・ユーフェミアの父。(21)

リスボス 男【パロ】 昔のマリア侯爵。マルガの初代領主。リリア湖の女神島にリア女神をまつるほこらを建てた。(G18)

リチア 地【パロ】 サラミスの郊外の小さな村。

リチウス 伝【カナ】 カナンを攻め滅ぼす役割をひきうけることになったヤーンの使い。運命にとりつかれた男。(80)

リックス 男【旧ゴ】 サウル皇帝の臣下。

リディア 女【パロ】 リンダの王女時代からの女官。(28)

リティアス 男【パロ】 ロードランド子爵、准将。国王騎士団副団長補佐。(76)

リナ 女【パロ】 カリナエ小宮殿の宮女。

リナ 女【パロ】 リギアの偽名。(10)

リナ 女【モン】 トーラスのパン屋の娘。(26)

リヌス 男【ケイ】 子爵。ハゾスの長男。(35)

リヌス 男【パロ】 端整な顔立ち、輝く瞳。(121) クリスタル騎士団第二大隊長。(48)

リノ 男【ノス】 ラク族の小族長。(3)

リ・ハン 男【ユラ】 伯爵。官房長官。(29)

リボー 動【北】 長い毛と巨大な角をもつ北方の鹿。

リム・ロン 男【クム】 タリク大公の親衛隊長。(62)

リヤ 男【パロ】 公爵にして元宰相。リーナスの父。キタイの傀儡となっていたという疑いがかけられている。(1)

リャオ・シャン 男【キタ】 道士。死の婚礼の出席者。

リャガ 地【草】 中央部、ルアン・オアシスにある都市。(10)

略式宝冠 具【ケイ】 王の冠。前面に巨大な紅玉がある。

リャン・ルー・ファン 男【ユラ】 外相。

リュイス 【男】【パロ】 先代のランズベール侯爵。シリアとキースの父。パロ内乱の際にはナリス側に参加し、ランズベール城の戦いで戦死。(6)

リュイ・ターの竜騎兵 【軍】【キタ】 ヤンダル・ゾッグ直属の竜頭人身の騎兵。《竜の門》。身長二メートル前後。パロ内乱ではレムス軍の一部を率いた。

リューイン 【男】【自】 ヨウィスの民の一座を率いる老人。(65)

竜騎兵 【軍】【キタ】 キタイの、竜王の黒魔道で頭を竜に変えられた兵士。

竜宮城（蓮華王城） 【建】【キタ】 ホータンの北はずれにある宮殿。ヤンダル・ゾッグの元居城で、その前は蓮華王城と呼ばれていたキタイ王家の城であった。現在は望星教団の持ち物。大門は竜宮城が崩壊するとき以外は決して開かぬしきたりになっている。

竜神丸 【交】【沿】 ライゴールの船。船首に巨大な竜をほどこし、船縁すべてを鋼鉄のとがった槍でかためた船。

リュース 【男】【ケイ】《竜の歯部隊》中隊長。(89)

流星ヶ原 【地】【ユラ】 ガブラル近くの原野。クム軍とモンゴール＝ユラニア軍が戦った場所。

リュート 【貝】 竪琴のような和絃を奏でる楽器。

リュード 【伝】 気がつかないあいだに何年もたっていた男。(G16)

竜とバルバス亭 【建】【モン】 トーラス、アレナ通りの料理屋。

リュード・ハンニウス 【男】【パロ】 カレニア衛兵隊大隊長。パロ内乱ではナリス側に参加。(70)

死の婚礼の出席者。(10)

竜の騎士号【交】【沿】 タリアの伯爵ギイ・ドルフェスの御座船。

竜の花【植】 白くてやや厚めの三角形の花びらが何層にも重なり合っている花。花の真ん中からうす紅色の花弁が突き出しており、その中にさらに二本、かなり長いうすピンクの先が細くなった触手のようなものが突き出している。

竜の歯部隊【軍】【ケイ】 最精鋭部隊。グイン直属の特殊親衛隊。正規の一千人と予備の一千人で構成される。隊長はガウス准将。ハイナムの水竜の旗印、黒い鎧兜、銀色の竜の紋章。厳しい訓練により情報収集、命令伝達能力、軍事技術、語学、医学などに優れ、グインの命令を絶対とする。いわば《生きた兵器》。その名はハイナム第一王朝の竜王ナーガ一世が竜の歯を地面に投げたところこの世でもっとも強力な

竜の門【キタ】 ホータンの強盗団。竜騎兵あがりが率いているといわれる。

龍馬【怪】【鏡】 ハイラエ、蛟が池に住む竜頭の河馬のような生物。

緑晶宮(緑晶殿)【建】【パロ】 クリスタル・パレス。水晶殿内の南西の宮殿。国賓などをもてなす。水晶の塔がある。

緑曜宮【建】【ケイ】 黒曜宮、七曜宮の宮殿。銀曜宮の南の小さな家庭的な宮殿。

リョラト【怪】 セム語での化け物の総称。

リラ【植】 カナンの花。

リラル族【族】【ケイ】 ケイロニア南西部の山岳地帯を中心とした部族。

リラン【男】【パロ】 ナリスの小姓。(G19)

リリア湖【地】【パロ】 マルガに接する美しい湖。風光明媚なパロ一の保養地で、湖畔

リリー川 地【パロ】 リリア湖からダネイン大湿原へ流れ出る川。守り神はリア女神。ナリスの霊廟が建てられている女神島がある。

リリーシュ 男【自】 ガウシュの村人。

リリト・デア 女【キタ】 第二十代魔女王。

リリス 怪 道に迷った旅人を誘惑する妖女。

リロ 男【モン】 アルヴォン城の赤騎士。(3)

リングワーム 動【ノス】 ケス河に棲息し、半透明のゼリー状の体で獲物をつつみこみ押しつぶして消化する。

リンダ 女【パロ】 建国王アルカンドロスの娘。非常にすぐれた予知者として知られ、《処女姫》と呼ばれる。(6)

リンダ・アルディア・ジェイナ 女【パロ】 現聖女王。元神聖パロ王国王妃。ナリスの妻、レムスの双児の姉。暁の色の紫の瞳、プラチナブロンドの髪の絶世の美女。優れた予知能力者。黒竜戦役の際、古代機械によってルードの森に転送される。そこで出会ったグインに助けられアルゴスを経てパロに戻る。パロ奪還後ナリスと結婚し、ひとときの幸福を得るが、内乱によって彼を失う。その後ナリスの意を継ぎ新女王即位、パロの復興に尽力している。(1)

リンデル 男【パロ】 カラヴィア騎士団所属の騎士。クィランの副官。(89)

リント 男【モン】 ノスフェラス遠征隊の隊長の一人。(2)

リンド 男【ケイ】 宮内庁長官。伯爵。(123)

リンド 男【モン】 海軍総帥。(14)

リンネ 伝 うそをついた罪で皮をはがされてしまった小ウサギ。

リン・メイ 安【草】 マオ・グル族の少女。

リン・メイ（G5）

ルアー 神 太陽神。戦、正義、音楽、武運、幸運の神。炎と光と黄金につつまれた、青い目の美青年。イラナの夫。イリスの兄。剣、馬、弓矢の名手。炎の馬車で天空を駆ける。太陽そのものをも指す。ヤヌス十二神の一。

ルアー街道 地【ユラ】 ガンビアとガブラルを結ぶ旧街道。イシュトヴァーン軍と、ネリイ・タルー軍が戦闘を行なった。

ルアー騎士団 軍【新ゴ】 十二神騎士団の中枢で最強の軍隊。イシュトヴァーン直属の旗本隊。二千人。

ルアー神殿 建【パロ】 ジェニュアにたつ神殿。

ルアーの幸運の印 俗【パロ】 賭博師のよくやる印。

ルアーの祭典 宗【パロ】 四年ごとにパロの人々がカラムの冠をかけて戦う祭典。

ルアーの心臓 具【ケイ】 ケイロニア蜀王冠の中央に輝く紅玉。

ルアーの血の星 俗【パロ】 額の右側の髪の毛のはえぎわにあるほくろのこと。南方の人相学では残虐な運命をもたらすものとされる。

ルアーの塔 建【パロ】 クリスタル・パレス内の塔。ヤヌスの塔の西にある、やや細身で美しい塔。秘宝《ルアーの目》が収められている。

ルアーのバラ 植 ルノリアの別称。

ルアン・オアシス 地【草】 草原の中央部にある大きなオアシス。

ルアンナ 女【クム】 女闘士。クロニアのルアンナ。→116

ルイ 男【パロ】 ルナン侯付きの小姓。

ルイ【男】【パロ】 イシュトヴァーンの小姓。(10)

ルイ【男】【モン】 フェイ塾の学生。北部から来た学生。(G46)

ルイ・アン【男】【パロ】 もとオー・タン・フェイ塾の学生。北部から来た学生。(G20)

ルイザ【女】【ケイ】 マライア皇后付きの女官。

ルイス【男】【ケイ】 金犬騎士団の騎士。(22)

ルイス【男】【パロ】 ナリスの小姓。(38)

ルイス【男】【新ゴ】 ドライドン騎士団の若手。(125)

ルイ・モウン【男】【パロ】 シュクの住民。

ルー【女】【ケイ】《西風農園》のモールの娘。(128)

ルー【男】【アグ】 黒牛のブルスの仲間。大男。(12)

ルー【男】【ヴァ】《オルニウス》号船員。カメロンの世話係。(G3)

ルー【男】【パロ】 ナリスの小姓。(66)

ルー【男】【モン】 イシュトヴァーンの近習。(64)

ルヴァ【地】【ケイ】 サイロン周辺の小さな町。

ルーア貝【動】 オロイ湖で捕れる貝。串に刺して焼いて食べる。

ルーアン【地】【クム】 首都。オロイ湖と小オロイ湖のあいだにあって、運河が網の目のようにめぐらされている。《水の都》《中原の中の東方》などと呼ばれる。

ルーアン大橋【建】【クム】 東ルーアンのはね橋式の大橋。

ルーアン騎士団【軍】【クム】 ルーアンを守

303　グイン・サーガ大事典　完全版

護する騎士団。団長はリー・トウ将軍。

ルーエ 地【クム】　小オロイ湖と大オロイ湖をつなぐ運河。何百年も前に造られた。

ルーアン水道 地【クム】　ルーエからルーアンを通ってサルドスへ向かう街道。

ルーアンの水上生活者 族【クム】　オロイ湖などの、平底舟や屋根つきの平たいわりに大きい船を繋留して暮らしている人々。

ルヴィアタン 伝　ドライドンと戦った海の怪物。

ルウィス 男【パロ】　アムブラの学生。(37)

ルーイン 男【パロ】　アムブラ騒動で人質になり、死亡。(49)

ルーイン 男【パロ】　アルシス内乱のときの聖騎士侯。(G7)

ルーエ 女【パロ】　マルガ離宮の女官。

ルーエ 地【クム】　オロイ湖の北東岸、や内陸部にある商業都市。

ルーエ・エイリン 女【クム】　タイスに名高い歌姫。マーロールの母。(117)

ルーエ鳥 動　羽根の色が変わる鳥。最後には生まれた時の羽根の色に戻るといわれる。

ルーエラ 女【ユラ】　前大公妃。オル・カンの妻。紅玉宮事件で死亡。(29)

ルー・エン 神【キタ】　三つの目と三対の手を持つ蛇の女神。(G13)

ルーエン 男【パロ】　ナリスの小姓。(52)

ルーエン 男【新ゴ】　ドライドン騎士団情報部隊。

ルー・エン 男【草】　スカールの部下。砂漠オオカミに殺された。(19)

ルー・オウ 男【クム】　若手の美男子の人気新人闘技士。(115)

ルーカ 食 料理に使われる黄金色の香料。

ルーカ 男【ヤガ】《ルーカの店》のあるじ。ドゥシュの義弟。(127)

ルーカス 男【パロ】 クリスタルの南の街道番。(6)

ルーカス 伝 白髪のルーカス。外の現実の世界であっというまに数千年がたってしまった男。(G10)

ルーカの秘毒 医 魔道師ギルドに密に伝わる暗殺用の毒薬。飲んで二日後に発病し、数日のうちに死亡し、痕跡を残さない。初期ならば解毒薬がある。

ルーカの店 建【ヤガ】 食堂。密かに個室で肉を食べさせてくれる。

ルー・カン 男【クム】 タリオ大公付第一秘書官。(60)

ルー・ガン 男【草】 騎馬の民。グル=カン族の長。(11)

ルーク 男【自】 イシュトヴァーンの部下。

ルーク 神【中】 風の神の使い。

ルーコス 神【中】 風の神の使い。

ルー・サン 男【ユラ】 ミーアン村の村人。(31)

ルース 女【パロ】 リーナスの叔母。ルナの母。(28)

ルース 男【パロ】 ナリスの近習長。(HB2)

ルース 男【パロ】 リーナスの護衛の騎士。(37)

ルース 男【パロ】 ナリス付きの小姓。(G7)

ルース 男【パロ】 すごろく。(G8)

ルーセア鳥 動 極彩色の羽を持つ鳥。

ルーダー 俗 すごろく。

ルート 男【ケイ】 黒竜騎士団員。グインの部下。(28)

ルート 地【草】 ダネイン大湿原の南岸の町。カラヴィアと航路で結ばれている。泥

レンガの建物が立ち並ぶ、通称《泥の町》。

ルーナ 伝 沿 ドライドンに身をささげて津波から国を救った美女。(G9)

ルーナの丘 地 パロ クリスタルの丘の南側郊外の丘。クリスタルの丘の隣。

ルーナの森 地 パロ ジェニュア近郊の森。アレスの丘の北東。

ルーバ 地 パロ ケーミとシュクのあいだの小都市。

ルー・バー 男 ヤガ 五大導師のひとり。

ルーバン 男 ケイ 騎士長。黒曜宮の外宮に室を持つ。(18)

ルー・ファン 男 クム 剣客。(18)

ルーラン 地 パロ ダネインに近いカラヴィアの田舎町。

ルールー鳥 動 リリア湖に住む緑色の美しい鳥。声が悪い。

ルー・ルー・ロー 男 クム 経済相。重

ルード 神 キタ ゼド教の東面神、朝日神将。

ルード 男 パロ 伯爵。最下位の王族。(G19)

ルード 地 モン ケス河に接する地方。ルード大森林がある。

ルード大森林（ルードの森） 地 モン ルード地方に広がる森林。ノスフェラスの瘴気の影響で独特の動物相、植物相を持ち、文明圏から逃げ込んだ古い生物やグールを始めとする怪物が棲息している。

ルート低地 地 草 ルート近辺に広がる低地。中原でもっとも低い土地。

ルーナ 女 ケイ シルヴィア付きの女官。

ルーナ 女 クム 女剣闘士。赤毛の女巨人。(115)

ルーナ 女 (121)

鎮。⑫

ルールドの森 地【パロ】 ジェニュアからナの南に広がる森。

ルールバ 男【キタ】 キタイの占い師でグラチウスの弟子。眼窩は空洞で代わりに眉間に石の目をもつ。六百年に一度の七星の会に際して、サイロンに現われる。(G1)

ルーン 単 魔道師の力の単位。

ルーン語 語 古代のカナン語から派生した、主に魔道師や王侯貴族が使う特殊な言語。初級ルーン語、上級ルーン語、ルーン・ジェネリットがある。

ルーン大庭園 建【ケイ】 黒曜宮の庭園。黄金宮と七曜宮の間にある。数千人収容可。

ルーン文字 語 魔道師や王侯貴族が使用する文字。文字自体がある程度の魔力を持つ。

ルエナ 女【パロ】 宮廷の貴婦人。㉕

ルエの森 地【パロ】 マルガの北、アリー

ルエラ 女【ケイ】《海の女神亭》のやり手婆。⑰

ルエン 男【パロ】 王宮付き一級魔道士。⑳

ルカ 男【ケイ】 まじない小路の魔道師。《世捨て人》ルカ。⑰

ルカ 男【パロ】 アムブラの学生。⑬

ルカ 男【沿】《ガルムの首》号の船員。⑧

ルカ 地【パロ】 ダーナムの南、ミラ大橋の北のマルガ街道沿いの町。

ルカス 男【パロ】 カリナエ小宮殿の小姓。㉖

ルカス 男【モン】 黒騎士。イルム隊長の副官。③

ルカス 男【モン】 白騎士。ドライドン騎士団の騎士。㊿

ルカス【自】 イシュトヴァーンの部下。官。アルヴィウスの息子。トーラス政変後に処刑。(31)

ルカス【自】 ミダの森で虐殺された。(33)

ルカヌス【自】 元盗賊。イシュトヴァーンの手下。(G2)

ルカヌス【ケイ】 ゾルーディアに潜入した盗賊。(G2)

ルカヌス【ケイ】 数百年前のケイロニア帝王。パロと和平を結んだ帝王。哲人帝王。(7)

ルカヌス【男】 ラサール侯爵。すらりとした伊達者。(18)

ルカヌス【男】 古代の王。ルディアの夫。(10)

ルカヌス【男】 孤独な冒険者。(G8)

ルキ【ノス】 ラク族の戦士。(3)

ルキア【女】【ヴァ】 ヨナ・ハンゼの姉。ミロク教徒。(124)

ルキアノス【男】【パロ】 王家の老剣術師範。

ルキウス【男】【モン】 伯爵。黒騎士団司令

ルグルス【男】【モン】 白騎士。アグラーヤに潜入した間諜。(12)

ルゲリウス【男】【パロ】 マルガ市長。(78)

ルシア【女】【モン】 アムネリスの侍女。(6)

ルシウス【男】【パロ】 若手の聖騎士伯。(52)

ルシウス【男】 死の世界に入っていった冒険者。(G2)

ルシエル【神】 森の精霊の主ヨンダが率いる森の精。

ルシニア砦【建】【モン】 モンゴールの東、ミルヴァの北東にある廃城。

ルス【神】 サリアに見放された、愛を知らない神。

ルス【男】【パロ】 ナリスの部下の聖騎士。

クリスタルとケーミとのあいだの連絡を封じた。

ルス 男【新ゴ】 ケイロニアとゴーラの戦闘の開始をカメロンに伝えた伝令。(86)

ルダス 男【モン】 イシュトヴァーンの近習第五班の班長。(46)

ルダン 男【旧ゴ】 サウル皇帝の小姓長。

ルチウス 男【パロ】 ファーンとフィリスの息子。(28)

白髪の老人。

ルチウス 男【パロ】 アムブラの学生。(32)

ルッカー 男【ライ】 海賊。《串刺し》ルッカー。(51)

ルディア 怪 人の寿命をつかさどる魔女。(G17)

ルディア 女【ケイ】 シルヴィア付きの女官。(40)

ルディア 女【パロ】 古代のパロ王ルカヌスの妃。自らの弟と通じたことで知られる。(10)

ルディア 女【パロ】 サリアの巫女。(10)

ルディア号 交【沿】 ヴァラキアの巡洋船。

ルテス 男【ケイ】 騎士団隊長。(44)

ルナ 女【クム】 エイシャの《快楽の家》の娼婦。(27)

ルナ 女【ケイ】 黒曜宮の女官。(40)

ルナ 女【パロ】 リンダの侍女。髪結係。(38)

ルナ 女【パロ】 カリナエ小宮殿の女官。(71)

ルナ 女【パロ】 オシルスとルースの長女。リーナスの従姉妹。アルシアに刺殺された。(HB2)

ルナ 女【モン】 アリスの友人。(39)

ルナス 男【ケイ】 黒竜騎士団の傭兵。レイピアの名手。(18)

308

ルナス 男【ケイ】 《竜の歯部隊》第五中隊長。(81)

ルナン 男【パロ】 聖騎士侯。リギアの父。ナリスの守役。パロ内乱ではナリス側に参加。ナリスに殉死した。(1)

ルネ 女【沿】 女軍人。シリアの守役。(G9)

ルノヴァ 地【自】 パロの西にある旧街道沿いの自由都市。

ルノリア 植 カラヴィア原産の広葉樹。高さは最大で一・五タール。かおりの高い真紅の美しい花を咲かせる。葉はほのかな赤みを帯びた明るい緑。実は赤く丸く、香りがいいため防臭剤となる。別名《ルアーのバラ》。花言葉は《私をみつめてください》《燃えるような愛》。

ルノリア庭園 建【パロ】 カリナエ小宮殿の隣。クリスタル・パレス内の庭園。カリナエ小宮殿の隣。

ルノリアの間 建【パロ】 カリナエ小宮殿の一室。主人たちの私用や密談に使用される客間。円形で、ルノリア庭園に張りだしている。

ルバ 男【ノス】 ラク族の若い戦士。(G16)

ルハス 男【ヴァ】 ピットの賭場のコロふり。(G6)

ルハス 男【パロ】 伯爵。ボースの弟。ラウスの兄。

ルハス 男【モン】 騎士団隊長。(61)

ルパス 男【自】 イシュトヴァーンの部下。元盗賊。ミダの森で虐殺された。(26)

ルハン 男【パロ】 自治領ギルド長。(34)

ルビナ 女【ケイ】 シルヴィアがタリッドで使った偽名。(17)

ルビニア 女【ユラ】 公女。オル・カンの三女。紅玉宮事件にて死亡。(16)

ルファ 地【モン】 モンゴール中部の城砦都市。

ルファス 男【パロ】 アムブラの学生。タイラン暗殺計画が発覚し処刑。(38)

ルブリアの絵 具 おくれ毛をかきあげるしぐさを描いた綺麗な絵。

ルブリウス 伝 神の小姓エリウスに対して鶏姦の罪を犯した神官。

ルブリウスの習慣 俗 美青年を愛でる性癖。

ルブリス 神 ルアーの部下の戦いの精。

ルマ 男【草】 グルカ族の少年。(63)

ルマの森 地【モン】 トーラス北西の郊外の森。トーラス-タルフォ間のルード大森林の一部。

ルミア 女【パロ】 オラス団の女。オラスの下の娘。はねっかえり。(124)

ルミア 女【自】 ガウシュの村人。ガウシュの村に取り残された。(105)

ルモス 男【パロ】 ナリスの近習の騎士。

ルロイ男爵 男【ユラ】 アルドロス三世の寵姫。(6)

ルリア 女【パロ】 カル・ファン参照。(21)

ルロイ・リー 男【クム】 闘技士。《クロニア》の蛮人》。(116)

ルンダ 女【パロ】 ミレイウスが言い交わしていたアムブラの娼婦。(G20)

ルン・ロイ・リン 女【クム】 女闘技士。六年間女闘王の座を保っていた。(112)

レイギョ 動【クム】 オロイ湖畔、バイア名物の魚。

レイク 男【沿】《ニギディア》号乗組員。(G17)

レイピア 具 細剣。

レイヨウ婆 女【ケイ】 タラムの老魔女。

正体はグラチウス。(42)

レイラ【神】【中】 火神三姉妹の長姉。燃やし尽くす女神。ダゴンと夫婦関係にあるとされる。

レイリウス【男】【パロ】 サイラの赤ん坊。炎の子という意味。青銅の家で育てられた。

レイン【男】【キタ】 ホータンの青鱗団員。

レイン【男】【パロ】(G20) 白亜の塔を守護する魔道師分隊の隊長の一級魔道師。

レイン【男】【自】(G12) ガウシュの村の中心人物。(107)

レオ【男】【パロ】 カリナエの近習。ネルスの息子。青い目。捨て身でナリスを暗殺者から守り、死亡した。(G19)

レオン【伝】【パロ】 ルアーに愛された美少年。

歴史の間【建】【パロ】 クリスタル・パレス内のヤヌスの塔の一室。歴代の王の伝記と肖像画を収めてある。

歴代皇帝廟【建】【ケイ】 サイロンにある廟。観兵式のパレードの起点となる。

レティシア【女】【パロ】 アムブラの元女学生。ランの妻、一児の母。(37)

レナ【女】【ケイ】 シルヴィア付きの女官。(22)

レノ【男】【モン】《風の騎士》の部下。年かさの騎士。

レピ【怪】 頭に千の蛇をはやしている女怪。(105)

レム【男】【ケイ】 グインの近習ラムの弟。

レムス・アル・ジェヌス・アルドロス【男】【パロ】(90) 前国王。アルミナの夫、アモンの父、リンダの双児の弟。輝く銀髪、紫の瞳、痩身。古代機械によって飛ばされたルードの森でグインと出会う。パロ奪還後は

王として振る舞うもその薄弱な精神の隙をついたヤンダル・ゾッグに憑依され、中原侵略の手先とされた。パロ内乱でケイロニアーゴーラー神聖パロ連合軍に敗れ、白亜の塔に監禁、聖王位を剥奪される。(1)

レムリア 地【南】 南方諸国のひとつ。謎めいた国。

レムル 男【ケイ】 黒竜騎士団大隊長。

レン 男【ケイ】 黒竜騎士団第一大隊長。

レン 男【モン】 赤騎士で、リーガン小伯爵の副官。(3)

レン 男【ユラ】 ミーアン村の子供。ファン・ダルの弟。(28)

レン 男(26)

レン・オー 男(28) リャガの長老。(8)

レンズ 植 黄色い実は食用になる。

連星宮 建【パロ】 クリスタル・パレス内、

レンツ 男【モン】 伯爵。白騎士団の隊長。外郭近くに東西に分かれて広がる宮殿。貴族、貴婦人たちが宿泊場所として借りることができる邸が続いている。(2)

レンティア 地【沿】 沿海州連合のひとつ。レンティア岬一帯を治める国。首都はレンティア、女王ヨオ・イロナが治めている。

レンティミャオ 動 ウミネコ。

レンティミャオ島 地【沿】 ウミネコ島参照。

レント街道 地【沿】 アルカンドからヤガなどを通って沿海州までを結ぶ重要な街道。

レント水軍 軍【沿】 レンティアの海軍。

レントの海 地【沿】 沿海州の東から南に広がる海。コーセアの海に隣接。ケス河、アルゴ河などが流れ込んでいる。

《レントの幽霊》号 交【沿】 伝説の海賊

クルドの船。クルドの財宝を隠した際に部下とともに沈められた。

レンファー 女【キタ】 ホータンの清花団長。長身、黒髪。(G12)

レン・ファン 男【クム】 公爵。外交官。(37)

ロアイ 男【ノス】 ラク族。中原の言葉を話せる。(19)

ロアン 男【モン】 トーラスの住人。トーラス戦役の傷痍軍人。(32)

ロイ 男【ヴァ】 チチアの娼家のおやじ。(G3)

ロイ 男【ケイ】 闇の館を警備する衛兵。小隊長。(128)

ロイ 男【パロ】 二級魔道師。(50)

ロイ 男【モン】 トーラスのもと靴屋。ヤヌスの戦いで死去。(32)

ロイス 男【パロ】 護民長官。パロ内乱で

はナリス側に参加し、アルカンドロス広場の戦いで戦死。若いときにナリスの剣の師範を務めた。(70)

ロイチョイ 地【クム】 タイス市の南半分を占める世界最大の歓楽街。

ロイチョイ仲通り 地【クム】 ロイチョイ地区の中心にある大通り。

ロイチョイ岬 地【クム】 タイスの南側にある岬。

ロウ 男【自】 イレーンの筆頭助役。(80)

ロウ 男【自】 ガウシュの村人。(105)

ロウ・ガン 男【クム】 剣闘士。あごの四角く割れた、かなりごつい大男。(111)

ロウス 男 『ミロク教の歴史』の著者。(120)

ロー 男【ケイ】 黒竜騎士団員。十竜長。(20)

ロー 男【ノス】 ラゴンの戦士。(5)

ロー【男】【パロ】 ジェニュアのヤヌス神殿の見習僧。(52)

ロー【男】【パロ】 導士。ナリスの神学の教師。(G19)

ローアン【地】【カナ】 カナンの属国であった島国。意識不明となった王アーニウスの夢に捕らわれ、彼の死とともに崩壊したといわれる。

ロー・エン【男】【クム】 タイス伯爵の使者。

ロー・エン【男】【草】 騎馬の民グル族の戦士長。110

ロー・エン【男】【草】 スカールのウォレン山越えに同行する。

ローカス【男】【パロ】 ヴァレリウスの部下。魔道師。ケイロニア方面の斥候。119

ローガン【男】【ヴァ】 《海の女王》号の船長。

ローガン 15 【男】【パロ】 仮面舞踏会に参加し

た魔道師。(6)

ローキ【怪】【北】 神と人とのあいだに生まれた黒い巨人。(G4)

ローザス【男】【ケイ】 黒竜騎士団隊長。ユラニア遠征隊。

ローザン【男】【モン】 左府将軍。ランスの父。トーラス戦役後に処刑。(6)

ローズ【男】 伝説の聖剣士ギガンの部下。

ロータス【男】【モン】 黄色騎士団。(7)

ロータス・トレヴァーン【男】【ヴァ】 ヴァン隊長の部下。

ロータス【男】【モン】 ラキア大公にして領主。(6)

ロー・ダン【男】【パロ】 聡明で廉直。遁する魔道師、孤児のヴァレリウスをひきとって育てた。(G7)

ローデス【地】【ケイ】 十二選帝侯領の一。領主はローデス侯爵ロベルト。黒い山々と

湖沼地帯が広がる。パロからの移民の子孫が多い。

ローラ 囡【モン】 フロリーの使っていた偽名。(104)

ロー・ラン 囡【パロ】 古代のパロ王の寵姫。王の暗殺を企てた。(10)

ローラン 男【パロ】 子爵。近衛騎士団第三大隊長。(34)

ローラン一世 男【旧ゴ】 ゴーラ帝国の開祖。

ローランド 男【パロ】 伯爵。大貴族。ドルミアの父。(25)

ローリア 樝【ケイ】 ケイロニアの国の花とされている木。葉のような緑色の匂いの強い花が咲く。

ローリウス 男【パロ】 ユノ伯。パロ国境警備隊をあずかる。(24)

ローリウス 男【パロ】 カレニア伯爵。ロックの兄。マルガ攻防戦で戦死した。(38)

ローン 男【新ゴ】 ドライドン騎士団の騎

ローデス侯爵 位【ケイ】 ロベルト参照。

ロードス 男【パロ】 二十年ほど前の医師団長。(124)

ロードランド 地【パロ】 アラインの近くの都市。国境警備隊の砦がある。

ロードランド街道 地【パロ】 クリスタルとロードランドを結ぶ街道。

ロードランド子爵 位【パロ】 リティアス参照。

ロードランド伯 位【パロ】 ミレニウス参照。

ローナ 囡【パロ】 カリナエ小宮殿の侍女。(26)

ローニウス 男【ケイ】 パロから来た医者。耳とのどの障害の権威。(103)

ローヤ 樝 赤い果実をつける植物。

士。ユエルス隊。(107)

ロカンドラス 男【ノス】 白魔道師。三大魔道師の一人。《北の賢者》。神々しさを感じさせる小柄な老人。世捨て人として長年グル・ヌーと星船の研究を行ない、スカールやグインをそこにいざなってその秘密の一端を伝えた。一千歳を越える長寿を誇っていたが、先ごろ入寂し、魂魄のみの存在となった。(2)

ロキ 男【タル】 《フレイヤ》号見張り。(G3)

ロク 男【ヴァ】 《オルニウス》号水夫。(G3)

ログ 男【ヴァ】 《オルニウス》号の船長付き船員。(G3)

ログ 自 イシュトヴァーンの部下。

ロクス 男【パロ】 元盗賊。(27)

ゴールへのゲリラ活動で火刑。(38)

ロクスタ 女【ケイ】 女暗殺者。中原一の毒使い。

六長官 位【ケイ】 内政にたずさわるおもな六人の長官の総称。近衛長官、護民長官、宮内長官、司政長官、司法長官など。

六翼水車の陣 軍 敵陣に突入する陣形。

ロザリア 女【アグ】 ボルゴ・ヴァレンの娘。(9)

ロザリア 植 香料のような強い香りの紫と青の多弁の花。花芯はうす紅や黄色。花言葉は〈自由〉〈貞節と情熱〉。魔除けの効果があるとされる。

ロザリア庭園 建【パロ】 クリスタル・パレス内のもっとも広大な庭園のひとつ。後宮の背後にあり、青いロザリアの花が主としてあしらわれている。

ロザリアの丘 地【ユラ】 ウルダー・ガブラ

ル間、ルアー街道の東の丘。一面に野性のロザリアが咲いている。イシュトヴァーン軍が野営した。

ロザリアのワルツ 芸【パロ】 パロの舞曲。

ロス 男【ヴァ】 港湾管理官。(G3)

ロス 男【ケイ】 黒竜騎士団員。(40)

ロス地 モン モンゴールの南西、ケス河の河口にある自由貿易都市。辺境の小さな港町。グインたちが《ガルムの首》号に乗った港。

ロッカ 女【カナ】 ユーカ水売りの女。モの母。(G16)

ロック 男【パロ】 カレニア騎士団大隊長。ローリウスの弟。マルガ攻防戦で戦死。(84)

ロック 男【モン】 カロンの昔なじみ。(33)

ロック島 地 難攻不落の監獄島。

ロデウス 男【ケイ】 大昔の名君。(17)

ロトー 男【ノス】 ラク族の前大族長。スニの祖父。(2)

ロナ 女【パロ】 アムブラの老女。元ルナン侯夫人の侍女。(52)

ロナ 女【新ゴ】 ドリアンのお乳係。(95)

ロハス 男【沿】 《ガルムの首》号の甲板長。(7)

ロパス 男【ケイ】 子爵。第四護民官。(G1)

ロバン 地【パロ】 ダーナム郊外のイーラ湖岸の村。

ロビニア 女【ケイ】 前皇帝アトレウスの愛妾。(18)

ロブ 男【パロ】 ダウン村の猟師。(84)

ロブ＝サン 男【クム】 在トーラス占領軍指令官。ヤヌスの戦いで死亡。(32)

ロベルト 男【ケイ】 ローデス侯爵。《黒

衣のロベルト》。盲目。アキレウスの腹心にして相談役。(17)

ロボ怪【ノス】 ノスフェラスの灰色狼の王。ウーラの父。(4)

ロマニア女【パロ】 マルガ離宮の侍女。色っぽい。(G18)

ロマン男【モン】 黒騎士団隊長。(4)

ロム男【ケイ】 黒竜将軍公邸の門衛。(41)

ロム男【自】 赤い街道の盗賊。ウルスの子分。(14)

ロリア樫【パロ】 クリスタル・パレス庭園内の大木。

ルカ男【パロ】 パロ魔道師ギルドの上級魔道師。魔道師部隊の隊長。(7)

ロロ女【パロ】 オラス団の老婆。(G9)

ロロ男【沿】 ガル島の大船主。(20)

ロン男【ケイ】 黒曜宮の馬丁。

ロン男【モン】 アリストートスの手下の傭兵。《赤目のロン》。(39)

ロン男【沿】 《オルニウス》号の小姓。(12)

ロン・イル男【アル】 右丞相。(11)

ロン・エン男【クム】 タリクの祐筆。年輩の髪の白い男。(114)

ロン・ガン男【新ゴ】 イシュトヴァーンの書記。(68)

ロンザニア侯爵位【ケイ】 カルトゥス参照。

ロンザニア地【ケイ】 十二選帝侯領の一。領主はロンザニア侯爵カルトゥス。黒鉄鉱を産する。

ロン・タイ女【クム】 女闘士。金髪の《黄金の牝獅子》。116

ロンディウス男【ケイ】 サイロン市長。121

ロン・ファン 男【草】 スカールに従う騎馬の民。スカールの近習。(24)

ロン・ヤン 男【アル】 傭兵隊を指揮する隊長。勇将。(9)

ワ

ワープギルの宴 伝 夜通し行なわれる百魔の宴。

ワイ・オン 男【クム】 衛兵。陽気でおしゃべり。115

ワイズ 地【新ゴ】 北部の城砦都市。

ワイラス 男【タル】《フレイヤ》号船員。(G3)

ワナハイムの黒小人 怪【北】 巨人ローキの切り落とした髪から生まれてきた邪悪な小人族。

わになし 植 南方の黄色い果物。皮をむいて食べる。

ワライオオカミ 怪【モン】 ルードの森に住む半妖の狼。笑い声のような不気味な声でほえる。

ワリス 男【パロ】 カラヴィア公の名代。(G8)

ワリス・ダーニウス 男【パロ】 聖騎士侯。ダーナムの領主。神聖パロ王国の生き残り。(10)

ワルスタット 地【ケイ】 十二選帝侯領の一。南端に位置する。有名な穀倉地帯を抱える穏やかな気候の豊かで平和な地方。パロの移民の子孫が多く、容貌が美しい。牧羊が盛ん。山ぶどうのワインが特産。

ワルスタット 地【ケイ】 ワルスタット選帝侯領の首都。

ワルスタット街道 地【ケイ】 ケイロニアとパロを結ぶもっとも重要な街道。交通量

が多く、よく整備され、宿場も発達している。両側には果樹が植えられ、旅人たちが自由に食べられる。

ワルスタット騎士団 軍【ケイ】 ワルスタット侯直属の騎士団。

ワルスタット侯爵 位【ケイ】 ディモス参照。

ワルスタット城 建【ケイ】 ワルスタット選帝侯領の中央に位置する、威風堂々とした新カナン様式の美しい城。

ワルスタット選帝侯領 地【ケイ】 ワルスタット侯の居城。かつてのワルド小王国の首都。南端の城砦都市。

ワルド 地【ケイ】 ワルスタット選帝侯領南端の山城。国境警備を目的とする巨大で堅牢な城。

ワルド（古）城 建【ケイ】 ワルスタット選帝侯領の南端の山城。国境警備を目的とする巨大で堅牢な城。

ワルド小王国 地【ケイ】 かつてワルドを中心に栄えていた王国。

ワルド族 族【ケイ】 かつてワルド小王国を成していた部族。

ワルド男爵 位【ケイ】 ドース参照。(80)

ワルドベッツ城 建【ケイ】 いにしえのケイロン帝国の再北端を守っていた城。魔女の呪いにより、時に忘れられた《時の封土》となった。

ワルド街道 地【ケイ】 ワルドとシュクを結ぶ街道。

ワルド山地 地【ケイ】 ケイロニアとパロのあいだに広がる、深いがそれほど険しくない山地。東、西、南ワルド山地に分かれる。この山脈があるために、ケイロニアとパロの気候には約一ヶ月以上の差異が生じるという。

ワルドラン 動 リリア湖にやってくる大きな渡り鳥。肉が非常に珍重される。

ワルワラ河 地【ケイ】 ワルスタット城近くを流れる河。

ワン・イェン・リェン 女【クム】 西ロイチョイのうら若い遊女。水神祭り一の美女。(116)

ワン 男【ケイ】 黒竜騎士団の傭兵。(18)

ワンゴス 怪【パロ】 イーラ湖に現われた巨大な黒い怪物。さしわたし百タッドほど。ヤンダル・ゾッグが異次元から呼びだした。

ワン・エン 男【新ゴ】 ドライドン騎士団。キタイ系。やせて背が高く目が細い。(53)

ワン・サン 男【パロ】 ナリスに従う魔道士。(15)

ワン・ハン 男【クム】 アムネリア宮の衛兵。積荷のあらため係。(27)

ワン・フィー 男【草】 グル族の若者。パロの様子を探ってきた。(7)

ワン・ヤン 男【草】 スカールに従う騎馬の民。グル族の戦士。(8)

GUIN SAGA HANDBOOK
Final

グイン・サーガ
全ストーリー紹介

八巻大樹

正篇1巻〜16巻 パロ奪還篇

魔の森に取り残されし双子が、豹の戦士の守りを得て故郷に帰還せしこと

竜の年、青の月。中原で最も古い三千年の歴史を誇る聖王国パロは、新興国モンゴールによる奇襲を受け、一夜にして滅び去った。王と王妃は惨殺され、残された双子の姉弟、王女リンダと王子レムスは、パロに太古から伝わる謎の転送装置・古代機械の力を借りて、かろうじて脱出に成功した。しかし彼らがたどり着いたのは、草原の友邦国アルゴスではなく、敵国モンゴールの辺境、魍魎魑魅が跋扈するルードの森であった。モンゴールの黒騎士隊に追い詰められた二人を救ったのは、並外れた体格を持つ豹頭の超戦士であった。

その男はグインという自らの名と、アウラという謎の言葉以外のすべての記憶を失っていた。

翌朝、モンゴール軍の手に落ちた彼らは、監禁されたスタフォロス城で同じく囚人となっていた傭兵イシュトヴァーン、砂漠の矮人族セムのの娘スニと知り合った。彼らは、セム族がスタフォロス城を襲撃した混乱に乗じて城を脱出し、暗黒の河、ケス河を隔てた対岸にある死の砂漠ノスフェラスへと足を踏み入れた。

そのノスフェラスへ、モンゴール公女アムネリス率いる大軍が侵攻してきた。モンゴールは、謎の魔道師カル＝モルが伝えた、ノスフェラスの奥地にあって死の瘴気を放つといわれる《グル・ヌー》を手中に収め、兵器として利用しようと考えたのだ。

グインはセム族に結集を呼びかけ、モンゴ

ール軍に対抗した。その類いまれな知略を駆使し、砂漠の地の利を活かしてグインに戦いを進めたが、セム軍の決定力不足は明らかであった。そこでグインは、幻の民と呼ばれる巨人族ラゴンの助力を求めるため、単身でノスフェラスの奥地へと旅立ち、苦難の末にラゴン族を見つけだした。ラゴン族は当初、グインの言葉に耳を貸さなかったが、彼が砂漠で偶然拾った《アクラのしるし》と呼ばれる奇妙な棒を目にした途端、グインをラゴン族が古くから伝える神の使者として受け入れた。そしてラゴン族はグインに従い、モンゴール軍と戦うこととなった。

グインが不在の間、セム軍は、イシュトヴァーンを囮とした罠を仕掛けてマルス伯率いる青騎士隊を全滅させるなど、なおも善戦を続けていた。しかし、ついにモンゴールの猛反撃が起こり、セム族は壊滅寸前の状態に追い込まれてしまった。もはや勝敗は決したかと思われたその時、ラゴン族を率いたグインが戦場に戻ってきた。天性の戦士ともいえるラゴン族の活躍により、たちまち戦況は逆転した。モンゴール軍は壊滅し、ノスフェラスから撤退。砂漠はセムとラゴンの手に残された。

その頃、パロを巡る情勢も再び動き出していた。パロの友邦アルゴスでは、黒太子スカールとベック公ファーンの連合軍が、パロ奪還を目指して進軍を開始していた。また重傷を負って行方不明となっていたクリスタル公アルド・ナリスも、パロ再興を志して密かにパロの首都クリスタルに戻った。しかし、ナリスは思わぬ裏切りに会い、モンゴール軍に捕らえられてしまった。

モンゴールは公女アムネリスとナリスとの政略結婚を企み、仮面舞踏会を開催して二人

を引き合わせた。アムネリスはナリスの美貌に驚愕し、やがて彼に本気で恋をしてしまった。そしてナリスもまたアムネリスに心奪われているかのように見えた。しかし、それはナリスが仕掛けた罠であった。

アムネリスとの婚礼が近づく中、ナリスは吟遊詩人となって諸国を放浪する弟マリウスに、モンゴール公子ミアイルの暗殺を命じた。その頃マリウスは偶然ミアイルと知り合い、彼と心通わせるようになっていた。マリウスはナリス配下の魔道士の手によって結局ミアイルはナリスの命令を拒否したが、結局ミアイルはナリスの非情によって暗殺されてしまった。ナリスの非情にマリウスは深く傷つき、兄のもとを去っていった。

そしてパロではナリスとアムネリスの婚礼が行なわれた。その式の最中、ナリスに刺客が襲いかかった。それはアムネリスへの恋に狂ったモンゴール子爵アストリアスであった。

アストリアスの刃には猛毒が仕込まれており、意識を失ったナリスはそのまま息を引き取った。最愛の恋人を失ったアムネリスはうちひしがれ、傷心のうちにトーラスへと帰っていった。

一方、ノスフェラスを後にしたグイン、リンダ、レムス、イシュトヴァーンにスニを加えた一行は、ケス河を下り、海路アルゴスを目指していた。モンゴールによる監視が強化される中、一行はかろうじてケス河口の街ロスから船で逃げ出すことができた。しかしその船は邪悪な海賊船であった。そして嵐の中、本性をむき出しにした海賊どもとの戦いが始まった。その危機はレムスの機転で何とか逃れたものの、戦いの中でグインは海に転落してしまった。

その後、漂流してたどり着いた謎の島でグインと再会した彼らは、再び海へと乗りだし、

沿海州の大国アグラーヤの船に救出された。レムスはアグラーヤ王ボルゴ・ヴァレンにその素質を認められ、王女アルミナとの婚約をもってアグラーヤ王の助力を得た一行はついにアルゴスへと到着した。ここでグインとイシュトヴァーンは、それぞれの目的を胸に、レムスとリンダと行動を別にすることになった。それはリンダにとっては、初恋の相手となったイシュトヴァーンとの別れでもあった。レムスはアルゴスで聖王即位を宣言し、パロ奪還軍を率いて進軍を開始した。

沿海州諸国は会議を開き、パロ奪還に向けた軍の派遣を決定した。しかし、そこにはアグラーヤと対立する自由都市ライゴールの陰謀が隠されていた。ライゴール市長アンダヌスからモンゴールに宛てた、その陰謀を記した密書を偶然手に入れたイシュトヴァーンは、それを手にパロへと向かった。

パロでも反乱の動きが活発化していた。各地方から有力武将が兵を挙げてクリスタルへの進軍を開始する中、モンゴール軍の守りが手薄になったクリスタルでは、学生を中心とする市民の暴動が勃発していた。そして彼らの暴動が軍に鎮圧されそうになった時、ナリス率いる聖騎士団が現われた。婚礼の日に殺されたはずのナリスの登場に動揺したモンゴール軍は壊滅し、クリスタルはパロの手に奪還された。

そのナリスのもとをイシュトヴァーンが訪れ、モンゴール宛の密書を手渡した。ナリスはイシュトヴァーンに惹かれるものを感じ、側近として召し抱えたが、ナリスが恋人リンダを愛していることを聞かされたイシュトヴァーンは衝撃を受け、まもなく黙ってナリス

のもとを去っていった。

クリスタルがパロの手に奪い返されたという知らせをトーラスで聞いたアムネリスは、恋人に裏切られていたことを知り、怒り狂った。そして自ら大軍を率いてパロへと向かった。だが、彼女は再びパロにたどり着くこともなく、ナリスと相まみえることもなかった。人跡未踏の高山ウィレンを越えるという常識外の作戦を取ったスカール=ベック公軍の奇襲を受け、進軍は止まった。そして追い打ちをかけるように、父ヴラド大公の急死の報が彼女に届いた。アムネリスはやむなく兵を引き、トーラスへ戻る決意をした。しかし、スカール軍と合流したナリス軍の追撃を受け、さらにはゴーラの盟邦クムの裏切りにあい、アムネリスはついに敗れ、クムの虜囚となった。トーラスは陥落し、モンゴールは滅亡、パロは完全に解放された。リンダとレムスも帰

国を果たし、レムスはパロ聖王に即位した。

しかし、その祝いの席に、リンダが叫んだ不吉な予言が暗い影を落とした。この時レムスには、妄執に燃える魔道師カル=モルの霊が取り憑いていたのだ。これが後に大きな悲劇を招くことを、この時は誰も知るよしもなかった。

正篇17巻〜30巻 ケイロニア陰謀篇

豹の戦士が尚武の国の将軍となりしこと、および闇の魔道師の策謀

それからしばらく後、死の国ゾルーディアや氷雪の国ヨッンヘイムでの冒険をともにしたグイン、マリウス、イシュトヴァーンの三人が、皇帝在位三十周年の式典を前に沸き立つ北の大国ケイロニアの首都サイロンに現われた。グインの異形も厭わず、ケイロニアの人々は彼を迎え入れ、グインに黒竜騎士団の傭兵となった。そのグインにイシュトヴァーンは、一国の王になるという自らの野望に手を貸してほしいと懇願した。だが、グインは自らを受け入れてくれたケイロニアを裏切ることはできないとして断り、二人は決別

した。そしてイシュトヴァーンはサイロンを去っていった。

グインの噂はケイロニア宮廷にも届き、黒竜将軍ダルシウスに連れられたグインは、黒曜宮で皇帝アキレウスと皇后マライア、皇女シルヴィアに拝謁を得た。その際、意気投合した若き宰相ランゴバルド侯ハゾスと歓談していたグインは、アキレウス暗殺を密談する声を聞いた。その正体を見極めようとしたハゾスは返り討ちにあって瀕死の重傷を負った。そしてグインは、その陰謀の真相につながる重大な秘密を死の間際のハゾスから託された。

その頃マリウスは、サイロンの下町でイリスと名乗る美貌の剣士と出会っていた。実はイリスは、行方知れずになっていたアキレウスの娘オクタヴィアであった。幼い日に母が殺害されたのはアキレウスのせいであると信じ、復讐に燃えたオクタヴィアは男になりす

まし、皇弟ダリウスと手を組み、密かに皇位篡奪を狙っていたのだ。だがマリウスとオクタヴィアは、互いに相手の正体を知らずに出会いを繰り返すうち、いつしか惹かれあうようになっていった。

その頃、衝撃的な報が宮殿に流れた。数日前から病に伏せていたアキレウスが暗殺されたというのだ。祝典を前にしての悲報に、宮廷は動揺した。その対策会議の席上、次の皇位を巡ってマライアとダリウスが激しく対立した。しかし、その席に死んだとされていたハゾスが現われ、皇帝暗殺の黒幕としてマライアを告発した。そして陰謀の全貌が明らかになった時、アキレウスも無事な姿を見せた。そのすべてはグインの策略によるものであった。その後の裁判でマライアは自殺し、ダリウスは失脚した。

かくして無事に祝典が開催された。そこで は、舞踏会でシルヴィアが誰と最初に踊るかに注目が集まっていた。シルヴィアが最初に踊った相手が彼女の婚約者となり、ひいては次代のケイロニア皇帝になると噂されていたからだ。しかし、皇女としての不自由な境遇に不満を覚えていたシルヴィアは、身分卑しい吟遊詩人であるマリウスに催眠術をかけて舞踏会に連れ込み、ダンスの相手とすることでお偉方の鼻をあかそうとしていた。だが、その目論見は外れ、半ばやけになった彼女はダンスの相手にグインを選んだ。それは大いに周囲の人々を驚かせ、思わぬ形でシルヴィアを満足させるものとなった。そしてこれをきっかけに、グインとシルヴィアの関係が近づき始めた。

舞踏会の席から救出されたマリウスは、オクタヴィアのもとにいた。マリウスとの語らいの中で自らの誤った復讐心に気づいたオク

タヴィアは、皇位への野望を捨て、マリウスとの愛に生きる決意をした。グインの計らいで父アキレウスとの対面を密に果たした彼女は、マリウスとともにサイロンを去り、トーラスへと向かって旅立っていった。

マライアによる陰謀の黒幕は、隣国ユラニアであった。祝典の直後、グインは、ケイロニア国境に攻め込んできたユラニアと対峙するため、黒竜将軍ダルシウスの副官として遠征軍に参加した。しかし戦況はまもなく膠着状態に陥り、またユラニアを陰で操る〈闇の司祭〉グラチウスの不気味な黒魔道の力もあって、ケイロニア軍の士気は下がるばかりであった。

この状況を打破するべく、グインは敵国に攻め込むことを禁じたアキレウスの命に背いて軍籍を離脱し、部下一万騎とともにユラニアの首都アルセイスへ向けて一気に攻め上った。アルセイス郊外でユラニア軍を率いるオタ。アルセイス郊外でユラニア軍を率いるオーラン将軍と会見したグインは、傲岸な態度でそれを打ち切ると、アルセイス郊外にあるゴーラ皇帝サウルの居城バルヴィナに入った。サウルはもはやユラニアの傀儡と化した名ばかりの皇帝ではあったが、グインは、サウルの皇帝としての立場を巧みに利用してクムの介入を引き出した。そしてサウルとクムの介入を引き出した。そしてサウルとクム公使の同席のもと、ユラニア大公オル・カンとの交渉に臨み、ケイロニアとユラニアとの間に和平を成立させた。

その夜、グインのもとをグラチウスが訪れた。今回の陰謀は、グインが秘める底知れぬエネルギーを手中に収めんとしたグラチウスの罠だったのだ。グラチウスはグインを決して破れぬといわれる《生涯の檻》の術にかけたが、グインは底知れぬ精神力でその術を破り、グラチウスの目論見を打ち砕いた。

ユラニアからケイロニアに戻ったグインは、軍規違反を問われ、武装を解除されて禁足された。黒曜宮でグインと接見した皇帝アキレウスは激しい怒りを示し、彼を厳しく叱責した。そしてグインから千竜長としての役職を剥奪すると、改めてその処遇を申し渡した。しかしそれは罰ではなく、遠征中に病死したダルシウスに代わってグインを黒竜将軍に任ずるという決定であった。

正篇19巻〜39巻 モンゴール復活篇

黒太子が瘴気の谷の秘密に接すること、さらに紅の傭兵との怨讐

グインがユラニアと戦っている頃、病に冒されたスカールが中原に戻ってきた。先の戦いでパロを中心とする連合軍がトーラスを陥落させた際、スカールはグル・ヌーの秘密を記した文書を手に入れていた。そして彼は、その秘密を探るべく、忠実な騎馬民族グル族とともに密かにノスフェラスへと渡っていたのだ。

過酷な冒険の末に《北の賢者》ロカンドラスと出会ったスカールは、彼の魔道によりグル・ヌーの中心へと誘われた。そこでスカールは、太古にこの地に墜落した星船を目の当

たりにした。それは彼の理解を遥かに超えるものであったが、それが世界の運命の鍵を握る秘密であることはスカールにもわかっていた。

しかし、その秘密を目にした代償は大きく、まもなくしてスカールは重い病に冒されて倒れ、同行したグル族たちも大半が命を落とした。やっとのことで中原へ戻ったスカールは、人目を避けるように慎重に祖国アルゴスを目指した。

そのスカールを自由国境地帯でイシュトヴァーンが襲った。サイロンでグインと別れた後、アリストートスという軍師を得て、赤い街道の盗賊の首領となっていた彼は、スカールを捕らえて身代金をせしめようとしたのだ。短くも激しい戦闘の末、イシュトヴァーンは瀕死の重傷を負い、スカールは最愛の妻リーファを失い、二人の間には怨讐だけが残っ

た。そしてスカールは、駆けつけたパロの国境警備隊に保護され、クリスタルで療養の日々を送ることとなった。

クリスタルでファーンの友情に触れ、またリギアと愛を交わし、スカールは多少の平穏を得た。しかし、スカールがノスフェラスへ出向いていたことを推察していたナリスは、スカールにノスフェラスの秘密を明かすよう迫った。さらにはレムスに憑依したカル゠モルの霊もスカールの前に姿を見せ、ノスフェラスの秘密を求めた。スカールはそれを頑（かたく）なに拒み、ある日密かにクリスタルを抜け出すと、草原へと帰っていった。

一方、ようやく傷が癒えたイシュトヴァーンは、アリストートスや部下とともにクムの首都ルーアンを訪れていた。彼は一国の王になるという野望に向けて、虜囚となっているアムネリスを救出し、モンゴールを復活させ

ようと目論んだのだ。彼女と侍女フロリーを首尾よく救い出したイシュトヴァーンは、国境地帯の廃城ルシニア砦に密かに立てこもった。その日々の中で、アムネリスはイシュトヴァーンに恋心を抱くようになった。

やがて、旧モンゴールの残党が次第にルシニア砦に集まってきた。そしてついにアムネリスは第二代モンゴール大公として軍をあげ、トーラスへ向けて進軍を開始した。民衆の圧倒的な支持を背に進軍を続けるアムネリス軍を、トーラスのクム駐留軍が迎え撃った。そして背後からはクムのタルー公子率いる屈強な軍が迫ってきた。しかし、イシュトヴァーンの獅子奮迅の活躍、アリオン軍の参戦、クムに寝返っていたとみられていたメンティウスの反乱などによりアムネリス軍は勝利し、トーラスの反乱などによりアムネリス軍は勝利し、市民たちがあげる歓呼の声の中、トーラスへと入城した。

旬日を待たずして再び軍勢を送ってきたクム軍を迎撃するため、イシュトヴァーンは南に向けて出陣した。しかし、その隙にアリストートスは、王座を狙うイシュトヴァーンの野望の妨げになるとして、イシュトヴァーンが可愛がってきた部下の盗賊たちを密かにトーラスから追い出し、トーラス近郊のミダの森で虐殺してしまった。だが、その様子を目撃していた者がいたこと、そして一人だけ虐殺を生き延びた者がいたことを、この時にはまだアリストートスは気づいていなかった。

クム軍を撃破して意気揚々とトーラスへ凱旋したイシュトヴァーンだったが、部下の盗賊たちが姿を消したことに衝撃を受け、モンゴール将軍となったことで自由を奪われたようにも感じ、次第に鬱屈した日々を過ごすようになった。そんな時、フロリーから思わぬ愛の告白を受けた彼は、衝動的にフロリ

ーと一夜をともにし、彼女とともにモンゴール を出奔する決意をした。しかし、まさにその晩、彼の故郷ヴァラキアから父親のような存在ともいうべきカメロン提督が彼を訪ねてきた。この再会とカメロンとの語らいが、イシュトヴァーンに出奔を思いとどまらせた。
しかしフロリーはそのまま姿を消してしまった。

その頃、身重のオクタヴィアとともに、トーラスの旧知の居酒屋〈煙とパイプ亭〉に滞在していたマリウスは、店の若主人のダンの友人カロンから、彼が目撃したミダの森の虐殺の話を耳にした。イシュトヴァーンに対する不信を訴える彼らの言葉を聞いたマリウスは、グインの助言を得るべく、単身ケイロニアへ向かって旅立っていった。しかしグインと会うことはできず、グラチウスに捕らえられてしまった。

正篇34巻〜47巻 シルヴィア誘拐篇

尚武の国の姫の拐かされしを豹頭将軍が救いにゆくこと、または紅の傭兵の困惑

その頃、パロではある騒動が起こっていた。リンダがイシュトヴァーンに恋心を抱いていることを知ってからというもの、彼女に冷淡な態度をとり続けていたナリスに対し、リンダを慕うアウレリウスが、彼女を侮辱したとして決闘を申し込んだのだ。リンダは決闘の中止を求めたが叶わず、二人は正式な作法にのっとり決闘を行なった。その結果、ナリスは敗れ、重傷を負った。

その際、リンダに予知とサリアの神託が訪れた。自らがナリスと結婚する運命にあることを知ったリンダは、ナリスのもとを訪れ、

彼への愛を告白した。ナリスもまた自らの運命を知り、その愛を受け入れた。それからまもなくして盛大に行なわれた二人の婚礼をパロ中が祝福した。しかし、その婚礼にケイロニアの使節として参加するはずだったグインは現われなかった。

その時、ケイロニアでは国家を揺るがす大事件が起こっていた。愛を育みつつあったグインとシルヴィアの間に入り込んできた美貌の舞踏教師エウリュピデスが、シルヴィアを誘惑し、誘拐したのだ。実はエウリュピデスの正体は、タイスで名を馳せた色事師ユリウスであった。たちまち戒厳令が敷かれたサイロンに、先の皇帝暗殺未遂事件の際にケイロニアから逃亡した皇弟ダリウスから、皇位を請求する書簡が届いた。そして今回の誘拐劇の黒幕もユラニアであることが明らかになった。

皇帝アキレウスは、グインに対し、黒竜騎士団をはじめとするケイロニア軍の主力四万を率いてユラニアを攻撃するように命じた。そしてシルヴィアを救出し、それが叶ったあかつきには、シルヴィアと結婚してケイロニア王となるようにグインに申しつけた。その言葉にグインは少なからず動揺したが、思いを寄せるシルヴィアを救う心に揺るぎはなく、並々ならぬ決意を秘めてケイロニアを出立した。

ユラニア遠征と同時に、ケイロニアはパロ、クム、モンゴールに対して同盟を呼びかけた。それに呼応してクムとモンゴールから軍が派遣された。自由国境地帯の寒村カレーヌで、モンゴール軍を率いるイシュトヴァーンとグインは久々に再会した。グインはかつて助力を断ったことをイシュトヴァーンに土下座して詫び、二人は和解。ともにユラニアを攻め

ることとなった。

イシュトヴァーンにエルザイムでの戦いを託したグインは、ダリウスが潜伏するバルヴィナへと向かった。バルヴィナにはダリウスが雇った傭兵団が立てこもっていたが、ケイロニア軍の攻撃の前にはひとたまりもなく、バルヴィナは陥落した。しかし追い詰められたダリウスは、シルヴィアの行方を明かすこととなく、グインを嘲笑しながら炎の中に身を投じて自害した。

その頃、エルザイムでの戦いを制したイシュトヴァーンは、アルセイスへと向かっていた。グインよりも先にアルセイスを攻め落とすことで、自身の野望であるゴーラ統一への道を一気に駆け上がろうとしたのだ。しかし、それを察知したグインが戦場へと急行し、まさに剣を交えようとしていたユラニア公女ネリィとイシュトヴァーンとの間に割って入り、

戦いを終結させた。だが、この際にモンゴール軍が放った火により、アルセイスは炎上した。

アルセイスの街を見下ろす塔の上からその様子を見つめていたグインに、彼を呼ぶ奇妙な声が届いた。その声の主を求めて塔の地下へ下りたグインを待っていたのは、遥か昔にグラチウスに捕らえられ、この地に監禁された魔道師イェライシャであった。グインに救出されたイェライシャは、その礼としてシルヴィアの行方につながる手がかりを与えた。グインはその手がかりを追い、部下に手紙だけを残すと、イェライシャの力を借りて単身、シルヴィア探索の旅に出発した。

このグインの失踪は、ケイロニア軍のみならず、各国の軍隊とその指揮官に動揺と困惑とをもたらした。特にイシュトヴァーンにとっては、グインによる再度の裏切りにも等し

い行為であった。収まらぬ怒りのままにアルセイスで暴れ回るイシュトヴァーンの心を静めたのは、そこで出会った孤児の少年リーロであった。その無垢な少年を次第に家族のように愛し始めたイシュトヴァーンだったが、イシュトヴァーンに妄執を抱くアリストートスがそれを嫉妬し、リーロを密かに殺害してしまった。

リーロもまた自分のもとを去っていったと誤解し、失意のうちにトーラスへ戻ったイシュトヴァーンを出迎えたのは、ヴァラキア提督の職を辞し、モンゴールに伺候したカメロンであった。アリストートスがイシュトヴァーンに落とす暗い影に敏感に気づいた彼は、イシュトヴァーンに聖なる剣の誓いをし、アリストートスと対決する決意をした。そしてイシュトヴァーンは、アムネリスの願いを受け入れ、彼女と婚約した。

正篇48巻〜52巻 アムブラ騒乱篇

魔道の王国にて、王と宰相の軋轢生ぜしこと

その頃、パロではレムスとナリスとの間の溝が深まりつつあった。王権強化、王政復古を目指すレムスに対し、その動きに反発するものたちが、開かれた王室の象徴としてナリス支持の姿勢を強めたのだ。その中心となったのがアムブラの学生たちであった。

ある夜、ヤヌス十二神に関する論文が王室への不敬にあたるとして学生が投獄されたことをきっかけとして、くすぶり続けていた学生たちの不満が爆発した。急ぎ、その場へ駆けつけたナリスによって暴動は直前で回避されたが、その際、ナリスに心酔する学生た

の間から「パロ国王、ナリス陛下万歳」の声が起こった。

これを問題視したレムスは、宮廷に戻ったナリスを反逆罪で逮捕し、ランズベール塔に監禁した。それを知った学生の一部がついに暴徒化し、クリスタル市庁を占拠すると、護民長官らを人質として立てこもり、ナリスの釈放とレムスの退位を要求、聖王側と激しく対立した。

ナリスはレムスの側近カル・ファン導師により、密かにランズベール塔の地下に移され、過酷な拷問を受けた。瀕死の状態となった彼は、危ういところでヴァレリウスにより救出された。だが、その怪我は重く、ナリスは右足の切断を余儀なくされ、残された四肢の機能もほとんど失われてしまった。

学生たちの暴動は、病床のナリスから密かに策を授けられたヴァレリウスの指揮により、

ようやく解決をみた。レムスに無断でナリスの拷問を行なったカル・ファンは追い詰められ、自殺した。ヴァレリウスはナリスの指示により、主な学生、教師、私塾を閉鎖するなど、アムブラに対して過酷なまでの弾圧を行ない、暴動は完全に鎮圧された。

レムスは謝罪し、二人の対立は収まったように見えた。

病状が多少の落ち着きを見せた頃、移動式の寝台に横たわったまま朝の謁見に姿を見せたナリスは、マルガでの療養を理由に宰相の辞職を願い出ると、後継にヴァレリウスを指名した。かくしてパロに史上初の魔道師宰相が誕生した。

ゴーラ戦乱篇

正篇53巻〜69巻

紅の傭兵が謀を以て大国の王を僭するも、妃の怨み深きこと

モンゴールでは、アムネリスとイシュトヴァーンが結婚し、平和な日々が始まるかに見えた。しかし、その陰ではアリストートスによる陰謀が牙をむいていた。

トーラスでは、ミダの森の虐殺の真相を知る〈煙とパイプ亭〉のダン一家に、アリストートスの魔の手が及ぼうとしていた。そしてある夜、ついにアリストートス配下のごろつきどもが〈煙とパイプ亭〉を襲った。カメロンやオクタヴィアの活躍により、ごろつきどもは撃退したが、この事件を経てカメロンは、逃げ場を失った貴族たちに、タルーとネアリストートスの卑劣さを改めて思い知るこ

ととなった。その事件の翌朝、オクタヴィアは女児を出産した。マリニアと名付けられたその赤児は、パロ王室とケイロニア皇室の血をともに引く初めての子となった。

ユラニアの首都アルセイスでは、アリストートスの発案によるクム三公子とユラニア三公女の合同結婚式が開催されようとしていた。モンゴールからはイシュトヴァーンとアリストートスが参列した。表向きはゴーラに平和と繁栄をもたらすための婚姻とされた合同結婚式であったが、実はともに大公位を狙うタルーとネリイがアリストートスと組んで企んだ陰謀の舞台であったのだ。

異変は婚礼が始まってまもなく起こった。祝いの酒に仕込まれた毒により、花嫁たちが次々と倒れた。モンゴール軍に周囲を固められ、逃げ場を失った貴族たちに、タルーとネリイが率いる兵たちが襲いかかった。ユラニ

ア大公夫妻もアリストートス配下の魔道師によって殺害され、婚礼の席は一瞬にして修羅場と化した。

この惨劇の知らせはたちまち各国に伝えられた。クムからは、長子タルーの裏切りに怒りを燃やすタリオ大公自らが兵を率いて出陣した。それを迎え撃ったのは、自らの騎士団とユラニア軍を率いたイシュトヴァーンであった。数で圧倒するクム軍であったが、イシュトヴァーンは変幻自在の戦術を駆使してクム軍を翻弄し、その戦力差を次第に縮めていった。焦りと苛立ちを見せ始めたタリオ大公は、戦況を変えるべく戦術を練るが、かえってイシュトヴァーンの罠にはまってしまい、ついには本隊が孤立してしまう。そこをトーラスから参戦したカメロン軍が急襲し、タリオを討ち果たした。

勢いに乗ったイシュトヴァーンは、そのま

まクムの首都ルーアンへと攻め上った。大公を失って動揺するクム軍に、イシュトヴァーンは密かに匿（かくま）っていた第三公子タリクをクムに返すことを条件として提示し、十五日間の猶予を与えて講和を迫った。クムがその協議を行なう間に、イシュトヴァーンは自分の影武者を立てると、部下のマルコひとりを連れて、極秘裏にマルガで療養するナリスに会いにいった。

いまやナリスの股肱（ここう）となったヴァレリウスの手引きにより、イシュトヴァーンは、ナリスと密かに面会を果たしたイシュトヴァーンは、ナリスに対し、ともに手を組み、中原に覇を唱えるという自らの野望に力を貸してほしいと懇願した。イシュトヴァーンの熱意に心動かされたナリスは、ヴァレリウスの反対を押し切り、運命共同体として彼に協力することを約束した。それはナリスがレムスへの謀反を決意した最初の瞬

間でもあった。

ルーアンへの帰途、イシュトヴァーンはヴァレリウスの力を借り、自分につきまとっていた闇魔道師を捕らえることに成功した。アリストートスの配下であったその魔道師から、アリストートスの過去の悪行を聞き出したイシュトヴァーンは、彼に対して強い憎悪を抱いた。ルーアンに戻った彼は、カメロンらと協力して秘密軍事裁判を開き、アリストートスを断罪し、自らの手で死を与えた。

クムとの間に講和を成立させたイシュトヴァーンは、一転してクムと同盟し、ユラニアのタルーネリィ連合軍を攻撃することを決意した。それはゴーラ統一に向けた彼の野望にとって大きな転機となった。この戦いでもイシュトヴァーンは、巧みな戦術を駆使し、数に優る敵の分断に成功した。イシュトヴァーンは圧倒的な力でネリィを討ち果たすと、

勢いに乗って連合軍をほぼ全滅させ、タルーは行方不明となった。アルセイスに入ったイシュトヴァーンは、ネリィの死をもって滅亡したユラニア大公家に代わり、ユラニアの統治者となった。

そんな折、アルセイスに奇妙な噂が流れ始めた。街のそこかしこに予言者が出没し、まもなくゴーラ皇帝サウルが甦（よみがえ）り、自らイシュトヴァーンをゴーラの正当な後継者として指名するであろうと触れ回っているというのだ。そしてその予言の日、アルセイスの空に巨大なサウル皇帝の顔が出現した。サウルはイシュトヴァーンこそがゴーラの支配者であることを告げると、自ら王冠をイシュトヴァーンに与えた。

国名をゴーラ王国と改め、王として統治を始めたイシュトヴァーンにカメロンから驚くべき報せが入った。モンゴール宮廷に対し、

かつてモンゴールに反逆行為を行なったとしてイシュトヴァーンを告発する者が現われたというのだ。トーラスからの喚問に応じ、密かに兵を用意して金蠍宮に入ったイシュトヴァーンは、被告として裁判に臨んだ。弁護人を務めたカメロンの巧みな弁術により、裁判はイシュトヴァーン有利に進んだ。しかし、誰も知るはずのない過去の悪行をサイデンに暴露され、動揺したイシュトヴァーンは思わず自らの罪を告白してしまった。その時サイデンには、アリストートスの亡霊が憑依していたのだ。咄嗟にカメロンはサイデンを切り捨て、混乱に陥った法廷からイシュトヴァーンとともに逃亡した。そして、隠れていたゴーラ軍が金蠍宮を奇襲し、制圧。夫の裏切りにあい、怒りに燃えるアムネリスは、イシュトヴァーンの子を宿したままゴーラの捕虜となった。

やがて、ゴーラの首都イシュタールの塔で監禁されたまま、アムネリスは男子を産み落とした。誰の手も借りず、自力で出産を果たした彼女は、我が子に悪魔の子を意味するドリアンの名を与えた。そして駆けつけたカメロンの目の前で、イシュトヴァーンへの憎悪を胸に抱いたまま、アムネリスは自らの命を絶った。

正篇63巻〜92巻 パロ内乱篇

東方からの脅威に魔道の王国が支配され、豹頭王が軍を率いてこれを解放せしこと

イシュトヴァーンの裁判が行なわれようとしていた頃、グラチウスの手からシルヴィアとマリウスを救出したグインがついに中原に帰ってきた。トーラス郊外にまでやってきたグインは、マリウスの手引きにより密かに〈煙とパイプ亭〉を訪れた。そして、かつてスタフォロス城で彼を助けて死んだオロの遺言をその老父母に伝えた。最愛の息子の最後の言葉を聞いた彼らは、ただ静かに涙を流すのであった。

このままトーラスにいては危険と判断したグインの勧めに従い、オクタヴィアはサイロンに戻る決意をした。ルードの森まで迎えに来ていたケイロニア騎士団と無事に合流した彼らは、サイロンに入って熱烈な歓迎を受けた。二人の娘と再会を果たしたアキレウスは、グインに対し、シルヴィアと結婚してケイロニア王となることを命じた。

やがてサイロンではグインとシルヴィアの婚礼が行なわれた。国中から祝福された式典の夜、二人は甘く愛をささやき合ったのであった。

パロではナリスが反乱の決意を固めていた。レムスの背後に東方の魔道大国キタイの影があり、レムスに憑依した魔道師を通じてキタイの侵略が静かに始まりつつあることを察知したのだ。ナリスはリギアを草原に派遣してスカールと連絡を取り、協力を要請した。求めに応じて極秘にマルガを訪れたスカールにナリスは自らの決意とキタイの侵略に

ついて告げた。これまでにないほど率直に語るナリスの態度にスカールは心を開き、これまで頑なに口を閉ざしてきた、かつてノスフェラスで自らが体験した秘密をナリスに語った。反乱への助勢を求めたナリスに対し、スカールは、ナリスが仇敵イシュトヴァーンとの密約を結んでいたことを理由にいったんは拒絶したものの、最後にはナリスの思いに一度だけ、応えることを約束した。

ナリスは一計を案じてクリスタルへと戻った。彼はヴァレリウスとともに信頼する同志を集め、その反乱の決意を表明した。そんなある日、クリスタルを未曾有の激しい嵐が襲った。次第にクリスタル市内に被害が広がる中、王宮に足止めされていたリンダは、レムス に憑依したヤンダル・ゾッグに捕らえられ、彼女を救出に向かったヴァレリウスもまた捕らえられてしまった。牢につながれたヴァレ

リウスの前に現われたのは、先に何者かの手によって毒殺された恩人リーナスのゾンビであった。

国王側の不穏な動きにナリスは決起の日を早め、堅固なランズベール城に籠城した。国王軍は破城槌を持ちだし、城への攻撃を開始した。そしてついにパロを二分する内乱が始まった。

ヤンダル・ゾッグが仕掛けたヒプノスの呪術から危うく逃れたナリスは、ランズベール塔からクリスタル市民に向けて王位請求を宣言した。集まった市民に、竜頭人身の竜騎兵に率いられた聖騎士団が襲いかかった。

その頃、拷問に苦しむヴァレリウスの前に グラチウスの配下、ユリウスが姿を現わした。グラチウスの力を借りて竜王の結界を破り、脱出に成功したヴァレリウスは、クリスタルを覆いつくす凶々しい結界に驚愕し、ナリス

にジェニュアへの脱出を進言した。国王軍の追撃を振り切り、どうにか脱出に成功したナリスだったが、焼け落ちたランズベール塔とともに、股肱の臣であるリュイスを失ってしまった。

グラチウスへの恩を返すため、彼の求めに応じて大導師アグリッパ探索に向かったヴァレリウスは、ルードの森でイェライシャと出会った。イェライシャの助力を得た彼は、ノスフェラスからアグリッパの結界に入り、つい対面を果たした。しかし、中原をヤンダル・ゾッグから守りたいと願うヴァレリウスの思いは、巨大な存在となりすぎたアグリッパに届くことはなかった。

ジェニュアに陣を敷くナリスのもとをファーンが訪れた。ファーンはナリスの考えに理解を示しながらも、彼の要望を振り切ってクリスタルへ戻ってしまった。やがて国王側の総司令官としてジェニュアへ向け出陣したファーン。ナリスは国王軍に奇襲をかけると同時に、母ラーナを囮に使ってジェニュアから脱出した。背後から国王軍が迫りつつある中、不自由な体で自ら陣頭に立ち、義勇軍を鼓舞するナリスを、不気味な眼球の月が冷ややかに見下ろしていた。

その頃、虜囚となったリンダは、レムスとアルミナとの間に誕生した王太子アモンとの対面を果たしていた。しかし、それは赤児ではなく、渦巻く一つ目の怪物であった。そしてヤンダル・ゾッグの魔道の力で、夫ナリスが戦う戦場の上空へと連れていかれたリンダの目の前で、ナリス自害を知らせる声が響き渡った。その時、スカール率いる騎馬の民が戦場に到着したが、あと一歩のところで間に合わず、ナリスを救うことはできなかった。

ナリス軍と国王軍は停戦し、ナリスの遺骸

はマルガへと旅立った。しかし、その遺骸を守る魔道師たちを、ヤンダル・ゾッグの容赦ない魔道が襲った。それを救ったのはイェライシャを伴って帰還したヴァレリウスであった。

ナリス死去の報はたちまち各国に届けられた。それを聞いたマリウスは動揺し、サイロンを出奔してしまった。しかし、ナリスは生きていた。彼は敵を欺くためにイェライシャに仮死の術を施されていたのだ。自らも欺かれていたと知り、激怒したスカールと動揺したリギアは軍を離れてしまった。

魔道の眠りについたままのナリスを連れ、マルガへの道を急ぐヴァレリウス一行を、湖上で再びヤンダル・ゾッグの魔道が襲った。巨大な水妖との激しい戦いに力つきようとしていたヴァレリウスは、グラチウスの助力によりかろうじて危機を脱した。マルガに到着

したナリスは仮死の術を解かれ、神聖パロ王国の建国と、聖王としての即位を宣言した。この状況に各国が動いた。いち早く出兵を決定したゴーラに続き、ケイロニアも内政不干渉の原則を破って出兵を決めたのだ。ケイロニア軍を率いるのはグイン。しかし、この出兵をきっかけにシルヴィアとの仲が悪化してしまった。

ワルド城入りしたグインのもとをヴァレリウスが訪れた。グインはヴァレリウスに、ヤンダル・ゾッグの企みを阻止するためにレムスと面会すると告げた。

一方、パロへと急ぐゴーラ軍を謎の軍隊が襲った。それは行方不明になっていたタルー率いる軍勢だった。難なくこれを破り、タルーを殺害したイシュトヴァーンに再び謎の部隊が襲いかかった。突然襲ってきた謎の軍隊に誘い込まれるように、パロ国境を越えたゴ

──ラ軍は、竜頭の騎士団の奇襲を受けた。さらにグイン率いるケイロニア軍の精鋭《竜の歯部隊》とも遭遇。しかしグインの命令により両者の激突は寸前で回避された。
　グインは北アルムの村でレムスと会談した。そして姿を現わしたヤンダル・ゾッグとも直接対峙した。レムスとともにクリスタル・パレス入りしたグインは、魔の宮殿へと変貌を遂げたおぞましい光景を目にした。アモンと面会したグインは、彼の悪に満ちた美しさに強い戦慄を覚えた。白亜の塔に捕らえられていたリンダを救出したグインは、パレスからーとして認めた古代機械を使い、パレスからの脱出に成功した。
　戦場に到着したゴーラ軍はダーナムで国王軍を撃破した。しかし、いくら待ってもナリスからの連絡はなく、イシュトヴァーンは不安を酒でまぎらわしていた。

──ラ軍に奇襲をかけたのはその時だった。ふいをつかれたイシュトヴァーンは、スカールとの一騎打ちに破れたものの、かろうじてその場を脱出した。そのイシュトヴァーンの前にヤンダル・ゾッグが現われた。ヤンダル・ゾッグに催眠術をかけられたイシュトヴァーンは、軍に戻るとマルガへの奇襲作戦を命令した。
　山中で偶然ゴーラ軍の奇襲作戦を知ったリギアは、その場に行き合わせたマリウスとともにナリスに急を知らせた。ナリス軍は急いで防御を整えたものの、強力なゴーラ軍に圧倒され、マルガは陥落し、炎上した。イシュトヴァーンと対面したナリスは、市民への虐殺と掠奪をやめることを条件に降伏し、捕虜となった。思わぬ再会を果たした幼なじみのヨナの説得にも、イシュトヴァーンは耳を貸そうとはしなかった。
　そのマルガにケイロニア軍が迫った。マル

ガ近郊で和平交渉を行なうグインとイシュトヴァーン。その席でヴァレリウスは、イシュトヴァーンに催眠術がかけられていることに気づいた。それを知ったグインはわざと交渉を決裂させ、ゴーラ軍とケイロニア軍との戦いが始まった。

ナリスを人質にしてマルガから撤退を始めたゴーラ軍は、ついにグイン率いるケイロニア軍本隊と激突した。グインとの一騎打ちに敗れたイシュトヴァーンは、ヴァレリウスの手により催眠術を解かれ、グインとの講和に応じた。そしてゴーラ軍とケイロニア軍との間に同盟が結ばれた。グインはナリスとの会談を希望し、両者はついに対面を果たした。ナリスはグインに古代機械の秘密を託すと、ヴァレリウスの腕の中で眠るように息を引き取った。ナリスの死を受け、リンダは神聖パロ王国の消滅を宣言した。

多くの人々の思いをのせ、サラミスでの仮葬儀に向かうナリスの葬列と別れ、ゴーラ軍とケイロニア軍はクリスタルへ向けて進軍を開始した。ファーン率いる国王軍と対戦したグインは、精鋭とともに敵の本隊に突入し、ファーンの拉致に成功した。しかしヤンダル・ゾッグの《魔の胞子》の術に脳を侵されていたファーンは、すでに正常な精神を失っていた。

クリスタルへと進軍を続けるケイロニア軍に、あやかしの大地震、竜騎兵、謎の白い濃霧と、次々と魔道が襲いかかってきた。立ちこめる濃霧の中、同士打ちによる被害が出たものの、なんとかそれを打ち払ったかに思われた。しかし、その霧は次の罠への布石に過ぎなかった。

その夜、グインの前に出現したシルヴィアの姿を、魔道によるあやかしと見たグインは、

彼女にスナフキンの魔剣で斬りかかった。しかし、彼女は夢の回廊を通って現れた本物だった。昼間の濃霧には、この術をかけるための没薬が含まれていたのだ。自分がシルヴィアを斬り捨てようとしていたことに気づき、動揺するグインの前に再びアモンが現れた。アモンに強力な術をかけられたグインだったが、アモンを魔剣で両断し、ヴァレリウスの助けを得て、脱出不能と思われた罠から脱出した。そしてついにクリスタルに到着し、攻撃を開始した。

クリスタル・パレスに迫ったグインのもとをレムスからの使者が訪れ、パレスをアモンの手から取り戻してほしいと懇願した。それを受けてグインは部下とともにパレスに突入した。しかし、それはやはりアモンの罠であった。アモンはグインの部下を人質にとり、古代

機械を操作するようグインに迫った。しかしグインは、古代機械に入ると、機械をパレスごと自爆させるとして、逆にアモンを脅迫した。自爆させられたくなければ機械に入れというグインの求めに応じ、アモンは古代機械の中へ入った。するとグインは、アモンとともにどこへとも知れず自らを転送してしまった。

ヨナの手により、古代機械は停止され、クリスタルはアモンの手から解放された。パレスの広場には、パロの民衆の歓呼の声が響き渡った。レムスは退位し、白亜の塔に監禁され、代わってリンダが即位し、聖女王の座についた。

記憶喪失篇

正篇93巻〜103巻

星船にて記憶を喪いし豹頭王が黒太子と邂逅したのち、魔道の国へと出で立ちしこと

グインが転送されたのはノスフェラスであった。グインを追ってきたグラチウスとともにグル・ヌーを訪れたグインは、ロカンドラスの亡霊に導かれ、グル・ヌーの地下に眠る星船へと乗り込んでいった。すると、星船の中にアモンの声が響き渡った。

アモンの待つ場所へ向かう途中、グインは星船の驚くべきさまざまな機能を目にすることとなった。そして、自分がかつてこの星船の船長であり、ランドックを追放された皇帝であったことを知った。グインは巧みにアモ ンを誘い、星船を操ってともに宇宙空間へ飛びだした。そして星船を閉じこめたまま自爆することを密かに命じ、アモンを閉じこめたまま自爆することを密かに命じ、自らはカイザー転移によってノスフェラスへと帰還した。しかし、グインが目覚めたとき、彼はそれまでの記憶を再びすべて失っていた。

一方、中原に残された人々にも苦悩の日々が続いていた。パロを建て直そうとするリンダ、ヴァレリウス。イシュトヴァーンはドリアンとの初対面で、我が子を激しく拒絶してしまった。そして、彼らをもっとも悩ませていたのは、行方不明となったグインの所在であった。

シュクで開かれたリンダとハズスの会談の席に、突如グラチウスが現われた。彼はグインが記憶を失ってノスフェラスにいることを告げ、グインを保護するための助力を申し出た。その隠された意図にヴァレリウスは疑惑

の目を向けたが、リンダとハジスはそれを受諾し、ケイロニアの派遣する捜索隊にヴァレリウスも同行することが決まった。

捜索隊派遣の準備が進むサイロンに、ヴァレリウス率いる魔道師部隊がやってきた。そこにはサイロンを出奔したマリウスも同行していた。宮廷での生活に耐えられないマリウスは、オクタヴィアと話し合いの席を持ち、二人が一緒には暮らしていけないことを確認した。そしてマリウスはアキレウスの前で歌を披露した。この時、アキレウスは初めてマリウスの本当の姿を理解したのだった。

その頃、グインは記憶を取り戻そうとノスフェラスを出発する決意をしていた。その彼の前にザザとウーラが姿を見せた。彼らの力を借りて、グル・ヌーへ向かったグインは怨霊の群れに襲われたが、ロカンドラスの力を借りてどうにか脱出に成功した。

そして中原へ入る直前、ケス河岸で軍隊の襲撃を受けていた人々を助けた。それはゴーラに反乱を起こしたハラス率いる集団であり、彼らを襲った軍を率いていたのはイシュトヴァーンだった。

イシュトヴァーンの虜囚となったグインは、彼との会話の中で、自分の記憶喪失を知られてはならないと判断し、ザザとウーラの助力によって、ハラスを逃がして自らも逃走した。森の中で思いがけず招き入れられた謎の種族グールの洞窟で一夜を過ごし、ゴーラ軍の追跡を逃れたグインだったが、ハラスの身を案じて戻ったケス河岸で、待ち受けていたイシュトヴァーンに再び捕まってしまった。

厳重に監視されたグインのもとをグラチウスが訪れ、助力を申し出た。しかしグインはグラチウスに気を許すことはなかった。そこへイェライシャが現われ、グインに逃亡を勧

めた。イシュトヴァーンの厳しい追及に危機感を覚えていたグインは助言にしたがって逃亡した。しかしルードの森の死霊の襲撃を受け、力尽きようとしたその時、突如現われた黒太子スカールによって救出された。スカールは手勢を引き連れ、仇敵と狙うイシュトヴァーンを密かに追っていたのだ。

スカールを信用に足る男であると直観したグインは、彼と行動をともにすることになった。怒りに燃えるイシュトヴァーンはグインに一騎打ちを挑み、二人の間で激しい戦いが繰り広げられた。そしてついに、グインの剣がイシュトヴァーンの脇腹を貫いた。ゴーラ軍は瀕死のイシュトヴァーンを守って撤退し、グインたちはユラ山系に入った。

しかし、彼らがユラ山系に入る直前、グインの逃亡に気づいたゴーラ軍が猛追し、戦闘となった。

その彼らを山火事が襲った。その火の勢い囲まれてしまった。その時、グインとスカールの前にグラチウスが姿を現わした。かねてから二人が持つ秘密を手に入れようと目論んでいたグラチウスは、この山火事を起こしてグインたちを窮地に追い込み、そこから救う代償として自分らに従わせようとしたのだ。しかし二人はグラチウスの思惑にはまることなく、根負けしたグラチウスは自らの魔道で山火事を消し止めた。

思惑が外れたグラチウスは怒りのあまり狂乱状態に陥り、それを鎮めようとするイェライシャとの間に激しい戦闘が起こった。その近辺でグイン捜索隊に加わっていたヴァレリウスは、ただならぬ巨大な《気》の動きを察知した。このままでは捜索隊にも甚大な被害が及ぶと危惧したヴァレリウスは、部下とともにその闘いの場へと飛んだ。激しい《気》と

に巻き込まれた部下たちがひとたまりもなく命を落とす中、ヴァレリウスはイェライシャに合流した。そして二人の念を合わせ、グラチウスを撃退した。

ヴァレリウスは、スカールとグインがいるはずの場所へと急行した。しかしそこにはスカールの姿しか見当たらず、グインは再び行方不明となってしまった。

グインをその場から逃がしたのはイェライシャであった。グインは記憶を失ったままケイロニアに戻ることを怖れていた。そのため記憶を取り戻すきっかけを得ようと、自分にとって特別な人物であると感じるパロのリンダ女王に会うべく、パロへ向かうことを望んだのであった。

正篇 104巻〜117巻 タイス激闘篇

豹頭王が快楽の都にて闘王となりしこと、あるいは殺戮王の息子との出会い

イェライシャの助けにより、ユラ山系の南をパロへと向かい始めたグインを、マリウスが待っていた。山中で立ち寄ったミロク教徒の村で、二人は一組の母子に出会った。ローラと名乗ったその女性の正体は、かつてアムネリスの侍女を務めていたフロリーであった。トーラスを出奔した彼女は、やがてイシュトヴァーンの子を身ごもっていることに気づき、この村にたどり着いて息子スーティを産み落とし、二人で密かに暮らしていたのだ。二歳半にして父親から受け継いだ並々ならぬ素質を感じさせるスーティの姿は、グインに特別

ーラ軍の隙を突いて首尾よく二人を救出した。そのまま一気にパロへと向かったグイン一行は、謎めいたコングラス城で奇妙な一夜を過ごした後、カムイ湖を船で南下し、タルドの町に入った。

このパロへの道中で問題となったのが、グインの豹頭であった。誰がみても明らかなその正体を隠すため、グインはミロク教徒のふりをし、フードで頭を隠していた。しかし、それでは埒があかないと考えた彼らは一計を案じた。彼らはマリウスを座長とする旅芸人に扮し、グインは魔道で豹頭王そっくりの姿に変身した戦士グンドを名乗ったのだ。

こんなことから怪しげな傭兵スイランを仲間に加えた彼らは、グインとリギアの剣劇やマリウスの歌を披露し、たちまち思わぬ大当たりを取ることとなった。タルドに続いて訪れたルーエでも大成功を収めた彼らの評判

な思いを抱かせるものがあった。

その平和な村を、《光の騎士団》を名乗る軍隊が訪れた。銀色の仮面をかぶったその隊長は《風の騎士》と名乗り、村人たちに食料を要求した。その正体は、「死の婚礼」の際にナリスの替え玉として捕らえられ、その後パロ内乱の混乱に乗じて逃げ出していたアストリアスであった。アストリアスに正体を見破られたフロリーは、彼に捕らえられそうになったが、たまたま通りかかったリギアとグインの手によって救出された。しかし、《光の騎士団》に送り込まれていたゴーラの間者により、フロリーとスーティの存在がゴーラに知られてしまった。

やがて二人はゴーラ軍に捕らえられ、ボロス砦に監禁された。しかし、フロリーやスーティの行く末を危ぶみ、ゴーラ宮廷に入ることを拒んでいることを知るグインは、ゴ

はたちまち広がっていき、クムの快楽の都タイスの領主タイ・ソン伯爵の耳にまで届いた。タイ・ソンからの招聘を受けた彼らは、やむなくタイスへと向かうこととなった。

タイスでは、年に一度の盛大な「水神祭り」が開かれようとしていた。マリウスの歌と容姿を大いに気に入り、またグインの鍛え上げられた肉体に目を付けたタイ・ソンは、彼らを手元に置くことにした。そしてグインやリギアに対し、祭りで開催される大闘技会に参加するよう命じた。やむなく闘技士として闘うこととなったグインは、その前哨戦でたちまち頭角を現わし、《タイスの四剣士》と呼ばれた最強の闘技士たちをも倒し、闘王の称号を得た。

しかし、もとより一計を案じ、闘技会に出るつもりもないグインたちは、タイ・ソンの監視の目をかいくぐり、タイスを脱出しようと

した。その時、スイランがスーティを拉致して逃げるという事態が起こった。スイランの正体はカメロンの右腕ブランであり、スーティをゴーラに連れ帰るよう命じられていたのだ。スーティを巡ってグインとブランは一触即発の状態となったが、子供らしからぬスーティの勇敢な行動に二人は剣を引き、ひとまず和解した。だが、そのために脱出計画は頓挫し、一行はタイ・ソンの居城に連れ戻され、半ば囚人のような生活を送る羽目となった。

そんなある日、グインは城の地下に広がる水路への入口を見つけた。そこは《水賊》と呼ばれる人々や、《スライ》と呼ばれる半人半妖の生物などが暮らす奇妙な世界であった。その世界を束ねていたのは、《タイスの四剣士》のひとり、マーロールであった。実はマーロールはタイ・ソンの知られざる子供であり、母を殺した父への復讐の機会を探ってい

たのだ。グインはマーロールと手を結び、再び脱出への道を探り始めた。

そして水神祭りが始まった。グインとリギア、ブランも闘技士として祭りに参加した。グインとリギアはそれぞれ順調に勝ち進み、リギアは優勝して女闘王の称号を得た。グインも決勝まで危なげなく勝ち進んだが、その前に立ちはだかったのが二十年間無敗を誇る大闘王、伝説の闘技士ガンダルであった。文字通りの死闘となり、観客を興奮の渦に巻き込んだその闘いを制したのはグインであった。この闘いでガンダルは命を落とし、グインも左腕を半ば切断するほどの重傷を負ってしまった。

しかしグインはこの負傷を逆に利用し、自らが死んだとの噂を流すと、マーロールの協力を得て、一行とともに地下水路を通り、タイスから脱出した。グインらの足取りを追っ

正篇 118 巻〜 130 巻 ミロク篇

豹頭王の都が黒死の禍に遭いしこと、あるいは新しき信仰に不穏の翳り見えしこと

グイン帰還の報告を聞き、ケイロニアからハゾスらがクリスタルにやってきた。彼らは敬愛する王との再会に、喜びの涙にむせんだが、彼らの顔を見てもグインの記憶が戻ることはなかった。リンダもまた、グインの記憶を取り戻そうと手を尽くしたが、いっこうに効果はあがらなかった。しかし、二人の手が触れあった時、二人の体に不思議な電流のような感覚が走った。それは二人が強い運命で結ばれていることを感じさせるものであった。

グインはクリスタルで記憶喪失の治療を続けることととなった。ヨナはその原因が古代機械にあるのではないかと推測し、グインをヤヌスの塔の地下に連れていった。すると、停止していた古代機械が自動的に動き出し、グインを内部に取り込んでしまった。やがて古代機械から解放されたグインは、肉体に負った傷がすべて癒やされ、記憶の一部も取り戻していた。だが、古代機械にまつわる記憶は戻らず、また、記憶を失っている間に起こった出来事もすべて忘れてしまっていた。

やがてグインはパロを離れ、ケイロニアへと旅立った。フロリーはスーティとともに、ミロク教の聖地ヤガへと向かった。マリウスはパロに残り、リンダを助けて王族としての務めを果たすこととなった。

ケイロニアに戻ったグインを、市民たちは歓呼の声で迎えた。危篤が伝えられていた皇帝アキレウスも、グインとの再会に力を得て、

たちまち元気を取り戻していった。しかし、王妃シルヴィアだけは、頑なにグインとの面会を拒んでいた。

業を煮やしたグインは、自らシルヴィアのもとを訪れた。薄暗く、汚れきった部屋の中に閉じこもっていたシルヴィアの姿は痩せこけ、腹だけが異様に膨らんでいた。彼女は誰のものとも知れぬ子を妊娠していたのだ。衝撃を受けたグインは逃げるようにその場を離れ、ハゾスにこの問題の処理を託した。まもなく誕生した男児を、ハゾスは闇に葬ろうとしたが果たせず、ローデス侯ロベルトに託してひっそりと育ててもらうことにした。そしてシルヴィアと再び対面したグインは、自分の存在こそが彼女を苦しめているのだと考え、妻に永遠の別れを告げた。

まもなくして開かれた新年の祝典で、アキレウスは退隠し、グインがケイロニアの政を

すべて執り行なうことが発表された。しかし、その席にシルヴィアの姿はなかった。彼女は重病を表向きの理由として、闇が丘の離宮に監禁されることとなったのだ。だが、狂気のままに泣き叫ぶ彼女のもとを密かに訪れ、さらなる闇へと誘おうとする者がいたことに気づいたものは誰もいなかった。

その頃、サイロンを恐ろしい黒死の病が襲った。その報せが各国に届いた頃、ゴーラでは、グインに受けた傷がようやく癒えたイシュトヴァーンが中原制覇の野望に向けて動き出していた。彼はリンダと結婚し、ゴーラとパロとを統合するという考えを胸に、カメロンの制止を振り切ってクリスタルへ向かい、リンダと面会した。かつての恋人であり、夫ナリスの死の原因となった男との再会、そして求婚にリンダの心は激しく動揺した。しかし、リンダが彼の求婚を受け入れることはな

かった。イシュトヴァーンはひとまずこの問題を棚上げし、リンダとともにマルガのナリス廟を訪れると、その足でまだ見ぬ息子スーティを求めてヤガへと旅立っていった。それは表向きのことであった。イシュトヴァーンはその途中で密かに行く先を変え、北上を開始した。

イシュトヴァーンがクリスタルを訪れる直前、ヨナはひとりヤガへと向かっていた。それはミロク教徒としての彼の念願であると同時に、近年増えつつあるミロク教徒の実態を探りたいとするヴァレリウスの意向を受けての旅でもあった。

気の良いミロクの巡礼団に加わり、平穏な旅を続けていた彼を突然の悲劇が襲った。草原の蛮族が巡礼団を襲撃したのだ。巡礼団は全滅し、ヨナだけが、蛮族への警戒を強めていたスカール率いる騎馬の民に救われ、命を

取り留めた。ヨナはスカールとともに、草原を南下することとなった。その道中、ヨナからミロク教について聞いたスカールは、ヨナとともにヤガに潜入し、ミロク教の実状を探ることを決意した。

そのヤガの街は、ヨナが想像していたものとはほど遠い様相を呈していた。平等を説き、個人崇拝を禁じていたはずのミロク教を《超越大師》や《五大師》を名乗る人物らが支配していた。さらには不戦を是とするはずのミロク教徒に対し、彼らを弾圧から解放するためと称して聖戦を呼びかける《新しきミロク》なる組織が誕生していた。そしてヨナとスカールが宿としたイオ・ハイオンの館も、まさにその《新しきミロク》の中心的な場所であった。彼らは事実上、ヤガに監禁されてしまったのだ。

日々、異様な姿へと変貌しつつあるミロク

教の実態を目の当たりにした彼らは、運良く出会うことができたフロリーとスーティとともに、ヤガを脱出する決意をした。スカールはまずヨナを脱出させ、ヤガの郊外で待機していた配下の騎馬の民に彼を預けると、フロリー母子を救うためにヤガへと戻った。その時、騎馬の民たちを《ミロクの聖姫》を名乗る黒人の女魔道師が襲った。彼女は騎馬の民を全滅させるとヨナを連れ去って姿を消した。

一方、フロリー母子とともにヤガ脱出を目指したスカールも《新しきミロク》の手によって行く手を阻まれ、苦境に立たされていた。そこへ堆肥の山のような姿をした怪物が出現し、フロリーを攫っていった。しかし、スーティはあわやというところで救われた。スーティを救ったのは、カメロンの命によりヤガに潜入していたブランであった。なおも窮地にあった彼らの前にイェライシャが現われ、

助力を申し出た。──その頃フロリーは、寒く、暗い闇の中で目を覚ましていた。

外伝

物語の行く末を予言した一冊。

第1巻『七人の魔道師』

ケイロニアの首都サイロンを、恐ろしい黒死の病が襲った。だがそれは、この国を襲うさらなる災厄の前触れに過ぎなかった。サイロンの上空に浮かぶ巨大な顔。天空を荒々しく駆け回る目に見えぬ馬。グインは王として国を守るため、踊り子ヴァルーサ、魔道師イェリシャらとともに、闇に閉ざされたサイロンの街へと向かう。その前に次々と邪な野望を抱く黒魔道師たちが現われた。その強力な魔道の前には、さしものグインもなすべもないかに思われた。そして謎のモノリスの中でグインは、東方の大魔道師と対峙した──シリーズ開幕直後に発表され、その後の

第2巻『イリスの石』

赤い街道で初めて出会ったグインとマリウスは、ともに旅を続けるうち、死の都ゾルーディアへと迷い込んだ。ミイラ作りをなりわいとする不気味な都でグインは、古代の王アル゠ケートルの愛人であったという謎めいた死の娘タニアと出会い、生命の秘密を握るといわれる秘宝「イリスの石」を巡る冒険に巻き込まれてしまった。グインらは、この都で再会を果たしたイシュトヴァーンとともに、秘宝の謎を追い求めていく。そして現われる古代の王の霊。暴かれるゾルーディア最大の禁忌。そしてイリスの石の謎とは。正伝『三人の放浪者』へと続く、グイン、マリウス、イシュトヴァーンの三人による最初の冒険。

第3巻『幽霊船』

ヴァラキアの下町チチアで暮らす十六歳のイシュトヴァーンは、公弟オリー・トレヴァーンの怒りを買い、カメロン提督率いる軍船オルニウス号に逃げ込んだ。南の海で目撃された幽霊船の謎を追うというカメロンらとともに、イシュトヴァーンは海へと乗り出した。その途中、怪物クラーケンがオルニウス号を襲った。海に投げ出されたイシュトヴァーンを救ったのは、仲間を殺したクラーケンを追って北の海からやってきたヴァイキングの船だった。ヴァイキングの女ニギディアとの恋、そしてクラーケンとの死闘。そのすべてが終わった時、イシュトヴァーンはさらなる冒険へと旅立っていった。若き日のイシュトヴァーンを描く外伝第一弾。

第4巻『氷雪の女王』

ゾルーディアを脱出したグインは、マリウス、イシュトヴァーンとともに、自らの秘密を知るという魔道師ロカンドラスを求めて北へと向かった。その彼らの前に、モルフキンと名乗る小人が現われた。ロカンドラスの情報と引き替えに財宝を取り戻してほしいという小人の求めに応じ、彼らは氷の女王が治める国ヨッンヘイムへと向かった。ヨッンヘイムを守る怪物たちの罠を突破した彼らは、氷の女王と面会する。それは千年もの昔から氷の中に閉じ込められて生きる美しい少女クリームヒルドであった。そしてヨッンヘイムを邪悪な黒小人が襲った。『イリスの石』続篇。

第5巻『時の封土』

北方で旅を続けるグインとマリウスが迷い込んだのは、不吉な気配を漂わせる古城だった。そこで出会った少女イレーンから、二人

は驚くべき話を聞く。この城はかつて魔女に呪いをかけられた、時の流れから取り残された城であるというのだ——表題作をはじめ、十三歳のマリウスのマルガでの日々を描く「湖畔にて」、草原でのレムスの淡い恋の顛末を描く「風の白馬」、ヨッシュヘイムを襲った巨人ローキとの死闘を描く「白魔の谷-氷雪の女王再び」、皇女シルヴィアの冒険を描く「樹怪-黄昏の国の戦士」の五篇を収録した、シリーズ最初の短篇集。

第6巻『ヴァラキアの少年』

十六歳にして博打打ちとして身を立てていたイシュトヴァーンは、ひょんなことから幼い天才少年ヨナを借金取りの手から救った。それをきっかけに、二人の間に奇妙な友情が生まれ、イシュトヴァーンは博打を、ヨナは読み書きをそれぞれ教え合うようになった。しかし姉を救うため、貴族に掠われたヨナの美しい姉を救うため、巧みな策を弄して敵の懐に潜り込んでいく。しかし、彼を待っていたのはヨナの姉が自死したという事実であった。そして貴族の魔の手はヨナにも迫ってきたのだ。イシュトヴァーンはヨナを救うため、夜のチチアを駆け抜ける。『幽霊船』前日譚。

第7巻『十六歳の肖像』

アルド・ナリス、ヴァレリウス、マリウス、スカールを主人公に、それぞれの十六歳の時の出来事を描いた短篇集。王立学問所に通うナリスの前に現われた謎の魔道士から、亡き父についての真実を知らされたナリスの思いを描く「闇と炎の王子」。森に隠遁する魔道師に育てられた孤児ヴァレリウスが迷い込んだ奇妙な世界での冒険を描く「暗い森の彼

方」。宮廷での暮らしの中でも音楽への思いを抑えきれないマリウスと夏の出来事を描く「いつか鳥のように」。海岸の美しい都市アルカンドの貴族の姫とスカールとの悲恋を描く「アルカンド恋唄」の四篇を収録。

第8巻『星の船、風の翼』

十八歳になったナリスは、聖王アルドロス三世から、文武の束ねであるクリスタル公爵に任ぜられた。だが、彼の病弱と、亡くなった父アルシスが過去に起こした内乱を理由に、それを快く思わぬ者たちがいた。しかしナリスは、密かに磨き上げていたレイピアの腕を振るい、御前試合でファーンをはじめとする猛者を次々と倒し、見事に名をあげた。その一方で弟マリウスは苦悩していた。王族としての務めと音楽への強い憧れのはざまで揺れ

る彼に、兄ナリスが寄せる期待がさらなる重圧となってのしかかる。そしてついに、二人に哀しき運命の日が訪れたのだった。

第9巻『マグノリアの海賊』

『幽霊船』の冒険から数年後、海賊船ニギデァ号の若き船長となった二十歳のイシュトヴァーン。配下の少年たちを引き連れて彼がたどり着いたのは、マグノリアの花咲き乱れる常夏の美しい島ダリアであった。年に一度の祭りに沸き立つこの島で、気っ風の良い踊り子のナナ、大公の可憐な娘シリア、その護衛を務める男装のルネがイシュトヴァーンの前に現われる。それは、どこにでもあるような出会いとともに燃え上がった、短い恋の物語の始まりであった。そしてその恋が終わった時、イシュトヴァーンは再び島を離れ、少年たちとともに海へと旅立っていった。

第10巻『幽霊島の戦士』

誘拐された皇女シルヴィアを単身で救出に向かうグインは、黄昏の国の女王ザザ、砂漠の狼王ウーラの力を借りて、イェライシャの予言に従い、異次元の幽霊都市と化したゾルーディアへと向かった。そこで待っていたのは、黄泉に消えたはずの死の娘タニア、そして宿敵グラチウスであった。この陰謀のすべてはグインを手に入れんとするグラチウスの罠であったのだ。わずかな手がかりからシルヴィア、そしてマリウスが東方の大国キタイの首都ホータンに捕らわれていることを知ったグインに、呪われた不死の怪物が襲いかかる。グインのシルヴィア探索行を描く、外伝シリーズ開幕篇。

第11巻『フェラーラの魔女』

ゾルーディアを脱出し、ザザ、ウーラとともに黄昏の国を行くグインがたどり着いたのは、人と妖魔がともに暮らす魔都フェラーラであった。そこでグインは、この地を司る女神アウラ・シャーのことを耳にした。グインは、自らの出生の秘密の鍵を握るとも思われる女神の謎を追う。その彼の前に、蜘蛛のような不気味な姿をした魔女王リリト・デアが現われた。そして地下に巣食う巨大な人蛇アーナーダとの戦い。その戦いを制したグインを待っていたのは、またしてもグラチウスの罠だった。魔道に捕らわれたグインの手から、彼が求めてやまない自らの秘密は再びすり抜けていった。

第12巻『魔王の国の戦士』

グラチウスの魔道によってホータンへと送り込まれたグイン。その街は、竜頭人身の魔

368

王ヤンダル・ゾッグの苛烈な支配により、暴力が横行し、妖魔が跋扈する魔都と化していた。そこでグインは、この過酷な環境を団結して生き抜こうとする《青蟻団》の少年たちと出会う。団を束ねる聡明な少年リー・リン・レンらの力を借り、グインはシルヴィアが監禁されている「さかさまの塔」を探し出した。多くの罠が仕掛けられた塔の中を行くグインは、妖魔ユリウスとの戦いを経て、ついに最上階へとたどり着いた。しかし、そこに監禁されていたのはシルヴィアではなく、マリウスであった。

第13巻『鬼面の塔』

マリウスを救出したグインは、彼をリー・リン・レンに預けると、それがグラチウスの罠であると知りつつも、あえてホータンの東の森に聳え立つ《鬼面の塔》へと向かった。

それは四面に鬼の顔を持ち、生命を備えた不気味な塔であった。塔へ向かうグインに、妖魔の森の巨大な伽藍に収められた神像たちが命を得て襲いかかる。そしてグインの前に出現したのは、彼をランドックの王と呼ぶ瑠璃の精ユーライカであった。自らの秘密に迫る新たな手がかりを得るグイン。そして彼は、次々と襲ってくるグラチウスの幻術を退け、ついに鬼面の塔にたどり着いたのだった。

第14巻『夢魔の四つの扉』

果敢にも、生きる鬼面の塔の《体内》へと飛び込んでいったグイン。そこには四層に分かれた異次元の世界が広がっていた。不気味な巨大蜘蛛。古代の巨人族の末裔。人を惑わす美しくも凶々しい吸血の花園。遠い水の惑星の海底に潜む、打ち捨てられた古代都市。徘徊する大巨人。《古き者ども》を束ねる大

神。無数の星雲と星々が広がる虚無の回廊。手足のない、一つ目の巨大な赤ん坊。グインは、ザザやウーラの助けを得て、それらが巣食う魔の世界をかろうじて突破した。そしてついに鬼面神ライ＝オンと対峙するグイン。そこへ飛来したのは、ライ＝オンの盟友、雷雲神将ゾードであった。

第15巻『ホータン最後の戦い』

ライ＝オンとゾードとの戦いを制したグインは、ついにシルヴィアのもとにたどり着いた。彼女が捕らわれていたのは、暗殺教団として知られる望星教団の本拠地であった。謎めいた教団の内部で数々の不思議な体験をしたグインは、教主ヤン・ゲラールと契約を結び、リー・リン・レンたちの保護を依頼してホータンへと戻った。その頃、ホータンは大混乱に陥っていた。少年たちに危機が迫って

いることを知ったグインはその場へ急行し、獅子奮迅の活躍の末、かろうじて彼らを救い出した。そしてグインはシルヴィアとマリウスを伴い、懐かしい中原に向けて旅立っていった。

第16巻『蜃気楼の少女』

キタイから中原を目指すグイン一行がノスフェラスに入ってまもなく、彼らを怨霊渦巻く蜃気楼の嵐が襲った。蜃気楼の娘サラーに導かれたグインは、数千年前に滅亡したカナンの幻を見る。そこは人々が喜びと哀しみに満ちた変わらぬ日常を暮らす街だった。しかしある日、街を巨大な星船から降りたった銀色の巨人が襲った。そして星船の墜落、爆発。カナンは一夜にして滅び、一瞬にして命を奪われたすべての人々の哀しみがグインを襲う。カナンの幽霊、それこそが蜃気楼の嵐の正体

だったのだ。セム、ラゴンと再会を果たしたグインの胸には、カナンの哀しみが深く刻まれていた。

第17巻『宝島 上・下』

ニギディア号を率いる二十歳のイシュトヴァーンは、伝説の海賊クルドの財宝を求めていた。しかし、財宝の手がかりを知るという老人は、謎の言葉を残して死んでしまった。そしてイシュトヴァーンたちに海賊が襲いかかる。逃げ切れず座礁したニギディア号に、海賊ジックは無情にも火をかけた。ジックの船から脱出したイシュトヴァーンは、海賊の首領ラドゥ・グレイの助力を得て、ジックに反撃するが、親友ランは彼をかばって殺されてしまった。仲間も船も失い、失意のイシュトヴァーンに残されたのは、財宝へのわずかな手がかりのみ。彼はラドゥとともに財宝が

眠るナント島へ向かう。島の財宝を守るヴーズーの魔道をくぐり抜け、ついに財宝を手にしたその時、島は崩れ、裏切り者が牙を剝いた。混乱の中、イシュトヴァーンはひとり島を抜け出し、海に別れを告げたのだった。

第18巻『消えた女官 マルガ離宮殺人事件』

美しいマルガの冬、十五歳のアルド・ナリスは弟ディーンと二人、離宮で寂しい日々を過ごしていた。ある日、ナリスは年若い女官から驚くべき話を耳にする。彼女の姉を含む離宮の女官が三人、相次いで行方不明になったというのだ。噂では、リリア湖に住む蛇神が現われ、彼女たちを湖にさらっていったというのだが……。興味を覚えたナリスは、リギアの力を借りてひそかに調査を開始した。すると今度は、ナリスに事件を打ち明けた女官が無残な姿となって発見された。事件の真

相を求め、リリア湖に浮かぶ小島を目指しくしたのだった。
ナリスを待っていたものとは。少年王子ナリスの活躍を描く一篇。

第19巻『初恋』

貴方は本当の恋を知らない――愛人フェリシアの言葉に、十九歳のナリスのプライドは傷ついた。意地になったナリスは、彼女とつまらぬ賭けをした。地方貴族懇親会で一人の女性を恋に落としてみせるというのだ。懇親会で出会った純朴な姫クリスティアを誘い、彼女の処女を奪ったナリス。やがて彼のもとに届いたのは、彼との逢瀬を夢と呼んだクリスティアの自害の知らせだった。動揺した彼をクリスティアの従者の凶刃が襲う。ナリスをかばって斃(たお)れたのもまた、彼を崇拝する小姓だった。みな私を勝手に崇拝して勝手に死んでゆく――ナリスの心を深い孤独が覆いつ

第20巻『ふりむかない男』

マルガで療養の日々を送っていたナリスは、見舞いに来たフェリシアから、クリスタルを騒がせている幽霊騒ぎの話を聞いた。それは何年も前に起こった、カラム水で財を成した大富豪の悲劇に端を発するものであった。そして、その幽霊騒ぎで数人のアムブラの学生が死亡し、あるいは精神に異常を来したという。騒ぎはそれで終わることなく、ついに新たな死者を生み、さらにはカラム産業全体を揺るがしかねない事態へと発展していった。ナリスは遠いマルガの宮殿の寝室に身を横たえたまま、事件の真相を探り始める。『消えた女官』に続く「アルド・ナリスの事件簿」第二弾。

第21巻『鏡の国の戦士』

真夜中、愛妾ヴァルーサとともに眠りにつ いたグインを訪れる妖しい人影があった。カ リューと名乗ったその小柄な美少年は、鏡の 裏側に存在する国ハイラエから来たのだとい う。そして真夜中を知らせるイリスの四点鐘 が鳴った時、鏡の扉が開き、グインは少年と ともにハイラエへと飛ばされた。そこは蛇の 女王が支配する奇妙な世界だった――鏡の国 ハイラエでのグインの冒険を描いた「蛇が池」のほか、すべての時間を閉じこめた《永 遠の瞬間の世界》での冒険を描いた「闇の女 王」、出産間近のヴァルーサを襲った怪異を 描いた「ユリディスの鏡」の三篇を収めた連 作短篇集。

グイン・サーガ全巻タイトル

巻数 『タイトル』 (発行年月) 欧文タイトル 文庫番号

第1巻 『豹頭の仮面』 (1979年9月) Persona of Panther JA117

第2巻 『荒野の戦士』 (1979年10月) Warrior in the Wilderness JA118

第3巻 『ノスフェラスの戦い』 (1980年3月) Nodus at Nospherus JA120

第4巻 『ラゴンの虜囚』 (1980年6月) Leashed in Lagonn JA122

第5巻 『辺境の王者』 (1980年10月) Master of the Marches JA125

外伝第1巻 『七人の魔道師』 (1981年2月) The Seven Sorcerers JA130

第6巻 『アルゴスの黒太子』 (1981年5月) The Ebony Prince of Earlgos JA132

第7巻 『望郷の聖双生児』 (1981年7月) Hallowed Twins' Home-coming JA139

第8巻 『クリスタルの陰謀』 (1981年10月) The Crystal Conspiracy JA141

第9巻『紅蓮の島』（1981年12月）The Infernal Island　JA 147

外伝第2巻『イリスの石』（1982年3月）Amulet of Aeris　JA 152

第10巻『死の婚礼』（1982年5月）Murder and Matrimony　JA 154

第11巻『草原の風雲児』（1982年9月）Swordman in the Steppe　JA 158

第12巻『紅の密使』（1982年11月）Scarlet Secret-service　JA 162

外伝第3巻『幽霊船』（1983年2月）A Vessel that Vanished　JA 166

第13巻『クリスタルの反乱』（1983年3月）Counterattack in Crystal　JA 168

第14巻『復讐の女神』（1983年5月）The Avenging Angel　JA 172

第15巻『トーラスの戦い』（1983年7月）Torus Terminus　JA 175

第16巻『パロへの帰還』（1983年9月）Homecoming Honors　JA 177

外伝第4巻『氷雪の女王』（1983年12月）Femme Frost　JA 180

第17巻『三人の放浪者』（1984年2月）Three Travellers　JA 182

第18巻『サイロンの悪霊』（1984年5月）Cursed Cylon　JA 187

第19巻『ノスフェラスの嵐』（1984年10月）Nefarious Nosphertus　JA 193

外伝第5巻『時の封土』（1984年12月）The Terrain Of Time　JA 197

第20巻『サリアの娘』（1985年2月）Steelmaiden of Saliah　JA 199

第21巻『黒曜宮の陰謀』（1985年5月）Odium Obsidianum　JA 201

第22巻『運命の一日』（1985年9月）A Day of Destiny　JA 207

第23巻『風のゆくえ』（1985年12月）Winds' Whereabouts JA 211
外伝第6巻『ヴァラキアの少年』（1986年2月）Venturer of Valachia JA 214
第24巻『赤い街道の盗賊』（1986年5月）The Henna Highway Horde JA 219
第25巻『パロのワルツ』（1986年10月）Patterns in Parros JA 230
外伝第7巻『十六歳の肖像』（1986年12月）Silhouettes at Sixteen JA 233
第26巻『白虹』（1987年2月）Arcus Albulus JA 235
第27巻『光の公女』（1987年8月）Platinum Princess JA 245
第28巻『アルセイスの秘密』（1988年5月）Arcanum of Alceis JA 265
第29巻『闇の司祭』（1988年10月）Magus of the Macabre JA 278
第30巻『サイロンの豹頭将軍』（1989年7月）Cougarhead Commodore of Cylon JA 298
第31巻『ヤーンの日』（1989年12月）Justice of Jarn JA 311
外伝第8巻『星の船、風の翼』（1990年3月）Starry Ship, Windy Wings JA 316
第32巻『ヤヌスの戦い』（1990年4月）Janus' Juggle JA 318
第33巻『モンゴールの復活』（1990年7月）The Magnificent Mongaul JA 325
第34巻『愛の嵐』（1990年10月）Frenzy of Fascination JA 334
外伝第9巻『マグノリアの海賊』（1990年12月）Mutineers of Magnolia JA 338
第35巻『神の手』（1991年4月）Divine Design JA 350
第36巻『剣の誓い』（1991年10月）Swear on a Sword JA 363

第37巻 『クリスタルの婚礼』（1992年2月）Ceremony in Crystal　JA 369
第38巻 『虹の道』（1992年3月）Rainbow Road　JA 374
第39巻 『黒い炎』（1992年4月）The Black Blaze　JA 375
第40巻 『アムネリアの罠』（1992年9月）Amnelian Artifice　JA 381
第41巻 『獅子の星座』（1992年12月）The Leonine Locus　JA 385
第42巻 『カレーヌの邂逅』（1993年10月）The Caraene Conference　JA 392
第43巻 『エルザイムの戦い』（1994年3月）Embattled in Elzyme　JA 403
第44巻 『炎のアルセイス』（1994年6月）Alceis Aflame　JA 405
第45巻 『ユラニアの少年』（1994年9月）The Younkers in Yulania　JA 408
第46巻 『闇の中の怨霊』（1994年12月）The Caliginous Cabals　JA 410
第47巻 『アムネリスの婚約』（1995年4月）Amnelis Affianced　JA 507
第48巻 『美しき虜囚』（1995年6月）The Purple Prisoner　JA 517
第49巻 『緋の陥穽』（1995年9月）The Scarlet Snare　JA 526
第50巻 『闇の微笑』（1995年11月）The Smile in the Shadows　JA 534
第51巻 『ドールの時代』（1996年4月）Doal the Doommaker　JA 549
第52巻 『異形の明日』（1996年6月）The Distorted Dawn　JA 556
第53巻 『ガルムの標的』（1996年9月）The Gnarled Garmr　JA 565
第54巻 『紅玉宮の惨劇』（1996年12月）The Sardius Slaughter　JA 572

第55巻『ゴーラの一番長い日』（1997年2月）The Glimn in Gohra　JA575

第56巻『野望の序曲』（1997年5月）Forward to the Fate　JA577

外伝第10巻『幽霊島の戦士』（1997年6月）The Warrior in the World of Wraith　JA582

第57巻『ヤーンの星の下に』（1997年8月）In the Judgement of Yeahne　JA585

外伝第11巻『フェラーラの魔女』（1997年10月）The Fascinator of Ferah-la　JA588

第58巻『運命のマルガ』（1997年11月）The Moirai in Marga　JA590

外伝第12巻『魔王の国の戦士』（1997年12月）The Worrior in the World of the Wizard　JA592

第59巻『覇王の道』（1998年1月）The Wielder's Way　JA593

外伝第13巻『鬼面の塔』（1998年3月）The Tower of Theurgy　JA596

第60巻『ガルムの報酬』（1998年4月）The Righteous Retribution　JA597

外伝第14巻『夢魔の四つの扉』（1998年6月）The Mouth of the Morbid Mares　JA600

第61巻『赤い激流』（1998年7月）The Sanguinary Stream　JA602

外伝第15巻『ホータン最後の戦い』（1998年9月）The Horrendous Havoc of Hotan　JA604

第62巻『ユラニア最後の日』（1998年10月）The Yowls of Yulania　JA606

第63巻『時の潮』（1999年1月）The Tide of Time　JA608

第64巻『ゴーラの僭王』（1999年2月）The Grasper of Gohra　JA610

第65巻『鷹とイリス』（1999年4月）The Accipiter and Aeris　JA 612
第66巻『黒太子の秘密』（1999年6月）The Esoterics of the Ebony Prince　JA 616
第67巻『風の挽歌』（1999年8月）A Requiem in The Rafale　JA 622
外伝第16巻『蜃気楼の少女』（1999年9月）The Maiden of Mirage　JA 624
第68巻『豹頭将軍の帰還』（1999年11月）The Regal Remigrants　JA 628
第69巻『修羅』（1999年12月）The Aceldama　JA 629
第70巻『豹頭王の誕生』（2000年2月）Pantherking Proclaimed　JA 631
第71巻『嵐のルノリア』（2000年3月）Rugged Rounoria　JA 633
第72巻『パロの苦悶』（2000年5月）Parros in Pain　JA 638
第73巻『地上最大の魔道師』（2000年7月）The Most Mightful Magus　JA 642
第74巻『試練のルノリア』（2000年8月）Rounoria in the Rigor　JA 644
第75巻『大導師アグリッパ』（2000年10月）Agrippa the Acharya　JA 648
第76巻『魔の聖域』（2000年12月）The Bethel of Belial　JA 653
第77巻『疑惑の月蝕』（2001年2月）Earie Eclipse　JA 657
第78巻『ルノリアの奇跡』（2001年3月）The Resurrected Rounoria　JA 659
第79巻『ルアーの角笛』（2001年6月）Ruear Revealed　JA 665
第80巻『ヤーンの翼』（2001年8月）The Flying of the Fate　JA 671
第81巻『魔界の刻印』（2001年10月）Sinister Signs　JA 677

第82巻『アウラの選択』(2001年12月) The Aural Afflatus JA 682
第83巻『嵐の獅子たち』(2002年2月) Warriors in the Whirlwind JA 689
第84巻『劫火』(2002年4月) The Fires of Fate JA 691
第85巻『蜃気楼の彼方』(2002年6月) The Moment of the Mirage JA 695
第86巻『運命の糸車』(2002年8月) The Wheel of the Weirds JA 698
外伝第17巻『宝島(上)』(2002年10月) The Threatening Treasure JA 702
外伝第17巻『宝島(下)』(2002年11月) The Threatening Treasure JA 704
第87巻『ヤーンの時の時』(2002年12月) The Time of the Threnetic Time JA 706
第88巻『星の葬送』(2003年2月) The Cortege Constellations JA 710
第89巻『夢魔の王子』(2003年4月) The Sapling of Satan JA 715
第90巻『恐怖の霧』(2003年6月) A Menacing Mist JA 723
第91巻『魔宮の攻防』(2003年8月) The Besieged Blaze JA 732
第92巻『復活の朝』(2003年10月) The Sacred Sunrise JA 739
外伝第18巻『アルド・ナリス王子の事件簿1 消えた女官―マルガ離宮殺人事件―』(2003年12月) The Casebook of Ald Nalis: Disappearing Dames D'honneur JA 743
第93巻『熱砂の放浪者』(2004年2月) The Plutonian Pilgrimage JA 748
第94巻『永遠への飛翔』(2004年4月) Flight to Forever JA 756
外伝第19巻『初恋』(2004年5月) Affaire d'amour JA 759

第95巻『ドールの子』(2004年6月) Doalien the Doomed JA 760

第96巻『豹頭王の行方』(2004年8月) Palingenesis of the Panther-king JA 765

第97巻『ノスフェラスへの道』(2004年10月) Into the Nexus in Nospherus JA 769

第98巻『蜃気楼の旅人』(2004年12月) A Peregrine in Phantasma JA 774

第99巻『ルードの恩讐』(2005年2月) Roamers in the Rrood JA 781

第100巻『豹頭王の試練』(2005年4月) The Pilgrimage of the Panther-king JA 789

第101巻『北の豹、南の鷹』(2005年5月) Northan Nomad, Southern Swordman JA 795

第102巻『火の山』(2005年6月) The Fire of Fate JA 799

第103巻『ヤーンの朝』(2005年8月) The Dawn of Destiny JA 807

第104巻『湖畔のマリニア』(2005年10月) Marinierre by a Mere JA 818

第105巻『風の騎士』(2005年12月) The Masked Menace JA 826

外伝第20巻『アルド・ナリスの事件簿 ふりむかない男』(2006年1月) The Casebook of Ald Nakis: The Faceless Fantasm JA 833

第106巻『ボルボロスの追跡』(2006年2月) Beyond Bolboros JA 834

第107巻『流れゆく雲』(2006年4月) Drifting Destinies JA 842

第108巻『パロへの長い道』(2006年6月) The Path to Perpetual Parros JA 851

第109巻『豹頭王の挑戦』(2006年8月) Playacting the Panther-king JA 857

第110巻『快楽の都』(2006年10月) The Capital of Corruption JA 863

第111巻『タイスの魔剣士』(2006年12月) The Fiendish Fencer JA 872
第112巻『闘王』(2007年2月) Guin the Gladiator JA 878
第113巻『もう一つの王国』(2007年4月) The Unknown Underworld JA 884
第114巻『紅鶴城の幽霊』(2007年6月) The Crypt of the Crimson Crane JA 891
外伝第21巻『鏡の国の戦士』(2007年7月) The Warrior in Wonderland JA 894
第115巻『水神の祭り』(2007年8月) Serpentine Spree JA 897
第116巻『闘鬼』(2007年10月) The Final Fight JA 903
第117巻『暁の脱出』(2007年11月) The Departure at Dawn JA 906
第118巻『クリスタルの再会』(2007年12月) Conventicles in Crystally JA 911
第119巻『ランドックの刻印』(2008年2月) Radicated by Randoch JA 915
第120巻『旅立つマリニア』(2008年4月) A Devotional Dame JA 919
第121巻『サイロンの光と影』(2008年6月) A Foul Flower JA 927
第122巻『豹頭王の苦悩』(2008年8月) Panther-king in Pain JA 931
第123巻『風雲への序章』(2008年10月) Signs of Storms JA 938
第124巻『ミロクの巡礼』(2008年12月) The Worshipper's Way JA 943
第125巻『ヤーンの選択』(2009年2月) The Decision of Destiny JA 947
第126巻『黒衣の女王』(2008年4月) Beauty in Black JA 952
第127巻『遠いうねり』(2009年6月) The Sinister Surge JA 957

第128巻『謎の聖都』(2009年8月) Secrets Behind the Sacred Shrine　JA962
第129巻『運命の子』(2009年1月) The Child Chosen　JA971
第130巻『見知らぬ明日』(2009年12月) A Fathomless Future　JA975

天狼星通信オンラインURL
http://homepage3.nifty.com/tenro

梓薫堂
http://shikundo.ocnk.net

「天狼叢書」「浪漫之友」などの同人誌通販のお知らせを含む天狼プロダクションの最新情報は「天狼星通信オンライン」でご案内しています。
　情報を郵送でご希望のかたは、返送先を記入し80円切手を貼った返信用封筒を同封してお問い合せください。(受付締切などはございません)
　2009年12月より、同人誌などのほかＣＤなどを販売をする天狼プロダクションのネットショップ、梓薫堂を開店いたしました。こちらもご利用ください。

〒152-0004　東京都目黒区鷹番1-15-13-106
㈱天狼プロダクション「情報案内」係

HM=Hayakawa Mystery
SF=Science Fiction
JA=Japanese Author
NV=Novel
NF=Nonfiction
FT=Fantasy

グイン・サーガ・ハンドブックFinal

〈JA982〉

2010年2月10日 印刷
2010年2月15日 発行

（定価はカバーに表示してあります）

監修者　栗本薫・天狼プロダクション

編者　早川書房編集部

発行者　早川浩

発行所　株式会社早川書房
郵便番号　一〇一−〇〇四六
東京都千代田区神田多町二ノ二
電話　〇三−三二五二−三一一一（大代表）
振替　〇〇一六〇−三−四七六九
http://www.hayakawa-online.co.jp

乱丁・落丁本は小社制作部宛お送り下さい。
送料小社負担にてお取りかえいたします。

印刷・株式会社亨有堂印刷所　製本・大口製本印刷株式会社
©2010 Kaoru Kurimoto/Tenro Production/Hayakawa Publishing, Corp.
Printed and bound in Japan
ISBN978-4-15-030982-4 C0195